RABBIT PREDICTING DEATH

预测死亡的兔子

4

宇尘
㊔

天津出版传媒集团
百花文艺出版社

图书在版编目（CIP）数据

预测死亡的兔子 . 4 / 宇尘著 . -- 天津 : 百花文艺出版社 , 2022.8

ISBN 978-7-5306-8339-2

Ⅰ . ①预… Ⅱ . ①宇… Ⅲ . ①推理小说 - 中国 - 当代 Ⅳ . ① I247.5

中国版本图书馆 CIP 数据核字（2022）第 114947 号

预测死亡的兔子 4

YUCE SIWANG DE TUZI 4

宇尘 著

出 版 人：薛印胜

选题策划：唐冠群 **责任编辑：**李 信

特约编辑：连 慧 李 艳

装帧设计：瑶瑞驰-安柒然

出版发行：百花文艺出版社

地址：天津市和平区西康路 35号 **邮编：**300051

电话传真：+86-22-23332651（发行部）

+86-22-23332656（总编室）

+86-22-23332478（邮购部）

网址：http://www.baihuawenyi.com

印刷：河北照利印刷有限公司

开本：710毫米 ×1000毫米 1/16

字数：327千字

印张：22

版次：2022年 8 月第 1 版

印次：2022年 8 月第 1 次印刷

定价：55.00元

如有印装质量问题，请与河北照利印刷有限公司联系调换

地址：河北衡水市故城县郑口镇工业路西头翔宇车业院内

电话：18514547813 邮编：253800

刚才还吵吵闹闹的酒吧里刹那之间声息皆无，

只有一个人坐在那里低头喝酒。

正当他感到诧异的时候，

那个人抬起头，

那张消瘦苍白的脸上没有一丝血色。

“还记得我吗？ Frank。”

男人朝他举起酒瓶。

目录

第一章 梦游

吴凡回到出租屋时已经是后半夜了。

他好不容易结束了一个案子，心中没有兴奋，有的只是疲倦和对未来的茫然。

吴凡走进家门，站在黑暗的客厅里，他忽然感觉到白若琳的气息无处不在。

他以为自己早就与那个女人一刀两断，当她永远离开了，如今却有种说不出的难过。目力所及的东西上无不带着他们共同的记忆，即便那些经历只是假象，也一样难以磨灭。

而这一切都是拜那个兔子人所赐。

吴凡始终搞不懂他为什么要派白若琳监视自己。

如今白若琳一死，所有与兔子人有关的线索就彻底断了。

吴凡郁闷地打开冰箱，拿出所有的酒，坐在沙发上自斟自饮，努力麻痹自己的神经。

他喝着喝着，突然想起白若琳死死握着的那枚戒指，于是打开灯，从裤兜里掏出那枚戒指仔细端详着。

他之前在医院里把戒指塞进裤兜，还没来得及细看，如今借着灯光，他发现这枚戒指跟普通的戒指不大一样。

这枚戒指是纯银的，比普通戒指大很多，做工精美，花纹繁密，造型十分独特：有一个圆形的巨大戒面，上面雕刻着六芒星图案，六芒星正中间有一只眼睛形状的图案，眼睛里的瞳仁是一颗蓝色宝石，在灯光的照耀下华光溢彩。

吴凡从来没有见过如此奇特的戒指，而白若琳临死前还把这枚戒指牢牢地抓在手里，这是不是就意味着这枚戒指的来历不同寻常呢?

难道是留给他的什么暗示?

各种纷乱的念头在吴凡的脑海中纠缠，喝下去的酒开始反后劲，他晕晕乎乎地打了个盹。似梦非梦中，他仿佛在四处飘荡，信步走进了街边的一家小酒馆。

酒馆里烟气弥漫，在古怪的乐器演奏中，无数个身影在他周围舞动。

他隐隐看见一个坐在远处的女人朝自己摆手喊他的名字，听那声音似乎是白若琳在不停地呼唤他过去。

等他穿过密密麻麻的人群走过去，却发现那个女人不见了，刚才还吵吵闹闹的酒吧里刹那之间声息皆无。

只有一个人坐在那里低头喝酒。

正当他感到诧异的时候，那个人抬起头，那张消瘦苍白的脸上没有一丝血色。

“还记得我吗？ Frank。”男人朝他举起酒瓶。

“鬼男？”他惊愕地望着他。

“来一瓶吧，咱俩好久都没有一起喝了。”鬼男随手抄起一瓶酒扔向他。

他接过酒瓶，喝下一口，味道酸麻古怪，让人有点儿想作呕。

“你怎么连这种酸奶味道都忘了？真是在那地方待傻了。”鬼男啧啧笑道，语气中带着嘲弄。

“我没工夫陪你开玩笑。”他没好气地说，“我要找一个人。他有一个很奇怪的名字，预测死亡的兔子，你听说过这个人吗？”

男人举起酒瓶，喝了一口酸奶，神情陷入呆滞，似乎在享受酸奶上头的劲。

吴凡伸手揪住他前襟，大声道：“你醒醒吧，听没听见我说话，你到底认不认识这个人！”

男人好半天才缓过来，瞅着吴凡一阵冷笑，他忽然挣脱开吴凡的束缚，一转身的工夫，脸上已然扣上了一副兔子面具。

“你要找他吗？”他的声音从兔子面具里传出。

“你少跟我胡扯，我知道你不是他，你早就已经死了！告诉我他到底是谁！”吴凡怒吼道。

男人伸出一根手指，指着吴凡，“你知道。”

“我知道？”

“怎么，难道连这个你都忘了吗？”

“你是说我认识预测死亡的兔子？”

男人歪着那张邪恶的兔子脸，“怎么，他来找你了？”

“你别跟我卖关子了，他到底是谁！”吴凡大吼。

突然，从吴凡身后传来一句阴冷的声音：“你找我？”

吴凡霍然转身，迎面伸来一双冰冷的手掐住了他的脖子。

掐他的人裹着黑色的斗篷，戴着一副白色毛绒的兔子面具。

从这副兔子面具上看不到丝毫表情，一对通红的眼珠冷酷地瞅着吴凡一点点涨红的脸。

吴凡努力张开的嘴巴却吸不进一点空气，他想挣扎，却为时已晚……

“喂，你没事吧？”

一个声音忽然使吴凡惊醒，他这才意识到自己刚才做了一个噩梦。

他疑惑地睁开双眼，看着那个和自己说话的人，他不认识。

“你是谁，你怎么会在我家？”吴凡警惕地问。

那个男人的表情更诧异，笑道：“哥们儿你喝多了吧？”摇摇头便走了。

吴凡看了看周围，这才惊讶地发现，自己竟然在大街上，而且现在天已经大亮了。

难道自己又梦游了？

这一次自己又跑到了哪里呢？

他辨认了一下位置，一眼就看见了马路对面的江州市刑警队大门。

他居然跑到了刑警队，距离他家十几站地呢。

莫非他整晚都在大街上游荡？

吴凡正疑惑着，有个人匆匆从他身边经过，突然停下，扭头打量他。

吴凡一瞅这个人，这次他可认识，是老熟人付雪晴。

付雪晴问他：“你这么早来找我，有事？”

“现在几点了？”吴凡问。

“刚早上 8 点，还不到上班时间呢。”说到这她顿了顿，眼神有些戏谑地打量着吴凡，“不过你来得是不是有些太匆忙，也没换套衣服。”

吴凡低头一瞅，自己身上穿着一套超人睡衣，脚上趿拉着一双拖鞋。这个架势在大马路上梦游狂奔，还真是挺新潮的。

“我这是练晨跑，刚巧路过这。”吴凡硬着头皮编瞎话，“话说，史云已经认罪了吧？”

“那个案子已经结了，昨天在刑警队里审的。证据确凿，史云想不认罪也不行了，还多亏了你这个圈套呢。我回家打了个盹，刚过来。”

“这样啊。”吴凡想了想，多问一句，“那么白若琳的尸体你们打算怎么处理？”

“这个啊……老实说，白若琳在这个当口儿突然死亡，确实蹊跷。而且昨天晚上贾洪涛眼看着史云要对白若琳下手，史云也承认他原本要往点滴瓶里注射尼古丁的，但是他一口咬定，他还未下手就被警察制止了。关于他这个说法现在还不能下结论，田鹏刚正在对白若琳进行尸检，还要等尸检结果出来。”

付雪晴说到这里，发现吴凡有些愣神，小心地问：“你还好吧？我知道白若琳对你来说不太一样……”

“没什么。”吴凡挥挥手，装得若无其事，“那我先回去上班了，如果有什么新情况，你再告诉我吧。对了，借我点钱，我打车回家。”

“你没带钱还跑这么远？”付雪晴不情愿地从兜里掏出一张百元大钞递给吴凡，“记得还我啊。我现在还要攒钱付首付呢。”

“付什么首付？”吴凡好奇地问。

“当然是准备买新房啊，难道我要一辈子住警队宿舍啊。”付雪晴美滋滋地说。

“你这是要买婚房？难道不应该陆恒买吗，还得你出钱？”

付雪晴由喜转怒，“你怎么那么多废话，到底借不借！”

“借！借！”吴凡急忙拿过钱，一溜烟跑了。

他在心里感慨，和付雪晴刚认识那会儿，自己和白若琳还如胶似漆呢，付雪晴也始终摆出一副拒男人于千里之外的臭脸，好像准备当一辈子老处女似的。这才不到一年的时间，他光棍了，付雪晴却要结婚了，命运这玩意儿真没处说理去。

吴凡回到家，发现大门虚掩着，客厅里还放着昨天自己喝光的酒瓶。关于昨天晚上自己什么时候离开的家，他居然一点印象都没有。

吴凡换了一套平时穿的衣服，摸了摸那枚戒指，确认还在身上，他心里犹豫着今天是去报社上班，还是去刑警队等白若琳的调查结果。

就在这时，付雪晴给他打来了电话。

“白若琳不是因为车祸死的，你马上过来一趟！”付雪晴在电话里只说了这一句话。

这句话让吴凡如遭电击。

他以最快的速度冲下楼，打了一辆出租车到了刑警队。

吴凡见到付雪晴时，她的神情已经不像刚才那样轻松了，她对吴凡说：“胖子那边已经找出了白若琳的死因，你跟我过来吧。”

她把吴凡带到法医室，吴凡没有进去，他不想看到白若琳的尸体。

付雪晴把田鹏刚叫出来，田鹏刚嘟嘟囔囔地感慨道：“这个女的可不好检查，从头到脚，里里外外全是伤，花了我一晚上时间才弄清楚她是怎么死的。你说凶手是不是有病，她都这样了，弄死她还有什么意义？”

付雪晴狠狠地捅了他一下，让他别乱说话。

“你捅我干什么，我说得有错吗？”田鹏刚还挺不满，“耽误了我这么长时间，我都约好了和女朋友见面呢。我得马上收拾走人，还得洗个澡，免得一身臭味把人家吓到。”

吴凡冷眼瞧着他，居然连田鹏刚都处对象了，这世界果然没天理。

付雪晴揪着田鹏刚小声警告："你别瞎说八道，这个死者是吴凡的女友，你就直接告诉吴凡她的死因就行。"

田鹏刚惊讶得差点下巴脱臼，瞅着一脸严肃的吴凡，吞了口唾沫，小心翼翼地讲："她的死因在心脏。"

"心绞痛是吧，这我知道。"吴凡说。

"是那帮庸医告诉你的吧，他们只管治病，验尸还能有我在行？"田鹏刚大眼珠子一瞪，信誓旦旦地说，"经过解剖发现，这个女人的心室里有很多气泡，这才是她真正的死因。"

"气泡？"吴凡皱了皱眉。

"是啊，能出现这种状况，肯定是谋杀，而且我立刻就知道了凶手杀人的手段。"

"什么手段？"

"静脉注射空气，有没有听过？"

吴凡没有说话，静静等着田鹏刚的后话。

"如果凶手用空针筒往被害人的静脉里注射大量空气的话，像白若琳这样的，大概被注射了大约有四百毫升的空气，这些空气在她的血液中形成气柱，会随着血流到达心脏，随着心脏搏动从而搅拌出大量气泡形成血栓，阻塞肺动脉血流，这才是她的死因。如果不进行器官解剖，只从外表看，症状确实很像心绞痛。"

吴凡咬了咬牙，问付雪晴："是谁干的，你们查到了吗？"

"正要跟你说这个，跟我来，让你看个东西。"付雪晴的神色有些异样。

她带着吴凡来到技术科，对吴凡说："重症监护室外面走廊里的监控录像我们全都查看过，发现了一个疑似凶手的人。"

"这个人有什么特别的吗？"吴凡问。

"你过来看一下就知道了。"

付雪晴一边让赵楠在电脑上打开监控录像，一边向吴凡解释道："重症监护室的位置在走廊拐角处，监控摄像头不是正好拍到门口，不过经过一番调查之后，赵楠意外发现了一个人……"

吴凡望着视频里拍到的画面，想着这是在医院里的什么地方，忽然画面中闪过一个人影。

这个人披着一条黑色的斗篷，头上顶着一个鲜明的兔子头。

他就这样大摇大摆地从监控视频中走过。

预测死亡的兔子！

吴凡全身的血都冲到头顶，现在他至少明白了一件事，张星鹏并不是预测死亡的兔子，那个该死的家伙还活着。

他问付雪晴："你们能断定杀死白若琳的人就是他吗？"

"在白若琳遇害前后的时间段里，监控里只出现过四个人，分别是查房护士、预测死亡的兔子、侯小亮和你，所以凶手只能是预测死亡的兔子了。不过，重症监护室的角门通向防火通道，那边没有监控摄像头，理论上来说，凶手也可能是从那里上来的。"

"不，一定是这个预测死亡的兔子。"吴凡盯着监控画面说，"他不走防火通道，就是为了故意让监控摄像头拍到，他是在向我们示威。"吴凡攥紧了拳头。

"但是有个问题我想不通。"付雪晴说，"预测死亡的兔子为什么要杀白若琳呢？他完全没有杀人的理由，而且你不是给这个人做过心理侧写吗，你说他只是以观察者的身份出现，不会亲自参与到犯罪中，那他为什么要杀白若琳呢？"

吴凡心头一凛，没有吭声。

他当然知道原因，没有人比他更清楚预测死亡的兔子与白若琳之间的纠葛。

预测死亡的兔子指使白若琳监视吴凡，在他身上安装监听器，但是没想到白若琳最终背叛了他，并准备向吴凡坦白。为了隐藏自己的身份，预测死亡的兔子只能赶在吴凡之前杀了白若琳。

白若琳一死，这个世界上恐怕就再也没有人能找到这个家伙了。

吴凡实在不甘心，就差一步，他就能抓到这只狡猾的兔子了。

"哎，你到底在想什么，怎么不说话啊？"付雪晴催促吴凡。

吴凡看了她一眼，却根本没法开口。

他不是不想告诉付雪晴真相，只是这件事牵扯得太多，连他自己都深陷其中，他不能冒险把自己搭进去。这个世界上有很多事情不是非黑即白，作为渺小的个体，保全自己才是生存下去的首要前提。等到他能确保自己的安全了，他会选择把自己知道的一切都告诉警方，但现在还不是时候。

他想了一套说辞，对付雪晴说："我在想白若琳刚出车祸时，我们在医院里的交谈。你当时怀疑白若琳与预测死亡的兔子可能存在某种联系。这么一想，或许就能解释白若琳被杀的原因了。"

付雪晴想了想，"我当时只是随便那么一说，我们不是还怀疑张星鹏就是预测死亡的兔子吗，现在看来我猜错了。"

"至少证明你当初猜对了，预测死亡的兔子确实与白若琳有瓜葛。"

"但是他们之间究竟有什么瓜葛呢，非要置白若琳于死地？"付雪晴疑惑地看着吴凡。

“这个我可想不出来。你有什么想法吗？”吴凡有意试探付雪晴。

付雪晴也摇头：“其实我之前就在想一个问题。假如预测死亡的兔子真的控制了白若琳，那么他控制白若琳的目的何在呢？会不会他们因为这个产生了矛盾，所以预测死亡的兔子先抛弃了白若琳，然后又因为不放心杀了她？”

吴凡还真是佩服这个女人，她几乎凭着直觉就把吴凡知道的线索猜得八九不离十，只有那个神秘 U 盘和银戒指她还不知道。

付雪晴忽然问吴凡：“你和白若琳在一起的时间也不短了，就没发现她有什么可疑的地方吗？”

“没有过。”

“难道连怀疑都没有过？”付雪晴似乎有些不太相信。

吴凡心里起了一丝警惕，他可不想被付雪晴怀疑，但是一般的谎话又很难骗过她，正在头疼怎么应付这个女人时，侯小亮走了进来。

他对付雪晴说：“卢队马上开会，正在找你呢。”

“找我？”付雪晴问，“他要开什么会？”

“和白若琳被杀有关。”

“卢队长打算亲自接手这个案子吗？”

“既然已经发现凶手就是预测死亡的兔子，队长这次打算跟进到底。而且队长担心……”侯小亮说到这里看了吴凡一眼，不往下说了，似乎还想有所保留。

“担心什么？你快说吧。”付雪晴追问。

侯小亮只好回答：“队长担心，这家伙这次大张旗鼓地跑出来杀人可能还有什么图谋，毕竟他最喜欢的是预测谋杀案……”

付雪晴倒吸一口冷气，“卢队是担心预测死亡的兔子正在暗示下一次谋杀？”她想了想，倒不是没有这种可能。

她回头对吴凡说：“干脆你也一起过来和大家聊聊吧。”

没想到付雪晴话音刚落，侯小亮就阴阳怪气道：“付队，你现在可真是越来越信任吴记者了。不管大事小情都非得找他商量不可。”

付雪晴面露不快，“你这是什么话，这次的被害人与吴凡很熟悉，吴凡也一直在帮我们调查预测死亡的兔子，找他来参与调查对我们也很有帮助。”

“我并不否认吴记者的能力，但万一他不是诚心帮我们的怎么办？”侯小亮不怀好意地瞥了瞥吴凡。

吴凡不知道这小子是不是话里有话，反正他俩本来就有过节。

“你这话什么意思，侯小亮，解释清楚！”付雪晴却对侯小亮火了，“之前就是为了查这个预测死亡的兔子，我和吴凡差点连命都搭上了，你还有心在这里说风凉话？”

付雪晴平时都比较迁就下属，一旦发起火来也挺吓人的，侯小亮立刻就气短了，一句话都没敢多说。

吴凡不想他们因为自己起争执，对付雪晴说：“其实我现在头很疼，最近身体不太好，正想回去好好休息一下，你们的会我就不参加了，如果需要我，再跟我说。”

他这是故意给双方一个台阶下，实在不想付雪晴因为自己与卢广通他们闹翻了，况且他确实头很痛，心情也异常低落，确实想好好歇歇。

吴凡黯然离开了刑警队，眼前一片茫然。

一个案子连着一个案子，他费尽心力却还是在原地踏步，感觉就像是被预测死亡的兔子牵着鼻子拉磨一样。如果这家伙真是又在预测下一起谋杀案，他实在不想再插手了，随卢广通他们去吧。

吴凡刚走出刑警队大门，就听到有人从身后喊他，他回头看见了白若琳的父母，他们可能是刚刚得到消息，过来认尸的。

他们站在远处朝他指指点点，骂骂咧咧，好像还想追上来质问他。

吴凡心中对他们残存的同情也荡然无存，冷笑着在路边拦住一辆出租车，打开车门上了车。

白若琳的父亲还不依不饶地追上来，一边撵一边骂。

吴凡坐在车上闭目养神，充耳不闻，等着司机把他拉到家。

当吴凡走进楼道时，突然感到头痛欲裂，浑身脱力，眼前阵阵发晕，感觉好像又要犯病。他急忙翻出陆恒给他开的药，却发现药瓶已经空了，气得把药瓶摔在地上。

他找出一瓶酒一口气喝下大半，然后一头栽倒在床上，酒精或许缓解了他的头痛，沉沉睡去。

吴凡这一觉不知睡过去几个小时，等他醒过来已经到了晚上。

他爬起来坐在床边，似醒非醒地望着昏暗的房间。

等等，有些不太对劲。

他揉了揉眼睛，发现房里的情景异常陌生，他猛然意识到这根本就不是自己的卧室。

他惊愕不已，明明记得自己躺在家中，怎么一觉醒来却出现在了另一个房间里？

难道又梦游了？

他急忙下了床，看到面前有一扇门，想推门出去看看。

还没等他走到门口，就有人推门进来，而且一连进来了好几个人，吴凡再想躲已经来不及了。

他定睛一看，进来的几个人他都认识，竟然是江州刑警队的警官，最先进来的正是付雪晴，随后进来的是卢广通。

此时，付雪晴也看见了吴凡，先是一愣，随后惊讶道："你怎么在这里？"

吴凡一时间也不知道该如何解释，他自己还没弄明白这是怎么一回事呢。

这时候，就听见有个人怪声怪气地说道："这还用问，吴记者当然是能力过人，赶在我们之前跑到案发现场查案来了。"

吴凡循声望去，说话的人站在卢广通身后，正是自己的死对头侯小亮。

"我不知道你在说什么。"吴凡道。

"呵呵，你都到白若琳住院的重症监护室了，还说不知道？你表面装成对案子不感兴趣，其实偷偷摸摸跑过来查，你们当记者的都是这样口不对心吗？"

"够了。"付雪晴喝止侯小亮，"人家女朋友遇害了，就算想过来调查也无可厚非。你哪那么多废话。"

侯小亮被付雪晴喝住，气得直翻白眼。

卢广通在一旁漠然看着，不动声色。

吴凡也不好解释自己是因为梦游跑到了这里，眼下也只好将错就错地认了。

他问付雪晴："你们来这里做什么？"

付雪晴也不想避讳，告诉他："我们开了一下午会，就在讨论如何应对这个预测死亡的兔子。卢队的意思是想借着调查白若琳的死因把这家伙抓住。但是你也知道，这个人异常狡猾，行事也很另类，想抓他并不容易。我们借鉴了你对他做过的犯罪侧写，以及之前几起他参与过的案子，认为他这一次故意被视频监控拍到很有可能是在预测下一起案子，所以赶到白若琳被害的病房，想看看他是不是又留下了什么暗示。"

吴凡想了想说："就算他真的留下暗示，你们面对的是又一起新案子，十有八九与这家伙没有关系，他依然是观察者的姿态，查到最后不又白忙活了吗？"

卢广通冷冷道："不管是什么线索，只要与他有关我就不会放弃，大不了我两个案子一起破。这家伙逍遥自在太久了，是时候收拾他了。"

吴凡微微露出一丝不屑。大话谁都会说，预测死亡的兔子岂是那么好抓的。

不过，卢广通他们怀疑预测死亡的兔子会在重症监护室做手脚倒并非没有道理，没准这家伙真在这间屋子里暗藏了什么新的密码。

吴凡没动声色，站在角落里冷眼看着这些警察在房间里搜索。

他们还带来了两个物证技术员来现场勘验，看样子卢广通这一回是铁了心要跟预测死亡的兔子大干一场了。

忙活了几个小时，警员们把整个病房反复搜查了好几遍，连犄角旮旯、屋顶上的蜘蛛网都没落下，可还是一无所获。

付雪晴索性朝吴凡招招手，“你也别光看着，过来帮忙，你净跟这家伙打交道了。你觉得什么地方可疑？”

“我觉得都挺正常的。”吴凡说，“也许这家伙这一次根本就没做什么暗示呢。”

卢广通紧锁浓眉，插嘴道：“那就有点儿反常了。这家伙上一次往商场喷水池里丢进了两枚假定时炸弹，这一次又大张旗鼓地跑到医院里杀人，两次作案都显得莫名其妙，又没有留下什么密码暗示，他到底在打什么算盘？”

吴凡没接话，心里却在盘算。预测死亡的兔子上一次作案，在喷水池里藏了一个U盘。这一次作案杀了白若琳，在她手里放了一枚戒指，莫非这些就是他的暗示？

卢广通这时候转过头对吴凡说：“你给这家伙做的犯罪侧写付雪晴都对我说过。听上去似乎有些道理，但是这家伙近两次的行动明显超出了你的侧写范围，你对此有什么想法吗？”

卢广通罕见地征求起吴凡的意见，吴凡当然不能把U盘和戒指的事情告诉他，他想了想说：“也许是发生了某些特殊情况，让预测死亡的兔子改变了作案模式。”

“特殊情况，你是指哪方面？”

“这个就不好说了，我们对这家伙还不太了解……”

站在卢广通身旁的侯小亮喷了喷鼻子，憋不住又说：“合着说了半天等于什么都没说，如果我们都对预测死亡的兔子了解，还用得着找你做侧写？再说了，谁知道你那侧写是不是随意编出来忽悠我们的？”

“行了，别说没用的。”付雪晴再次出声喝止。

侯小亮嬉皮笑脸：“你别多心付队，我只是好心提醒大伙，别过分相信外人。这年头画龙画虎难画骨，知人知面不知心……”

他阴阳怪气，挑衅似的瞅了瞅吴凡，吴凡在侯小亮的眼神里品出了深深的怀疑和不屑。这家伙不知为什么，似乎对自己的成见更深了。

一通搜索没有任何收获，卢广通似有不甘，又分派众人找医生的找医生，查监控的查监控，像是要重新调查一番。

吴凡自知多待无用，心里还装着别的事，便匆忙离开了急救中心，打车直接赶去了欧阳姗姗的别墅。

“哪有你这样的爹地，凌晨3点敲人家门？我长不高都赖你！”穿着浣熊睡衣的欧阳姗姗拖着大尾巴打开门，睡眼惺忪，困得直淌眼泪，打着哈欠抱怨连连。

吴凡一脸严肃，“告诉你一件事，白若琳死了。”

欧阳姗姗迷迷糊糊地点头：“死了好，死了好……什么？”她忽然惊醒，眼睛瞪得老大，“你前女友死了，什么时候的事？”

“昨天晚上。”

“还是没抢救过来啊。”

“她不是车祸死的，是被人杀了。”

“啊？”欧阳姗姗下巴差点儿脱臼。

吴凡把她推进屋里，关上门，“你知道是谁杀了她吗？”

“我怎么知道，我就一小孩啊。”

“我说正经的。是预测死亡的兔子干的。”

欧阳姗姗打了个寒噤。她也和吴凡经历过好几桩案子了，对这个神秘人物并不陌生。

“他为什么要这么干？”欧阳姗姗问。

吴凡沉默了一下，“或许答案就在那个U盘里。”

“你不是说U盘里装的是预测死亡的兔子暗示的将要发生的谋杀案的信息吗？这个U盘还是他以前留下的，看样子应该就是预测白若琳会被杀害吧，现在就算破解了也没什么用了。”

吴凡轻轻摇头，“我倒一直觉得U盘里装的未必是死亡暗示。你不是跟我说过，那里面装了十几张图片文件吗。如果就是简单的预测死亡，他随便用一句话、一串符号就能说清楚了，何必用到这么多图片？”

欧阳姗姗想了想，“你这么说好像也有道理，那你觉得能是什么图片？”

“这个我就猜不到了，所以才过来问问你什么时候能把U盘密码破解出来。”

“你还真要我把密码破解了啊。”

“那当然了，要不我把U盘放在你这里做什么，你别告诉我，你这么长时间什么都没干？”

欧阳姗姗看吴凡虎着脸像要吃人的架势，连忙说：“别急别急，爹地，其实你出差这些天，我一直都挂着电脑用解码软件破解呢，不过，说起来有点儿背……”

“怎么了？”

“前天晚上小区的变压器爆了，把我笔记本都烧了，所以白费劲了。”

“你说什么？”吴凡双手抓住欧阳姗姗的胳膊，一激动把她整个人提了起来，“那 U 盘呢？”

“轻拿轻放，轻拿轻放！”欧阳姗姗吓得两条小腿在半空直蹬，“我还没说完呢，你 U 盘没啥事，就是之前的解码记录全被抹掉了，要想破解还得从头开始。”

吴凡一听有些气馁，不过好在 U 盘还在，他拍拍欧阳姗姗脑袋，“那就拜托你重新开始了，我一定要弄清楚 U 盘里装的到底是什么。”

“哦，那我再回床上睡会儿。刚才正梦到我走路崴脚，让帅哥给扶起来，还是明星呢，我得回去把梦接上。你自己玩吧。”欧阳姗姗拍拍嘴打着哈欠颠颠地上楼补觉去了。

吴凡看了看时间，离天亮还有两个多小时，他却没有心情再睡了。

一连睡了两觉，梦游了两个地方。他真怕一闭眼又不知道去了哪里。

他在楼下的沙发上看了两个多小时电视，挨到天亮后，离开了欧阳姗姗的别墅，赶去江州市人民医院。

“白若琳的事，我听雪晴跟我说了，节哀顺变吧，老兄。”陆恒由衷地安慰吴凡。

“其实我早和她分手了，谈不上有多难过，只是心里有些过意不去。”

“那你来找我干什么，我还以为让我为你做心理辅导呢。”

“我药吃光了，找你再开点儿。”

“你有段时间没来找我了，也不联系，我还以为你都康复了呢。”

吴凡当然不能告诉陆恒，他不来是因为他女朋友付雪晴。他最近这段时间和付雪晴之间发生了太多难于启齿的事情，搞得他都没脸见陆恒了。

他望着满头“绿气袅袅”的陆恒，尴尬地搓搓手，避重就轻地说：“我之前是好得差不多了，不过最近又复发了。就在今天我一连梦游了两次，第一次从家跑到了刑警队，第二次直接赶到了急救中心。搞得我现在都不敢睡觉了。”吴凡一脸疲态地说。

陆恒听完也觉得有点儿棘手，“实话实说，老兄，你这情况挺严重了。我见过患梦游症的，但是从来没见过像你这么严重的。”

“我当然知道了，所以才来找你，除了你没人能救得了我。”

“我也不是万能的，我试试吧。你先坐这里，我给你检查一下。”

吴凡依言坐在了那个很舒适的沙发上，陆恒坐在了他对面。

他一边询问吴凡的症状，一边教他一些放松精神的方法，吴凡渐渐感到舒适了很多，不知不觉又打了一个盹。

他晕晕乎乎感觉有点儿像在做梦，又感觉是在漫无边际地放空大脑，还能听见、看到一些杂乱无章的声音和影像，直到一声惊呼突然刺进他耳朵——

“陆医生！”

吴凡陡然清醒过来，睁开双眼却看到了不可思议的一幕。

他正弓着腰，双手掐住陆恒的脖子，把他按在座位上，陆恒脸都憋紫了，双手徒劳地扳着吴凡的胳膊，嘴巴张开，想要呼叫却发不出任何声音。

站在门口的女护士一声惊叫，把其他医生都引来了，一个个目瞪口呆地望着几乎要被掐死的陆恒，不知是谁回过神来，大喊："叫保安，快叫保安！"

吴凡这时候完全清醒过来，急忙松开陆恒，陆恒捂着脖子咳嗽了好一阵，好容易才喘上这口气。

吴凡呆呆地坐在那里，完全不知道刚才发生了什么。

几个医院的保安这时候闻讯赶来，问医闹患者在哪儿。

那些惊慌失措的医生纷纷指向吴凡。

陆恒这时伸手制止准备扑上来的保安，“没事，没事，都是误会，这个人是我朋友，我俩刚才在闹着玩呢，你们都出去吧。”

众人一个个难以置信地望着陆恒和吴凡，一时间进退两难，后来还是陆恒板起脸把他们全赶了出去。

陆恒一边关上办公室的门，一边揉着脖子。

“咱俩刚才真是在闹着玩？”吴凡问。

“你觉得呢，你差点儿给我玩死。”陆恒没好气地说。

“可是我没道理袭击你啊，我怎么一点儿印象都没有？”

“你是没有印象，因为我刚才给你催眠了。”陆恒深吸了两口气，平静了一下心情。

“你催眠我？”吴凡勃然大怒，“谁让你随随便便催眠我的，我是找你来帮我治病的，不是拿我做实验的。”

“喂，老兄，我只是想帮你找找病因，别说得这么难听吧。”陆恒有些不太高兴，“为了给你找病因，差点儿被你活活掐死呢。”

吴凡也知道自己不该发火，其实他真正担心的是自己心中的那些秘密。

“抱歉，我对刚才的行为一无所知。”吴凡向陆恒道歉。

“我知道，其实你现在的情绪十分不稳定，而且特别紧张，你清醒的时候，一直在努力压制这种情绪，就好像一根不断挤压的弹簧，所以当你被催眠之后，你的理智松懈下来，就一下子失控了。我只是没想到你的攻击力这么强。”

“那我为什么要攻击你？”

“因为一提到白若琳你就会受刺激，我只是让你描述一下你和白若琳的关系，你却一下子想到了她被人杀害。结果你在无意识状态下把我当成了敌人，说起来白若琳的死还是给你带来了很大影响。”

“那我还说过白若琳其他什么没有？”吴凡注视着陆恒。

这才是他现在最关心的，他想知道自己有没有说漏嘴，讲出什么不该讲的。

“你详细回忆了她出车祸的经过，还说过开车撞她的人叫张星鹏，是一个人渣。”

“除此之外呢，还有没有说过别的？”

“好像就没有了。”

“那我有没有提到付雪晴？”

陆恒疑惑地望着他，“我听不懂你什么意思，这和雪晴有什么关系？”

吴凡看陆恒这个反应，这才放下心，自己的嘴巴还算有把门的。

每个人心里都有秘密，如果敞开心扉，那这个世界上得有百分之八十的人变浑蛋，百分之二十的人变畜生。

他急忙说：“没什么，当然和她没关系了。我只是被自己刚才的样子吓到了。”

陆恒同情地看着他，“老兄，我老实告诉你，你的病情之所以反复主要就是因为白若琳。你的梦游症和你的心理压力有直接关系，或者说梦游是你潜意识中缓解压力的一种方式。但是你不能再受刺激了，我建议你这段时间好好休息，如果压力继续增大，我真担心你会出现精神分裂，这可不是危言耸听。”

吴凡离开医院的时候，陆恒又给他开了一些药，还嘱咐他要格外注意，避免受到刺激。

离开医院，吴凡的心情十分烦闷。

眼下预测死亡的兔子依旧逍遥法外，他正头疼该如何应对呢，如果在这个时候旧疾复发，那就更糟糕了。

他在街边找了一家酒馆借酒消愁，磨磨蹭蹭地喝到傍晚，感觉有些上头了才离开。

吴凡走到地铁站，他有些踟蹰，不知道是去欧阳姗姗家好，还是回自己的出租屋好。他担心去了欧阳姗姗那，万一自己发病再把她吓着。无意中一转身，他感觉远处有个人影在视野中嗖地一下躲开了。

从车祸到现在已经过去了两年多，吴凡最近一段时间身体素质和敏捷性也恢复了不少，尽管那个人很机敏，也很谨慎，但还是被吴凡发觉了。

吴凡和付雪晴办案久了，也变得异常沉稳。他不动声色，装作什么都不知道，走进了地铁站，直接坐上了回家的列车。

他倒想看看，跟踪自己的这个家伙究竟想干什么。

下了地铁，吴凡不紧不慢地往家走，那个人始终跟在他身后，与他保持着一定距离，似乎并不急于撵上来，直到吴凡走进公寓楼，他才停止了跟踪。

吴凡心中起疑，不知道这个人是什么来头。

他一边琢磨一边上了楼，像往常一样开门进屋。

他打开灯，正要换衣服的时候，忽然停止了动作，一动不动地望着眼前无比熟悉的房间。

似乎哪里不太对劲。

吴凡放下外套走进卧室，又走进卫生间和厨房，一共才七八十平方米的房子，他闭着眼睛都能记住每一个角落放的是什么。

一切看上去似乎都与吴凡离开的时候没有任何不同，但他却有一种近乎动物的直觉——有人来过他家。

这个身份不明的人小心翼翼地弄开门锁，在他房间里待过一段时间。他尽量不留下任何痕迹，把所有东西都保持原封不动。只留下了一丝不易觉察的陌生的气息还被吴凡嗅到了。

他马上就想到了一路跟踪自己的那个神秘人。

出于谨慎，吴凡把家里的东西重新检查了一遍，并没有发现什么异常，既没有多任何东西，也没有少任何东西，尤其是值钱点的东西一样不少。

这可让吴凡有点儿难以理解了，这个偷偷溜进来的家伙明显不是小偷，那他究竟为了什么呢？

吴凡在脑海中排除各种假设，当所有可能都排除掉之后，最后只剩下两样东西——密码 U 盘和银戒指。

莫非这家伙是为了这两样，或是其中一样来的？

他溜进吴凡家没有找到，所以跑去跟踪吴凡，想摸清他的行踪。

这是吴凡能想到的最合理的解释。

那么这个人是谁？

他怎么知道 U 盘或戒指在吴凡手里？

吴凡推测到这种程度，脑海中只剩下一个答案。

这个人只能是预测死亡的兔子。

吴凡顿时热血沸腾，他缓缓吐出闷在胸口的浊气，自言自语道："没想到，你居然主动找我来了。"

他伸手从裤兜里掏出那枚银色的戒指，那个眼珠形状的宝石在灯光下散发出妖异的光泽。

第二天一早，吴凡来到报社向郭大头请了一周假。

他现在是报社的招牌，工作时间随意，郭大头也不太为难他。

吴凡想抽出点儿时间来想想如何应对预测死亡的兔子，他实在不想一味地被这家伙牵着鼻子走。

吴凡离开报社，为了避免被跟踪，打车去了欧阳姗姗家。他知道大门密码，可以进出自如。

这个时间欧阳姗姗已经上学去了，吴凡一个人走进她的地下游戏室。其中一台电脑开着，USB 接口上插着那个 U 盘。他点开电脑看了一眼，解码软件一直在运行，已经排除了几万种可能，不知道还要等多少天才能彻底解开。

吴凡心想，出租屋是不能回了，预测死亡的兔子对那个地方太熟悉了。他这段时间就躲在欧阳姗姗家，抽时间查一查那枚银戒指的来历，以及破解 U 盘的密码。他觉得这两样东西或者其中一样肯定与预测死亡的兔子有直接关联，否则他不会亲自出马跟踪自己。

他拿出自己的笔记本电脑，掏出那枚银戒指，先给戒指拍了一张照片上传到搜索引擎里，看看能不能找到相关信息，可是一无所获。

他又通过描述戒指的特征在网上搜索各种信息，没想到实际操作起来比他想象中困难得多，忙活了一整天，直到欧阳姗姗放学回来，他都没有查到关于戒指的任何信息。

难道这枚戒指是私人定制的？吴凡心里暗自猜测。

欧阳姗姗那边一回来就去玩游戏了，时不时还打搅他思路，"爹地，玩会儿游戏吧。"

吴凡没有说话。

“爹地，你想测测你七十岁的时候长什么样不？我有最新软件，或者测你变性以后什么样……”

“爹地，你过来看，有个女网红要公开在网上自杀。”

“哇，爹地，你这是从哪儿弄来的大戒指啊，是送给我的吗？”

吴凡赶在欧阳姗姗上来抢之前，急忙把戒指抓在手里，“拜托你能不能安静一会儿，要是你真没事干，就帮我查查这枚戒指什么来历。”

“你总能搞些神神秘秘的东西，我看看。”欧阳姗姗从吴凡手里拿过那枚戒指掂量了掂量，“纯银的吧，挺沉的。上面这个宝石应该值点儿钱，我查查是什么材质的。”

“你等会儿，别跑题。”吴凡急忙拦住她，“你不是博览群书吗，你就看看这个戒指上的花纹、字母什么的，能不能看懂。”

欧阳姗姗把戒指套在手上，举起来左端详右端详，不停地砸吧嘴、摇脑袋，发出各种怪动静。

“我说你到底能不能看出来呀，这不是给你戴的，看不懂就把戒指还我。”吴凡伸手就要拿回来。

欧阳姗姗说：“这外面一圈字母呢，我仔细回忆了一下，分别是德语单词‘Einsicht’‘Gerechtigkeit’和‘Furchtlos’。”

吴凡之前以为这些字母只是装饰，没太注意，“那这三个词是什么意思？”

“翻译过来大概就是——洞察、公正、无畏。”

吴凡仔细想了想，看不出这三个词能有什么特殊含义。

他问欧阳姗姗：“那你觉得看这枚戒指有什么与众不同吗？”

“这个啊。”欧阳姗姗拿着戒指端详了一下，“我觉得上面这颗宝石可能很值钱。”

“我没问你那个，我问你戒指本身，你不觉得上面的图案有些奇怪？”吴凡心想，预测死亡的兔子总不能是心疼戒指贵重才跟踪自己吧。

“这个图案呐……我看是由两个部分组成。下面这个六个角的图案叫六芒星，上面的那个眼睛形状的图案应该是普罗维登斯之眼。”

“这有什么含义？”

“六芒星是犹太教的象征符号，又称为大卫之盾，隐喻男性和女性能量的结合，不过现在成为了犹太人的专用，以色列国旗上的图案就是这种六芒星。”

吴凡心想，难道这枚戒指还与以色列有关？

他问欧阳姗姗：“除此之外，还有没有其他含义，或者用处？”

“这种标志也被称为所罗门封印，不过那就涉及神秘主义的范畴了。话说，你这是从哪里弄来的戒指啊？”

“你先别管，先说说所罗门封印是怎么回事？”

“说起所罗门，就得先说说他爹大卫，大卫你知道是谁吧，他是《圣经》中以色列国的伟大国王，最忠诚于上帝的人。米开朗基罗雕刻的那个人就是他。所罗门是他儿子，是一个多才多艺、非常有智慧的国王，因为他父亲的缘故，他也颇受上帝的照顾。传说所罗门王有一枚六芒星形状的戒指，可以用来驱使魔鬼。演变到后来就变成了神秘主义的标志。在很多占星术图案和西方巫术中都有六芒星，寓意就是所罗门的封印。”

“那六芒星上面的眼睛呢？你刚才说的那个普罗维登斯之眼。”

“普罗维登斯之眼也被称作‘上帝之眼’，它代表着上帝洞悉全人类的法眼。在中世纪和文艺复兴时期被广泛应用在宗教绘画中。而且这种标志还是共济会的标志，那是目前世界上最庞大的秘密组织。”

吴凡吓了一跳，难不成预测死亡的兔子还与共济会有瓜葛，那自己岂不是惹上大麻烦了。

他急忙问欧阳姗姗：“那上帝之眼和六芒星这两个图案放在一起又代表着什么？”

“这个就很难说了。”欧阳姗姗想了想，“这两个图案都有丰富的历史和含义。反正我是从来没见过这两样东西组合在一起。会不会是出于个人喜好，所以才在戒指上加的图案？”

吴凡认真琢磨了一会儿，“应该不是。我上网查过，没发现类似形状的戒指，所以说，上面的图案不是后来雕刻上去的，而是一开始设计好的。上面的图案包括那些单词都很有讲究，有着完整的联系。你刚才说六芒星代表所罗门王，所罗门王的故事我也听说过一些，传说他是一个非常有智慧、有洞察力的贤明君主，基本上就与戒指上洞察、公正和无畏这三个德文单词相匹配，而且间接反映了上帝赐给了他智慧，所以才配上上帝之眼。”

“爹地你还真能往一起凑合。不过听着好像也有道理。”欧阳姗姗挠了挠脑袋，“那你说这枚戒指是什么？既然不是按照个人喜好定制的，还能是某个神秘组织的标志？”

“神秘组织？”欧阳姗姗这句话可说到了吴凡心坎里了。他脑子里瞬间想到了自己在梦中回忆起来的Shadow man组织。

如果说鬼男和自己都是这个组织的人，那么预测死亡的兔子会不会也是其中之一？而戒指上的标志就是 Shadow man 的会标？

这个念头让吴凡震撼不已。

尽管他还没有调查出预测死亡的兔子为什么要监视自己，但隐隐约约似乎看到了他们彼此之间的某种联系。

也许正如白若琳所说，她并不知道那家伙会预测死亡，但他肯定有某种目的。

吴凡猜测，他的目的必然与自己有关，而这枚戒指就是他们彼此之间的联系。

吴凡看欧阳姗姗正在爱不释手地摆弄着戒指，似乎跃跃欲试，想把上面的蓝宝石抠下来。

他一把从欧阳姗姗手里夺回戒指，欧阳姗姗激动得直叫唤，“真抠，再让我看看，看一下又不会丢！”

“赶紧去把 U 盘给我破解了，如果能尽快拿到里面的资料，我说不定就把这枚戒指送给你。”

“真的？你说话算话啊！”欧阳姗姗立马精神百倍，乐颠颠地跑去摆弄电脑去了。

吴凡可没有她那么乐观，他摆弄着那枚戒指，心里不禁在想，预测死亡的兔子现在在干什么？

会不会正在寻找他呢？

一周很快过去了。

吴凡假期结束，赶了一个大早来到报社。

他看着自己身后的那张空座位，桌上堆放着材料和女性的各种小装饰，但他知道，那个人永远不会回来了。

不管怎么说，舒畅是在给他帮忙的时候出事的，想到她平时的仗义直爽，吴凡心里很不是滋味。

郭大头看见吴凡过来了，特意把他叫到办公室里嘘寒问暖，还劝他节哀顺变，不要太为白若琳伤心了。

他只知道白若琳是遭遇车祸意外身亡，也不知道白若琳和吴凡之间的爱恨纠葛，吴凡只是听着，没有说破。

郭大头触景生情，又联想到了舒畅，更是一通唏嘘，惋惜这么漂亮的女人红颜薄命。

吴凡问郭大头：“我刚才在外面看到不少人嘁嘁喳喳的，都在聊什么啊，最近发生了什么事情吗？”

郭大头看吴凡一头雾水，一下来了兴趣，哈哈一乐，“你还不知道吧，昨天晚上出事了。现在网上都乱哄哄一片呢。”

“出什么事了？”

“你平时不怎么看电视吧。昨天咱们江州本地电视台的晚间新闻闹了一个大笑话。主持人正在播报新闻的时候，电视里居然冒出了一段嘻哈说唱，因为是直播，主持人当场就蒙了，哈哈哈……”

郭大头龇着大板牙，发自肺腑大笑的样子与刚才一脸悲痛的台风反差有点儿吓人。

吴凡也是头一回听说这种新鲜事，“难道是演播室里谁不小心把音响打开了？”

“谁知道呢，反正一大早，电视台的公众微博上就在辟谣，说演播室里没有人放嘻哈音乐，怀疑是设备出现了技术问题……谁知道是咋回事，反正够这帮孙子头疼的了。谁叫他们平时趾高气扬，处处都要压我们纸媒一头。”

郭大头找乐子没够，还特意打开电脑让吴凡看了网络上那些调侃电视台的帖子，还有好事的人把那段新闻剪切下来发到了网上。

郭大头点开视频，里面正是播放新闻的录像——西服革履、戴着眼镜的主持人正用浑厚肃穆的嗓音播报市领导走访视察的消息，突然冒出了一串饶舌音乐。

“老子吃火锅你吃火锅底料，对你笑呵呵，因为我讲礼貌，狠货有好多，个人拿去比较，包包头摸摸，这个月才几号，都不要闹，来跟到跳，一口咬下去油汤汤，跟到冒，来比哈燥，脸高头笑……”

主持人瞬间一脸蒙，手忙脚乱地东张西望，又晃脑袋又拍头的，在屏幕下方还出现了对应的歌词字幕和一堆乱码。

“搞笑不搞笑，这孙子那副搞怪的表情看得我就忍不住乐哈哈哈……”郭大头晃悠着大脑壳，笑得前仰后合。

吴凡跟着笑了两下，忽然皱了皱眉，问郭大头：“你昨天也看新闻了吗？”

“看了呀，当时就把我逗笑了，怎么了？”郭大头笑得快上不来气了，喘口气随便问。

“这屏幕下面那些字幕当时就有吗，还是这个网友后来加上的？”

郭大头瞅了一眼，“当然是昨天就有了，你还有工夫关心这个？”

吴凡想了想，“主任，你能不能帮我问问电视台，这段音乐到底是怎么出现的？”

郭大头揉着笑疼的圆脸，费解地看看他，“你想干什么，拿这个当新闻报道啊？”

“也许吧。”

第二章 Unicode码

“老弟，这我可得提醒你一声。虽说我不太喜欢电视台那帮以为能露个脸就目中无人的家伙，但要在这个节骨眼上揭他们的短，那不等于大嘴巴子扇他们脸吗，大家怎么说也都是搞媒体的，撕破脸不好啊……”

“我不是要讽刺他们，你也知道，我是法制记者，写文章只和案子有关。”

“案子？这和案子有什么关系啊？”郭大头没听明白。

“现在还说不准，我就是觉得有点儿奇怪。”

“哪里奇怪？”

吴凡拿起鼠标，把视频往前倒了一段，指着电视屏幕的下方：“你看那些字幕后面的乱码，里面好像还有数字。”

“这怎么了，可能是字幕机编码搞乱了……”

“也许吧，我得去确认一下。”吴凡起身离座，“老大，我还得跟你请半天假。”

说着吴凡离开了办公室，留下了一头雾水的郭大头。

“这小子是咋了，难道是舒畅和女朋友的死把他刺激到了？”郭大头晃悠着大脑壳百思不得其解。

吴凡离开报社的两小时后，付雪晴忽然接到了吴凡的电话，说有急事要找她。

于是付雪晴等他过来，没想到吴凡把欧阳姗姗也带来了。

付雪晴说：“你要说什么快着点儿啊，一会儿我们还要开会，商量如何抓捕预测死亡的兔子呢。”

“你们现在有进展了？”吴凡问。

付雪晴无奈地耸耸肩，“不管怎样总不能什么都不做吧？至少也得打打气。”

“我这次来其实也和他有关。”

“你是发现了什么线索吗？”付雪晴猜想道。

“那倒没有，不过，我怀疑这个人又要作案了。”

“你怎么知道？”付雪晴瞪大眼睛。

她说话的声调高了一点儿，附近的警员都不禁扭头看过来。

“我先问你一件事。”吴凡说，“你知不知道，昨天晚上电视台播新闻闹出了笑话。”

“我听说了，好像是主持人在念新闻稿的时候忽然播出了嘻哈音乐，你问这个干什么？”

“你知道就好，网上有那段视频的录像，我刚才下载了一个，你先看看。”

吴凡带了一台笔记本电脑过来，他打开电脑，在网上搜出了那段视频，给付雪晴放了一遍。

付雪晴还是第一遍看，也忍俊不禁，“这也太搞笑了，电视台怎么会闹出这么大的乌龙？不过话说回来，这和预测死亡的兔子有什么关系？”

“我正要告诉你这个，你有没有注意到视频里最下面的字幕？”

付雪晴没太注意，又重新看了一遍，“这怎么了？改成歌词了，后面还有些乱码。”

“我要说的就是这个。”吴凡掏出一张从笔记本上撕下来的折叠纸，展开递给付雪晴。

付雪晴接过一看，上面全是乱码——

% ￥%#%\u683c 鄞:N 諢薵閑剉鐱 S 惁 NHh 臽 *% ￥\u683c/$B)B–N*N 玬鼊 Nf 戠啇 @g\u5deb^HI'OHdUMMk じ☆鑁情 9. \u5566(/??_??)/MN 三 O 倜粒朩象陂 \u5566 瑷 ql η g@g 塩唷脹駈剉 i[P[0

付雪晴一皱眉，“你给我看的这是什么？”

“这就是那段字幕上出现的乱码，紧跟在歌词的后面。我都抄下来了。”

“你觉得这些乱码可疑？”

“最近发生的事情实在太多了，我现在变得十分敏感。看到这些乱码，我感觉这里面可能有问题，但我不能确定，于是找来欧阳姗姗帮我看看，你也知道，她对密码这方面比较有见识。”

“那么她看出来了？”付雪晴瞄了欧阳姗姗一眼。

站在吴凡身后的欧阳姗姗凑过来，小脸一扬，“是啊。在别人眼里是乱码，在我眼里那可就是密码了。”

“密码？那你能说说是什么意思吗？”付雪晴问。

“那当然，我指给你看。”欧阳姗姗背着手走过来，从付雪晴手里拿过那张纸放在桌上，指着那些乱七八糟的符号说，“这些乱码中有一些其实没有什么意义，只是为了混淆视线。我们得先把这些没用的符号去掉，意思自然就出来了，给我支笔。”

欧阳姗姗和付雪晴说话的工夫，有不少好奇的人也都凑到了近前。

付雪晴从笔筒里给她拿了一支中性笔。

欧阳姗姗对照着那些乱码，在那张纸下面的空白处飞快地写起来，很快就出现了一串新的符号——

\u683c \u683c \u5deb \u5566 \u5566

这些符号都是从那些乱码中挑出来的，看着似乎是有些规律，但付雪晴和其他警员还是不明白这些数字和字母组合起来是什么含义。

欧阳姗姗一点儿都不着急解释，故意看了一圈，见谁都不说话，卖着关子问道："你们知道这是什么吗？"

没人搭话。

欧阳姗姗装模作样地说："这是 Unicode 编码。知道 Unicode 码是什么吧，它是计算机科学领域里的一项业界标准，是国际组织制定的可以容纳世界上所有文字和符号的字符编码方案，说白了就是编程用的。"

"那就是说，你挑出的这些符号都有对应的汉字是吗？"付雪晴说。

"还是付姐姐你聪明。你说对了，其实只要能找出这些符号，对应翻译一下就行，比如'\u683c'对应的汉字是'格'字。'\u5deb'对应的是'巫'字……"

"你干脆就直接把这些字写出来吧。"付雪晴催促她。

"真没趣，好吧。"

于是欧阳姗姗在 Unicode 编码下面又写上了对应的汉字"格格巫啦啦"。

"这是什么意思？"付雪晴疑惑地问欧阳姗姗。

其他人一个个也都面露不解。

欧阳姗姗吐了吐舌头，"我也不知道啊，我就是按照 Unicode 码翻译成汉字的。"

"听着挺卡通的，不会是谁搞的恶作剧吧。"有人猜。

吴凡很严肃地对付雪晴说："至少说明字幕上这些乱码不是偶然出现的，这里面确实隐藏着密码暗示，为了安全起见，我觉得你还是有必要查一查。预测死亡的兔子原本就行事诡异，我们最好不要掉以轻心。"

听吴凡这样说，付雪晴也觉得有道理，为了安全起见，她让几个人分别从网络、失踪人口档案，以及最近发生的案件入手查，看看能不能找出与这个词语相关的信息。

没想到很快就有了结果，负责上网查询的警员向付雪晴说“格格巫啦啦”是本市一个女网红的名字，在虎鱼直播网站有自己的直播间。

“女网红？”付雪晴看了一眼吴凡，又问那名警员，“你现在能跟那个女网红联系上吗？先确认一下她有没有危险。”

警员表情有些滑稽，似乎憋着笑，“她现在就在直播平台上唱歌呢。”

他把自己的电脑转向付雪晴和吴凡，电脑正开着直播窗口，里面一个戴着毛茸茸的耳朵、屁股上撅着一条大尾巴、打扮得像狐狸的女主播正在唱歌跳舞，玩得不亦乐乎。

付雪晴问刚才那个警员：“这个人就是格格巫啦啦？你没搞错吧？”

“全网就只有一个叫这名字的。”

这时候，有个警员插嘴道：“这个人我也听说过。”

“你听说过？”付雪晴问，“她很有名吗？”

“这个女主播在网上的热度其实一点儿也不高，不咋出名。不过最近有一件事她折腾得挺凶，她在网上公开宣称自己要自杀，炒得还挺热闹的。”

欧阳姗姗道：“原来就是她要自杀啊，我在网上也看到这个消息了。”

她还特意在网上找出这段视频给付雪晴看，正是刚才那个装扮成妲己的女主播，在视频里跟换了一个人似的，一脸哀怨地抱怨人生苦闷，自己处处艰辛，说到最后眼泪婆娑地向大家宣布，自己决定告别这个冰冷的世界，届时她会为自己选择一个适合自己的离开方式。

付雪晴问欧阳姗姗：“你是在什么时候看到她要自杀这个消息的？”

“一周多以前吧。”

付雪晴冷笑一声，“看她现在那欢实劲哪里是想自杀啊，这分明就是炒作。没准昨天电视台闹出的大漏洞也跟她有关呢，要是把我们警察也调动起来了，那她可就真大红了。”

吴凡问付雪晴：“那你是不想往下查了？”

“怎么查？你看她现在不是活蹦乱跳的吗？”

“那万一她真的牵扯到什么案子里，像当初白若琳那样，怎么办？”

“这个……”

付雪晴有些犹豫，正在这时候，门口传来一个声音：“那我们也不能接手这个案子。”

众人循声望去，刑警队长卢广通不知道什么时候进来了，刚才还七嘴八舌的众人一时间都收了声。

卢广通身后还跟着侯小亮，他一进门就瞪着眼，带着教训的口气说道：“卢队长让大家去开会呢，你们怎么不动地方，窝在这里干什么？”

有人看不惯他这种狐假虎威的做派，回道：“我们在查案子，没来得及。”

侯小亮翻楞翻楞一对三角眼，“查案子？哼，以为我们没听到吗？就是一个女网红在蹭热度。话说回来，某个局外人也想给自己蹭热度了吧，不亦乐乎地跑过来搬弄是非，又给咱们找麻烦。”

他虽然没正眼看吴凡，可是话里话外全都在针对他。

吴凡不甘示弱道：“知情报案是每个市民责无旁贷的责任，何况我确实找到了证据，我相信昨天晚上新闻里隐藏的那些密码是有人故意为之。我虽然不确定是不是预测死亡的兔子做的，但是考虑到他之前的行事风格，也不是没有这种可能。卢队长现在不是想抓住这个人吗，或许这就是个机会呢？”

“如果不是呢，我们岂不是又要大费周章？”卢广通冷冷地回了一句，看起来他似乎对吴凡干扰他开会颇有不满。

侯小亮有了卢广通撑腰，底气更足了，针锋相对地告诉吴凡：“我们全警队现在的主要目标是搜捕预测死亡的兔子，已经耗费了很多人力在调查他，现在根本没有多余的精力去查一个有可能在蹭热度的小网红。”

吴凡懒得搭理他，直接对卢广通说：“万一预测死亡的兔子真是在暗示她有危险呢？”

卢广通没吭声。侯小亮替他说道：“就算这个格格巫啦啦真是牵扯到命案里，那也和预测死亡的兔子没有直接关系。这家伙不过是想像前几次那样分散我们警方的注意力而已，其实查来查去与她没有半点儿关系。何况到时候自有分局接手案子，如果真有线索，我们再接手也不迟。”

吴凡冷笑着看看他，又看看卢广通，“无所谓，反正你们是警察，调查不调查你们说了算。我倒是希望一切真能相安无事。”

他一拉欧阳姗姗，“我们走。”

欧阳姗姗马上一挺小胸脯，趾高气扬地跟着吴凡一起离开了刑警队。

走出刑警队大楼，欧阳姗姗对吴凡说：“爹地，你不是说这些人现在都可尊敬你，对你言听计从吗？我看除了小雪姐姐还给你面子，卢广通他们根本就没把你放在眼里啊。早知道这样，我就不跟你一起来了。”

吴凡哼了一声，“谁错了还不知道呢，你就等着瞧吧。”

一天后，江州晚报法制专栏突然报道了一则重磅消息。

著名法制记者吴凡认为，前天电视台晚间新闻出现的嘻哈歌曲其实是近段时间的一个高智商犯罪嫌疑人所为。他就是之前吴凡在报道中提到过的预测死亡的兔子。这一次他干扰新闻联播，旨在将预测谋杀案的密码公布出来。

吴凡花费了大量笔墨在报道中详细解释了密码的出处，并从字幕结尾的乱码中挑出了 Unicode 码，让大家参与破译，说密码的答案就是即将发生的谋杀案信息。

之前的嘻哈新闻就已经被炒得沸沸扬扬，吴凡的报道刊登后，马上引发了更大的轰动。

各种反馈信息像雪片一样飞到报社，热线电话几乎被打爆，报社的网络服务器差点儿崩溃。这篇报道极大地刺激了读者的热情，无数人参与到破解密码的行列中。

仅仅两天之后，刑警队那边就坐不住了，亲自来人把吴凡接去了刑警队。

卢广通暴跳如雷，把报纸摔在吴凡眼前，"你给我解释你到底在干什么？"

"我只是在做我的本职工作，跟卢队长你们不发生冲突。"吴凡不以为意道。

"这还不发生冲突？你当初可是向我们保证过，你写犯罪报道绝对不会妨碍我们办案，也绝对不会透露任何犯罪信息，你现在公开报道出去，这不是明知故犯吗？"

侯小亮在一旁煽风点火，说："对呀，就凭这一条就应该把他抓起来治罪。这样的无良记者就应该受到严厉打击！"

付雪晴着实为吴凡捏了一把汗，知道他这次篓子捅大了，万一真给他加上个罪名，吴凡这辈子就算毁了。

她急忙劝道："这件事吴凡也是无心之失，没想到会造成这么大的影响。不管怎么说，他之前也帮过我们不少忙，功过相抵吧……"

吴凡朝付雪晴摆摆手，不让她继续往下讲。

他对卢广通说："卢队长，我并不是无心的，作为记者，我当然希望我的报道影响越大越好。"

付雪晴鼻子差点儿气歪了，恨不能把吴凡从屋里踹出去。她这费劲巴拉地帮他"擦屁股"，这家伙居然自己往枪口上撞。

侯小亮一下抓到了把柄，兴奋地大叫："这可是他亲口认罪的，我们又何必纵容他，直接把他抓了就得了。"说着拽出手铐，跃跃欲试就要往上铐。

吴凡轻蔑地看了他一眼，对卢广通说："我何罪之有呢？卢队长，我的所作所为既没有泄露你们的办案信息，又没有妨碍你们办案，我完全是遵照了我们的约定啊。"

卢广通皱皱眉，正要说话，侯小亮抢道：“你这分明就是强词夺理，你写的报道可都印在这上面呢，不容你抵赖。”

“当然了，这恰恰证明了我的清白呀。”吴凡狡黠地笑了笑，“难道你们忘了上次对我说过什么？我跑来报案，可是你们根本就不认为这件事与预测死亡的兔子有关，也压根没有调查。那就说明这件事只是我个人的猜测，我把它写到报纸上报道也完全是我的主观臆想，与你们毫不相干啊。”

刚才还盛气凌人的侯小亮立刻被问得哑口无言，一着急打了个响嗝。

卢广通也无言以对，脸阴沉得跟黑锅底一样。

付雪晴看到这场面，忽然觉得有种说不出来的滑稽。

她憋着笑，装作严肃的样子对吴凡说：“不管怎样，你这篇报道已经给我们带来了很大麻烦。现在警局的电话都快给打爆了，所有人都在问我们，知不知道预测死亡的兔子马上要作案，问我们有什么对策。你让我们都不知道如何答复。”

“我人都来了，你们现在想到如何答复了吗？”吴凡笑着问。

卢广通一看他那副无耻的表情就气不打一处来，朝付雪晴丢下一句“你看着办吧”，说完带着侯小亮气冲冲地走了。

付雪晴对吴凡说：“你现在可真是把他气着了，以后还是收敛点儿吧。”

吴凡满不在乎，“说吧，你打算怎么办？”

“当然是去找那个格格巫啦啦了，希望没什么事。早去早回，我今天晚上还有重要的事情。”

“什么事情？”吴凡好奇地问了一句。

“管得真宽。”付雪晴嘟哝了一句。

江城文化产业园，B1 区 5 号楼 201 室。

这里就是虎鱼网络主播格格巫啦啦的工作室，准确来说，这里就是老城区一栋偏僻的高楼里的一间鸽子笼大小的商住两用房。

工作室外面连个牌子都没有。吴凡和付雪晴好不容易才找到这里，按了半天门铃，只听到屋里传来一阵狗吠，但是始终没有人来开门。

付雪晴找来房东把门打开，里面是一间三十平方米左右的房间，进行过简单装修，有一个独立的卫生间。

靠墙的衣柜里堆满了各式各样的舞蹈服和角色扮演的服装。

还有一个电脑桌，放着打开的笔记本电脑、麦克风和音响，正对电脑的墙上贴着风景壁纸，正是在视频直播间看到的场景。

“今天好像不是周末吧，她怎么不在直播间呢？”吴凡随口道。

“网络主播的休息时间应该和其他人不一样吧。”付雪晴猜。

“那你打她手机问问不就得了。”

“我怎么知道她手机号？”付雪晴没好气道。

“你什么都不知道就过来调查？”

“废话，还不是被你折腾的，我才临时陪你过来瞧瞧，我对她的了解也不比你多多少。”

两个人正拌嘴的工夫，从衣柜里扑棱一下钻出一个白色的东西，直接扑到付雪晴腿上，朝付雪晴龇牙咧嘴，把付雪晴吓了一大跳，急忙把那东西甩掉。

仔细一看是一条奇丑无比的狗，狗头长得跟鞋拔子一样又长又扁。两颗小眼睛与鼻子之间距离超长，咧开一张大嘴，耷拉着舌头，要多难看有多难看。

“这是什么东西？”付雪晴看到鞋面上沾的全是口水，忍着恶心把鞋子在窗帘上蹭蹭。

那条丑狗似乎受到了侮辱，凶狠地冲付雪晴叫得更凶。

吴凡笑呵呵道：“这是牛头梗，就长这样，越丑越值钱。”

“还有人肯买这种东西，真是不可思议。”付雪晴咧着嘴，小心翼翼地躲开那条牛头梗，“行了，抓紧时间搜查一下，看看有没有可疑的地方。我跟队里联系一下，让他们尽快联系上这个女网红本人。”

两个人于是把房间搜索了一遍，并没有发现什么异常。那条牛头梗退到墙角，虎视眈眈地瞅着两个人，似乎想往上扑，又有点儿不敢。

这时付雪晴接到了警队赵楠打过来的电话，不知道赵楠说了什么，她瞅着吴凡，表情变得有些奇怪。

“没必要再查了。”她对吴凡说。

“为什么？”吴凡问。

“格格巫啦啦根本就不会自杀，也和预测死亡的兔子没什么关系，一切都是炒作。”

“你听谁说的是炒作，卢广通还是侯小亮？”

“跟他们没关系，我们找到了一个重要证人。先回警队吧。”

见两个人要走，那条牛头梗来了精神，追着他俩可劲叫，付雪晴郁闷地回过头，狠狠地瞪了它一眼。

吴凡没想到这个所谓的证人还是一个大美女，而且他还认识。

大半年前，他和付雪晴插手了一起干尸案，这个女人就是重要嫌疑人王自力的女友罗巧珍。那起曲折的案子查到最后令人感慨万千，人性的真假善恶犹如雾里看花，人与人之间的信任和怀疑永远都无法测量。在那起案子里，罗巧珍被凶手算计，把蒙骗自己又深爱自己的男友逼上了绝路。吴凡最后一次见她还是在医院里，看着她崩溃恸哭。

如今再次见到这个女人，他发现她比当初憔悴了许多，衣着穿戴也更加朴素，不过精神还可以。

付雪晴和吴凡一样，也没想到会再次见到罗巧珍，忍不住问："你现在过得还好吗？"

罗巧珍微微点头，"我已经找到工作了，还住在原来的住处。"

付雪晴隐约品出了一些意味，没再深问，转移了话题，"你怎么会认识这个叫格格巫啦啦的女网红？"

"哦，我现在在虎鱼直播平台工作，负责跟平台女主播联络。"

"这还真是巧了，这么说你和这个女网红很熟了？"

不等罗巧珍回答，田鹏刚就像一道闪电出现在众人眼前，他笑嘻嘻地抢着说："小罗应该算是格格巫啦啦的经纪人了，你说能不熟悉吗？"

"你叫她小罗？"付雪晴瞅瞅田鹏刚又瞅瞅罗巧珍，感觉两人关系不一般。

"我们是朋友啊，要不然你以为我是怎么知道这件事的内幕的？"

"原来是你查到的消息啊。"

"你以为就你们能查案啊，我的消息也是蛮灵通的。"田鹏刚得意扬扬地腆着肚子，"说起来小罗在虎鱼的工作还是我帮她介绍的呢。刚才听你们说要调查这个女主播，我正好有时间，就打听她认不认识这个格格巫啦啦，小罗和我说了实话。要是我们关系一般，她还不能告诉呢。"

瞅田鹏刚一个劲地和罗巧珍套近乎，吴凡忽然明白了什么，"你上次说你有女朋友了，不会就是……"

还没等他往下说呢，田鹏刚挥起蒲扇般大的巴掌一把扣在吴凡嘴巴上，差点儿没把他捂晕过去。

"上次是我妈给我介绍对象，我就是见一面。"田鹏刚忙解释道，也不知道跟谁说呢。

吴凡手刨脚蹬，好不容易挣脱开，差点儿被活活闷死，他瞅田鹏刚脸红脖子粗的样子，再看罗巧珍平静的样子，便了然于心，一脸坏笑地瞧着田鹏刚，“是不是上次案子结束之后，你跟人家就……”

“扶危济困乃大丈夫本色。谁让我热心肠呢。”田鹏刚说得大义凛然。

“你就算帮人家，怎么不介绍一个好点儿的工作，还是你就认识那么几个朋友啊？”

田鹏刚生怕吴凡当着罗巧珍的面胡说八道，急忙打断道：“瞎说什么，直播平台怎么了，现在这行业正火呢，将来小罗不愿意干，我再帮她找别的工作。”

罗巧珍附和道：“其实我都好些年没工作了，又没什么学历。要不是田医生帮忙，我都很难找到工作呢。”

“恕我直言。”付雪晴说，“你男友当初应该给你留下不少积蓄吧，你也没必要这么勉强自己吧。”

“王自力是留下了一笔钱，不过我现在带着孩子，总不能一辈子靠那些积蓄过活，终有一天会坐吃山空的。”

“等等，你说你带着孩子？”付雪晴惊讶地望着田鹏刚。

田鹏刚急忙摆手，表示跟自己没关系。

“是我和王自力的。”罗巧珍说，“已经出生两个月了。”

付雪晴和吴凡你看看我，我看看你，都觉得有些不可思议。

“那个人虽然走了，至少还有我们的孩子，我也算有个寄托了。”罗巧珍柔婉的声音中透着哀伤，语气却很平静。

吴凡凑到田鹏刚耳边小声嘀咕：“哥们儿，你这是奔着当后爸的方向努力呢？”

“那又如何，关你什么事？”田鹏刚瞅他一眼，用鼻音回道。

付雪晴这时候问起罗巧珍正经事：“是你说格格巫啦啦要自杀是炒作的吗？究竟是怎么一回事？”

“具体情况我也不是很清楚，我同时负责十个主播，她只是其中之一。”

“你给这么多人做经纪人？”付雪晴有些惊讶。

“不太出名的主播一般都是这样，我是代表平台与她们沟通。”罗巧珍慢声细语地解释，“格格巫啦啦在平台上小有名气，但也只能算一个小网红，比起那些当红大咖们还差得远。她一直都不太甘心，便想通过自杀来博同情增长粉丝，当然不是真的自杀，只是一个宣传而已。当然，她这种行为平台肯定不会同意的，我也劝过她，可是她没听，执意在自己的贴吧和微博上发了那条自杀公告。”

第三章　死亡倒计时

“那么利用网络攻击电视台，也是她干的喽？”

“这个刚才田医生跟我提过，我也不太清楚，格格巫啦啦除了提到自杀，并没有说起过这件事。”

“不用问。”田鹏刚说，“攻击电视台肯定也是这个格格巫啦啦干的，就算她没那个能力，也是她找人干的，要不然破解出的密码怎么可能刚好是她的名字呢？这不就是炒作吗？”

吴凡问罗巧珍：“这个女网红人际关系怎么样，平时都和什么人交往？最近有没有举止反常什么的？”

罗巧珍想了想，“我昨天还见过她呢，她最近看着跟平时也没什么两样。至于人际关系，还好吧，我也不是特别了解，反正没见她做过很出格的事情。”

付雪晴撇撇嘴，都要自杀了，还不算出格？

她对罗巧珍说：“但她今天并没有开播，你有她的电话吧，我想现在和她联系一下。”

罗巧珍掏出手机给格格巫啦啦打了一通电话，对方没接，不过很快给她回了一条短信，说她这两天病了，正在家休息。

付雪晴对吴凡说：“现在你放心了吧？咱们是虚惊一场。”

吴凡还是有点儿疑惑，“就算这件事彻头彻尾都是这个女网红自编自导的，那她为什么要用密码传达信息呢，万一没有人看懂怎么办？”

“欧阳姗姗不是说过那些乱码其实只是Unicode编码吗，严格说起来也不算什么密码吧？我想那些干程序员的应该很容易看出来吧。我还见过有些网络主播为了蹭热度，直播烧房子烧车呢。回头，我再查查那段嘻哈新闻是不是有人在捣鬼。”

付雪晴说得倒是挺轻松，吴凡也不好再多说什么。也许这次真是他多心了。

处理完这些事也快到了下班时间，付雪晴今天有事，提早下班，吴凡跟着她一起离开了刑警队。刚到大门口，迎面开过来一辆银色的奥迪敞篷小跑车，停在两个人面前。

吴凡往车里一瞧，陆恒穿得跟公子哥一样，鼻梁上还架了一副窄框眼镜，懒洋洋地倚在车门上。

吴凡有些忌妒，“这才没几天又换车，还没有篷，大冷天当心把嘴吹歪了。”

陆恒不以为意地笑笑，对付雪晴温柔地说：“上车吧。”

“你一直在这里等我？”付雪晴疑惑道。

“主要是担心我女朋友，上次你去燕山出公差，都差点儿失踪了，所以我得好好保护你。从今以后，我每天早晚准时接你上下班。”

付雪晴嘴上说用不着，却难掩喜悦，明显被哄得很开心。

吴凡偷偷拽了拽付雪晴，小声问：“你把咱俩被困矿井的事情告诉他了？”

“没有哇。”付雪晴也很纳闷，“可能是他听我爸说的吧。”

“你爸怎么知道的？”

“可能他是听贾洪涛说的吧。”

“贾洪涛不会是个大嘴巴吧？”

“不至于吧。那我们岂不是说不清了。”

两个人嘀咕了半天，看见陆恒坐在车里意味深长地瞅着他俩，急忙满脸堆笑，装作什么事都没有的样子。

吴凡脸上绷着笑，咬牙切齿道：“看他对你亲切的样子，应该还什么都不知道吧。”

付雪晴小声哼哼，“说得好像咱俩有什么事一样，我脚正不怕鞋歪。”

“是是，脚正不怕鞋歪。”吴凡附和。

付雪晴上了车，吴凡赶忙跟上去，免得陆恒再把他扔下。

“把我捎到报社就行。”吴凡对陆恒说。

付雪晴回过头对吴凡说：“今天我爸过寿，陆恒在饭店摆了一桌，要不要一起吃顿饭？”

“原来你说今天有事，就是这件事啊。”吴凡问，“去哪个饭店呀？”

“顺东来，涮羊肉可以。”

“没问题，我不怕膻。”

陆恒故意咳嗽两声，对吴凡说：“你现在病还没好呢，应该回家好好休息，别吃一半就梦游出去了，叫我们上哪儿找你去？”

“他得病了？怎么还梦游呢？”付雪晴一头雾水。

吴凡赶紧伸手从后面捂住陆恒的嘴，向付雪晴解释：“别听他瞎说，我现在健康着呢。”

陆恒使劲挣扎，差点儿把车开树上。

陆恒特意在顺东来包了一个大房间给付天明过寿，还请来了付家的亲戚朋友，哄得老爷子很开心，喊陆恒的口气跟喊亲儿子似的。

吴凡看在眼里，暗自佩服，这小子真是有道道，这才多长时间就把公安局长给拿下了，让他恨不能把自己的女儿倒贴给他。想到自己在矿井那晚对昏睡的付雪晴袒露心扉，连自己都觉得好笑。即便是他先追求付雪晴，恐怕也根本不是这小子的对手。比起做心理医生，吴凡觉得陆恒更擅长当情圣。

他正胡思乱想呢，忽然发现坐在不远处的付雪晴直冲他递眼色，吴凡还不知道怎么一回事呢，顺着付雪晴的眼神扭头一瞧，眼珠子差点儿没掉出来。

他居然看见了贾洪涛。

这家伙怎么来了?

吴凡表情像询问似的看向付雪晴，付雪晴做出一无所知的表情。

付天明这时候笑呵呵地给大家介绍："这位是顺德市刑警队的贾队长。这次特意把他请来，我一定要亲自表示感谢。上次我女儿去顺德市查案子遭到凶手算计，幸亏贾队长及时赶到才化险为夷。"

贾洪涛连忙说："老局长您太客气了，我这是职责所在，说起来还是您女儿去帮我办案呢，该表示感谢的是我。"

"哪里，哪里，私下里你也别称呼我局长，咱们不用客气，我老头子为我女儿敬你一杯。"付天明一边亲自拿过杯子给贾洪涛斟酒，一边招呼付雪晴给贾洪涛敬酒。

贾洪涛也是爽快人，一杯酒一口就干了，马上又回敬付局长和付雪晴。

吴凡在一旁捂着脸，生怕被贾洪涛认出来，没想到贾洪涛早就看见了。

贾洪涛笑呵呵地朝他扬了扬酒杯，"还有你，吴老弟，来来，我也敬你。"

吴凡看了一眼端着酒杯、满脸别扭的付雪晴，只好硬着头皮拿起面前的杯子站起来，生怕贾洪涛说什么不该说的。

"咱们之前是不打不相识啊，今后就是朋友，哈哈，今后你们只要到顺德市，一定要知会我一声啊。我先干了。"贾洪涛一饮而尽。

吴凡和付雪晴连连称是，跟着把酒喝了，想着赶紧糊弄过去。

只见贾洪涛酒酣耳热，兴奋地大声道："不知二位打算什么时候结婚，到时候千万通知我，我一定来捧场。"

吴凡"扑哧"一口把酒呛得到处都是。

在场所有人蒙了五秒钟。

贾洪涛还不知道怎么个情况呢，瞅瞅一帮下巴脱臼的人，"怎么了，我又说错话了吗？难道付队长和吴记者已经结婚了？”

众人又多蒙了五秒钟。陆恒头冒绿光，脸都有点儿紫了。

付天明老脸挂不住，怒问女儿：“你给我说说这到底是怎么回事？”

“其实……”付雪晴索性把杯子里剩下的一口酒喝尽，正要开口，忽然一捂嘴巴，装作喝多了要吐，趁机捂着嘴跑出包厢，没影了。

结果就剩下吴凡一个人，朝一个个虎视眈眈的人满脸赔笑，“都是误会，都是误会。贾队长真会开玩笑。”

二十分钟后。

吴凡来到女卫生间门口，用力敲门，“我知道你在里面，别躲了。”

过了一会儿，卫生间的门被小心翼翼地推开，付雪晴露出一双眼睛，“他们没跟来吧？”

“就我一个。”吴凡没好气地说，“你可倒好，见势不妙就开溜，把我一人扔那儿不管了。”

“我也是迫于无奈。”付雪晴整理整理衣服走出来，瞧了瞧吴凡，“看起来没什么事。”

“没什么事？他们差点儿把我吃了。”

“那也不能光埋怨我啊，谁让你当时不老实了。”付雪晴理直气壮地给自己找借口。

“我又没对你做啥，是贾洪涛误会了好不好？”

“行了行了，别说了。”付雪晴一想起那天晚上发生的事情就脸红，“反正你记住了，咱俩打死也不能承认，就当什么都没发生过。”

“本来就什么也没发生过啊。”

吴凡还想往下说，付雪晴忽然使劲捅了一下他，吴凡一转身，看见陆恒从走廊那边走来。

吴凡咽了口唾沫，说：“他不是来捉奸的吧？”

付雪晴回答：“少瞎说，就算是，他也是扁你。”

吴凡咽了口唾沫，眼看着陆恒走到近前，心想，他要是真来扁我，我还手还是不还手？还手了我不成西门庆了，不还手我是不是太委屈了？

心里正在犯嘀咕呢，陆恒已经从他身边走了过去，来到付雪晴近前，关切地询问道：“我看你刚才不舒服，过来看看，怎么样，好点儿了吧？”

“还好，可能是刚才的酒喝急了，有点儿反胃。”付雪晴这时候也学会编瞎话了。

“那我们先回去吧，付叔叔他们还等着呢。”

陆恒就像没事人一样把付雪晴拉回了包厢，吴凡在后面看着他俩，有点儿发愣，难道这就算完事了？真有点儿搞不明白这小子怎么想的。

他硬着头皮也回了包厢，如果现在离开，那不成自己做贼心虚了，再说吃一次顺东来得花不少钱，不能就这么浪费了。

主菜陆续上来，一人一锅，吴凡也不瞅别人，闷头吃自己的。

碰巧身边就是贾洪涛，他现在也弄清楚是怎么回事了，搞得也挺尴尬，还小声跟吴凡解释：“你看看我弄误会了，你别见外啊，吴兄弟，我当时确实以为你们两个有那个关系呢。”

“贾队长，咱俩没仇吧？”吴凡小声说，“你没看到周围那一双双虎视眈眈的眼睛吗？你要想我活着吃完这顿饭就别再解释了。”

吴凡好不容易才吃完这顿饭，立马找机会开溜了。

瞧这架势，今后再和付雪晴合作就更难了。没想到自己光明磊落，居然也有绯闻。他真有心向陆恒解释清楚，他是因为怕他女友冻着才把自己的衣服给她，怕她睡着了会冻死才把她抱在怀里，要怪都怪那个把他俩困在矿井里的犯罪嫌疑人。

本来都准备好了这套说辞，可是话到嘴边，吴凡又认真地想了想，觉得要是把这些细节都告诉了陆恒，他可能真会弄死自己。

吴凡离开顺东来，去了欧阳姗姗家。

他看了一眼手机，发现有两个郭大头的未接电话，他给郭大头回了电话。

郭大头还真帮他去向电视台打听过嘻哈新闻的调查内幕，这件事其实并不是电视台方面的失误，目前怀疑是有外部人捣鬼。郭大头暂时也就打听出这些情况。

挂了电话，吴凡吃了两片陆恒给他开的药，这一觉睡得还算踏实，做了一些零零碎碎的梦，后来被手机吵醒，一睁眼还躺在床上，没有梦游。

吴凡拿过手机一看，是付雪晴的电话，多少有点儿意外，马上想到十有八九昨晚回去后陆恒和她吵架了，于是深表理解地劝付雪晴：“不要太放在心上，哪个男的遇到这种事都忍不下去，武大郎还拿菜刀呢，何况陆恒了。要不我再帮你劝劝他，就算他不要你，你这么漂亮，还怕没人要？”

“你胡说什么呢。”付雪晴说，“我和陆恒现在好着呢，他根本没提那件事。”

“啊？那陆恒就没有一点儿反常？这不正常呀。”

“你这话什么意思，好像盼着我俩有什么事似的。”

吴凡急忙解释：“哪里的话，我就是怕陆恒多心。”

“放心吧，陆恒没多心。我爸倒是被气得够呛，说你这个人心术不正，对我有歹意，让我少跟你接触。”

“啊，不至于吧。”

“反正以后你尽量躲着他吧，当心他把你抓起来。”

吴凡一个头两个大，这事还麻烦了。

付雪晴又说：“行了，说正事，你现在来警队一趟。”

“啥？”吴凡吓了一跳，“你让我去负荆请罪啊，你能保证我的人身安全吗？”

“哪跟哪啊，是我找你，是关于那个女网红的事情，跟我爸没关系，你来的时候躲着他点儿就行了。”

“哦。”吴凡这才放心。

他迅速穿好衣服，一开门就见欧阳姗姗一头栽到地上，还保持着趴在门上贴耳偷听的姿势。

吴凡一捂脑袋，他身边遇到的这都什么人啊。

欧阳姗姗顾不上疼，还没爬起来就惊喜道：“爹地，你和小雪姐姐是不是有情况？发展真迅速啊！”

“有什么情况啊！我和她什么事情都没有。”吴凡气呼呼地从她身旁跨过去。

“没情况你怕个什么劲，肯定有情况，对不对？”

吴凡把她甩在身后，急匆匆离开了别墅。

吴凡来到刑警队，小心翼翼地走进付雪晴的办公室，一进门，他就急忙把门锁上。

付雪晴看见他锁门，皱眉道：“你锁门干什么？”

“我怕万一你爸进来看见咱俩在一起，多心。”

“你锁门他更多心。”付雪晴表情有点儿不自然。

“话说，他不至于这么巧这时候过来吧？我刚才进来的时候很小心，没有人注意到我来找你。”吴凡自鸣得意地说。

付雪晴使劲咳嗽两声。

这时候墙角沙发那儿传来一个弱弱的声音：“吴记者，你好。”

吴凡转过身才看见赵楠坐在那里，脸上勉强挤出笑容。

吴凡尴尬地瞅瞅付雪晴，付雪晴翻了一个白眼，“简单点儿说吧，电视台播的那段音乐已经调查出了一些眉目。”

吴凡刚从郭大头那得到一些消息，不过并不详细，便安静地听。

“我让赵楠和电视台沟通过，他们之前已经报过警，网警查到那段音乐是黑客攻击了电视台的内部网络后，篡改了直播节目。”

“黑客攻击？”吴凡怔了怔，“那么查出了是什么人没有？”

“查到了，不过不是要找的那个人。”

“什么意思？”

赵楠接过话说：“这个黑客是个高手，他先远程操控了别人的电脑，然后才攻破了电视台的防火墙，所以网警查到的 IP 地址是那个被远程操控的电脑。”

吴凡对电脑技术不太精通，不过也大致听明白了，“你们的意思是这家伙移花接木，所以很难查到是吧？”

赵楠点点头。

“目前来说，那个女网红是嫌疑最大的。”付雪晴说，“就算她本人没有能力入侵电视台，也最有可能是她雇佣黑客干的。这起乌龙事件已经引起了广泛关注，字幕密码的答案就是她，无形之中就让她变成了焦点，她是这起事件中唯一的受益者。她的嫌疑自然最大了。”

“话虽如此，那你找到她确认过了吗？”吴凡问。

“我就是因为这个才把你找来的。我到现在为止还没有和她本人联系上，给她打电话她也不接。”

“昨天罗巧珍不是联系过她吗？”

“但是在那之后，我就联系不上她了。”说到这，付雪晴停顿了一下，“也可能她是心虚，故意躲我，但我还是有点儿担心。”

“担心什么？”

“明知故问，还不是你的乌鸦嘴。”

“反正我刚刚联系到了罗巧珍，她已经到警队了，一会儿会带我们去格格巫啦啦的住处，就在本市，我打算亲自去确认一下，走吧。”

一听说罗巧珍过来了，田鹏刚比谁都积极，找个借口非要跟付雪晴和吴凡一起去调查。付雪晴不好回绝，勉强答应了。

田鹏刚见到罗巧珍，还故意装作很惊讶的样子，“怎么小罗也来了，这可真是巧了不是。”

罗巧珍说：“我带付警官他们去格格巫啦啦的住所。”

“我也是去调查她的，这可真是巧了不是。”

“您不是法医吗？难道出什么事了吗？”罗巧珍惊恐地望着那张一本正经的

大脸。

“啊，是啊。”田鹏刚急忙随机应变，“我去是以防没见到人却见到尸体了。那样就不好了。”

罗巧珍脸都吓白了。

付雪晴一推田鹏刚，“赶紧下楼上车，哪那么多废话！”

“是，是，小罗你先请，女士优先，小心点儿脚下啊，路滑。”

吴凡瞧着他飘飘欲仙的背影，对付雪晴说：“我有种预感，田胖子这段感情生活将会相当惨烈啊。”

一小时后，付雪晴开车驶入女网红所住的小区里。

女网红本名叫田青，南方某省人，来江州传媒学院读表演系，毕业后干了半年文员，然后就在虎鱼上当起了主播，艺名就叫格格巫啦啦。因为能歌善舞，有一些小名气，但不太红。她的公寓是去年贷款在江州买的，一直都是她一个人住。从付雪晴手头掌握的资料看不出这个女人有什么特别的地方。

罗巧珍带着付雪晴和吴凡走进一栋高层住宅楼，乘电梯来到格格巫啦啦的家门口。

就像昨天一样，付雪晴按了半天门铃，依旧没人开门。

于是付雪晴打电话叫来一个锁匠把门给打开了。

罗巧珍站在门外不敢进，田鹏刚自然也没心思跑屋里去看有没有尸体。

付雪晴和吴凡进了门，四处打量，女网红家中的布置简单，充满了小清新风格。

两人屋里屋外转了一圈，也没看到人。

付雪晴有些起疑，对吴凡说：“田青在江州市除了工作室，就只有这一处落脚地了，据我了解，她平时也基本是两点一线的生活。现在去了哪里了呢？难道是回老家了，还是去了朋友家？可是为什么不接我电话呢？”

“她应该哪儿都没去。”吴凡说。

他从书架上拿起一部三星手机，点开一看，全是未接来电，都是付雪晴打来的，“不管她去哪儿，总应该带着手机吧。”

付雪晴从吴凡手里拿过手机，点开发现田青的手机并没有设密码，于是看了看田青的通话信息，发现田青最后一次发消息就是昨天下午 3 点钟给罗巧珍回复的那条短信。之后就是一连串付雪晴的电话号码。

付雪晴更疑惑了，“罗巧珍最早给她打电话是在昨天下午 3 点钟，她当时回了一条短信，说她在家。我今天早上 6 点多给她打电话，她却没有回我，说明一大早她就已经离开家了，或者她昨天晚上就离开家了。那她干什么去了？”

吴凡背着手在房间里转悠了两圈，东张西望，“房间里倒是看不出什么异常情况，假如有人闯进来强行把她带走，应该会留下挣扎的痕迹吧？没准她真是有急事离开了？”

他正在猜测呢，付雪晴忽然喊他：“你快过来看这个！”

吴凡看付雪晴的神情有异样，急忙走过去，付雪晴这时点开手机里的一段视频给他看。

视频中最先出现了一堵白色的墙壁，墙上挂着一个电子钟，上面的数字在单调地跳动着。

几秒钟后，镜头开始向下移动，缓缓出现了一个穿着白色睡衣的女人。

吴凡一眼就认出这个女人正是他们要找的格格巫啦啦。

镜头中的女网红双膝跪地，满脸憔悴，双手捧着一块白纸板，纸板上写着“我要死了”。

在格格巫啦啦的脖子上还拴着一个绳套，长长的绳子拖到镜头之外。

此刻的女网红表情看着有些呆滞，一双眼睛直勾勾地注视着镜头的方向，从她的眼神中能感受到充满压抑的恐惧。

“这也是她的恶作剧吗？”付雪晴说。

“这不是恶作剧，这次是真的。”吴凡变得异常严肃，“她装不出来那种恐惧感，她这明显不是自愿拍的，是给她拍视频的人要杀她。说不定，罗巧珍昨天收到那条短信时，这个田青已经被劫持了。”

“你是说那条短信其实是劫持她的人发的？”

“正因为回电话怕暴露，所以才回的短信。”

吴凡的话不无道理，付雪晴马上把所有房间重新搜索了一遍，但是并没有发现视频里挂钟的那面墙。

“或许视频并不是在这里拍的。”吴凡猜，“也许当时田青已经被劫持到其他地方了，犯罪嫌疑人强迫她拍完了那段视频，再把手机送到这里。”

“他为什么要这么干？”

“只有一种可能，犯罪嫌疑人就想让我们看到这段视频。他猜到警方会找到田青家，便把她的手机送回来了。也许，田青原本是想通过假自杀来博眼球，没想到引来了真变态。”

付雪晴也紧张了，“那现在田青岂不是已经遇害了吗？”

“还不一定，你把视频倒到最前面。”

当付雪晴把视频推到最前面的时候，吴凡指着墙上那个电子钟说："你看上面的时间显示是七十一小时四十八分十二秒，然后是十一秒，十秒……这不是时间，这是倒计时，凶手在告诉我们田青将要被杀的时间。她最后一次直播是在什么时候？"

"昨天上午。"

"那好吧，就算她是在昨天中午被劫持的，到现在过去了差不多二十个小时，她还有五十一个小时。"

"那也就是说，我们必须赶在这两天半的时间里找到她。"

吴凡点点头，"这是劫持她的人留给我们的期限，两天半的时间倒也不算短。"

"可是视频里透露的信息太少了，根本没法确定她在什么地方。要不要先查查小区监控，或许能查到犯罪嫌疑人进出……"

"等一下。"吴凡忽然指了指手机。

就在两个人说话的工夫，视频中的田青已经放下了白纸板，很奇怪地从地上拿起一支记号笔。然后在身后的墙上勾画起来，一边勾画，一边回头看镜头，似乎镜头那个方向有什么东西供她临摹。

随着她一笔一画地勾画，雪白的墙壁上出现了一个个奇怪的符号，仔细一看是一排简笔画的小人，每个人两只手各举着一面三角旗，或高或低，或左或右，把吴凡和付雪晴都看愣了。

"她这是在画什么？"付雪晴疑惑地问吴凡。

"不知道，莫非是密码？"吴凡猜。

"有这样的密码？"

两个人说话的工夫，第一排小人已经画完了，但是田青没有停，另起一行继续往下画，一个小人挨着一个小人，逐渐密密麻麻地画出了一大片。她看着都已经很累了，可是不敢停，就像有一条鞭子在看不见的地方等着她，逼迫着她往下画，直到把最后的一个小人画完，她才扔下笔，缩到角落，继续举着那张"我要死了"的纸板，一动不敢动。

而墙上那一个个挥舞着旗帜的小人好似在姿态妖异地舞蹈雀跃，仿佛在准备某个古老邪恶的祭祀，好像那个女人已经必死无疑了。

整段视频几乎播放了半个小时，完全是在沉默无声的状态下拍摄的，画面中没有血腥，没有暴力，却充满了死一般的压抑。

直到视频播放完了，付雪晴还惊愕地盯着手机，完全没有回过神来。她讷讷地问吴凡："这是犯罪嫌疑人强迫她做的吗？到底为什么要这样做啊？"

吴凡一声不吭，就像没听到她说话一样。

第四章　人形密码

付雪晴抬头一看，这家伙不知什么时候走到门口的小吧台旁边，端详起那些酒具。

“有什么发现吗？”

付雪晴打起精神走过去，看见吴凡从托盘里拿起一个高脚杯，酒杯里有个红色圆球形的东西，上面好像还拴着带子。

付雪晴一开始没看清楚是什么，看到吴凡一直盯着那东西出神，忍不住伸手把那东西从杯子里拽了出来。

她提着那个红色的小球在眼前端详了半天，自言自语道：“这是什么玩意儿？看着有点儿眼熟呢，好像在哪里见过。”

“你当然见过。”吴凡耐心地解释，“几个月前，咱们处理受虐倾向案的时候，有个受害者不是有戴这个吗？”

付雪晴脸一红，“真变态，难怪会招惹上坏人。”

吴凡一脸无赖相地笑着，可是眼神却很冷静。

有些话他不想告诉付雪晴，怕她问多了才故意插科打诨。

他一眼就认出那个放在酒杯里的东西是白若琳用过的。

这个东西之前一直放在公寓的衣柜里，自从白若琳出事后就没再动过。但是现在却意外地出现在了田青的家里，这只能有一个解释——预测死亡的兔子去过他家。

由此看来，吴凡之前的猜测是对的，那家伙一定是为了那枚戒指或者U盘而来。尽管吴凡还不知道这两样东西有什么用，但既然能让预测死亡的兔子亲自出马，那就说明这个东西对他来说至关重要。

吴凡心里暗自冷笑，说不定这家伙找不到他气得发狂呢，只好把从他家里拿出的白若琳的东西扔在这向他示威。

和这个看不见的影子交手了这么长时间，吴凡终于体会到占据主动的喜悦。

付雪晴那边还在为了救人发愁，“当务之急应该查查监控，犯罪嫌疑人说不定会留下重要线索。”

"那样估计效果不大，不过可以试试。"吴凡说。

"你有什么更好的办法？"付雪晴问。

"最好的办法就是尽快破解视频中墙上的那些密码。"吴凡说，"犯罪嫌疑人给了我们倒计时，给了我们密码，用意再明显不过了，救人的方法就在那些密码中。如果犯罪嫌疑人真是预测死亡的兔子，这就是他最喜欢玩的高智商游戏了。"

距田青被杀还剩四十八个小时三十四分二十七秒。

江州市刑警队，会议室。

事关重大，警队的主要人物全到齐了。

看完田青的死亡预告，所有人都默然无语，也许是被这突如其来的案情给惊呆了。

卢广通面无表情，阴沉着脸不知在想什么。

吴凡破例也参加了会议，坐在角落里倒显得比警察镇定一些。

卢广通瞥了他一眼，没说什么，问付雪晴："你有什么想法？"

"我和吴凡商量过，最好还是尽快想办法破解视频中那些密码。既然是预测死亡的兔子主动留给我们的线索，那就一定是救人的办法，这符合他的一贯作风。"

卢广通的眉心慢慢拧起一个疙瘩，"你怎么断定凶手就一定是这个家伙？万一那个女人画在墙上的不是密码呢？"

付雪晴一时间还真不太好解释，毕竟这是他和吴凡的猜测。

侯小亮跟着帮腔道："对呀，墙上那些明显就是一些人物涂鸦，看着一点儿都不像密码。凶手也完全有可能是在故意戏耍我们啊，如果我们浪费时间去研究那些毫无意义的涂鸦，犯罪嫌疑人说不定会趁机把被害人转移了，或者杀害后逃走了。"

付雪晴白了他一眼，"不是密码又为何会画在墙上，还故意留下倒计时？凶手干脆连视频都不留下不是更简单？而且之前犯罪嫌疑人在篡改新闻节目时就已经留下过密码了。"

卢广通说："你这些猜测并不能证明凶手就是预测死亡的兔子，我需要的是实际证据。毕竟现在为了调查他已经消耗了我们大部分精力，我们不能再干毫无把握的事情。如果犯罪嫌疑人另有其人，我们可以交给分局刑警队，我们适当配合就够了。你查过小区的监控吗，被害人是不是在小区失踪的？"

"查过，昨天中午 11 点，田青曾开车回到小区，被大门监控拍到了，不过她的车一直都在楼下停着。至少可以确定她是在小区被人劫持的。车里没有打斗的痕迹，她所住的单元的电梯监控也没有拍到她上楼。我怀疑她是在走进单元门后被犯罪嫌疑人劫持的，而且被带出了小区。”

“为什么犯罪嫌疑人不可能是住在小区里的？”卢广通忽然反问。

付雪晴对赵楠说：“你把刚才的死亡预告重新播放一遍。”

赵楠依言点开视频，播放了一会儿，付雪晴忽然问大家：“听到了什么没有？”

她这一提醒，不少人都侧耳聆听，由于那段录像是在近乎沉默的情况下拍摄的，任何细微的声响都能听到，忽然有人惊呼：“有动车的声音。”

“对。”付雪晴说，“这说明囚禁田青的地方距离火车道不算太远，而田青所住的小区附近根本没有铁路。”

卢广通说：“如果是有人把她带出去的，肯定会被监控拍到吧，凶手至少应该会提前开车进小区吧。”

“我已经找人核查进出小区的车辆了，不过那需要很多时间，而且，我还发现了一个更可疑的人。”

“更可疑的人？”

付雪晴朝赵楠做了一个手势，赵楠点开复制下来的监控视频，通过投影仪在大屏幕上播放。

视频中的画面正是小区大门的位置，付雪晴指着屏幕说道：“注意看，就是那个拉着银色拉杆箱的人。”

众人不由自主地伸长了脖子定睛观看，只见一个身穿灰色夹克的男子拽着一个银色的大号拉杆箱大摇大摆地从大门里走出。这个人既没戴帽子，也没戴眼镜和口罩，丝毫没有遮挡的意思，而且他还留着很奇怪的发型，脑袋两边剃得精光，只剩头顶中间的一绺头发被高高竖起，跟鸡冠子一样。看他拖着拉杆箱的姿态，似乎箱子里装了很沉的东西。

“脸部能再清晰一些吗？”卢广通问赵楠。

“可以。”赵楠把锐化过的嫌疑人面部图片打开。

众人仔细端详着嫌疑人的面孔，看到的是一张僵硬冷酷、棱角粗大的外表，很像一个社会混混。

卢广通觉得有些不可思议，问付雪晴：“你是说犯罪嫌疑人就这样大摇大摆地把被害人绑架走了？”

侯小亮插嘴道：“凶手既然暴露了长相，就直接照这个长相把田青身边的人都查一遍，肯定能查出这家伙。”

一直坐在角落里默不作声的吴凡幽幽说道：“那样肯定查不到这个人。谁会故意留着莫西干头光天化日就绑架人？就算是混社会的流氓，也不代表人家就没智商。”

“你这话什么意思？”侯小亮瞪眼怒喝。

吴凡懒得睬他，没吱声。

付雪晴这时候说：“你们看画面上的这个犯罪嫌疑人，就不觉得眼熟吗？”

有人忽然隐约想起来了，“我记得好像大半年之前，付队接手过一起干尸案，有个叫王自力的犯罪嫌疑人因为有严重的强迫症，每到要发泄压力的时候就会戴着一个莫西干头型的人皮面具在大街上跑方块，感觉跟这个人有些像啊……”

“不是有些像，是几乎一样。”付雪晴有备而来，打开桌上的文件夹，从里面拿出一个软塌塌的人皮面具，“这个是我特意从物证库里翻出来的，我仔细对比过，结论就是，我们在监控里看到的这个嫌疑人的脸其实是一张人皮面具，他在故意要我们。”

刚才还跃跃欲试的侯小亮一听这话十分难堪，卢广通也有点儿没面子。与其说是付雪晴在怼他们，不如说他们没想到犯罪嫌疑人敢来这么一手。

卢广通从付雪晴手里拿过那张人皮面具反复看了看，确实与视频里犯罪嫌疑人戴的面具十分相像，不禁问道：“怎么会有如此巧合的事情，总不能是这个犯罪嫌疑人与当初那起案子还有什么关联吧……”

吴凡接过话说：“卢队长果然洞察力非凡，说不定这两起案子之间就是有联系呢，也说不定，这个绑架犯就是想让你看到这样的联系……”

卢广通脸上的横肉微微抽动，尽管他很讨厌这个多事的记者，但这家伙有时候确实有些独到的见解，“你有什么想说的就说吧。”

“你们调查监控、排查犯罪嫌疑犯这些常用的手段可以照旧进行，我只有一个建议，想办法尽快破解死亡预告视频中的那些人形符号。万一真是犯罪嫌疑人留给我们的密码，那里面或许就有解救被害人的办法，我们要是去舍近求远地寻找其他线索，就算最终能找到，那个田青也早就死了。”

“我还没说要接手这个案子呢。”

“话不能说死啊，卢队长。这种案子你要是扔给分局刑警队，他们也破不了。这个女人还有两天就要被杀了，你既然看见了，也不能见死不救不是？”

卢广通阴着脸瞧了瞧他，“既然你坚持说那些符号是密码，你要是现在就能给我破译了，我或许会考虑。”

吴凡知道卢广通在出难题，实话实说道：“我当然没有那个本事了，咱们刑警队能人辈出，不妨挑出几个精通密码学的高手一起研究研究。”吴凡一面说着一面看了看周围的人，根本无人搭腔。

“看起来我这里找不到你要的人啊。”卢广通说。

“好吧，那我就推荐一个人……”

还没等吴凡往下说呢，会议室的大门就被撞开了，欧阳姗姗毛毛愣愣地闯进来，腼腆地朝大家摆摆手，“我就是他要推荐的那个人。”

卢广通一下就恼了，“难道咱们开会的时候，这小丫头就在外面听着呢？这里是刑警队，谁让她随随便便进来的？”

吴凡看向付雪晴，朝她撅撅下巴示意该她说话了。

付雪晴狠狠瞪了他一眼，都是他出的馊主意，到头来还得靠她找台阶下。

她只好硬着头皮向卢广通解释：“这女孩我们也都不陌生，精通密码学，之前她也帮助过我们，我想这次她应该能帮上忙，就把她找来了。”

卢广通沉着脸，瞧瞧她又看看吴凡，没好气地说：“你俩这一唱一和地把我拉过来开会，其实早就安排好了是吧？”

“不管怎样都是为了破案救人，不如先让她试试看。”付雪晴厚着脸皮坚持道。

卢广通勉强压下火气，“她看过那些符号了吗？”

“还没有呢，刚把她从学校接过来。”

“那就让她马上看看，万一不是什么密码也省得我们再费事了，那就直接把案子送给分局刑警队。”

付雪晴让赵楠把那段视频重新给欧阳姗姗看了一遍，欧阳姗姗瞪大眼睛从头瞧到尾，惊得直嚷嚷：“这个女人真是要被杀了吗？哇，太残忍，太刺激了。”

“你看清楚那些符号了吗？”卢广通问。

“什么符号？”欧阳姗姗莫名其妙。

卢广通只好耐心解释：“就是刚才在视频中，那个女人在墙上画的那些人形符号，你能认出来是什么意思吗？”

欧阳姗姗摇摇头，“我光顾着看那个愁眉苦脸的女人了，没注意她往墙上画了什么。”

卢广通不耐烦地让赵楠再把视频重新播放一遍，欧阳姗姗这次倒看得很仔细，等把视频都看完了，她凝神不语。

“现在那些人形符号你都看清楚了吧，你认不认识？”卢广通问。

欧阳姗姗没吭声，瞪着眼睛不知在琢磨什么。

侯小亮故意揶揄她："不认识就说不认识，没什么可丢脸的，小姑娘。再说没准就是一堆涂鸦呢。"

欧阳姗姗轻蔑地翻了个白眼，"你看不懂不代表我也看不懂，这有什么可难的，不过就是最简单的旗语而已，两百年前发明的信号系统能有多难的？"

卢广通没想到小丫头还真知道，忙问："旗语是什么？"

"是一种信号交流方式，十九世纪欧洲人发明的，用于陆地和船上远距离交流用的，通常需要一个人拿着两面旗帜摆出各种姿势，不同姿势代表不同含义，画成符号也是同样的道理。那个女人在墙上画的那些小人可以看成是一个个字母，通过两个旗帜的位置来确定。"

"这么说你能认出那些旗语字母表示的含义了？"

"差不多。"

卢广通大喜，马上吩咐赵楠把视频中墙上的人形符号截一张图下来，让欧阳姗姗当场破译。

付雪晴和吴凡交换了一下眼神，总算是松了口气。她这是信了吴凡的话，顶着压力把欧阳珊珊拉进来的，万一欧阳姗姗掉链子，那也是在打她的脸。

吴凡朝她挤眉弄眼，让她少安勿躁。他对干女儿可是很有信心的。

欧阳姗姗倒也一点不谦虚，大喇喇地往赵楠的电脑前一坐，要了纸笔，从最上面一排符号开始，一边给卢广通解释一边翻译成英文字母写在纸上，"呐，你看，左边第一个小人两只手的旗帜都伸向右侧，一上一下，这个符号代表着字母'I'。第二个小人两手旗帜放在身体两侧，左手旗垂直于体侧，右手旗抬起四十五度，这个符号代表字母'A'。第三个人左手旗平端，右手旗抬起四十五度，这个是字母'M'……"

侯小亮听她讲多了头晕，忍不住催她："你干脆不用解释了，直接写在纸上就得了。"

"那怎么行，要解释清楚，免得某些人脑袋不好使，还不相信。"欧阳姗姗朝他龇出两颗板牙，故意气他。

她故意慢吞吞地继续往下说："第四个人右手旗平伸，左手旗垂直于体侧，代表字母'B'。第五个人与第二个人姿态一样，是字母'A'。第六个人左手旗下垂，右手旗抬起七十五度，是字母'C'。第七个人是右手旗抬四十五度，左手旗竖直举在头顶，这个是'K'……"

付雪晴望着欧阳姗姗写出来的那几个字母，脱口而出："I am back……我回来了，这是什么意思？"

众人都面带不解地瞅着欧阳姗姗。

欧阳姗姗也不吭声，继续把后面的人形符号逐一写在后面，这么多字母一股脑地写出来，就算是英语好点儿的付雪晴也看蒙了。

"这么多字母有什么意思？"卢广通忍不住问。

"这是好几个单词连在一起了，如果断开就能看懂了。"欧阳姗姗瞅着那串字母，略加思索，用笔在中间点了几个点，这串字母就变成了"rabbit""predicting""death"三个单词。

此时，付雪晴的脸色已然变了。

"这是什么意思？"卢广通催问。

欧阳姗姗说："如果翻译过来呢，大概就是'预言到死亡的兔子'的意思。"

"预言到死亡的兔子？"卢广通稍稍一怔随即脱口道，"那不就是'预测死亡的兔子'吗？"

"这么翻译也对，都是一个意思。整句话连在一起就是'我回来了，预测死亡的兔子'。"

"这家伙摆明了是告诉我们，这起案子就是他干的吗？"卢广通脸色铁青，眼珠通红，像一个冒烟的火药桶，随时都能爆炸。

警员们一个个肃穆以待，连大气都不敢喘。

他们这段时间一直在全力搜查这个犯罪嫌疑人，始终没有下落，有些人都开始怀疑他是不是早就畏罪潜逃了。可是没想到，这家伙突然之间又冒了出来，而且公开向警方发起挑战。

坐在角落的吴凡自始至终都很冷静，对于这个他早就猜到的答案丝毫不惊讶。

他更想看看卢广通和这些警员的反应，面对这样一个公然挑衅的超级犯罪嫌疑人，估计所有人都乱了阵脚，卢广通不得不和他站在同一阵线了。

果然，卢广通沉着脸看了一圈，目光又落在了吴凡身上，"吴记者，你之前对这个犯罪嫌疑人做过犯罪侧写，你不是一直认为他不会亲自作案吗，那他为什么要设计这起绑架案？还是说他根本没打算杀人，又在跟我们玩一场脑力游戏？我想听听你的看法。"

吴凡早就想到卢广通会有这样的疑惑，平静地回道："我的犯罪侧写是在半年多之前做的，只是针对那个时间段的犯罪嫌疑人特征写的，但是犯罪嫌疑人的心理会随着时间或是环境的影响而发生变化，尤其是像预测死亡的兔子这种高智商犯罪嫌疑人。他现在的行为可以被看作是一种犯罪升级，他渴望获得更多的认可、更多的掌控力。”

“你的意思是，他会变得更加疯狂？”

“有这种可能。”吴凡耸耸肩膀，“不过，他的行事风格并没有彻底改变。他不喜欢被人当成被追逐的在逃人员，而是一个与权力公平较量的高手，只不过他从之前的隐身状态走进了公众视线，但较量的方式并没有改变。”

“你是说通过解谜的方式？”

吴凡点了下头，“这是他精心设计的较量方式，如果能破译的话，很有可能抓住他，退一步讲，就算他还给自己留了退路，这条线索至少能帮我们救出那个网络女主播。”

“你这样说有多大把握？”

“七八成吧。”

卢广通想了一想，看看在座的其他人，眼下无计可施，吴凡的分析自然分量最重。

他回头看欧阳姗姗，在他和吴凡交谈的工夫，小丫头也没闲着，在把剩下的人形符号一串串地都翻译成字母，写在了白纸上——

Mfnyviadegsuolliahg

Fmrghgzuujfzigvilu

Gvcgrovuzxglibyfrowrmt

Wfmsfzwrhgirxg

卢广通问她：“你现在写的这些是什么意思？”

这一回欧阳姗姗可没有像刚才那样张口就来，半天都没说话，似乎遇到了麻烦。

卢广通转身问付雪晴：“有什么问题吗？”

“我也一点儿都看不懂。”付雪晴实话实说。

“难道你也看不懂？”卢广通问欧阳姗姗。

欧阳姗姗还有点儿不服气，“我可是有六千的单词量呢，怎么可能一个单词都看不出来，这根本就没有什么含义，就是胡编乱造的。”

欧阳姗姗这句话一下引得在座的警员议论纷纷。

吴凡大声道："不可能。预测死亡的兔子绝对不会精心设计了这样一个局，却在最后毫无道理地戏弄我们。那只会显示他无能，他这种自视甚高的人绝不可能做这种事，用脑力击败我们才是他要做的。所以那些字母一定有含义，或许并不是表面上那么容易理解的含义。"

付雪晴也说："会不会是有什么规律，我们还没有发现？"她好不容易把欧阳姗姗拉进来，这小丫头没说两句就撂挑子了，岂不是打她的脸？

"就是一堆乱字母能有什么含义，完全没有任何规律啊。"欧阳姗姗抱怨道。

吴凡用力瞪了她一眼，"别说小孩子话，再仔细看看视频，大家可都指望你呢。"

"我本来就是小孩子。"欧阳姗姗挠挠脑袋，耐着性子重新看着电脑上的视频截图。

吴凡忽然道："我看视频里墙上的那些小人，尤其是从第二排开始，怎么看着好像是几个一组、几个一组呢？中间都有些距离，不知你注意到没有？"

让吴凡这一提醒，欧阳姗姗认真一看，还真是这么回事，于是她拿起笔按照视频里的空格逐一用斜杠断开，于是就出现了一些变化——

mfnyviad/egs/uolli/ahg

fmrg/hgzuu/jfzigvi/lu

gvcgrov/uzxglib/yfrowrmt

wfmsfz/wrhgirxg

卢广通猜测："如果是预测死亡的兔子故意这样做的，是不是说每一组字母就是一个单词呢？"

欧阳姗姗马上否认道："就算分完组了，这些字母也不是单词，凑在一起也没有任何意义。"

说到这，她似乎意识到什么，拧起眉头重新打量这些字母，忽然一拍小脑门，"我知道了，这个预测死亡的兔子也太鸡贼了。他写的这些密码表面上看是简单的旗语，第一排符号也的确是旗语，但下面那些人形符号却用的是双重密码。我就说嘛，这个自以为是的家伙这一次怎么会把那么简单的密码给咱们破……"

"双重密码？那是什么意思？"付雪晴好奇地问。

"就是密码中还隐藏着另外一重密码。我刚才只是按照破解旗语的方式把那些人形符号置换成了英文字母，因为第一行能破解，我就以为下面的字母也一样，哪知道这些字母并不能直接显示出含义来，因为这些字母本身也是密码。”

“什么密码？”

欧阳姗姗挠挠下巴，“这个可就不好说了。密码的种类多种多样，大部分都是用打乱字母的形式设计的，但是规律多种多样，除非能找出这种规律，否则很难破译。”

卢广通插嘴问：“那你现在能破译吗？”

“哪有那么容易啊。”欧阳姗姗取笑道，“要是说破译就能一下子破译了，那不是轻而易举就能把犯罪嫌疑人抓住了吗？那么笨的犯罪嫌疑人何至于你们现在都抓不住。”

卢广通立马没词了，直在那儿生气。

付雪晴对欧阳姗姗说：“凶手当然不会轻易就范，但现在距离被害人被杀只有两天了，我们只能尽快想办法破解密码。”

吴凡也提醒她：“我可是力荐你来的，可别给我掉链子啊。”

欧阳姗姗被他俩催得直头大，她抱着胳膊，瞅着纸上那些字母密码，“这些字母表面上看没有任何规律可言，我猜很可能是因为犯罪嫌疑人使用了密匙。”

“密匙？”付雪晴看了一眼吴凡，“我隐约好像听你提到过。”

“对，就是在侦破德古拉杀人案的时候。”吴凡马上回忆起来，“当时凶手使用的是一种叫‘斯巴达棒密码’的密语。而密匙就是一根适合缠绕密码条的棒子。当然了，‘斯巴达棒密码’本身并不复杂，远远比不了眼前的密码。”

“你们知道就好。”欧阳姗姗撇撇嘴，“密匙其实就是具体的加密方式，这种加密方式可以因人而异，随意设计，如果密匙设计得足够复杂，那密码就更不容易破译了，除非能知道密匙才行。”

“那这些密码的密匙又是什么呢？”付雪晴问。

“如果我知道就不用说这么多了。”欧阳姗姗很无奈。

“那有没有可能预测死亡的兔子把密匙隐藏在了什么地方，比如说在田青家或是工作室？”付雪晴猜道。

“倒也不是没有那种可能。”吴凡建议，“可以派人去仔细搜索，欧阳姗姗这边也别闲着，继续想办法破译密码。”

侯小亮不满道：“警队领导都在这，什么时候轮到记者在这里指手画脚了。”

吴凡平静地回了一句：“我只是建议，采不采纳与我无关，反正现在只有两天时间了。”

卢广通的确不喜欢吴凡这样指手画脚，但是这种时候也确实没有更好的办法。

他对吴凡说：“我可以接受你的建议，甚至如果破了案，我还会想办法为你争取到荣誉，对你将来的发展也有很大好处。”

“听起来似乎不错。”

“不过你要答应我一个要求。我希望你能停止在报纸上对这个案子的任何报道。”

“果然是没有白得的午餐。”吴凡笑道。

“这么说你答应了？”

“给我点儿时间考虑考虑吧。”吴凡说着起身离座，“我还有点儿别的事情要处理。各位继续努力加油吧，希望你们早日破案，抓住那只该死的兔子。”

还未等众人缓过神来，吴凡已经提前溜出了会议室。

他该说的说了，该做的做了，多待无益，见好就收，何况他还有更重要的事情要做。

离开刑警队，他直接赶回报社，抓紧时间又赶出了一篇稿子。

这篇报道相当大胆。

他接上之前的嘻哈新闻事件，把虎鱼女主播格格巫啦啦的失踪经过原原本本地报道出来，尤其提到了她手机里的那段死亡预告。在排版时特意把格格巫啦啦写在墙上的人形符号按照原样临摹了一份编排进版面里，并在文章中向广大读者宣布，这是预测死亡的兔子向警方发起的新一轮挑战，必须赶在四十八小时之内破译人形密码，才能救出被挟持的女主播。并在报纸结尾留下自己的邮箱，号召读者们踊跃参与密码破解，随时把答案发送到他的邮箱里。他还把兔子人的外表很形象地描述了一遍。

吴凡把新闻稿交给郭大头审阅，郭大头都看惊了，问吴凡这是真的假的。

“当然是真的了，时间紧迫，您就赶紧排版印发吧。今天傍晚一定要出现在各个报摊和订阅用户的家里。”

“可是今天的报纸已经印完了呀。”

“那就加印一版。”吴凡催促他，“而且我建议从明天开始每天两版，我会随时报道案情进展，让全体市民参与到紧张的破案中。人命关天，全社会都应该行动起来。”

“你这么一说连我都紧张了，好像那个女主播万一有个三长两短就是我的责任一样。”郭大头从椅子上跳起来，急急忙忙跑去安排报纸加版了。

吴凡走出郭大头的办公室，回到自己的座位上闭目养神，该做的都已经做完了，接下来就是等待了。

他完全能够想象到这份报纸会带来多大的轰动，对他来说，这也是一次巨大的冒险。

果然不出所料，第二天中午，距离田青被杀还剩三十个小时四十分五十七秒时，吴凡又被叫到了刑警队。

卢广通一见他就火冒三丈，看那架势恨不能把他一口吃了。

他抓起桌上的报纸甩到吴凡身上，“这是怎么回事，我要你现在给我解释清楚！”

吴凡拿起报纸，慢慢展开看了一眼，正是他昨天要求郭大头加版的那份法制专栏版。

“是我写的报道。”吴凡承认。

“我当然知道是你写的！”卢广通吼道，“你昨天在警队会上是怎么向我保证的？明明说好了不泄露信息，转身你就变卦了。阳奉阴违，卑鄙无耻！”

吴凡倒显得比较平静，“卢队长，有件事我必须澄清一下，我昨天可并未向你保证要保守秘密。你是警察，破案抓人是你的职责；我是记者，如实报道新闻是我的职责。再说，我这样做也是在协助警方，如今破解密码的人太少，因此我只好动员全社会参与进来，再说，这一点儿都不妨碍你们办案，我倒觉得你们警察应该感谢我才对。”

“说得好听，我看你摆明了就是想出风头！你这种藐视警方的行为，我完全可以拘留你！”

“随便你怎么想，就算拘留我，现在新闻也发出去了，相信大众会给我一个公正的评判。”吴凡丝毫没有胆怯，不卑不亢地回答。

卢广通都快被他气迷糊了，本来就与吴凡有过节的侯小亮趁火打劫，掏出手铐就上来铐吴凡，被匆忙赶来的付雪晴拦住，“等一下。”

付雪晴劝卢广通：“现在是非常时刻，就算逮捕吴凡也解决不了问题，而且他还帮了我们不少忙。眼下抓紧时间破译密码才是关键。万一真有人看了吴凡的报道把密码破译了，这倒也算帮了我们。”

“那这件事也不能就这样算了，一个记者跑到我们刑警队挖信息，为所欲为，岂不是乱套了！”卢广通还有些不依不饶。

吴凡笑着对付雪晴说：“没关系，就让他抓我吧，我权当来这里度假了，我还从来没体验过蹲监狱的滋味呢，回去我再写一份相关报道，肯定也是个爆点。”

卢广通在一旁要被活活气死了，非让侯小亮把吴凡铐起来羁押了，结果吴凡被扔进羁押室待了半天，傍晚付雪晴过来把他放了出来。

“我还以为你们都把我忘了呢。”吴凡抱怨。

付雪晴无奈地说：“现在是非常时刻，距离那个女主播被杀的时间越来越近，密码也迟迟没有破译出来，大家都焦头烂额了，根本顾不上你。”

“其他线索查得怎样了？”

“又重新搜查了一遍田青的工作室和住处，没有再发现有价值的线索。根据视频听到的火车声，我们连火车沿线的住宅区都打听过了。”

“你们还真够忙的，有线索了吗？”

“有个头哇，穿过江州市区的铁轨有两百多公里，附近的住宅区不计其数，根本都查不过来。”

吴凡忍不住一笑。

付雪晴瞪了他一眼，“你还笑。现在大家都很焦躁，你就别跟着斗气了，赶紧回去看看你的电脑邮箱，看看有没有能破译密码的读者给你发邮件。”

吴凡对付雪晴倒没什么可说的，答应完，只身离开了刑警队。

回到报社都已经下班了，只有几个加班的编辑还在忙碌，看见吴凡回来，还好奇地打听犯罪嫌疑人的密码破解出来没有。吴凡这篇报道影响真是足够大了，短短一天时间，整个江州几乎没有人不知道。

吴凡打开电子邮箱，收件箱一下子多出了几百封新邮件，大部分都是各地读者破解密码的答案，还有一些人声称自己看见过戴兔子面具、穿黑斗篷的人。

吴凡随便点开几封信，有些密码的分析十分繁琐，有的根本就是猜测，不过一看那些答案就没一个靠谱的。

吴凡挑了几十封看着靠点儿谱的信发给了付雪晴他们，好给卢广通他们找点儿事做。

忙活完一看时间，已经快到晚上 9 点了。

吴凡收拾了一下离开报社，计算了一下时间，距离女主播田青遇害还有大约一天的时间，估计现在整个江州都要疯狂了。

吴凡走出报社，习惯性地往地铁站走去。

他本打算去欧阳姗姗家，可是走到半路上发觉自己又被人跟踪了。

自从上次被跟踪，吴凡已经一个星期没去报社，住处也搬到了欧阳姗姗家，成功地把那家伙甩开了。

这个自以为是的兔子人肯定也被他耍得要发疯吧。

但吴凡知道，他肯定不会善罢甘休，而且越是这样刺激他，他就会越亢奋，这就是吴凡想要的，只有这样，这个高智商犯罪嫌疑人才可能露出破绽。

不负吴凡所望，他终于来找自己了。

吴凡不露声色，装作毫无觉察地走进地铁站，上了一辆列车。

这一次他没有去欧阳姗姗家，也没有回自己家，而是在中途下了车。

他走出地铁站，外面的天色已经完全黑了，路灯和临街商店的灯光依然耀眼。

吴凡脚步不停，不紧不慢地穿过马路，钻进了岔路。

他在楼群和小巷里绕着圈，越走路越黑，人越少。他却好像丝毫没有意识到危险似的始终信步而行。

他心里清楚，预测死亡的兔子一直在身后跟着自己。

看来他是真被吴凡逼急了。

因为吴凡身上有他必须拿回去的东西。

戒指还是U盘呢？或者两样都是。

吴凡现在几乎可以确定，那家伙去杀白若琳时并非故意留下戒指，极有可能是白若琳在挣扎时抢过来攥在手里的。他慌乱之中离开后才发现戒指丢了，这枚戒指对他来说至关重要，所以他必须夺回来。

他早已猜到是吴凡拿了戒指，因此才冒险闯进他家里寻找，甚至跟踪吴凡。

这个自以为是的家伙终于慌了。吴凡心中有种说不出来的愉快。

今天晚上，吴凡原打算试探试探这家伙的耐性，没想到他紧紧地跟随着，自己走到哪儿他跟到哪儿，根本没有放弃的意思。

吴凡心中冷笑，怎么，难道这家伙势在必得，还想硬抢不成？

想到这，他不仅没有丝毫惧怕，反而感到热血沸腾。

吴凡骨子里也不是一个软弱的人，早就憋着一股气愤，巴不得能有机会与这只兔子正面交锋，他倒想看看这个预测死亡的兔子还能使出什么新花招。

他经过一条狭长幽僻的柏油路，眼前出现了一条古旧的老街，此时街上的店铺都已经关张了，整条街死气沉沉，见不到一个行人。在街道尽头有一栋上世纪七八十年代留下的三层筒子楼。

夜幕下筒子楼的所有窗户都一片漆黑，像块发霉的石头一样隐藏在夜色中，看着鬼气森森的。

吴凡熟悉这里，就在一年前，还在这栋楼发现过一具干尸，牵扯出一桩连环杀人案。从那之后，这里的住户就陆续搬离，这栋楼成了一栋彻头彻尾的“鬼楼”。

吴凡是专门挑选的这个地方。

他倒想看看这个预测死亡的兔子是不是胆子也像兔子一样大。

他毫不迟疑地钻进了楼洞。

过了能有半分钟，一条黑影慢慢靠近楼房，在楼前一闪，也进了楼洞。

黑影走得异常谨慎，每一步都小心翼翼，随时做好了逃跑的准备。

这个总喜欢预测谋杀案的人似乎从来不喜欢预测自己。

也许是黑暗的楼房里过于压抑，也许是他也知道这里曾经发生过什么，他的心跳开始加速，呼吸也有些粗重。

他把一楼所有的房间都检查了一遍，没有发现吴凡的踪影，这让他有些吃惊。

他又来到二楼，小心谨慎地逐个房间排查，还是没有找到吴凡，这让他有些警觉，但还是上了三楼。

每检查一个房间，他都更紧张一分，检查到走廊尽头最后一个房间的时候，他已经准备好吴凡会突然扑出来。

可还是没有找到吴凡。

这一次终于出乎他的意料。

他明明看见吴凡进了楼洞，一楼窗户又全插着，说明吴凡根本没逃走，那他怎么会不见了呢？

就在他疑惑不解时，身后突然传来一声冷笑，“原来你也有害怕的时候。”

他浑身一紧，霍然回身，看见吴凡站在楼梯口。

吴凡轻蔑地看着他，“今天怎么改成墨镜和口罩了，你不是最喜欢戴兔子面具、装成兔子吗？”

“我明白了，是不是最近全江州的人都在议论预测死亡的兔子，都在寻找身边戴兔子面具的家伙，所以你不敢再用那套行头出来招摇了。呵呵，过街老鼠的滋味怎么样啊？”

预测死亡的兔子愤懑地哼了一声。

他生气吴凡就得意，“知道我为什么要把你引到楼上来吗？”

“因为我怕你小子逃了，现在你要想逃，就得从三楼跳下去。”吴凡说。

预测死亡的兔子往楼下瞄了一眼，他确实没有那个胆量。

“你早就发现我跟踪你，是吗？”他从口罩里闷声闷气地问吴凡。

“是。”吴凡承认，“知道为什么把你引到这里来吗？”

“这是你第一次用预测死亡的方式把我引来的地方，也是咱们开始交手的地方，对你我来说都有特殊的意义。”

预测死亡的兔子冷笑，“听你咄咄逼人的口气，就好像我今天肯定会栽在你手里一样。”

“既然来了，你以为自己还能逃得出去吗？”吴凡一字一句地说道，“摆在你面前的只有两条路，要么我先收拾你，再问你问题；要么你先回答我，我再收拾你。”

“说大话！”预测死亡的兔子低吼一声，突然加速，朝吴凡猛扑过来。

他身形异常灵活，眨眼之间就冲到吴凡眼前，身子向前一纵，挥起拳头。

吴凡这阵子私下也在温习泰拳，由于曾经练过，很多套路一看就会，所以上手很快。心里有了底气，他倒并不惧怕肉搏。

可就在他正要举拳相迎时，猛然看到对方手里多了一截黑色的棍子，朝吴凡劈下来。

一听这东西裹挟着劲风，吴凡就知道棍子肯定是甩棍一类的金属凶器，碰上就得骨断筋折。

这只兔子果然狡猾，上来就使诈。

这个念头也就在脑子里一闪，吴凡急忙收臂侧身，兔子这一击擦着他的身体落空了。

但兔子反应极快，根本不给吴凡喘息的机会，顺势一翻手腕，用甩棍手柄连续击打吴凡的小腹。

因为楼道狭窄，吴凡退无可退，结结实实挨了几下。

他忍着疼痛，伸手夹住对方的棍子，蹬起左脚，狠命地扫踢兔子的肩膀和脑袋。

泰拳讲究的就是以硬碰硬、以刚对刚，把身体任何部位都当作武器。

在连续的扫踢之下，兔子也有些吃不消了，其中两脚还踢在他头上，把他踢得直踉跄，攻势也没了。

吴凡抓住机会，大吼一声，起身而上。沉睡在体内的勇悍也被彻底激发。

他上面拳肘猛劈猛砍，下面铁膝硬腿直奔要害，一通疾风骤雨般的攻击倾泻在兔子身上。

这只骄傲的兔子开始还能挥动甩棍招架两下，很快就在绝对的差距下被打得毫无还手之力，墨镜碎了，口罩也渗出了血。

哐——

吴凡一脚蹬在兔子的小腹上，把他踹得一直滚，几乎爬不起来了，甩棍也早就脱了手。

吴凡居高临下地站在他面前，看着被他打瘫的对手，心里的这口恶气终于畅快地出来了。

“现在认栽了吗，浑蛋！可以回答我的问题了吧。”

预测死亡的兔子跪坐在他面前，有气无力地看着他，喉咙里发出不知道是痛苦还是怨恨的呻吟。

他和吴凡对视着，破碎的眼镜片后面露出那只不甘心的眼睛。

突然他一抬手刺向吴凡，但吴凡早有防备，一把扣住了他的手腕，仔细一看，原来他手里还有一个微型电棍。

吴凡冷笑，“你除了会用这种下三滥的手段，就没有其他花样了吗？就你这种货色也配装犯罪天才，真让人恶心！”

他用力一扭，兔子惨叫一声，电棍落地。

“我也懒得跟你废话了。让我看看你到底是谁吧。”

吴凡说着伸手抓向兔子的眼镜和口罩，兔子虽然不情愿，也无力挣扎，被吴凡一把扯去脸上的伪装。

借着云层中若隐若现的月光，吴凡终于看清楚了这家伙的真面目，这个一直将他玩弄于股掌中的天才犯罪嫌疑人的真面目。

可是他却一下子惊呆了。

他万万没想到这张脸他竟如此熟悉，就在今天白天他才刚刚见过。

“原来是你，侯小亮。”吴凡之前只是觉得这个人无比讨厌，眼下他却恨不能弄死他。

“你为什么要扮成预测死亡的兔子算计我？”吴凡揪着侯小亮的衣服一声大吼，把侯小亮吓得一哆嗦。

侯小亮还算沉着，冷静地解释道：“你搞错了，吴凡，我不是什么预测死亡的兔子，我就是警察，你今天袭警了知不知道。”他整理了一下衣服想站起来。

“浑蛋！”吴凡抬手给了他两个耳光，“你跟踪我，去我家翻东西，以为我都不知道吗？抓住你了还敢抵赖？别拿警察身份吓唬我！我告诉你，今天晚上你落在我手里，不老老实实交代，我就让你生不如死！”

吴凡眼中透出瘆人的寒光，一瞬间犹如妖魔附体，与平时那个谨慎平庸的报社记者判若两人。

侯小亮打了个寒战，身子有点儿发软，他看出这家伙说得出做得到，不禁有些气短，“吴凡，吴记者，我跟你实话实说，我真不是预测死亡的兔子。我是跟踪过你，但我没去过你家。跟踪你只是因为我怀疑你！”

“怀疑我？”吴凡半信半疑地瞅着侯小亮，“怀疑我什么？”

“因为我觉得你有嫌疑。”侯小亮咬咬牙，“你以为你做过的事情别人都不知道吗？”

“我做过什么事？”

“哼，白若琳遇害那天晚上，你是最早发现她毒发的是不是？”

“是。”

“但是我眼睁睁看着你从她手里拿走一样东西，当时你以为病房里没有其他人，鬼鬼祟祟地把那东西塞进自己的口袋里，可当时我就站在门外，看得一清二楚。之后你装作没事人一样离开了病房，没有对任何人提过这件事，难道你还不够可疑吗？”

吴凡十分震惊，“这件事只有你知道吗？”

“当然不会了，我还告诉过卢队，他也知道。我跟踪你是他默许的，就是要查查你到底隐瞒了什么。”侯小亮抓住了吴凡的把柄，显得颇为得意。

吴凡望着侯小亮，一时间有些失神。

侯小亮的话让他不能不信，之前他一直以为自己只要对付一个预测死亡的兔子就够了，没想到他已经被卢广通盯上了。卢广通之所以没有马上逮捕他，大概就是因为在收集证据、等待机会呢。这才是吴凡最担心的事情。

万一卢广通查到自己的身世，知道自己和鬼男有关系，那他就彻底说不清了。到那时他该怎么办？

吴凡一时方寸大乱，已然忘了侯小亮。

没想到侯小亮趁他不留神，悄悄从地上捡起那个微型电棒，瞅准机会突然触在吴凡身上。

上万伏的电压瞬间就把吴凡击倒在地。

侯小亮翻身从地上爬起来，怕吴凡起来反抗，又往他身上触了两下。

看着吴凡浑身抽搐，侯小亮还不解恨，又拳打脚踢地痛打了他一顿，把刚才自己吃的亏全都补回来，这口气才算消了不少。

“告诉你臭小子，你狂妄不了太久了，早晚要收拾你！”

侯小亮骂够了，摇摇晃晃地下楼离开了。

吴凡趴在那里一动不动。

被电棍电了一通，又挨了侯小亮暴打，他几乎都要爬不起来了。但他头脑很清醒，他意识到，跟踪自己的人肯定不止侯小亮一人，另外一个家伙不但跟踪过自己，还偷偷潜入自己的家中，那人十有八九才是真正的预测死亡的兔子。他现在的处境才真是前有狼后有虎。

吴凡扶着走廊的铁栏杆慢慢爬起，望着楼下黑黢黢的街道，猝然冒出一个念头，说不定那只狡猾的兔子现在正站在黑暗的角落里窥视他，等待机会。

假如他在这个时候对付吴凡，那吴凡根本没有还手之力。

也许当年经历过太多刀头舐血的日子，吴凡的潜意识中训练出了野兽般的警觉，尽管现在四周空无一人，他还是慢慢把身子退进了黑暗中。

他掏出手机，想了一会儿，拨通了一个号码。

二十分钟后，付雪晴来到了筒子楼，用手电照了一圈才发现坐在楼洞口的吴凡。

吴凡的样子把付雪晴吓了一大跳，他眉角撕开了一道口子，一只眼封着，脸上血迹涔涔。

“幸亏你在家，要不然就没人来救我了。”吴凡说。

“你这是怎么了？被谁打了？”付雪晴问。

“没什么，碰到一个小流氓。”吴凡扶墙站起来，忍着疼做出满不在乎的表情。

“小流氓能把你打成这样？”付雪晴将信将疑。她知道吴凡的身手，他能把两个训练有素的刑警打进医院，怎么可能被小流氓收拾得这么惨？

“那小子可能练过金钟罩铁布衫，我打在他身上他一点儿都不疼。等我打没劲了他就开始打我了。”

“行了，别扯了，你这样子得赶紧去医院。”付雪晴过来搀扶他。

“没关系，去你家休息一下就好，我现在头重脚轻，走不了远路。再说我怕那小子还在附近。”

“切，你不是一贯胆子挺大的，什么时候变这么胆小了？”

“我主要是担心你。那家伙看着挺变态的，手里还有麻醉枪，万一看见漂亮女人走夜路起了歹心，一枪撂倒扛回家当宠物，那可就麻烦了。”

付雪晴“切”了一声，显得满不在乎，可是手脚却麻利起来，急急忙忙搀扶着吴凡回了自己家。

吴凡细品付雪晴的态度，她似乎还不知道自己在白若琳病房里偷拿了东西。看起来这件事也只有侯小亮和卢广通在怀疑自己，他想到这心里稍安。

付雪晴的家距离老街不远，楼下有个小诊所，但已经关门了。付雪晴愣是敲门把医生叫了起来，先给吴凡的额角缝了针，处理了一下伤口，随后才把他扶到自己家楼上。

付雪晴拍了两下门，喊了一声：“我回来了。”

没过多一会儿就有人过来开门，还传来老女人嘟嘟囔囔的抱怨：“大半夜的，一个女孩说出去就出去，遇到坏人可怎么办。”

付雪晴笑道：“我平时晚上办案的时候都是抓坏人，不怕没有，就怕遇不上。”

“就你嘴贫。”说话间一个中年妇女把门打开，是付雪晴的妈妈。

她见女儿还扶着一个男的回来，吓了一跳，“这个人是谁呀？小雪，怎么、怎么还受伤了？”

其实付天明生日宴会那天，她见过吴凡，可吴凡眼下鼻青脸肿成这样，她还真没认出来。

“没什么，我一个朋友。”付雪晴一边搭话，一边扶着吴凡往自己的卧室走。

这时候付天明闻声从里屋出来，一眼看见了吴凡，稍微一愣，脱口叫道：“这不是那个姓吴的记者吗？你怎么把他带到家里了？”

付雪晴不想费口舌，急忙把吴凡拽进屋里关上门，对吴凡说：“今天晚上你就睡这里吧，养养伤。”

吴凡有些难为情，“咱俩睡一屋，你爸会不会多心啊。我看他本来就对我有成见……”

“你说什么呢？”付雪晴翻了一个白眼，“我让你睡我屋，我睡书房，懂了吧？”

“哦，这样啊。”吴凡多少有那么一点儿失落，“其实你不用对我这么客气，我也可以睡书房的。”

“我房间有锁，书房没有，我是怕半夜我爸把你扔大街上去。”

吴凡不再客气，觉得还是付雪晴想得周到。

这时候有人敲门，一听声音就是付天明，“付雪晴，你出来一下，锁门干什么，我要和你好好谈谈！”

付天明居然直呼女儿姓名，搞得情况挺严重似的。

“没事吧？要不我还是走吧。”吴凡小心翼翼地问。

“待你的吧，没事。”付雪晴瞧了瞧吴凡，“你现在这样出去，我也不忍心。好好歇着吧，闷了看看电视。我爸那老顽固交给我吧，对付不了他还得了。”

付雪晴开门出屋，付天明刚想伸脖子往屋里瞅一眼，结果付雪晴把门关上了。

这对火暴脾气的父女开始了唇枪舌剑。

“你怎么回事啊你，孤男寡女成何体统？”

“怎么是孤男寡女，应该是两男两女。你和我妈难道不算数了？”

“少跟我贫嘴，我说正经的呢。”

“我也说正经的啊。朋友受伤了，我还能见死不救吗？就让他来我们家休息一晚而已，我睡其他房间。老爷子，你也赶紧回去睡觉吧，难得我轮休回家歇一歇，明天一大早就要赶去刑警队，还有棘手的案子没解决呢。”

“那是两码事，你带谁不好，偏偏带这个吴记者，你让陆恒知道了怎么想？”

“这跟陆恒有什么关系，受伤的是吴凡啊。”

“那你怎么总跟吴凡在一起，你不会是喜新厌旧，又看上吴凡了吧？”

“你瞎说什么呢爸，我和陆恒交往，就不能和其他男人接触了？我和卢广通每天一起待的时间更长，你怎么不说我看上他了？”

“你……你无理取闹，真是无理取闹，什么时候学得这么刁蛮！”

“还不是向您学习，要不怎么胜任当警察？哎呀，行啦，赶紧回去睡觉去！要是那个女网红真被杀了，连您都得挨批！”

吴凡坐在房间里，隔着门听他们父女吵架跟听相声似的，憋不住只想乐，心里却感觉暖融融的。本来被侯小亮偷袭弄成这样，搞得他满肚子火，现在也消了大半。

他环顾着付雪晴的闺房，布置得干净雅致，还有一股淡淡的幽香，让人很难相信这会是一个女刑警住的地方。了解付雪晴的吴凡能够想象，她当初该是一个怎样乖巧温柔的女孩。这里珍藏了她曾经的记忆，也见证了她如今的成长。

书架上还摆放着她曾经的照片，照片里的付雪晴还是一个青春洋溢的小姑娘，亭亭玉立地站在一个英俊的青年身旁，这个人就是付雪晴的哥哥吧。

吴凡拿起照片默默端详，回想起被困矿井那晚，付雪晴讲述的她哥哥的故事，心头感慨万千。

他把相框放回原处，正在看其他照片，目光忽然被什么东西一下吸引住了，不由自主地落在其中一张照片上。

那张照片放在书架最角落里，不太容易让人注意到。

照片是付雪晴和另外一个男子的合影。两个人都是一身警服，背景看着好像是一所大学校园。

那个男子左手揽着付雪晴的肩，右手举起拳头，对着镜头摆出一个大大咧咧的姿势。付雪晴笑容腼腆，有些不好意思。

男子年纪和付雪晴相仿，棱角分明的面相看着很老成，算不上十分英俊，眉宇间却有股倨傲凛然的锐气，一对深沉的眼睛暗藏锋芒。但这些都不是吸引吴凡注意的地方。

他的注意力全在男子举起的右拳上。

他的无名指上有一枚十分醒目的银色戒指，尤其是戒指上那颗蓝色的宝石，异常耀眼夺目。

吴凡凝视着那枚戒指，简直无法掩饰内心的震惊。

即便照片没那么清晰，看不清戒指上的花纹，但是就凭戒指的形状和那枚蓝宝石，他就能确认，那正是他从白若琳手中拿到的那枚银戒指。

他费尽心思想查出这枚戒指的来历，没想到竟会在付雪晴家里找到线索。

“你在看什么呢？”付雪晴端着一个果盘走进屋，看见吴凡站在书架前发呆，随口问道。

吴凡都没注意到她什么时候进屋的，慌忙转回身，“哦，没什么。”

“我给你拿了点儿吃的喝的。你要是需要什么就跟我说。我爸你不用担心，被我搞定了。”付雪晴调皮地眨眨眼。

她看了一眼吴凡刚才一直瞧着的书架，“照片上都是我哥哥，长得是不是像电影明星？上学的时候他可是名副其实的校草，有好多女孩喜欢他呢。”

“也不都是你哥哥吧。”吴凡伸手把角落里那张照片拿出来，“这个穿警服的男人是谁呀？”

付雪晴一怔，眼神里流露出些许纠结，“他就是我和你提到的那个学长。”

吴凡努力掩饰心中的震撼，不露声色地说：“原来就是他啊，他叫什么名字？”

“高松林。”

“你把这张照片摆在这里，有什么特别的含义吗？”

“哪有什么含义，不过就是个纪念而已。”付雪晴打个哈哈，看起来不太想聊这位师兄。

但吴凡可不会到此为止，故意问："我只是有点儿好奇，你们这是在哪里拍的照片？"

"在警官学院。"

"警校的校规不应该很严格吗，怎么还会允许男生戴戒指？"

"你说那个啊。"付雪晴笑了笑，"那可不是普通的戒指。"

"怎么，你认识这个戒指？"吴凡有些惊讶。

"当然啦，这是洞察之眼，可是至高无上的荣誉呢。"

"洞察之眼？什么意思？"

"你好像对它还挺感兴趣的。这么跟你说吧，这是刑事侦查领域里一个著名的荣誉。ICI 训练营你听说过吗？"

吴凡摇头。

"ICI 训练营是一项历史悠久的国际警校界的交流活动。最早是由维也纳大学和波鸿大学在二十世纪初期发起的。如今，像卡迪夫大学、伯明翰城市大学、马里兰大学帕克分校、辛辛那提大学等多所研究刑事侦查学的著名大学都参与了这项活动。"

"这到底是项什么活动？"

"说白了有点儿类似于侦探领域的竞技活动。每年由世界各地的刑事侦查名校推选顶尖的优秀学生参与一个为期两到三个月的训练营，由著名的犯罪专家指导，把这些学员空降到某个国家的城市里，参与一项犯罪调查，通常都是未破的悬案或者疑案。学员们根据各自擅长的领域被分成几个调查小组，以竞赛的方式分头开展调查，两个月之后看调查的进展情况。"

"所有案子都能侦破吗？"

"那可不一定。他们面对的可都是真正的案件，最终无法破获也都是常有的情况。训练营结束时，几名导师会根据这些学员在实战中的表现推选出三名杰出者，颁发证书和洞察之眼银戒，褒奖他们用智慧的头脑、公正无畏的心胸为打击犯罪所做出的贡献。"

"你知道得还挺详细。"

"那当然，公安大学的人没有不知道的，这可是至高无上的荣誉。我学长可是第一个得到这个荣誉的本国学生呢，他能不高兴吗？"

"那他把案子破了？"

“是啊，他那一期训练营只有他们小组把案子破了，而且那还是一起十年前的悬案，可想而知破案难度有多大。他对凶手的大胆分析和假设对案子的侦破起到了至关重要的作用，获得这个奖项是实至名归的。”

吴凡没再往下问，他的脸色已经慢慢阴沉下来，他意味深长地看着付雪晴，“你这位学长可真是可惜了，这么优秀的人才最终却没能当成警察。”

付雪晴幽幽叹了口气，没再说什么。

“但我忽然有些好奇。”吴凡故意说道，“他当年为什么要杀人啊？你既然对他这么了解，应该知道一些细节吧。”

付雪晴的神情一僵，有些不太高兴，“这种事情有什么值得感兴趣的。我把你当朋友才对你讲了我学长的那些事，连陆恒我都没告诉过呢，你却把他当成笑话吗？”

“我哪敢把他当笑话，我只是好奇这个学长在你心里到底是个什么样的人，你真的了解他吗？”

“喂，你越说越离谱了，这和你有关系吗？莫名其妙。”付雪晴真的有点儿恼了，转身就要离开房间。

“你等一下，我有话跟你说。”

“关于他的就打住吧。我不想再谈这个人了。”

吴凡没想到这个学长对付雪晴影响这么深，他张了张嘴，到嘴边的话却不知道该怎么说。

“你到底想说什么？”付雪晴皱眉瞅着他。

吴凡犹豫了几秒钟，“我觉得是时候告诉你真相了。”

“什么真相？”

“其实田青没有被绑架。”

“你说什么？”付雪晴没听明白。

“我的意思是，她被预测死亡的兔子绑架、设计死亡倒计时这件事根本不存在。”

付雪晴难以置信地望着吴凡，“你怎么知道？”

“因为这是我和她一起编造出来的谎言。”

“你和她编造出的谎言？你在开什么玩笑？”

“我现在说的都是真的。”吴凡说道，“两周前，我得知她在网上发布的自杀预告，便向报社请了一周假，私下里找到她，和她商量用这个视频做文章，设计了一个她被预测死亡的兔子绑架的骗局。我向她保证，经过一些操作以及我的报道，她肯定被众多人知道，必然大红大紫，于是她欣然答应了。”

付雪晴吃惊地看着吴凡，“那电视台的嘻哈新闻是怎么回事？”

“是我让欧阳姗姗攻击了电视台网络，添加的那段嘻哈音乐，字幕里的密码也是她设计的。”

“这么说，后来我们赶去女主播家发现她的手机，以及手机里的视频，也是你们合伙伪造的是吗？”

“是。”吴凡承认，“房子是我们租的，当时拍摄视频的人就是我。田青写在墙上的那些人形符号也都是欧阳姗姗参考预测死亡的兔子之前设计的密码编造的……”

付雪晴冷笑了一下，“不用说了，视频里田青的恐惧也全都是装出来的，对吗？”

“她以前学过表演。那天拍视频的时候，我们提前又排练过。”

“那个戴着莫西干头套的绑架犯也是你吧？”

“是。”

“别说，你演流氓还真像。”

“过奖。”

“你以为我在夸你？”付雪晴差点儿气炸了，“你骗人不说，还带着欧阳姗姗一起骗，那小丫头在刑警队破解密码，装模作样地冥思苦想，让我们这帮警察都信以为真了。不用问了，全都是你教的对不对，她才多大呀，让你教成了一个十足的小骗子。她亲爹亲妈要是知道，不得把你吃了。”

“不至于吧，我还帮他们照顾女儿了呢。”

“行了，我不和你废话了，我就问问吴大记者，你费尽心思这么干的理由是什么？还是你觉得你已经聪明到可以把所有人都耍着玩？”

“我正要跟你说这件事，我这样做的目的其实和你们一样，就是为了抓住预测死亡的兔子。

“但你知道，这个天才犯罪嫌疑人异常狡猾谨慎，以你们当下掌握的线索很难抓住他，所以我觉得卢广通现在只是在白费力气。我思前想后，只有引蛇出洞这个办法可行。我给他做犯罪侧写时就曾说过，这个人之所以喜欢预测死亡，并以观察者的身份参与和自己不相关的案子，赶在警方之前洞悉犯罪真相，根本目的是他想证明自己超凡的能力，炫耀自己拥有神一样的睿智和洞察力。因此，这个人本性必然十分高傲，这也是他唯一可以利用的弱点。于是，我想到假借他的名义公开制造一起高智商犯罪，如果假预测死亡的兔子比真兔子更嚣张，引起更大的轰动，那么真兔子必然会感到侮辱，他的自尊心会让他做出行动。一旦他露面，我们才有机会抓住他。我把这个计划称作捕兔器。”

“你怎么知道他会露面，也许他根本无动于衷呢？”付雪晴故意怼他。

“不，他已经露面了。”吴凡平静地回答。

“你怎么知道？”

“还记得咱俩去田青家吧，那个现场都是我提前布置好的，但是除了一样东西。”

“什么东西？”

“还记得我在迷你吧台的酒杯里发现的那个红色的小球吧。那其实不是田青的，而是白若琳的，我一眼就能看出来。”

付雪晴一凛，“你是说预测死亡的兔子去过田青家？”

“应该就在我们赶去之前。”吴凡推测，“我之所以用嘻哈新闻，就是为了让影响力最大化，预测死亡的兔子才可能知道。我猜这家伙平时肯定也会看我写的报道，毕竟我是最了解他的人，他喜欢看我写他的文章。不过这次我却把假兔子当成真兔子报道，肯定激怒了他。他自然会关注这件事，想要弄清楚真相，所以新闻里那些密码也是给他准备的。欧阳姗姗设计的并不难，就是为了让他能够参与到调查中来。不出所料，他赶在警方之前来过田青家，那个小球就是证明。这家伙是不会甘心被人冒名顶替的，他知道我会来参与调查，他把我当成了他的代言人，所以要留下证明，让我替他告诉你们这个案子就是他做的。”

“那又能怎样？”

“以我对他的了解，这个死亡预告的犯罪手段让他很感兴趣。他的骄傲会让他查明这个冒牌货的思路，然后把这个案子变成真正的预测死亡的兔子的案子，让我们所有人认为这就是他做的。”

“好吧，就算你现在已经把他引出来了，那又能如何？难道你还能抓住他？”付雪晴故意不屑道。

“当然是为了抓他，否则何必费这么大力气设圈套。”

“我怎么看不出哪里有圈套？”

“圈套当然是放在最后了，你在田青家能发现那个手机，预测死亡的兔子肯定也会发现，自然也能看到手机里那段杀人预告，以及人形密码。不过欧阳姗姗设计这些密码着实花费了不少心思，在两天的时间里几乎很难破译。”

“这算什么圈套？”

“设计密码必须由易到难才不至于让预测死亡的兔子起疑，更容易引他上钩，把主动权掌握在我们手里。”

“你能不能说明白一点儿？”

“这么说吧，设计成死亡倒计时是为了便于控制时间，密码难度高除了能够激起这家伙的好胜心，还会迫使他采取非常手段。他既然无法在两天之内破译密码，那么唯一能想到的办法就只有窃取信息。警方的渠道肯定不好探听，我则是公开的，一天两版跟踪报道，还留下邮箱号召全民帮忙破译。只要预测死亡的兔子不傻，就一定会打我电脑的主意。他会想方设法从我电脑里窃取答案，这个密码答案肯定不会引起他的疑心，而这就是我下给他的圈套。一旦他就范，我们就可以一举把他拿下。这就是我的捕兔器。眼下我能做的快做完了，接下来就需要你们埋伏起来抓人了。”

“这么说，那个复杂的密码的答案是个地点喽？”付雪晴问。

“非常详细的地点。”

付雪晴冷笑一声，“你装神弄鬼地骗了这么大一圈，最后才告诉我，其实我一直被你耍得团团转，你怎么就确定我会答应你的要求？”

吴凡满脸赔笑，“我只是为了计划能够顺利实施才没有过早告诉你，如果说得太早，警队里人多嘴杂，难免会走漏风声。我这么做也是迫不得已，为了尽量把戏做得逼真，才好吸引预测死亡的兔子。”

“为了逼真是吧？那你还不如一点儿都不告诉我。”付雪晴怒气难消，抬腿就走。

吴凡还一个劲地跟在她身后解释，没承想付雪晴甩手把门关上，吴凡一抬头撞个正着。

他揉着被撞扁的鼻子回到床上坐下，望着书架上付雪晴和学长高松林的合影微微出神，脸上的神情也慢慢阴沉下来，喃喃道：“要是你知道预测死亡的兔子是谁，又该会怎么想呢？”

距离田青的死亡倒计时还剩十四个小时三十七分十五秒。

吴凡醒得很早，6 点就起床了。

他跑到书房扒开门瞄了一眼，沙发床上空着，只有枕头和毯子。

他正看得出神，忽听身后传来苍老森冷的声音：“你在看什么？我女儿已经上班去了。”

吴凡回头看见付天明那张威严的老脸，跟审问犯人一样，吓得 激灵。是非之地不可久留，便急急忙忙溜走了。

吴凡来到刑警队，看见卢广通带着一帮人还在那儿研究如何解救田青呢，一个个眼睛熬得跟兔子一样。付雪晴也在，不过一声不吭，看见吴凡来了，厌恶地咧咧嘴，把脸扭到一旁不睬他。

瞧这架势，她还没把真相告诉大家。

卢广通看见吴凡来了，马上问："你女儿今天来不来？密码到底什么时候才能破解啊？这眼看着还剩下半天了，她要是不行我们得赶紧想其他办法。"

"我已经让她抓紧时间了，我再打电话催催她。"吴凡装模作样地掏出手机，感觉付雪晴一脸鄙夷地瞧着他。

他电话打过去，欧阳姗姗说她在路上，很快就到。

过不多一会儿，欧阳姗姗背着笔记本电脑姗姗来迟，摆出一副莫测高深的模样。

她一到就成为大家的焦点，连卢广通都沉不住气了，不停追问她密码破译的进展情况。

"放心吧，还有大半天的时间，够用了。"欧阳姗姗嘴上满不在乎，随便找个空座位四平八稳地坐下，慢悠悠地打开笔记本电脑，装得都快没边儿了。

其他人要不是都不能破解密码，早就把她扔到门外去了。

"咳咳。"欧阳姗姗先清清嗓子，慢条斯理地给一个个大眼瞪小眼的大人们解释，"经过我一天多的分析排除，我认为后面那几行混乱字母的组合很有可能是恺撒密码。"

"恺撒密码是什么？"有人好奇地问。

"恺撒密码是历史上最早出现的置换密码。传说是古罗马的恺撒大帝传输情报时所使用的一种密码，所以被后世称作恺撒密码。这种密码的运算方式是通过字母的位移来完成的。打个比方，如果要对字母 A 来进行加密，可以位移两位，那么字母 A 就被加密成为了字母 C。以此类推，其余二十四个字母都可以用这个办法进行加密。"

"如果是用恺撒密码，那么我们遇到的这些密码破译出来是什么意思？"侯小亮问。

"我还没说完呢，这种密码最大的难点就在于，如果不知道位移参数，想找到对应加密的字母也很不容易，毕竟理论上，每个字母都有二十四种可置换的密码，需要一个个排除。假如犯罪嫌疑人在置换码上再做一些文章，那么破译的难度就会成倍增加。我现在已经尝试了五种位移顺序，都不对，所以我也不能十分肯定这些密码就是恺撒密码。如果是其他密码，那我就又浪费了很多时间……"

欧阳姗姗摆出一副压力很大的样子，还想往下说，付雪晴没好气地催她："赶紧快点说结果吧，你不是已经知道了吗？"

欧阳姗姗诧异地瞅瞅她，又瞅瞅吴凡，很是纳闷。

吴凡给她使了一个眼神，欧阳姗姗似懂非懂，顺着付雪晴的话说："嗯，我现在索性再尝试一种位移方式，直接移二十四位看看效果怎样。"

她一本正经，装得真像那么回事似的。

付雪晴抱着肩膀，冷眼瞧着她和吴凡演戏，吴凡还有点儿不好意思呢。

"第一行字母是'mfnyviadegsuolliahg'，假如按照位移二十四位的方式逆推的话，那么第一个字母就应该是'n'，第二个字母应该是'u'……"欧阳姗姗煞有其事地喃喃自语，像真在用心动脑似的，"接下来就是m、b、e、r，连起来就是number，这还真是个单词，看来我找对了呢。"欧阳姗姗惊喜道。

除了付雪晴和吴凡之外，大家也都来了精神，迫切地看着欧阳姗姗继续破译接下来的密码。

"按照这样反推的话，那么这些字母密码的明文字母就应该是'numberzwvthfloorast'，嗯？不对劲呀……"

众人的心瞬间又悬了起来，像坐过山车似的。

"哪里又有问题了？"卢广通问。

"我破译过的明文应该就是词语组合了。"欧阳姗姗说，"像这串字母可以根据语意拆分成'number''zwth''floor'和'ast'，这其中只有'number'和'floor'两个词语有含义，是英文单词，另外两个词语没有意义。"

"会不会不是英语，而是其他语言？"有人猜测。

欧阳姗姗连连摇头，"好像也不是外语。"

付雪晴使劲咳嗽了一声，吴凡急忙提醒欧阳姗姗："那就先别管他的，看看之后的字母能不能破译出来。"

"下面的字母呀，对应相同的位移方式，得到的明文就应该是……"欧阳姗姗飞快地在电脑文档里把后三行的字母翻译过来，其他人还没有看明白是什么，欧阳姗姗扫了一眼，忽然笑逐颜开，用鼠标在字母之间敲出几个空格，变成了"unit staff quarter of Textile Factory Building Dunhua District"。

"这些都是标准的英文单词。"欧阳姗姗随口翻译了出来，"单元，纺织厂职工宿舍，敦化区。"

"是敦化区纺织厂职工宿舍吧？"卢广通紧锁的眉头忽然展开，"这些密码的答案是地址，女主播田青要被杀的地址。”

“那我们现在就赶去把人救出来不就得了。现在距离最后的时间还有好几个小时呢。”侯小亮跃跃欲试。

吴凡随口质疑道：“纺织厂宿舍范围也不小吧，兴师动众地带人赶过去，万一惊动了凶手，不用等到最后时间，凶手就能把她杀了。你们就等着给她收尸吧。”

侯小亮气得干瞪眼，但是又没法反驳。吴凡说的确实是实话。

欧阳姗姗这时候说：“英文中地址的书写方式都是从小到大，这段地址看起来也是这样，只是前面那几个单词不能全部翻译出来，不过从已知的两个单词看，一个是楼层，一个是号码，很有可能是指具体的住户。”

有人猜：“这么说，翻译不出来的单词会不会是数字啊？”

“有可能，但是我看不明白加密方式，看起来并不是恺撒密码。如果是其他的加密方式，那就太难了。像棋盘密码、同音异形字密码、二分密码……这些经典的加密方式我都在考虑呢，不过需要时间……”欧阳姗姗还想再卖弄一回。

付雪晴没好气地说：“差不多就得了，赶紧说答案吧。”

欧阳姗姗又被惊了一下，疑惑地看向吴凡，吴凡尴尬地提醒她：“那你有没有考虑过旗语密码？你不是从那些人形符号一步步破译过来的吗？万一预测死亡的兔子在恺撒密码里安插了几个旗语密码迷惑你呢？”

欧阳姗姗似乎受到启发，重新对照原始的人形符号看，很快恍然大悟，“我知道了，爹地你说得太对了，第一行字母中的四个单词‘number’‘zwvth’‘floor’‘ast’中，‘zwv’和‘ast’根本就用不着恺撒加密方式解谜，应该保留原样，那就还是字母‘ade’和‘a’，而这四个字母所对应的旗语符号还代表了数字‘1’‘4’‘5’‘1’。这样一来密码就完全吻合上了，敦化区纺织厂家属楼1单元5楼14号。这个预测死亡的兔子太狡猾了，居然把我都给耍了。”

欧阳姗姗在一片惊讶的目光中公布出了密码答案，感到十分得意，忽然想起了和吴凡的约定，故意问：“我已经破解完了，爹地，你有什么想法啊？”

可是关键时刻，吴凡却不吭声了。

欧阳姗姗回头一看，原本站在身旁的吴凡早已不知去向，这可让她有点儿傻眼，剧本不是这么安排的呀！

付雪晴冷冷道：“别找了，你爹地早溜了。你就直接告诉大家你们的计划，捕兔器是吧？”

“啊？连这你都知道？”智商一百七的欧阳姗姗没料到这个后爸会把她出卖得这么彻底。

众警员惊愕不已地瞅着欧阳姗姗，表情越来越疑惑。

被逼无奈之下，欧阳姗姗终于道出了实情，差点儿被众人给打一顿。

卢广通气得浑身哆嗦，合着全是吴凡和这小丫头合起伙捣鬼，牵着他们的鼻子玩。

“异想天开！”他用力一拍桌子，把欧阳姗姗吓得一哆嗦，“吴凡凭什么认为用这种办法就能把预测死亡的兔子引出来，这纯属就是胡扯！”

付雪晴这时候插嘴道：“不过看上去好像确实引起了那家伙的注意。他已经偷偷到过女网红家了，还留下了记号。”

“你说的是真的？”卢广通将信将疑地看着她。

“当时我和吴凡在一起，他发现了白若琳的东西。吴凡认为，他这样做就是在暗示我们，这个案子是他做的，所以他也会努力查出这件事的真相。”

“那又如何，吴凡想到如何抓他了吗？”

“我爹地当然想到了。”欧阳姗姗马上说，“我们费了这么大力气设计这些密码，密码的答案就是圈套。”

“你说预测死亡的兔子会去纺织厂的那个家属楼？”卢广通深表怀疑。

“当然会去了。他既然去过田青家，肯定会看到手机里那段死亡预告的，也能看到那些密码。他要想了解这个案子的真相，肯定要想办法破译密码，提前找到死亡预告里所说的那个地方。你们到时候就守株待兔等他来就好了。”

她话音刚落，侯小亮就在一旁泼冷水，说：“得了吧，吴凡这个想法根本就是异想天开。既然预测死亡的兔子之前已经看过那段视频，你怎么知道他会什么时候破译密码？要是这家伙昨天就已经把密码破译了，他说不定早就去过现场了呢。”

“那又如何？那里就是一间空屋子，他什么都发现不了。又没到最后的时间，绑架女网红的人没带人过去很正常。”欧阳姗姗针锋相对。

卢广通接过话：“但是一个成熟的犯罪嫌疑人通常会隐藏在附近观察动静。我们这时候一旦派人过去，就失了先机。敌明我暗，很容易被这家伙识破，就算我们没派人过去，本来就是假的，早晚还是会被他发现。所以说吴凡的想法看上去好，其实根本不切实际。”

欧阳姗姗露出几分轻视，“你们不要总是低估别人的智商。你们都能想到的漏洞，我爹地怎么可能想不到，就是为了避免他有充足的时间破解密码，才设定的死亡倒计时。而且我故意设计出双重密码来增加难度，还在破解出的密码中做了手脚。预测死亡的兔子就算再天才，也不可能一天多就破解出来。现在我爹地的邮箱里已经收到了几千封读者回信，压根就没有正确答案，全江州的人都不行，这只大兔子也强不到哪去。所以，他只有一个办法。”

“什么办法？”

“窃取我爹地的资料。爹地在报纸上公布了自己的电脑邮箱，动员全社会参与密码破译，所以他是最有可能知道密码答案的。预测死亡的兔子自然也能想到这一点，他肯定会入侵我爹地的电脑，事实上，他也是这么做的。就在今天上午，我爹地的电脑邮箱收到了两个可疑的邮件，一封是读者来信，表面上是参与破译密码，其实链接中隐藏了木马，一旦点开，我爹地的笔记本马上就会遭到远程攻击。还有一封广告邮件，也同样隐藏着恶意链接。说明那个人已经迫不及待了……”

付雪晴嫌她说得太慢，替她解释："就在今天早上发行的江州晚报的增刊中，吴凡宣布有的读者已经快要破译密码了。可能就是这条信息刺激了预测死亡的兔子，所以他才会发送木马邮件，一旦吴凡点开邮件，他就能入侵电脑，找到密码答案。”

欧阳姗姗笑嘻嘻地拍拍面前的笔记本，“我爹地的笔记本就在这里，他的破解答案就在桌面的文件里。也就是说，只要我点开两个密码链接中的任何一个，预测死亡的兔子就能找到密码中的那个地址。那里其实没有人住，要被拆迁了。”

付雪晴说："吴凡之前的做法虽然不妥，但毕竟还是为了抓住凶手，而且预测死亡的兔子现在已经上钩了。我建议我们现在就动身，和欧阳姗姗打一个时间差，赶在预测死亡的兔子之前在纺织厂宿舍设下埋伏圈，等他一到就把他拿下。”

卢广通这时候却沉默了，似乎还在犹豫。

欧阳姗姗催促他："老大爷，你可想清楚了，我爹地在报纸上已经公开说马上就要找出答案了，那他第一时间肯定要报警救人。如果拖得太久，那家伙说不定就起疑心了。千载难逢的机会你可得想清楚。”

卢广通思前想后，压下火气，虽然吴凡这次很让他恼火，但现在正是一致对外的关键时刻。

他一拍桌子站起身，“那就行动。”

连老大都发话了，侯小亮自然身先士卒，“卢队，我先带两个人赶过去打前站，摸摸地形。”

“那样也好，我带着人随后就到。你小心点儿，别张扬。”

“您放心吧。”

侯小亮前脚离开，队里也忙活开了，卢广通把精明强干的警员全都带上，他们一个个摩拳擦掌，精神十足。

第五章　疯狗

偏偏在这个时候，付雪晴却找不到吴凡，不知道这家伙去了哪里。她本以为他走了呢，没想到吴凡突然又冒了出来。

“你可倒好，把欧阳姗姗一个人扔在那堵枪眼，你一个人却躲起来了。哪有你这样当爹的，幸亏陆恒不像你这样。”付雪晴一看见他就怼他。

她跟吴凡熟了，说话也口无遮拦，可没想到吴凡后面还跟着赵楠，她一下窘迫得说不出话，耳根有点儿发烫。

“我刚才就是出去转转……”吴凡正要解释呢，忽然看见欧阳姗姗气呼呼地从远处跑过来，他赶紧抬腿开溜。

“你给我站住！”欧阳姗姗紧追不放。

两个人眨眼间全都没影了。

付雪晴有点儿疑惑地叫住赵楠，“你刚才怎么会跟吴凡在一起？”

“他刚才找我有点儿事。”

“找你？”

“嗯，他让我帮他查一个网上的在逃人员。”

“网上的在逃人员，是谁？”

“一个叫高松林的人。”

“高松林？”付雪晴大吃一惊，“他查这个人干什么？”

“他就说想看看这个人的资料。看完之后也没说什么，我们就出来了。”

付雪晴暗自疑惑，不明白吴凡为什么忽然调查起高松林了。他为什么不问自己，反而问赵楠呢？

三十分钟后，距死亡预告的时间还剩四个小时三十五分。

全体警员乘车出发。

由于是秘密行动，所有人都伪装成便衣，乘坐普通车辆悄然驶出刑警队。

付雪晴和吴凡同乘一辆车。

付雪晴开了一段，似乎不经意地问了吴凡一句：“你刚才和赵楠聊什么了？”

“也没聊什么，路过正好碰上了，我仔细一看，发现她其实长得也蛮俊俏的。”

“色狼。”

“话不能这么说，就许你和陆恒天天秀恩爱，不许我追求幸福？我现在恢复单身，她待字闺中。没准我和她还能擦出火花来呢。”吴凡嬉皮笑脸，一副不正经的样子，他的眼神却是冰冷的。

他想方设法地从公安网上了解到了高松林的资料。

高松林没有什么出奇的，家境普通，高考成绩优秀，进入了一流警官学院，在学校三年的表现一直很优秀。大四的时候参加国际刑事侦查训练营(International Criminal Investigation Training Camp)，简称 ICI 训练营，获得杰出奖和“洞悉银戒”。可以说那时候的高松林前途不可限量。

然而，就在那个时间节点上，他却因杀人获罪。

网上的资料比较简短，大致是说五年前，高松林大四上学期的一天夜里，他在离校外出的途中与一名外籍商人发生争执，将人殴打并残忍杀害，之后畏罪潜逃。如今是网上的一级通缉犯。

对于这个人失踪这五年里的经历，资料里丝毫没有提及，吴凡猜测警方应该没有找到任何线索。

一个能成为顶级侦探的人一旦变成犯罪嫌疑人，那就是最狡猾的犯罪嫌疑人，所有警方的侦破手段他都熟悉，在这个世界上，到处都可以是他的藏身之处。

不过……

吴凡暗自猜测，莫非这个高松林为了逃脱警方的追捕出过国，所以他才认识自己。

一路上他都在翻来覆去思考这个人。但他却不知该如何向付雪晴开口。警方赶到目的地时，距离最后的时间还剩三个小时左右，将要到傍晚时分。

付雪晴的车在最前方带路，穿过一处铁路道闸，开进一片街区。

吴凡隔着一条马路一指远处，“看到路边那栋灰色旧楼了吗？就是那栋楼，1 单元 5 楼 14 号，就是最左边那溜儿窗户的五楼，从外面就能看到。”

吴凡的声音从对讲机里传到了其他几辆车里，卢广通让开车的警员绕着那栋楼转一圈，发现这栋楼十分孤立，还挺适合监视的，吴凡这小子倒确实动了脑子。

他亲自指挥把众人安排就位，这才通过手机让欧阳姗姗点开犯罪嫌疑人发到吴凡邮箱里的木马链接。

手机里忽然传来欧阳姗姗兴奋的惊呼："电脑马上就被监控了，有人拖走了桌面上的密码文件。肯定是这个预测死亡的兔子！"

吴凡听到欧阳姗姗的声音后，看了看付雪晴，"接下来就是等待了。这家伙肯定会过来的。"

他心里还隐藏着一些话没说。再过几个小时后，他们就能见到这个人了。虽然吴凡已经知道这个人是谁，却始终没有告诉付雪晴。该来的总会来的，就让她亲眼去见吧。

四辆车随意地停在纺织厂家属楼周围，路过的行人根本看不出异常。

付雪晴亲自带着几名便衣伪装成路人，把所有能进出楼房的通道全部都监视起来。一切安排都在悄然无声中进行，所有人都仿佛变成了哑巴，一声不响地留意着周围的动静，偶尔经过一个路人都能马上引起无数双眼睛的注意。

夕阳在天边缓缓下沉，距离最后的时间越来越近。

其实吴凡心里比谁都紧张、都激动，他不仅仅想抓住这个神出鬼没的天才犯罪嫌疑人，更想从他那里知道关于自己的秘密。他确信预测死亡的兔子肯定知道。

但他心里清楚，同警方合作也意味着巨大的风险。他已别无他法，面对一个实力远远超过自己的犯罪嫌疑人，单凭自己根本无能为力，和警方合作实属无奈。

经过漫长的等待，在远处不时经过的火车的隆隆声中，吴凡迷迷糊糊地打起了盹，醒来后发现天色已晚，终于临近最后时间，此时纺织厂家属楼也悄然裹上了夜幕的黑纱，在点点寒星下带着一股神秘和阴森。

付雪晴拉开车门钻进来，歇口气。

"都安排好了？"吴凡问。

"是啊。"付雪晴看了眼时间，"还有五分钟就到时间了，这家伙还没来，可真沉得住气啊。"

"他一向沉得住气。"吴凡面容冰冷地望着挡风玻璃外面，此刻街上空无一人。

"你没有真让田青在那个房子里等着吧？"付雪晴随口一问。

"开什么玩笑，当然没有了。那就是一间空屋子。反正预测死亡的兔子也不可能知道，等他知道了也跑不了了。"

随即两人停止说话，各自在心里倒计时，当最后时刻来到的一刹那，心头都不自觉地震颤了一下。

而接下来，就像什么都没发生一样，时间继续不紧不慢地往前走着。

这时候，卢广通的声音在对讲机中响起：“有没有发现可疑的人？如果发现马上汇报！”

无人回答。

预测死亡的兔子没来。

在极其安静的气氛中似乎酝酿着一股焦躁不安。

半个小时过去了，依然没有可疑的人出现，开始有人坐不住了，从车里钻出来，比比画画地说着什么。

付雪晴看了看身旁的吴凡，忽然被吓了一跳。

他整个人都紧绷着，额角青筋突出，目光用力地注视着车窗外。

此时此刻他比谁都紧张，这是他好不容易创造出来的机会，只能成功，不能失败。

不知不觉，距离设定的最后时间已经过去了将近一个小时。

卢广通也沉不住气了，通过对讲机问吴凡：“你觉得预测死亡的兔子还会来吗？会不会他根本就没打算过来？”

“不可能。”吴凡咬牙道，“我了解这家伙，他既然已经上钩了，那就一定会过来的。”

“可是现在已经过去这么久了。他如果来了，为什么不上楼呢？”

“也许是他过于谨慎吧，可能正在观察。”

“现在都过去一个小时了，正常来说，田青早已经被杀了，那他过来还有什么意义？”

其他人也插话道：“会不会出现了什么变故呢？要不我们上去看看吧？”

“再等等，再等等……”吴凡咬紧牙关，努力坚持着。

忽然有人说：“你们听，那栋楼上好像有狗叫。”

众人侧耳聆听，果然听到头顶上传来一阵阵凄厉的号叫，声音在夜空中回荡，听着十分瘆人。

“不是说这栋楼里没人住吗，怎么会有狗？”有人疑惑道。

“也许是野狗呢。”有人猜测。

“会不会是预测死亡的兔子早就到了？”

“行了，都别说了。听我安排。”对讲机里忽然传出卢广通的声音，“我们不等了，现在上楼去看看。侯小亮，你带人先上去！”

卢广通一连喊了两声，侯小亮也不应声。

“这小子，关键时刻居然开小差去了。”卢广通不满地嘟哝了一句，拉开车门，带着人走进了宿舍楼。

付雪晴在车里看见了，问吴凡：“干脆咱俩也上去吧。”

事已至此，吴凡想拦也拦不住了，于是和付雪晴出了车，随后也上了楼。

他们上到5楼，看见漆黑的楼道里站着好几个人影，就是卢广通他们。

这栋楼每一层都有三家住户，卢广通指着中间那扇铁门问吴凡：“就是这里吧？”

吴凡点点头。

这时候从铁门里面传来几声狗吠，似乎就是刚才那只狗。

卢广通不解地问吴凡：“你在屋子里还放了狗？”

“没有啊。”吴凡有些惊讶，“这就是一间空屋子，什么都没有。”

卢广通浓眉皱起，似乎意识到了什么，“莫非有人在房间里？”

他的声音不大，却让所有人心口一紧。

难道预测死亡的兔子此刻就躲在房间里吗?

没人知道他是什么时候溜进来的，也没人知道他躲在里面干什么。

卢广通朝付雪晴做了一个手势，付雪晴心领神会，抽出手枪，来到门外。

卢广通也拔出枪，用手指轻轻抠了一下门边，发现铁门是虚掩着的，于是慢慢把门打开。

房间里的狗叫声不知何时停止了，出现在众人眼前的只是一团昏暗寂静的混沌。

付雪晴和卢广通小心翼翼地跨进房间，其他人也都随后进入。五六把手枪指着房间各处，警惕着黑暗中的一切异动。

当他们确定客厅里没有危险了，就开始分散开朝各个房间移动。

“有人！”刚迈进卧室的警员忽然一声惊呼，也许是太过紧张，竟然失手开了一枪。

众人闯进房间，借着窗外朦胧的光亮，看见有个人被一根绳子套在脖子上悬挂在半空，双脚离地，由于子弹的冲击力，他身子在空中微微荡悠。

这一幕把所有人都看呆了。

“你不是说女主播不在这里吗，那上吊的人是谁？”卢广通厉声质问吴凡。

“我不知道，我根本就没让她过来。”吴凡现在也完全蒙了。

卢广通扬起手朝开枪的那个警员脸上狠狠扇了两个耳光，“你怎么不看清楚就胡乱开枪！如果被害人是你打死的，我看你怎么办？”

那个警员欲哭无泪，“我也不知道……不知道怎么就开枪了……怎么办啊卢队……”

这时候，付雪晴掏出手电往那个人身上照了一下，松口气，“这是个塑料人，不是真的。”

被她这一提醒，众人纷纷打开手电一照，这才看清楚绳子上挂的其实是服装商场常见的那种白色的塑料模特。在模特胸前挂着一个白纸板，上面写着“我要死了”。

刚才那一枪打在了模特的肚子上，炸出了一个狰狞的弹孔，看来那个纸板上写的也没错。

众人看着假人，感到有种莫名的滑稽。

刚才被卢广通扇耳光的警员捂着脸，也不知是松了口气，还是觉得这两巴掌挨得冤。

卢广通用手电在房间里照了一圈，就在塑料人旁边的墙上挂着一个电子挂钟，下面的墙上画满了双手拿旗的人形符号，就像是视频录像里看到的地方。

卢广通回过头怒气冲冲地问吴凡：“这些到底是怎么回事，是不是你弄的，觉得好玩吗？”

吴凡没说话，走到假人旁边，摸了摸套在他脖子上的绳子，看了一眼假人胸前的白纸板，对卢广通说：“墙上的电子钟和密码是我布置的，不过绳子和白纸板当时都是扔在地上的。而且我们从来也没有准备过这个假人，不是我，也不可能是欧阳姗姗和田青。”

“那这到底该怎么解释？”

“只有一种解释。还有其他人来过这里。”吴凡脸色凝重。

“你难道是指预测死亡的兔子？”卢广通瞳孔收缩，“那怎么可能，你不是说这个计划安排得万无一失吗，而且还是你一步步把他钓上来的……”

吴凡现在也心绪大乱，“我也想不透究竟是怎么回事，这家伙应该不会看破我的计划呀。”

卢广通怒气不消，还想说什么，忽然又被一阵狗叫声打断。

这声音就在他们身后，把众人吓了一跳，纷纷用手电照向身后，看见墙脚拴着一条龇牙咧嘴的恶犬，一边用力扯拽绳子，一边叫个不停。

可能是刚才的枪声把它吓到了，它刚才缩在墙角沉默了许久，终于忍不住又开始发飙。

吴凡仔细瞅着那条狗，突然道：“我认得这条狗，这是田青的狗。”

付雪晴也想起来了，“这不是牛头梗吗，咱们不是在田青的工作室看见过它吗，怎么会拴在这里呢？难道田青来过这里？”

她看了一眼那个假人，猜测道：“有没有可能塑料模特是田青带过来的，会不会是她把这件事当成游戏了，觉得炒作不够，故意搞的恶作剧吧。”

吴凡眉头紧锁，“可是我提醒过她不要参与进来，让她暂时回老家躲避一段时间。”

“那她知不知道你要干什么？”

“我没有告诉她详情，但是提醒过她这件事很危险。”吴凡嘴上这样说，心里也没底了。

卢广通问他：“你对这个女人了解吗？”

吴凡摇头。

“也就是说你根本不知道她心里怎么想的，也不知道她会干什么。说不定她早就把你的计划破坏了。”

吴凡叹口气，事到如今，他方寸已乱。

付雪晴说：“不如现在先和田青联系一下，确认她究竟来没来过这里。我们再做下一步打算。吴凡，除了被我们拿到的那部手机，她还有其他联系方式吗？”

“有，她还有其他手机。我们上周联系过一次，她当时说她在海南旅游呢。”

吴凡说着掏出手机，拨了田青的号码，可是始终无人接听。

卢广通冷笑，“现在倒好，根本都不接你电话了。你费这么大力气布这个局，就没想到先搞定这个女人。”

卢广通冷嘲热讽，其他警员也都面露不满，连那条丑狗也跟着心烦意乱地使劲叫。

吴凡狠狠瞪了那条丑狗一眼，灵机一动，“或许，我能找到田青。”

“你怎么找？”卢广通斜楞着眼睛问他。

吴凡走向那条牛头梗，受到威胁的狗叫得更欢，拼命地撕扯脖子上的绳子。

吴凡伸手把拴在暖气管一头的绳子解开，那条狗前腿抬起，差点儿蹿出去。

“让它找。也许它能知道田青现在在哪儿。”

吴凡不再和卢广通他们商量，牵着那条狗出了房间，众人都有点儿费解，随后也都跟下楼。

那条牛头梗很不老实，一个劲地往前蹿，努力想挣脱吴凡。吴凡也不用力拽它，只是跟着它走。

牛头梗拽着吴凡跑出楼洞，穿过马路直接跑向对面的居民楼，那栋楼还住着人，家家户户都亮着灯。

吴凡一愣，莫非田青就躲在这栋楼里？

难怪她的狗一直叫个不停。

牛头梗掠过第一个楼洞口，一头扎进了第二个楼洞，拽着吴凡一口气奔到六楼，对着左手边那扇门就是一通狂吠，还用前爪不停地挠门。

吴凡发现从门缝里透出了光，似乎铁门没锁。他用手拉了一下门把手，感觉好像有东西在里面拽着。不知为什么，他犹豫了一下。

付雪晴随后追上来，看到眼前的情形，问他："田青就在里面吗？"

"还不知道。没听到她的声音。"

卢广通随后也带着人上来了，往门上一瞅，大声道："这门根本就没锁上，怎么不开门！"

他二话不说，冲上去一拉铁门，吴凡喊了一声"先别开"，可是门已经被拽开了。随后有条白色细长的东西飞过来，众人急忙躲闪，等那东西落在了脚下，才发现原来是一条白色的绳子，一头还拴在门把手上。

卢广通没工夫细想这是什么东西，大步迈进了房间，这间房看起来很普通，家具摆设琐碎陈旧，普通得不能再普通。

等卢广通走到卧室门口，他突然之间站住了，没再往里走。

不知道他看到了什么，神色竟然无比震惊。

吴凡和付雪晴也前后脚跟上来，看到房中的情形，也都大吃一惊。

他们谁都没想到一直联系不上的侯小亮会在这里。

他戴着一副墨镜靠墙而坐，双手握着手枪，死死地注视着前方。

而他所面对的竟然就是预测死亡的兔子！

这家伙依然戴着那副毛茸茸的兔子面具，裹着黑色的斗篷坐在窗台上，冷漠地看着侯小亮手里的枪。

卢广通训斥侯小亮："你都已经抓住他了，为什么不报告？"

侯小亮发出低沉的呻吟，似乎受了伤，又似乎充满了愤怒。

正在这时，预测死亡的兔子发出一阵阴森的笑声，声音古怪又得意。

一听到他的笑声，侯小亮浑身颤抖，枪口霍然抬起指向他。

预测死亡的兔子毫不在意，还轻蔑地嘲笑他："你这只瞎眼狗，确定打得中我吗？"

侯小亮发出歇斯底里的咆哮，没有任何预兆地突然扣动扳机，朝着预测死亡的兔子连开数枪。

子弹在“兔子”身上连连爆开，巨大的冲击力把他的身体撞到身后的窗户上，玻璃粉碎了，四散飞溅。

犯罪天才的身体软绵绵地倚在窗框上，脑袋已经顶出窗外，那张“兔子脸”恰好卡在窗户上，被挤瘪的脸依然保持着冷漠严肃。

站在门口的众人完全看傻了。

他们怎么也没想到会是这个结局。

这个狂妄的犯罪天才居然就这样窝窝囊囊地死了，还是死在了一个毫不起眼的刑警手里。

卢广通缓过神来，见侯小亮依然举着手枪坐在那里，气得走过去一把从他手里夺过手枪，“他都被我们逮住了，你怎么还开枪了！你疯了吗？”

侯小亮就像没听到他说话一样，大声嘶吼，双手在空中乱抓。

“你到底是怎么了，说话啊。”卢广通把他从地上拽起来，忽然发现他墨镜下淌出两行血泪。

他伸手把侯小亮的墨镜摘下，惊骇地发现他的双眼已经全瞎了。

“你这是怎么弄的！”卢广通用力摇晃他，“是不是预测死亡的兔子，是不是那个浑蛋！”

侯小亮悲痛地干号着，沙哑的嗓音中充满了凄凉，众人无不动容。

吴凡向来与侯小亮不睦，可是看到他这样的惨状，心里也很不是滋味。没想到他这个计划会以如此惨烈的方式结尾。

“刚才到底发生了什么？你发现这家伙为什么不告诉我，非要私自行动？”卢广通心痛地看着自己一手栽培出来的徒弟，责备的语气中充满懊恼。

侯小亮终于镇静了一些，支支吾吾道：“我……我是被他偷袭了，带到了这里……”

“你被他绑架了？”卢广通十分震惊。想不到预测死亡的兔子还有这种本事。

“他弄瞎了我的眼睛，我们就一直在这里对峙着……”侯小亮悲愤地讲述着经过。

吴凡听着听着，感觉哪里不太对劲，问了一句：“那你看到预测死亡的兔子往门上拴绳子了吗？”

卢广通正有气没处撒呢，怒道：“你这是什么话，没看到他受伤了吗，他怎么看？”

吴凡也感觉到他的话欠妥，可是这里面确实有些古怪。

他仔细打量侯小亮周围，注意到他身后的墙上有两个铁环，地上还有一个类似手铐形状的东西。

他略加思索，似乎想明白了什么，对卢广通道："侯小亮失踪的这几个小时里是被凶手用手铐锁在了墙上，这个手铐构造特殊，用一个插销就能别住。预测死亡的兔子用根细绳拴在插销上，另一端连着铁门把手。你刚才开门的时候不是飞过来一条绳子吗，那是侯小亮手铐上的插销被拔掉了。"

卢广通听得心惊肉跳，他现在一点儿也不想听吴凡说话，可是他的话仔细一想又不无道理。

"真是这样吗？"他忍不住问侯小亮。

侯小亮不想回答，勉强点了点头，"我不知道什么绳子，我当时已经看不见了，他就把我铐在墙上，一直用话刺激我，羞辱我！我拼命挣扎，恨不能和他拼命，用我的命换他的命也值了。"

"你是说，他一直都和你待在这间房子里是吗？"

"是。"

卢广通朝吴凡一声冷笑，"你的计划可真是万无一失啊，吴记者。你用那套犯罪侧写分析了一大通，结果让我们盯着一间空房子傻等，其实犯罪嫌疑人就在对面楼里看咱们笑话呢。如果我们听你的，还继续等下去，犯罪嫌疑人早就又逃之夭夭了。"

吴凡让卢广通挖苦得面红耳赤，这件事确实是他的失误。

但是有件事他想不明白，预测死亡的兔子既然已经识破了他的圈套，为什么要在这里弄一间房子来观察他们呢？仅仅是为了取笑吗？那又为什么还要在侯小亮的手铐和大门上拴绳子当机关？总感觉有阴谋。

他正在出神，付雪晴轻轻碰了碰他，"你还好吧。"她还以为吴凡受了太大打击，想安慰他两句。

吴凡呆呆地望着挂在窗框上的犯罪嫌疑人尸体，茫然道："我实在弄不懂。"

"弄不懂什么？"

"他为什么要这么做，根本没道理啊。"

付雪晴其实也觉得这件事有些蹊跷，没想到吴凡也有同感。

她想了想，走到犯罪嫌疑人尸体跟前，慢慢抬起手，揭开了那个兔子面具，她猝不及防地发出一声惊呼。

吴凡急忙跑过去，"怎么了？"

可是没等付雪晴回答，他已经看见了犯罪嫌疑人的脸。

那颗头正仰靠在窗框上，原本精致的一张脸扎满了破碎的玻璃碴。

可是吴凡依然一眼就把她认出来了。

“这不是那个田青吗？”付雪晴颤声道。她见过田青的照片。

其他人也被她的惊呼声吸引过来，一个个露出难以置信的表情。

他们谁都没见过预测死亡的兔子的真面目，面具之下可以是任何人的脸。

“居然会是一个女人？”

“不是那个田青吗？我认得她。”

“难道她才是预测死亡的兔子，吴凡被她耍了……”

“可是刚才我听见她说话，怎么好像是个男人的声音呢？”

警员们惊愕之余，议论纷纷。

吴凡二话不说，猛地扯开了犯罪嫌疑人身上的斗篷，在她身上摸了一通，最后从她上衣口袋里拽出了一个手机。

他打开手机一看，刹那之间，他什么都明白了。

“她不是预测死亡的兔子，她和侯小亮一样，都是预测死亡的兔子劫持来的道具而已，我们都被耍了。”吴凡虚弱地望着田青的尸体，心中充满了挫败感。

他话音刚落，侯小亮挣扎着冲过来，他看不见，只能大吼：“吴凡，你不要胡说八道，她就是预测死亡的兔子。我一直和她在一起！我不会弄错！”他激动地使劲甩动脑袋，眼睛里的血流出两道血泪，既恐怖又可怜。

“她不是。”吴凡痛心地说，“预测死亡的兔子之所以一开始就弄瞎你的双眼，就是不想让你看穿他的伎俩。他把田青打扮成他的模样让她坐在你对面，把你铐在墙上故意羞辱你、刺激你，就是想激起你的杀心。他离开前在你的手铐上做了手脚，用插销连着外门。当卢广通开门的时候，你的手铐就解开了。你双眼看不见，本能地就会掏出手枪来自卫，而在你对面的田青身上放着打开的手机，预测死亡的兔子一直在通过手机对你说话，其实就是为了让你知道田青的位置在哪儿。你果然如他所料地开枪了。”

“不可能，不可能！”侯小亮大叫，“我知道你恨我，你是落井下石，故意那样说。”

吴凡叹了口气，没想到就在这时，他拿着的手机里忽然传出一阵笑声：“嘿嘿嘿嘿嘿，嘻嘻嘻，你这只瞎眼狗，打得中我吗？”

这声音分明就是预测死亡的兔子的声音，他竟然就在手机那头听着他们说话，故意把刚才的话重复了一遍。

侯小亮如遭电击，瞬间呆若木鸡。

他仰着流血的双眼，喃喃道："是我杀错了，是我杀错人了……"

"这到底是怎么回事？"卢广通质问吴凡，"你刚才牵着那条狗找到这里，就是让我们看预测死亡的兔子耍我们？"

"很遗憾，他就是在耍我们，耍了你，也耍了我。"吴凡无比沮丧，"我失算了，他从一开始就看穿了我的意图。他不动声色，把我的圈套略加修改变成了他的圈套，那条狗……放在房间的那条狗，就是他留给我们的暗示，让它带着我们来这里，看他设计好的一出戏。"

"这算什么好戏？"卢广通都快气炸了。

"他的所作所为就像犯罪侧写上描述的那样。"

"还提你那该死的犯罪侧写！要不是你那该死的什么侧写，我们也不会被他算计！"

吴凡无奈地苦笑，"我的确是没算计得过他，但是犯罪侧写没有错，我不知道他是怎么猜到我就是那个假扮他的人，一贯骄傲的他并没有打断我的计划，还饶有兴致地陪我一起演戏，直到他完全弄清楚我的想法，便在我的基础上稍加改动，把我的计划变成他的犯罪计划。我的计划也就成了他的计划，更可怕的是，他的作案风格丝毫没有改变。回过头来想想，这不就是又一起死亡预测吗，他依然没有杀人啊。他用这个结果证明他是独一无二的犯罪天才，他才是真正的预测死亡的兔子。"

卢广通瞪着吴凡，看着他失魂落魄的样子，满腔怒火顿时化作了颓丧。扪心自问，他又何尝不是像吴凡一样，被彻底耍了一通。

巨大的挫败感让所有人都沉默无语，只有身心俱创的侯小亮疯疯癫癫地重复那几个字："我杀人了……我杀人……我杀人……"

卢广通听得心烦意乱，向其他警员喊道："救护车到了没有？怎么还没到！"

"我杀人啦！我该怎么办！"侯小亮扑到卢广通身上，求助似的抓着他的衣服。

"够啦，那不是你的错！"卢广通喝止他。

"可我确实杀人了，该怎么办啊，挽回不了……"侯小亮放声大哭，流出来的眼泪都是红的。

"把他扶到楼下，等救护车来！"卢广通朝其他人挥挥手，他实在不忍心看到侯小亮这个样子。

两个警员上来搀扶侯小亮，可是他猛然推开其他人，在卢广通身上抓了一把，等卢广通反应过来，侯小亮已经把他的配枪拽走了。

他双眼看不见，双手举着手枪四处乱指，把周围的人逼得连连倒退。

“你要干什么，侯小亮！”卢广通大吼一声，站在侯小亮面前，目眦尽裂地瞪着侯小亮的枪口。

侯小亮的枪口不停地哆嗦着。

“你忘了你是警察吗，还想对同事动手吗？”

“是啊，我是警察。”侯小亮无比悲怆，“可是我杀了人，警察杀人不就是犯罪嫌疑人了吗……”

他突然调转枪口插进自己口中，扣动扳机。

这一切就在眨眼之间发生，还未等众人反应过来，侯小亮已经倒在了地上。

这是谁都没有想到的结局。

想要通过自杀炒作的女网红死在了警察手里，而那个和她毫不相干的警察却饮弹自尽。

正如吴凡所说，那个天才犯罪嫌疑人依然没有亲手杀人，却制造了一次最轰动的“死亡预测”。

窗外终于传来了救护车的笛声，房间里的人谁都没有动，宛如泥塑一般。

过了好一会儿，几个医生们才气喘吁吁地抬着担架上来，还抱怨着地方不好找。

他们看见外门开着，楼道里还拴着一条不停狂吠的狗，探头往屋里一看，只见一屋子人都阴沉着脸，几个医生被吓了一跳，也不知道这些人都是干什么的。

领头的医生问：“是这里有人受伤吗？受伤的人在哪儿？”

见没有人吭声，医生有点儿不乐意，“到底有没有人受伤啊，要是没有我们可就走了，你们接着打你们的。万一打死人可跟我们无关啊。”

卢广通吼道：“滚，都给我滚！”

几个医生挨了骂，也都恼了，可是看卢广通这帮人凶神恶煞的，又不太敢还嘴。

就在这样的气氛中，房间里忽然响起了轻柔的音乐，在寂静的房间里这音乐显得十分怪异。

音乐响了许久，吴凡才伸手掏出了手机，不知是谁这时候给他打电话。

他看了一眼来电显示，是欧阳姗姗。

他犹豫了一下，按了接听，那边传来了欧阳姗姗的声音：“爹地你在哪儿啊？”

吴凡没心情同她八卦，冷淡地回答：“我现在还忙着，挂了。”

“等一下，你们是不是没抓住预测死亡的兔子啊？”

这句话一下把吴凡刺激到了，“你一个小孩子哪那么多问题？”说完直接把电话挂断了。

可是欧阳姗姗马上又打过来，吴凡真有点儿火了，接了电话不等欧阳姗姗说话就吼道：“你到底有没有完？”

“你冲我发什么火啊！”欧阳姗姗很委屈，“我就是告诉你一声，你们被发到网上了。”

“你说什么？”吴凡没听明白。

“网上有视频，一个戴墨镜的男的开枪把一个戴兔子面具的人打死了。那个男的后来自己也自杀了。我在视频里还看见了你，还有付姐姐，还有那个黑脸队长，还有一大帮人呢。我才想到给你打个电话问问。”

吴凡大吃一惊，“你这是在哪里看到的视频？”

“哪儿都有，江州本地的论坛、贴吧上都有，标题写着‘江州刑警队行动实况’。有好几段视频呢，拍的都是你们。这到底是怎么回事啊？”

吴凡现在也搞不明白到底发生了什么。他用手机随便上了一个本地论坛，发现很多人都在转载关于刑警队的视频，他随便点开一个，视频里的画面让他目瞪口呆——一个人头戴兔子面具、裹着斗篷，一个人蹲在地上双手举枪。

这不就是刚才房间里发生的那一幕吗！

伴着预测死亡的兔子刺耳的狞笑，丧失理智的侯小亮疯狂射击，将他乱枪打死。刚才的情节在吴凡眼前重新上演了一遍，把他彻底看愣了。

他的反常举动早已经引起了周围人的注意，等他们凑上来，看清楚视频里的内容，简直比吴凡还要震惊。

卢广通暴怒：“这不就是刚刚发生的事情吗，怎么这么快就传到了网上？”

他不停地怒吼，可是没有人应声。

“不仅仅是这个。”吴凡又点开了其他视频，里面播放的依然是房间里的情景，一直播到了侯小亮自杀。

吴凡说：“这么多视频要想拍下来，得一直举着手机拍，所以这是其他人拍的。从这个拍摄角度来看……”

吴凡说着，在房间里扫视了一圈，目光忽然落在了墙脚的写字台上，那里有个四四方方的东西，上面盖着一块丝巾。

他走过去一把掀掉那块丝巾，下面露出了一台电脑显示器。

他随便敲了一下键盘，显示器便亮了，原来一直没关。

吴凡凝视着显示器旁边那个毫不起眼的摄像头，那圆圆的镜头好像一只眼睛安静地看着外面。

吴凡慢慢俯下身，眼睛对视着那个摄像头，一字一顿地说道："你觉得很好玩是吗，我发誓，一定会抓住你！"

其他人惊讶地望着他，他们当然知道，吴凡那番话不是对他们说的，他在跟一台电脑说话。

吴凡猛地抓起摄像头，用力扯断电线，狠狠掷在地上，用脚踩碎都不能消减他心头的怒火。

"那家伙把我们当猴子一样耍。"吴凡咬牙切齿，"他远程操控了这台电脑，通过摄像头观察，我们刚才的一举一动都看在他眼里。那些视频就是他录好发到网上的。"

"该死的。"卢广通恍然大悟，狠狠跺脚，"我真恨不能亲手崩了他。可是现在让我们去哪儿找这家伙，这次行动失败，他会变得更加谨慎。如果他就像个乌龟一样缩在壳子里不动，我又能拿他怎么办？"

他用手指着吴凡，"都是你，都是你出的馊主意，现在全都死了。你满意了吗？"

连一向霸气的卢广通都心灰意冷了，其他人看着侯小亮的尸体，也都黯然神伤。

"虽然我现在找不到他，但我知道他是谁。"吴凡看着那台电脑，仿佛想窥视那个躲在网络另一端的人。

卢广通一愣，以为自己没听清楚，"你刚才说什么？"

"我说，我知道预测死亡的兔子是谁。"吴凡重复了一遍。

"你知道他是谁？"卢广通不可思议地望着他，"那你说他到底是谁？"

"他叫高松林。"

"高松林是谁？"卢广通从来没听说过这个名字。

其他人也都面面相觑，唯独付雪晴的反应强烈。

"你开什么玩笑？你根本都不认识高松林，怎么知道凶手就是他？"付雪晴的口气几乎是在质问吴凡。

"我能确定是他。"

"确定？你拿什么确定？"付雪晴冷笑，高松林似乎是她的逆鳞，谁都不能碰，"调查预测死亡的兔子的又不止你一个人。你知道的证据我也知道，我看不出有什么地方和高松林有关系。"

“但是你不可否认，他和预测死亡的兔子有很多地方是很相似的，他也是最符合犯罪侧写的人。”

“呵，别再提你那个犯罪侧写了。没有人比我更了解高松林，他不会干这种事。”

“那么他当初杀人的事情怎么算？”

“那是两码事！”付雪晴已经气得不行，“你对他的了解也仅限于曾听我说过的罢了。现在可倒好，你破不了案子就想推卸责任，把脏水统统往他身上泼。”

“我不是通过你了解他的，我了解过不少关于他的情况。”

“是从公安网上查的对吗？我知道。那又怎样，说到底你也只是怀疑。”

吴凡摇头，“我不只是怀疑，我有证据。”

“证据？什么证据？”

吴凡从口袋里掏出那枚银色的戒指，举到付雪晴眼前，“这个东西你还认得吧？”

付雪晴的神情马上就变了，“你怎么会有这枚戒指？你是从哪里弄来的？”

“白若琳手里。”

“什么！”

“关于这一点，卢队长可以为我作证。”吴凡看向卢广通，“你应该知道，白若琳遇害那晚，我从她手里拿走一样东西，否则你也不会派侯小亮跟踪我。”

“这到底是怎么回事？”付雪晴疑惑地看着卢广通。

事到如今，卢广通也只能实话实说：“白若琳在医院被预测死亡的兔子杀害的那天晚上，吴凡曾和白若琳独处了很长时间，当时我派侯小亮看护白若琳。他在病房门外，曾看见吴凡从白若琳手中悄悄拿走了一样东西。这引起了他的怀疑，随后把这件事告诉了我。当时我不知道吴凡想干什么，便没有声张，只是派侯小亮暗中侦查他，后来被吴凡发现了，他们还发生过冲突。但自始至终，我都不清楚吴凡偷偷藏起来的东西究竟是什么。”

“就是这枚戒指。”吴凡说，“发现它在白若琳手里时，我第一直觉就是这枚戒指肯定与杀害白若琳的凶手有关，便把戒指藏了起来。之后，你们查出凶手是预测死亡的兔子，我马上断定这是他的戒指，很有可能是白若琳在挣扎的时候从他手上夺走的。我私下里对这枚戒指进行过调查，一开始并没有什么线索，直到一个偶然的机会，我在付雪晴家里看到了高松林的照片，照片里他戴着一模一样的戒指。所以我才想到，预测死亡的兔子就是高松林。”

“这个假设是不是有点儿牵强？”卢广通说，“难道就不可能有其他人也戴这个戒指？”

“不可能。”吴凡看了一眼付雪晴，“这不是商店里卖的戒指，而是 ICI 训练营的奖励。”

“ICI 训练营是什么？”

“国际刑事侦查训练营。每年从世界各地的大学招收顶尖刑侦学员，通过一系列实战，采取淘汰制度，最终的优胜者才有资格获得‘杰出学员奖’以及这枚‘洞悉之眼’。这还是付雪晴告诉我的。我没说错吧？”

付雪晴说不出话，瞅着吴凡手里的戒指有些发呆。

她回想起吴凡受伤那晚，吴凡在她家看到高松林的照片时，反应确实有些反常，还特意打听了高松林手上的戒指，原来那时候他就已经开始怀疑高松林了。

她不禁质问吴凡：“你当时为什么不告诉我真相？”

“我说不出口。”

“那么你就非得等到现在这种局面才能说出口是吗？”

吴凡叹口气，没再言语。

卢广通瞧着他们两人，“听你们的意思，似乎对这个高松林很熟悉，那还犹豫什么，想办法抓他啊！”

吴凡和付雪晴都沉默了。

“你俩这是什么意思？”卢广通问。

吴凡说：“这个高松林是一名在逃人员。这些年根本没人知道他的行踪。就算我们能证明凶手是他，想抓住他也很困难。”

“高松林，高松林！”卢广通用力一拳捶在墙上，“我倒要看看，他还能折腾多久。”

卢广通压根没想到，他根本没有机会和高松林斗了。一回警队，他就被局长付天明当着全警队的面停了职。

“为什么停我职？现在正是破案的关键时期！”卢广通异常激动。

付天明也一改往日的随和，寒着脸说：“怎么回事你自己心里还没数吗？你带了这么多人去，被绑架的人质没有救出来不说，人质竟然让我们自己的警察开枪打死了，这你说得过去吗？”

“侯小亮当时被刺瞎了眼睛看不见，犯罪嫌疑人还使用诡计迷惑他，他才误把人质当成了犯罪嫌疑人……”

“行了，我还没问你侯小亮呢，你居然好意思向我解释。他人呢，人现在在哪儿，你告诉我！”

卢广通顿时气结了。

“我根本用不着听你说，只要上网一搜就全知道了。你们干的这些蠢事在网上传得到处都是，不只是你，连我都要被撤了！”

“这也不能完全怪卢队长，主意是我出的。”人群中传来一个声音，“原本我是想设下一个圈套引预测死亡的兔子上钩，没想到反而被他利用了。搞成这个局面，我应该承担主要责任。”

付天明甩脸望去，一眼看见了吴凡，指着他气得浑身哆嗦，“是啊，你小子异想天开，设计了这么一个大圈套，梦想着把犯罪嫌疑人引进来，可是实际上呢，不但假戏真做了，还把我们的人给搭进去了。你负得起责任吗？”

“要治什么罪，我都认。”吴凡说的是心里话。

“嘿嘿，我倒是真想治你罪呀，可惜你根本就不是警察，我还真拿你没办法。谁让卢广通不动脑子呢，谁让他蠢，偏要相信一个记者，他不承担责任谁承担！至于你，趁我老头子没把你从楼上扔出去之前，赶紧滚远远的，越远越好！”

吴凡没动。

付天明眉眼都立起来了，“怎么，你没听到我说话吗？”

“我其实和你们一样想抓住犯罪嫌疑人。”吴凡说。

“事到如今，你还在狡辩，你不走是不是，来人，先把他铐起来！”

“慢着！”付天明话音刚落，付雪晴喊了一声，“爸，我有两句话要说。”

“叫我局长！”

“付局长，造成这个局面也不能全怪吴凡。他固然独断专行，但这个计划的设想其实很好，否则我们也不可能答应，只是没想到被犯罪嫌疑人钻了空子，这是我们太大意，也是因为这个犯罪嫌疑人太强了。”

“你这算什么解释？”付天明见女儿帮吴凡说话，更加恼火，“为了给这小子说情，居然夸奖起犯罪嫌疑人来了。”

“我不是在故意为吴凡开脱，你知道犯罪嫌疑人是谁吗？”

付天明一愣，“你这话什么意思，难道你知道预测死亡的兔子是谁？”

付雪晴露出十分痛苦的表情，“他是……”

“到底是谁？吞吞吐吐的。”

“高松林……”

这三个字一出口，付天明明显呆滞了片刻，“你刚才说什么，高松林？难道就是你曾经提过的那个帮过你的师兄？”

“是他。”

“他现在不是一名警察吗，怎么可能是预测死亡的兔子？”

“有些事情我没告诉你。”付雪晴停顿了一下，“高松林当年并没有毕业，也没有当过警察，我后来都是骗您的，我不知道该怎么说。”

付天明惊讶地望着女儿，“你不是说他很优秀吗，他为什么没毕业？”

“他杀了人，之后就畏罪潜逃了。现在是一级通缉犯。”

“这……”付天明惊讶了好半天，“难怪我让你带他到家里来，你从来都推三阻四的，原来是这么一回事。”

付雪晴神情纠结，努力保持着平静，“高松林是什么人，您应该不陌生吧。他当年上学的时候就被推荐到ICI训练营，并获得了‘杰出学员奖’。这在全国的警官学院中都是首屈一指。毫不夸张地说，我们现在在场的所有人都没有能比得上他的。他了解我们全部的办案模式，精通犯罪心理学，反侦察能力极强。所以我们输得并不意外。”

付天明沉默良久，叹了口气，“那你们现在是怎么想的，难道就眼睁睁地看着他为所欲为？也许他现在正准备离开江州，远走高飞呢。”

“他暂时不会。”吴凡说。

“你凭什么这么说？”付天明听他说话就来气。

“他现在应该还躲在江州的某个地方尽情欣赏他的完美犯罪呢。他这一次的反击手段相当精彩，不但击败了我们，还让他名声在外。这恰好就是他渴望得到的敬畏，他一定要好好享受。”

“即便是这样，江州这么大，我们如何找他？”

吴凡沉默了。刚刚经历过惨败的他现在也变得畏首畏尾。

这时候，人群中有人小声说：“也许可以试试从网络下手。”

众人转头去看，说话的人是技术科的赵楠。

付天明问她：“你说从网上下手是什么意思？”

“我说得不一定对，只是我个人的想法。”赵楠小心翼翼地说，“吴凡设计的这个圈套利用了不少黑客技术。然后我就发现，预测死亡的兔子似乎受到了刺激，也开始使用黑客技术。我记住的有两次。”

“哪两次？”付天明问。

“第一次是他往吴凡的邮箱里发送木马程序，为了控制他的电脑。第二次是在案发现场的电脑里安装了远程控制软件，以便利用电脑摄像头拍摄房间。我听欧阳姗姗说，这名犯罪嫌疑人也算是一名黑客级别的高手。但即便如此，只要他入侵电脑，总是会留下一些痕迹的，我们也可以请来一些电脑高手，逆向跟踪一下试试，也许一无所获，但是也许能找出一些线索。”

付天明打量着她，“听说你的电脑水平就很高啊，要不然你试试？”

“我的水平还有限，至少得找来那种黑客级别的人才行。”

“黑客级别的人？”付天明拍拍脑门，“局里不是有网警吗，把他们找来试试，这事就交给你了。”

付天明接着又看了看众人，“现在事已至此，案子不管有多难查，也只有硬着头皮往下查，要不然我们没法向死者、向上级、向全江州人交代。但是之前的过错必须有人来负责，所以卢广通暂时被停职检查。警队一切事物暂时由付雪晴代理。”

卢广通不甘心地咬咬牙，似乎还想说点儿什么。

付雪晴对父亲说：“这样不妥吧，之前的调查我也一直有参与。其实我也有责任。”

付天明眼一瞪，“难道你的意思我们大家都停职，把刑警队解散了吗？”

“现在必须有人承担责任，只能我和卢广通来担。让你负责，就是不想让调查停止，一定要抓住犯罪嫌疑人。”付天明道。

“可是论经验论威望，我都比不上卢队长，为什么是我？”

“你是真不懂还是假不懂？”付天明意味深长地看着女儿，“我们要对付的是一个超级犯罪嫌疑人，能力超过我们所有人。如果非要找出一个最有可能抓住他的人，那就是你，你和高松林是最熟悉的人。你了解他的性格，了解他的弱点。所以我才让你去抓他，现在你听明白了吗？”

付雪晴凄然苦笑，“我从来就不是他的对手，让我负责你一定会后悔的。”

“住口。”付天明呵斥，“你俩之前是什么关系我不管，你不要忘了你自己的身份。你只要记住你是警察，他是犯罪嫌疑人，你只能想尽办法抓住他！”

付雪晴沉默无言，神色中流露着难过。

付天明看在眼里，长叹了一声，“有些事，该放就要放下，就当是做一个了断吧。”说着拍拍女儿的肩膀，默然离开了。

付雪晴一动不动地望着父亲的背影。她知道，他们都站在同一条船上，一损俱损，一荣俱荣，眼下唯一能做的就是继续追捕她曾经最倾慕的那个人。

命运如此滑稽。她从未想过，她和高松林会以这样的方式重逢……

第六章　兔子现身

既然已经锁定了凶手的身份，那么警队的主要任务就变成了搜索和追捕。

卢广通被停职的第二天，付雪晴就召集全警队开会，做了详细的分工。

1、凭着她对高松林的了解，派人专门从他亲友那里打探，看看高松林潜逃这些年有没有与他们联系过。

2、把高松林的通缉令发送给全市各个分局，严查通往外市的火车、客车站，以及各个公路出口，防止高松林逃出江州。

3、调动全市警力，地毯式排查犯罪嫌疑人。

4、抽调网警对高松林攻击过的电脑做检查，争取通过逆向追踪，找出高松林所用的原始电脑。

付雪晴的布置一安排下去，接下来几天整个江州都笼罩在紧张的气氛中。之前的死亡预告以及之后警察枪击人的视频依然在民间发酵，还传出了不同版本。

有的说预测死亡的兔子已经被警方击毙了。有的说那个警察杀错了人，所以开枪自杀。还有说得更离奇的，说根本就没有什么预测死亡的兔子，其实是有个警察得了精神病，绑架了女网红格格巫啦啦，警方为了掩盖这个真相，和法制晚报的记者吴凡一起编造出了杀人预告。有精神病的警察在枪杀女网红后走投无路，只能饮弹自尽。

相对社会上的众说纷纭，刑警队内部却异常安静，所有人都在忙碌各自的工作。

付雪晴不断收到从各地发来的调查结果，还收到了几份犯罪嫌疑人落网的报告，后来一经核实都不是高松林，倒是有两个是犯了其他案子的在逃人员。

网警那边的调查也不顺利，赵楠汇报说，高松林都是通过远程控制软件来发送木马程序，而且设计了很多跳板，痕迹也清理得十分干净，给逆向跟踪带来了很大麻烦。

最后汇报的是调查高松林亲友的外线，他们并没有发现高松林这些年与家人和朋友联系过的迹象。付雪晴让他们继续保持监视，心里却更加困惑，难道这个人失踪之后就彻底与过去断了联系吗？那他这些年究竟去了哪里呢？

“付队，案发现场的房子已经调查出结果了。”一个调查回来的女警员向付雪晴汇报情况，“那个房子的房主是一个孤寡老人，据她说，两星期前有人找到她要租她房子一个月，租金一万元，让她搬到旅馆去住一个月，住宿费由那人来出。老太太见钱眼开就答应了。”

付雪晴本能地感觉这个租房子的人就是高松林，至少是与高松林有关，“那个租房人是谁，老太太认识吗？”

“她不认识，是一个陌生人。”

“那她凭什么会轻易相信一个陌生人？”

“她说那个人很大方，当场就掏出了一万块钱给老太太，老太太就动心了。”

“那他有没有和老太太立下字据？”

“没有。”

“姓什么叫什么呢？”

“他只说他姓张，没说叫张什么。”

“他的姓十有八九也是假的，长什么样子老太太总有印象吧。”

“那倒是有点儿印象，我还让警队画像师根据她的描述画了一幅肖像。”

“肖像在哪儿？拿来我看看。”付雪晴催促道，心里忽然有些激动。

她很想看看那个人现在变成什么样了。

“我已经带过来了。”女警员把随身带来的平板电脑放在付雪晴面前，打开相册并点开了那幅嫌疑人肖像。

等付雪晴瞪大眼睛看清楚了嫌疑人的模样，她一时愣在了那里。

嫌疑人的长相一看就不是高松林，可是付雪晴看着还挺眼熟，她对女警说：“你去把吴凡给我叫进来。”

女警莫名其妙地出去了，过不多时吴凡来到了付雪晴的办公室。

这两天吴凡都没去报社，报道也断载了。他整天混在刑警队，似乎也想出份力，弥补一下心里的愧疚。

“嫌疑人的画像已经出来了。你自己看看吧。”付雪晴把平板电脑递过去。

吴凡接过去一看也傻眼了。这个疑犯的长相不只付雪晴看着眼熟，他看着也眼熟——莫西干发型搭配一张棱角分明的大脸，辨识度这么高的长相谁看过都不容易忘。

“你看看，是不是你假扮成犯罪嫌疑人拖着行李箱进出田青家时戴的那副面具？”

“看着倒是很像，可这个人根本不可能是我啊。”吴凡忽然明白了是怎么一回事，气得手直哆嗦，“我知道了，这家伙摆明了是在戏弄我。他不但早就知道我的计划，还跟踪我。等他租房子的时候，故意打扮成这样，他知道我们一定会查的……这个该死的高松林，他到底是人还是妖怪！”

付雪晴颇有感触，脑海中不免又出现了当初的回忆，“你现在知道他有多强了吧。他原本是我最崇拜的一个人，假如他也是警察的话……”

“现实里永远没有假如。我们现在面对的就是一个天才犯罪嫌疑人，他当初能在国外破获悬案、赢得‘洞悉之眼’，就足以证明他的实力了。当初要是知道他就是预测死亡的兔子，我又何苦班门弄斧，费这么大力气去设计什么圈套。就我这二把刀的侧写师，在他面前简直就是小巫见大巫。”

“你这算是彻底认输了？”

“不然还能怎么办？话说回来，咱们这里最有可能抓住他的人也只有你了，你不如好好想想，这个人有什么弱点没有。”

“弱点？”付雪晴摇摇头，“或许我爸说得对，没有人比我更了解他，但我也知道他有多强。说心里话，我现在一点儿信心都没有。”

“你不会是……”吴凡瞧着付雪晴，“对他还有感情，不忍心抓他吧？”

“你开什么玩笑！”付雪晴气冲冲地瞪着吴凡，似乎真有点儿恼了。

吴凡没想到她反应这么激烈，一时间倒不知该如何解释了。

办公室的门这时候忽然被推开。

两人扭头一看，只见门外站了好几个人，最前面的是欧阳姗姗。她身后还站了好几个男人，有老有少，穿戴邋遢，还有趿拉着拖鞋的。她打量这些人一圈，她都不认识。

“你们这是干什么，他们是谁？”付雪晴疑惑地问欧阳姗姗。

“听说我爹地栽了大跟头，被你们扣在公安局了，我带人来救他呀。”欧阳姗姗掐着腰，挺着胸脯。

付雪晴皱皱眉，“你别胡闹，我哪里扣他了，他是自愿待在这里的。”

欧阳姗姗转悠着大眼珠，一脸不信，“你看你把我爹地吓得一句话都不敢说，还说他自愿？你说现在你俩还没怎么样你就这样欺负他，要是将来真结婚了，那他不得天天跪搓衣板啊。”

“喂，小孩子别胡说八道。”付雪晴又羞又急，在桌子底下踢了吴凡一脚，“你怎么连句话也不说？”

“我正在想怎么跟她解释呢。”吴凡说。

付雪晴真是无语，没好气地训欧阳姗姗：“我现在正忙着呢，你赶紧带着你那些朋友离开，刑警队岂是胡闹的地方。还有顺便把你爹地也带走，别在我这碍眼。”

欧阳姗姗一撇嘴，“我本来是看在我爹地的面子上，顺便过来帮帮你，你既然不领情，那就算了。爹地跟我走，以后我给你找个会体贴人的老婆。”

付雪晴狠歹歹地斜睨吴凡，“你是不是总跟这孩子胡说八道？”

“天地良心，我什么都没说啊！”吴凡看付雪晴虎视眈眈的，还真有点儿发怵，“你也别太当真了，她口无遮拦，就喜欢瞎说，我回去一定好好教育她，严加管束。”

“我要是发现你敢胡说八道，当心我……”

付雪晴的话刚说到一半，赵楠急急忙忙走进来，对付雪晴说：“队长，是我放他们进来的，你现在不能让他们走，他们是来帮忙的。”

“他们能帮什么忙？”付雪晴瞥了一眼欧阳姗姗带来的那几个人，看着一个个老弱病残的。

“我们现在缺少电脑方面的高手，欧阳姗姗今天带来的这几个都是黑客。”

“黑客？”付雪晴用怀疑的眼光重新打量那几个人。

欧阳姗姗抽抽鼻子，“你以为黑客都得戴副大墨镜，披一件大风衣啊。实话告诉你，这几位都是我费尽了口舌从外地请来的高手呢，相当于武侠小说里的剑客，我这点儿电脑技术跟他们比起来还差得远呢。他们这次过来也是为了除暴安良。”

其中有个人戴近视镜、干瘦干瘦的中年男人这时候说道：“我们这行有我们这行的规矩，虽然我们处在灰色地带，但是真正的黑客不会干那些偷鸡摸狗、坑蒙拐骗的事情。更何况像预测死亡的兔子那样用黑客技术公然作案杀人这种事，是绝对不能允许的。所以，我们东海无极派的 hack 联盟商量后决定，要清理门户！”

付雪晴用手掩着嘴，小声问吴凡：“你跟这帮人打过交道吗？怎么看着不像正常人呢？”

“我也不知道。”吴凡小声说，“可能摆弄电脑时间长了，都这样吧。”

“不过我们有一个条件。”眼镜男说。

付雪晴没想到他们还敢跟警察讨价还价，“什么条件？”

“你们得包吃包住。”

付雪晴瞧了瞧吴凡，吴凡小声说：“奇人必有奇能，要不就让他们试试，吃住也没几个钱，他们又没说去酒店，安排快捷旅馆就行了。”

事到如今，付雪晴也想不出更好的办法，倒不如死马当活马医。于是让赵楠带他们去技术科，和那些抽调来的网警们一起工作。

欧阳姗姗朝付雪晴招手，“要不付姐姐你也过来看看吧，瞧瞧这些黑客高手是怎么干活儿的，免得你不相信他们的能力。”

付雪晴现在也没有其他事，索性就跟他们一起去看看。

这些人都带着各自的电脑，等到开始干活儿的时候，这帮家伙一个个的顿时来了精神。

付雪晴瞧着那一台台笔记本电脑上花花绿绿的屏保，心里又有点儿没底了。

她这边正疑惑呢，那几个人已经噼里啪啦地敲打起键盘，各种窗口不断跳出，这帮家伙输入的数字和符号一个她都看不懂。

一开始付雪晴还有耐心，时间长了，她就有些无聊了，也不知道欧阳姗姗找来的这些家伙到底能不能找出一点儿线索。

“怎么样啊，师父？”欧阳姗姗比她还着急，迫不及待地问那个眼镜男。

“这家伙还在线上呢，往网上传送各种消息，基本上都是对你们警方不利的，还真是嚣张啊。他先搞了一大堆远程控制软件，然后又做了层层跳板，而且用完的跳板都不会再用第二次，十分谨慎。看来这是个老手哇，我还真有点儿惺惺相惜呢……”眼镜男评论道。

吴凡问付雪晴：“怎么，高松林的电脑技术也这么高超吗？”

“这个我还真是不太清楚。”付雪晴也有些困惑，“当年和他在一起的时候，我只是知道他分析案子很厉害，从来没见过他展示电脑技术。”

“也可能是他失踪的这些年里电脑水平有了突飞猛进吧。”吴凡猜测，“这家伙还真是一个天才啊。偏偏不走正路。”

欧阳姗姗还和眼镜男掰扯呢，“师父，听你那意思，这家伙还是个黑客高手呗，能不能清理门户是不是还两说着？”

“这是什么话？”眼镜男不乐意了，“你以为我们东海无极派是浪得虚名吗？我不是吹，就我们这几大高手联合，就是黑进公安部也不在话下……”

“咳咳。”付雪晴咳嗽两声提醒他们说话注意点儿，别在刑警队口无遮拦的。

她问眼镜男：“陈师父，你就说说你现在遇到什么麻烦了吧，我这边好歹还有好几个网警呢，也是电脑高手。实在不行还可以动用我们自己的资源。”

“他们啊，抓抓诈骗电话什么的还凑合。”眼镜男瞧了两眼那几个网警，很是轻视，“其实说起来也简单，我们现在一直在寻找犯罪嫌疑人的堡垒主机。”

“什么是堡垒主机？”

“这其实是个基础问题。”眼镜男原本不打算回答，可是看付雪晴一脸认真地望着自己，便不忍心拒绝了，“堡垒主机呢，就是犯罪嫌疑人在多层跳板中直接和他正在使用的主机建立了连接的主机，换句话说，就是离犯罪嫌疑人电脑最近的一层跳板。一旦我们能追踪到他的堡垒主机，就有办法对付他了。”

“那你们现在还没有找到是吗？”

“这家伙的堡垒主机是国外的，甚至连很多跳板也是国外的，想要查到自然很费劲。”

“那怎么办？”

眼镜男若有所思，忽然想起来什么，在随身的背包里一通翻，结果却找出一个很脏的小茶壶。

他把茶壶递给付雪晴，“麻烦给我沏壶茶。”

付雪晴差点儿把茶壶砸他脑袋上，堵着气去饮水机那儿给他接满了水，扔进点儿茶叶，交给了眼镜男。

眼镜男十分欣赏地望着付雪晴，灿烂地一笑，“你的气质很轻熟。”

“你说什么？”这话题转得太快，付雪晴脑子一下没转过弯。

欧阳姗姗急忙捅了眼镜男一把，“别乱说啊师父，这可是我未来的后妈！”

“啊，是啊？那你爸是谁呀？”

“他呀……”

欧阳姗姗刚要说，一抬头就看见付雪晴怒目而视，“别说没用的，说正事！到底有没有办法抓住这个人？”

欧阳姗姗一吐舌头，赶紧捅了捅师父，“对呀，到底有没有办法？”

“正常办法就是一层层突破跳板，但是因为堡垒主机在国外，凭我们的力量继续查就很麻烦……”

“你说了半天到底有没有办法呀师父？”

“办法倒是有一个，这家伙不是一直在线上吗，那我们就做一个‘蜜罐’，把他引过来。”

“能行吗？万一这家伙不上套呢？”

“我们可以把‘蜜罐’做得隐蔽一些，放在他经常攻击的地方，我看着这小子挺张狂的，暂时还没有收手的意思。”

“你们说的‘蜜罐’是指什么？”付雪晴纳闷地问。

“蜜罐技术是专门为了对付黑客用的，通过主动释放诱饵，引其上钩。”眼镜男简单解释了一句。

“听着和我之前那个计划倒是很相似。”吴凡自嘲道。

付雪晴心里又没底了，“万一犯罪嫌疑人识破了这个圈套，反过来攻击咱们呢？”

眼镜男咧嘴笑起来，“警官小姐，你是电影看多了吧，黑客攻击可没有你说得那么戏剧性。即便这个犯罪嫌疑人的实力超过我们几个，他顶多也就是不中计，或者破坏我们一台电脑而已。”

看付雪晴依然困惑，他说：“这么给你解释吧，我们会用一台无用的电脑作为诱饵，目的就是给犯罪嫌疑人入侵的。但我们会在这台电脑里悄悄布置下诱饵，表面上留下可以被攻击的漏洞，一旦犯罪嫌疑人真的入侵进来了，系统里的‘监控器’就会收集入侵数据，我们会根据这些真实数据逆向追踪到他的 IP 地址。现在我就准备开始了，我们来之前已经分析过犯罪嫌疑人这些天的行动轨迹，他最喜欢去市里几个大型论坛发信息，有时候也去报社网站，我们就从这里下手。不过之前你得先跟那里的负责人沟通一下，我也需要他们的配合。”

付雪晴虽然听得一知半解，但还是积极配合，按照眼镜男的要求做了妥当安排，征得几家论坛和报社的同意，把眼镜男这些人带过去，将他们带来的几台电脑分别与这些单位的客户端连接，作为诱饵电脑。

付雪晴和吴凡这边在警队里等消息，大约过了一天，欧阳姗姗忽然打来电话，说预测死亡的兔子攻击了江州晚报旗下的一个生活论坛，并对吴凡写过的报道进行了嘲弄。

付雪晴和吴凡马上赶到了报社，看见眼镜男四平八稳地坐在电脑前，其他东海无极派的各大高手们也都跑来了，不知道这帮人聚在一起在干什么。

“你们这是在干什么？”付雪晴问。

“当然是找人啊，哈哈。”眼镜男十分得意，“这小子虽然有点儿道行，但是太目中无人，当我们东海无极派 hack 联盟不存在吗？我们要清理门户了。”

他东一榔头西一棒槌地说，付雪晴也没听明白他想说什么，欧阳姗姗替他翻译道：“刚刚犯罪嫌疑人入侵了我师父布下的诱饵系统，因为系统做得很隐蔽，他并没有发现，留下了很多致命的标记。现在师父他们正在追踪这些标记，有希望绕过堡垒主机，直接找到他。”

听欧阳姗姗这样说，付雪晴也燃起了希望。

又过两个多小时，忽然眼镜男仰天大笑，“哈哈哈，饶是你精似鬼，也得喝老子的洗脚水。”

付雪晴忙问：“已经有结果了？”

眼镜男捧起他那个小茶壶，得意扬扬地靠在椅子上滋溜滋溜地喝着茶水，“呐，看看这个 IP 地址，这就是他的主机地址。货真价实的主机。”

“师父你太强了。这么厉害的人，警察抓了这么长时间都没有抓住，你们一来就给找到了。”

“那是当然，我东海无极派可非浪得虚名，焉有无功而返之理。”眼镜男被夸得舒坦，眯缝着眼睛，下巴快翘到天花板上去了，一不小心把手里的茶壶打翻，直接扣电脑上了。

“妈呀呀，这可糟了。”眼镜男乐极生悲，眼看着笔记本冒烟，屏幕一下全黑了，自知闯了大祸，急得抓耳挠腮，一边举着笔记本往下倒水一边悲呼，“这可咋办，好不容易才找出来的 IP 地址啊，这不前功尽弃了。”

“行了，师父，你那破电脑早该换一台了。”欧阳姗姗拍拍眼镜男安慰他。

“可是 IP 地址也没了，这不白忙活了。”

“172.37.116.79。”欧阳姗姗不假思索，张口就来，“就是这个。”

“这你都记住了，太好了。”眼镜男转悲为喜，“直接去电信局查这个 IP 地址，一下就能查到这个人的地址。不过你们得抓紧行动，一旦让他发现‘蜜罐’，说不定就扔下电脑逃跑了。真是期待见到这家伙呀，看看他到底长什么样。”

付雪晴和吴凡交换了一下眼神，他们其实早就知道这个人是谁了，现在最关键的是要找到他在什么地方。

付雪晴不敢迟疑，马上赶到电信公司，让他们根据 IP 地址查出高松林的具体位置。

可是查出的结果却出让电信公司的人十分意外。

“您确定犯罪嫌疑人的 IP 地址是准确的吗？”接待付雪晴的王主任似乎话中有话。

“有什么问题吗？”付雪晴问。

“这个 IP 地址是我们电信公司内部的啊。”

“你们内部的地址？”付雪晴脸上闪过片刻惊讶，“你是说，使用这台电脑的是你们内部员工？”

王主任一脸茫然地点着头。

吴凡冷笑一声，“那正好，我现在马上要找到使用这台电脑的工作人员。真没想到，他会藏在这里。”

“不过，这个人不在我们总公司。”王主任又说。

“那他到底在什么地方？”

“他在我们分公司，主要是搞网络安全维护的。”

“分公司在哪儿？马上带我们去。”

王主任还有点儿犹豫，“你们确定搞对了吗？最近那个无法无天的坏人真是我们电信局的员工？”

“你就赶紧带我们去吧，别说那些没用的。”吴凡催促他。

经济技术开发区，新星商业大厦。

在这栋普通商务大楼一楼的企业名牌栏中，“电信公司网络安全服务部”的名字显得冗长又土气，不知道的还以为是一个专管接投诉电话的小部门。其实这个部门有二十几个人，负责的是全江州电信业务的安全保障。

考虑到犯罪嫌疑人的危险性，付雪晴带了十几名警队便衣，跟着王主任悄悄来到 11 楼，直接进入安全服务部的办公大厅。

那些坐在格子间里闷头摆弄电脑的技术员们，看见忽然进来了一帮人，还没弄明白怎么一回事呢。有些人一脸困惑地抬起头，还有些人继续忙手里的活儿。

“所有人都在这里吗？”付雪晴扫视了一圈，问服务部的主管。

“都在。”主管说。

付雪晴递给他一张纸条，“把这上面 IP 地址的电脑给我找出来。”

主管去查了一下，回来对付雪晴说：“就是靠窗的第三个格子间那个座位。”

付雪晴顺着主管手指的方向看过去，那个座位上正坐着一个人，巨大的电脑屏幕几乎把他挡住了，只露出一个黑色的头顶。

付雪晴胸口一紧。

终于又见到那个人了吗？那个改变了她的一切却又不辞而别的男人。

她下意识地迈开脚步朝着那个人走去，她不知道自己此刻就像中了魔咒一样。吴凡伸手想拽她，却被她无意识地推开了。

此刻在她的眼中，全部都是那个男人。

她不知道她究竟想干什么，究竟想说什么，压抑了这么多年，她从来没有想到过，这个男人会以这样一种方式再次出现在她面前。

付雪晴望着那个埋头摆弄电脑的男人，努力克制着自己，低声道："把头抬起来。"

也不知道那个男人听没听到她说话，依然低着头。

"预测死亡的兔子是吗？你已经被捕了。"付雪晴声音抬高一些。

那个人忽然发出了低沉的笑声，声音异常古怪。

不仅是付雪晴，吴凡和那些警员心头也是一震，这声音他们听见过。

在几天前那次失败的行动中，预测死亡的兔子利用装在田青身上的手机大肆嘲笑侯小亮，逼得他失手杀了田青，当时众人听到的笑声与眼前这个人的一般无二。

他们这一次终于找到了真正的"兔子"。

"你怎么会变成现在这样！"付雪晴的声音忽然变得颤抖。

"还不是你们造成的？"那个男人缓缓抬起头，平静地看着付雪晴。

不仅是付雪晴，包括吴凡在内的所有人在那一刻都屏住了呼吸，注视着男人的脸，谁都想看看这个超级犯罪嫌疑人长什么模样。

他五官很平常，面相偏老，消瘦的脸上布满细细的皱纹，脸上有成片的红疙瘩，在厚厚的近视镜片后，瞪着一双鱼一样的眼睛。

付雪晴忽然一声叹息，脱口道："他不是高松林。"她这话像是告诉别人，又像是自言自语，似有几分惋惜，又似乎松了口气。

吴凡却没有付雪晴那么多想法。

看到这个男人，他比谁都激动，几步走过来，大声问："你就是预测死亡的兔子？"

男人瞅瞅吴凡，两颗眼珠似乎有些对不上焦，那张天然歪斜的嘴角不自觉地抽动两下，"你这么说我也可以。"

"你认得我？"

"当然了，Frank。"他的嘴角依然习惯性地抽搐，让人看着就难受。

吴凡心头一紧，下意识地攥紧了拳头。

付雪晴十分诧异，问吴凡："他叫你 Frank，你们之前认识？"

吴凡没法回答付雪晴，他根本什么都不记得。

事已至此，他直接问那男人 ：“你怎么会认得我？”

“我当然认得你了，你应该也认识我吧？”男人声音不大，但很平静，“怎么，你还是什么都想不起来吗，还是你故意装的啊？”

吴凡隐隐约约感觉他的相貌似曾相识，但又联想不出具体事件，他在脑海中努力回忆，忽然想起一个人，脱口而出 ：“你难道是阿成？”

男人抽搐着嘴角，神经兮兮地笑着，“我不是阿成，他已经死了。我叫 Tom，不过你们都喜欢称呼我瘦唐。其实我的本名叫唐凌。”

“你说阿成死了？”吴凡疑惑地望着面前这个男人。

阿成是他唯一能想起来的人，虽然记不清这个人到底是谁，但是感觉他和自己很熟悉，似乎交情还不错。没想到预测死亡的兔子一露面就说他死了。

“别告诉我你连这个都想不起来了。”唐凌斜楞着眼珠盯着吴凡瞅了一会儿，抽了抽嘴角，“说起来，他的死还与 Frank 你有些牵连呢。”

他的每一句话几乎都让吴凡惊出一身冷汗。

他不知道这个看着就不太正常的家伙究竟知道他多少秘密，他更不知道他们当初是敌是友，或者说这家伙监视自己到底是什么目的。

周围那些警员都用困惑的眼神瞅着吴凡和那名犯罪嫌疑人，猜测着他们之间的关系。

这时候，付雪晴忽然拿出那枚“洞悉之眼”银戒，举到唐凌眼前，“这枚戒指你应该认得吧，怎么会在你手里，你和高松林是什么关系？”

唐凌转悠着眼珠瞅着天花板，想了一会儿摇摇头，“没听说过这个名字，我不认识他。”

“那你怎么会有他的戒指！”付雪晴声色俱厉。

“这个戒指本来就是我的，拿来耍着玩的。”

付雪晴冲上去双手揪住他的前襟，“装傻是不是，我问你这枚戒指到底是从哪儿来的！”

唐凌想把付雪晴推开，不满地嘟哝 ：“我都说了这是我的戒指。只有所罗门王才配戴的戒指，现在是我的戒指，因为我能看见你们这些碌碌之辈看不到的东西。我更有高于你们这些凡人的优秀品格——洞察、公正、无畏就是对我最合适的概括。”

吴凡对付雪晴说 ：“他十分了解这枚戒指的含义啊，你确定他不是高松林？”

“废话，高松林就算再变样，也不可能变这么丑啊。”付雪晴道。

她也是气极了，抬手朝唐凌下巴给了一拳，把唐凌打了个趔趄，不小心撞翻了显示器。

唐凌大叫：“你这个蠢女人，要把‘洞悉之眼’毁了。”

他急忙把显示器扶起来，像爱护宝贝一样小心摩挲着。

付雪晴完全没看明白这家伙演的是哪一出，戒指一直都拿在她手里，唐凌却说了那么一堆莫名其妙的话。

她对吴凡说：“你看他是不是脑子不太正常啊。”

吴凡瞅着唐凌，忽然走到他身边，往显示器上看去。

唐凌用的是双显示器。左边的屏幕上是许多条线形图，有高有低，看着有点儿像股票曲线。上面还有一些点和符号，旁边是一堆数据表格，让人看着眼花缭乱。

右边的显示器却是一整幅大图，黑色的背景下，有无数个亮点密密麻麻的，由一条条的亮线互相连接在一起。这些点的颜色不一，有的亮些，有的暗些。

吴凡打量那幅大图，感觉有些眼熟，“你这不是江州市的地图吗？”

唐凌抽抽嘴角，一下高兴起来，“果然还是你比较厉害，我没看错你。这就是江州地图。”

“你管这东西叫‘洞悉之眼’？”

“这不是东西，这是世界上最超前的科技产品，有了这个，我们就可以预测到一切可能发生或者还不为人知的犯罪事件，可以将破案率提升到百分之百。”

吴凡和付雪晴交换一下眼神。听这家伙说的简直是天方夜谭，但他确确实实预测到了好几起案子，这一直都让警方十分费解，难道真是通过他说的这个天眼系统做到的？

“你这东西真的好用吗，还是瞎扯的？”吴凡故意刺激唐凌。

唐凌瞳孔中闪现出凶光，“好不好用你们不是已经见识过了吗？那些案子如果不是我提醒你去查，就凭你认识的那帮自以为是的警察，恐怕直到现在也没人能破得了吧。”

他忽然咧嘴笑起来，无比轻蔑地打量着付雪晴带来的那帮警察。

“我看不懂这到底是什么，如何能预测案子？”吴凡打量着那两个显示器说。

“哼，你当然看不懂，因为这是革命性的科技产品。给你讲讲也无妨，万一将来你写报道涉及，也知道如何描述。”唐凌不无得意，指了指右边的屏幕，“知道这是什么吧？”

“你不说这是江州市区的地图吗？”

“这不仅仅是地图，这张地图与我们电信公司所有的手机基站网络相连，也与电信提供的互联网公司后台相连。因为我这里本身就是做网络安全服务的，我有天然的权限，可以随意查到江州市的所有电信网络平台和电信用户手机。”

“这就能帮你预测谋杀案？”

“开玩笑，这些只是资源。我周围那些傻瓜天天看着这么巨大的资源库，却也一样无所事事，打死他们都预测不了谋杀案。这恰恰就是我这种天才与你们这群庸才之间的区别。我不是被动地享用资源，而是利用它做更多的事情，所以我做出了一个对常人来说很复杂的智能感知系统，能够分析、学习和运用这些资源。举个例子，你看到那些亮点了吧？”

“看到了。”

“每个亮点代表一个具体的街道。亮点的颜色从白色到红色分为四个程度，白色代表安全，绿色代表矛盾，黄色代表发生冲突，一旦出现红色就意味着可能或者即将出现凶杀。”

“这是这个系统自动计算出来的？”

“当然了。要不然怎么叫‘洞悉之眼’呢。”

“可计算的原理是根据什么呢？”

“就是手机短信和网络平台的信息交流啊。通常网站上不也有敏感信息过滤系统吗？我这个‘洞悉之眼’的原理是一样的，不过更加智能，它不是简单地挑选敏感词汇，而是通过交流信息的内容来分析出用户的心理状态。这和你擅长的心理分析很相近，你是通过犯罪嫌疑人的行为来分析犯罪心理。‘洞悉之眼’是通过网络用户的留言和帖子分析出他的心理状态。比如说，一个深处麻烦当中、心态十分不稳定的网络用户，他的心理状态肯定是剧烈波动的；而一个计划杀人的用户状态是疯狂的，一个杀过人的网络用户会忐忑不安，或是充满极度的负罪感，这些我的系统都能分析出来，现在我的资源库已经连接上了各大社交平台。有了这样庞大的资源库，我当然能够未卜先知了。”

“那你左边的显示器上面是什么？”

唐凌十分喜欢吴凡这种求知欲，抽动一下嘴角，“只要我看到地图上某个地方出现了红色的警告亮点，我就会点进去。然后左边屏幕呈现出的就是详细的分析图，曲线高低代表交流信息的危险程度。我没事就会选择危险程度最高的地方，点进去查看信息内容，甚至可以精确到用户本人，再经过一些模拟公式计算，大致就可以判断出是什么情况。”

“之前你预测的那几起谋杀案就是通过这种方式分析出来的？”吴凡问。

“当然了。”唐凌无比得意，“如果不是亲眼所见，大概你们也不会相信我说的吧。下一步，我准备继续完善我的智能计算模式，把语音识别也加进来，那样的话，就能极大地提升准确率。届时，要是公安部门采用我的‘洞悉之眼’系统，完全能实现百分之百的破案率，甚至能有效制止许多可能出现的凶杀案，让我们的国家变成零犯罪的和谐社会。这简直就是科技的创举，未来的人会纪念今天这个伟大时刻的。”

吴凡问付雪晴：“你们要不要试试这种高科技系统？”

“我觉得他就是一个疯子。”付雪晴学着唐凌的样子抽了抽嘴角。

“你说我是疯子？”唐凌刹那间变得无比激动，扯着脖子尖叫，“就是因为你们这帮蠢货的存在，才阻碍了社会发展。我的发明就像曾经的蒸汽机、发电机，能够带来新的技术变革。我们国家就是因为你们这种因循守旧的人太多了，才始终落后于那些发达国家。”

付雪晴道：“我们落不落后我不知道，但我确定你不但是个疯子，还是一个杀人犯。你的那些宏伟梦想可以在监狱里告诉你那些狱友。”

唐凌的两只鱼眼突然瞪大，警惕地看着付雪晴：“你什么意思，你难道还要逮捕我？”

“真新鲜，我们好不容易才抓到你，难不成还要放你跑了？”付雪晴朝身后的警员挥挥手，“把这个疯子铐起来，带回去。”

两个早就按捺不住的警员立刻冲上来，拽出手铐就上来铐唐凌。唐凌突然就发狂了，抄起桌上的东西砸向警察，声嘶力竭地高喊：“你们这些愚蠢无知的人注定是螳臂当车，阻挡不了科学的车轮前进！”

他猛地拽出两根导线，一按电钮，整个身体突然剧烈地扭动起来。

付雪晴刚要伸手拉他，被吴凡一把拽住，“他触电了！”

唐凌的身体仿佛在跳着诡异的舞蹈，他头发上和身上冒出阵阵白烟，他用尽全力颤抖着高喊：“黑暗即将过去，黎明即将来临，真理终将战胜邪恶！火，不能征服我，未来的世界会了解我，会知道我的价值！”

电脑突然爆炸，浓烟中，电脑的碎片和火星四溅，吴凡转身用身体护住付雪晴。

距离唐凌最近的两个警员惨叫着摔倒在地。

一切都发生得太突然，等到浓烟散去，整个办公大厅全部停电。

唐凌歪着头靠坐在地上，双眼依然瞪得溜圆，头发、眉毛上散发着一股烤焦的味道。

吴凡目瞪口呆地看着唐凌，看着这只该死的“兔子”，他不知道这是不是他想要的结果。

付雪晴站在他身后，心有余悸地望着唐凌的尸体，还有些不甘心，“就这么死了吗？真是太便宜他了。”

“他早就做好自杀的准备了。”吴凡说。

“他最后喊的那些话是什么意思？”

“那是乔尔丹诺·布鲁诺的遗言，他因为反对天主教的地心说，被活活烧死了。”

“他认为自己是先驱？”

吴凡看见那两个炸裂的显示器还在冒着烟，“谁知道呢，也许我们逼死了一位伟大的科学家，说不定以后也能被当作反面教材写进历史书里。”

“算了吧，我可不想跟这种人扯在一起。”

唐凌是外地人，在江州租房子住。

付雪晴带着人随后找到了他的公寓，距离工作单位很近，在一片破旧的老小区里。

进入昏暗的楼洞，一楼右手边第一家就是他的住处。

几个人一进屋就被眼前的景象惊呆了。

唐凌的家简直就是一个科学狂人的办公室，满地的草稿纸，书架上一堆堆的科技书，还有科普杂志、外文影碟。

最引人注意的就是房间正中间有一个巨大的工作台，上面放着三台电脑，还有显微镜、扫描仪、勘验灯、磁力振荡器、温控搅拌器等各种各样的工具。

付雪晴不禁感慨：“这家伙到底是个科学狂人还是一个警察啊，简直把警队实验室都搬过来了。他到底想干什么？”

“也许就像他说的那样，他把自己当成了无所不能的先驱。”吴凡说着，把罩在桌上一角的白布掀开，下面露出了一堆化学试剂，除此之外是一排面具，其中有毛茸茸的兔子和莫西干发型的人皮面具。

付雪晴看到那些面具，不禁感慨："为了抓他，我们几乎要把江州掘地三尺了。谁能想到，这个超级犯罪嫌疑人会住在这么毫不起眼的地方。"

"就是因为毫不起眼才不引人注意。"吴凡拿起一个兔子面具摆弄着。

"这种小区连个监控和门卫都没有，他就不怕遭贼，不小心发现了他的秘密？"

"这种小区住的大部分都是老年人，对周围环境和可疑的人并不那么敏感，他也可以在任何时间离开家，不必担心被监控拍到、门卫看到，换一个角度来说，这是一种更隐蔽的方式。"

"你说得也对。如果没有欧阳姗姗找来的那些黑客帮忙，我们还真找不到这只'兔子'。"付雪晴说到这里停顿了一下，看周围没有其他警员，忽然问吴凡，"我听见这个男人管你叫 Frank，那是什么意思？"

吴凡微微一滞："我怎么知道呢，是他那样说的。我什么都想不起来。"

"那你还记得一年前的德古拉杀人案吧，那个被你打死的凶手曾用斯巴达密码棒的方式写了一个密码给我们，密码还是你帮忙破译的。译文你还记得吗——hello，Frank，my brother。我没记错吧？"

"好像是。"

"之后我们曾寻找过这个叫 Frank 的人，担心他是凶手的同伙，一度还把他和预测死亡的兔子看成是同一个人。后来始终没有下落，就不了了之了。"

"听你这么一说，是有这么回事，你记得还挺清楚的。"

付雪晴继续往下说："之后，预测死亡的兔子就找上了你，而你也总能最先发现这个人，现在回想起来，你们两个好像真心有灵犀一般。他展示的高智商犯罪似乎只有你能理解，他也欣然接受你对他的报道。"

吴凡皮笑肉不笑："你的描述听着很奇特，不知道你到底想说什么。"

"我说得还不够明白吗。"付雪晴转回头，一双明亮的眼睛审视着吴凡，"你、预测死亡的兔子，还有之前那个德古拉案的凶手，你们之间到底是什么关系？"她的声音并不严厉，却隐隐透着一股审讯的意味。

"我不知道。我什么都记不得了。"

"那也就是说，你并不否认你和这两个人认识。"

"你这话听起来像是在诱供一样。"

"我只想知道你与这两个人的关系。"付雪晴着重强调。

"我只能给你打一个比方。"吴凡说，"狼的朋友未必都是狼。"

付雪晴耐人寻味地看着他，“如果是一只狼，我信。如果是两只狼的朋友，那就不会是羊。”

“所以你怀疑我。”吴凡转过头也看着付雪晴。

两人四目相对，似乎都想从对方的目光中探寻出什么。

这时候，有警员拿着东西跑过来向付雪晴报告：“付队，我们找到了这个。”

付雪晴抽回了自己的目光，看了一眼警员手里的东西，是一件黑色的衣服，她拿起来一抖，变成了一件黑色长袍，再配上吴凡手里的兔子面具，正是预测死亡的兔子最喜欢的打扮。

“还有其他可疑的东西吗？”

“还有，要不您过来看看。”

“行，通知技术科的人过来勘验现场，把所有证据都带回去。”付雪晴和那个警员说着话，转身离开了吴凡。两个人刚才的谈话也就这样终止了。

之后彼此没再说一句话，吴凡悄然离开了唐凌家。

预测死亡的兔子畏罪自杀的消息很快出现在江州各大新闻媒体上，盖过了一切国内和国际新闻。

过程一波三折，结尾毕竟还算圆满。整个江州刑警队总算顶住了压力，能够松一口气了。

收尾工作按部就班地进行，警方的主要精力都在调查唐凌的背景上。这也是吴凡迫切想知道的。这家伙就像鬼男一样，带着秘密走了，留下依然困惑的吴凡。

十天后，付雪晴突然给吴凡发来一条短信，告诉他已经调查出唐凌的重要信息，再就没说别的。

这条短信莫名其妙，吴凡思索再三，决定去刑警队见付雪晴。

当他忐忑不安地来到刑警队，碰巧看见了卢广通，听说他已经官复原职，不过比起往常低调了很多。相比之下，付雪晴倒是忙得不可开交。

“你来得正好。”付雪晴看见吴凡说，“经过详查，唐凌的资料我们已经大致了解，可以给他定罪了，相信你也很感兴趣。”

吴凡琢磨着付雪晴是不是话中有话，她的神情倒是没有任何反常，就像忘了那天与他的对话一样。

“‘洞悉之眼’你们查明白了？好不好用？”吴凡随口问。

“你是指他发明的那套犯罪预测系统？”提到这个话题，付雪晴滔滔不绝，“他在公司的那套系统因为电脑烧了，已经完全毁了，到底有多大用处，谁也说不准。后来我们又在他家里的电脑上找到了他设计的原始系统，还没有联网，只是一个试验品。我们找到一些搞电脑技术的人研究了一下，说他设计的系统十分复杂，但是实用性并不高，最后结论就是，他所谓的预测犯罪其实只是他个人的幻想而已。以我们目前的科技水平，还不可能制造出这样的产品。”

“假如那个系统根本不存在，那该怎么解释他给我们预测的那几起案子呢？”吴凡问。

“这个啊。”付雪晴为难地挠挠眉梢，一时也回答不出，“反正这家伙可不是才开始鼓捣那东西，要是真有用，早就应该出名了，还用我们整天坐在这里破案？”

“你是说他研究了很久？”

“五六年前这家伙曾经在外地一家软件公司上班，就到处宣称他发明了一套能够预测犯罪的高科技系统，还主动跑到公安局和科研所去毛遂自荐。那个时候，这套系统不叫洞悉之眼，叫獬豸犯罪系统，一个古怪的名字，听着挺邪恶的。”

吴凡想了一下，“獬豸我可知道，是中国传说中的神兽，善辨是非曲直、善恶忠奸，是古代司法的象征。他取这个名字虽然绕口了点，倒也贴合本意。”

“可是他研发的这套高科技系统却没像他想象得那么好运。我们向他当年工作过的公司打听他，他们形容他就是一个疯子，天天神神叨叨的，跟谁都说他那套了不起的发明，还到处去推销，结果无一例外都被拒绝了。所以，这家伙一直认为自己是怀才不遇，受到了不公正的待遇。从这方面来说，你的犯罪侧写倒是蛮准确的。他后来化作预测死亡的兔子，亲自预测谋杀案让警方侦破，就是想证明自己超凡的实力。”

第七章　副作用

“那他这些年都在干什么，只是在搞他的科技研究？”吴凡问。

“具体情况就不知道了，我们只是知道他出国了好几年。”

“出国了？”吴凡瞳孔微微收缩，“去了哪个国家？”

“南吕国。他在那里打了几年工，好像干的也是老本行。”

“不会又跑到国外去推销他的犯罪预测系统吧？”

“据我们了解，他在当地一家 KOT 制药公司做 IT 推广工作，也负责网络维护。有没有向外国人宣传过他的发明就不知道了，不过瞧这架势，就算有，他的海外推广活动也不太顺利。”

吴凡心里却在想，这家伙是如何与自己认识的呢，莫非自己当年也在南吕国？

凭着隐约回想起来的记忆片段，他记得自己在南吕国走的不是什么正路，好像是加入了一个叫 Shadow man 的黑帮组织。怎么看，他和唐凌都八竿子打不着。

“不过有件事我觉得有点儿奇怪。”付雪晴的话打断了吴凡的思路。

“唐凌还有什么疑点吗？”吴凡问。

“与他倒没什么关系，但是与你有点儿关系。”

“与我有关？”吴凡一凛，“你是指什么？”

“我们在联系南吕国警方调查唐凌的时候，没想到还有了另外一个发现。还记得德古拉案的凶手吧，那个我们始终不知道身份的连环杀人犯，随身携带着一把蛇形的短刀作为凶器。想不到那个人就是南吕人，他那把刀是南亚一代有名的马来刀。”

这个消息足够让吴凡震惊了，他马上问：“这个人在南吕国是干什么的？”

“他本身就是一个混混，在当地黑道上很有名，绰号叫鬼男，也叫德古拉。手上有好几条人命，是当地警方挂名的在逃人员，没想到却跑到了咱们这里。”

付雪晴的调查无形中印证了吴凡那些离奇的梦境。正如陆恒所说，他梦里出现的那些人和事其实就是偶尔回想起来的记忆片段。

他不动声色地问付雪晴："可是我不明白你为什么会突然提到这个人，他与我有什么关系？就因为他用密码写了 Frank，而你怀疑我就是那个 Frank ？"

付雪晴看了看他："这是很自然的联想。他一个南亚国家的在逃人员，冒着风险不远万里跑到江州市，肯定是有目的而来的。你不是也分析过他吗，认为他来江州的目的就是为了寻找一个叫 Frank 的同伙。当我们抓住预测死亡的兔子时，他也口口声声称呼你 Frank。而这两个人一个是南吕国本地人，一个在南吕国生活了好几年，这么多巧合足够让我怀疑你和他们有某种关系，或许你这些年也在国外生活过呢。"

吴凡满不在意地笑笑，"说到底，你把我找过来还是因为怀疑我。"

"我并没有叫你来呀，是你自己看到短信坐不住了。"

"呵，好吧，随便你怎么说，现在我来了。你是不是觉得我也应该是一个犯罪嫌疑人才符合你的想象？"

付雪晴从吴凡的语气中能听出怒意，依然平静道："其实就算你在国外生活过也没什么了不起，现在出国打工的人多了，这不是让我疑惑的地方。"

"你到底想说什么？"吴凡隐隐感觉出哪里不对劲。

"真正让我不解的是根本查不到你。"

"什么意思？"

"南吕国的海关根本查不到你出入境的信息，那也就是说，你很可能连护照都没办过。"

"这只能说明我根本没有出过国。"

"那你又是如何与唐凌和鬼男认识的呢？"

吴凡心惊不已。

在他梦境里的记忆片段中，隐约能想起曾在国外待过，与鬼男他们在酒吧里喝过那种酸奶，聊过天，在鬼男口中，他还与一个叫 Shadow man 的组织有关。可是为什么付雪晴却查不出他出国的信息呢？难道他是私渡到国外的？

吴凡一时间心乱如麻，见付雪晴一直看着他，唏嘘道："我不是不想告诉你，而是我什么都不知道，或者是压根想不起来。"

付雪晴的眼神中流露出耐人寻味的表情，"希望你对我说的是实话，要不然你会有大麻烦。"

吴凡正想问什么麻烦，法医田鹏刚敲门进来，看见吴凡后笑嘻嘻地推了他一下。

吴凡斜楞他一眼，“你嘴咧这么大干吗？”

“罗巧珍现在已经不拒绝我了。谁当初说我和她不般配的，啊？”

“她那是怜悯。”

“死去，听你说话就来气。”

“有什么事吗？”付雪晴心里正烦，不想听他俩打嘴仗。

“我刚刚给唐凌尸检过了，上来告诉队长一声。”

吴凡有些不解，“你们还用得着给唐凌尸检？他自杀的时候大家都看得清清楚楚啊？”

“是卢广通强烈要求的，所以今天才做。”付雪晴回答。

“他怎么会突然提出这种要求？”

付雪晴没再回答，转而对田鹏刚说：“你讲吧。”

“死因是触电导致的呼吸和心跳中枢麻痹。体表除了一些电流造成的烧伤，没有其他明显的伤痕。他的死亡可以认定为自杀。基本上没有什么问题，除了一个地方……”

“你是指什么？”

“我在他的血液里发现了盐酸舍曲林的成分。”

“这是什么东西？”

“这是一种治疗抑郁症的药物，有很大的副作用，服用过量的人会出现皮疹、抽搐、偏头痛等症状。”

付雪晴一愣，田鹏刚所说的症状和唐凌的一些表现完全吻合，她看见唐凌时只是觉得这个人很怪，听田鹏刚这一解释才知道唐凌那是病理反应。

“怎么，他还有抑郁症吗？”她问田鹏刚。

“这个我就不知道了，你得问问专门的心理医生。不过既然这家伙就是预测死亡的兔子，有抑郁症也很正常，正因为心理不正常才会通过犯罪来发泄，这也算正常。”

“你怎么想？”付雪晴问吴凡。

“我对唐凌这个人一点儿都不了解，不过预测死亡的兔子看起来倒更像一个亢奋的精神病患者。”

付雪晴想了想，对田鹏刚说：“这样吧，我现在就打电话叫一位心理医生过来，你和他交流一下。”

“抑郁症和精神病都是病，反正你们人都抓到了，何必那么较真。”田鹏刚不情愿地嘟囔，“还不如大家放松一下，早早回家休息，也累了这么多天了。”

“你该不是想去见罗巧珍吧？”

“还是付队你聪明。”田鹏刚展颜赔笑，“她现在小孩刚三个月，正是需要照顾的时候，我有不可推卸的责任。”

“就好像怀的是你儿子一样。”吴凡冷嘲热讽。

“去去，没你事，我这叫博爱，你不懂。”

付雪晴一撂脸子，“一会儿如果你好好配合心理医生把疑问查清楚了，我马上放你半天假。要不然你今天就加班吧。”

田鹏刚立马精神抖擞地打了一个立正，“我保证圆满完成领导交给我的任务。”

半小时后，陆恒被付雪晴叫到了警队。

他本来手里还有工作呢，一接到付雪晴的电话便赶过来，快变成付雪晴的专职医生了。

付雪晴让田鹏刚把情况向陆恒讲述一遍，陆恒听完迟疑了一下，对田鹏刚说：“我能看一下化验数据吗？”

田鹏刚马上颠颠地跑下楼，把所有化验资料全部拿上来了。

陆恒抽出血液化验数据看了一会儿，又抽出尿液检测数据看了看，对付雪晴说：“这个盐酸舍曲林的含量有问题。”

“什么问题？”付雪晴问。

“含量太大了，几乎是正常数值的七倍。从他的尿液检测结果来看，他一天应该服用不止一次，有可能两三次，甚至更多。”

“这意味着什么吗？”他这么描述，付雪晴没什么实际概念。

“这是一种副作用很强的抗抑郁药物。每天只能服用一次，通常是五十毫克就够了，个别情况严重的抑郁症患者最大剂量是每天二百毫克，而且不能长期大量服用，会产生严重的副作用，甚至会导致自杀。”

田鹏刚马上插话：“对呀，他就是自杀身亡的，没错，肯定是药吃多了。”

陆恒皱着眉问：“那他为什么要吃这么多抗抑郁的药物呢？盐酸舍曲林这种药是没有依赖性的，而且会产生很多副作用：心律不齐、耳鸣、偏头痛、皮疹、腹痛、呕吐、抽搐、虚弱、性功能障碍……”

“哎呀，你用不着说那么多。”田鹏刚打断，“他就是因为有抑郁症才吃药的。”

“可如果需要吃这么多药，说明他的抑郁症已经十分严重了。”

“对呀，所以才杀人，杀人解压。”

“你说什么，你说这个人是杀人犯？”

“你眼睛别瞪那么大好不好，对，他就是杀人犯，这阵子轰动全江州的预测死亡的兔子就是他。”

陆恒眉心挤出了“川”字，惊讶地望着他，“怎么可能是他？”

“什么叫怎么可能，本来就是他啊。我们亲手抓住的。你一个心理医生别跟着瞎添乱啊，我今天下午还有要事呢。”

“我说的不是这个意思。我是说，如果这个人真有这么严重的抑郁症，他不太可能是你们说的那种高智商凶手。”

“这有什么不可能的？”

“胖子，你先别打岔，让他继续往下说。”付雪晴提醒田鹏刚。

她又问陆恒：“你刚才那话能不能解释清楚一点儿，什么叫‘不太可能是高智商凶手’？”

“其实是这样。”陆恒说，“抑郁症也分不同程度，轻度抑郁症的患者外表上看不出任何异常，中度抑郁症就可能影响患者的日常行为了。这个人如果服用这么多盐酸舍曲林的话，这么严重的病患连日常照料自己都是很困难的，通常都会躲在家中害怕与任何人交往，不可能设计复杂的案子，简直太不可思议了。”

“你的意思是唐凌根本没有抑郁症？”

“至少不应该这么严重……”

陆恒和付雪晴正说着，办公室的门忽然被人推开，卢广通突然闯进来，第一句话就问陆恒：“那么正常人服用这种药会有什么情况？”

陆恒被他突然一下打断了，有些不知所措。

卢广通说：“你们刚才的谈话我在门外的都听见了，忍不住插句嘴想问问。我就是一个假设。”

“要这么说啊……”陆恒想了想，“盐酸舍曲林这种药物主要作用于人体的神经系统，能够刺激人的兴奋度，对于抑郁症患者确实有用。但是原本就正常的人如果长期服用这种药物，可能会导致焦躁不安、神经官能障碍，最严重的还可能造成精神分裂。”

“精神分裂，有这么严重？”

“是啊，所以我才觉得很奇怪，为什么这个人会服用这么大剂量的药。”

卢广通没再说什么，看了一眼付雪晴和吴凡，若有所思地走了。

由于卢广通的突然打岔，把气氛一下子搅乱了，众人一时间有些无所适从。当着大家的面，付雪晴没再追问吴凡刚才的事情。

田鹏刚还没忘了请假的事，趁机跟付雪晴好说歹说，要了半天假走了。

陆恒要回医院，吴凡正好跟着他一起离开。

吴凡走到刑警队门外，告诉陆恒上次开的药快吃完了，还想再开点儿。

陆恒疑惑地望着他，“我听说现在案子不是都已经破了吗，你的毛病还没好？这时候应该没什么压力吧。”

“付雪晴有跟你提过我什么吗？”

“没提过什么啊，你这话什么意思？”

“哦，没什么。反正我顺道去你医院，你再给我开点儿药。”

“身体是需要调养的，不能光靠药物维持，是药三分毒，还有尽量不要再喝酒了……”陆恒一下子犯了职业病，教育了吴凡一路。

吴凡连一个字都没听进去，脑子里想的全是付雪晴和卢广通。案子虽然破了，可是这次去警队却有一种说不出来的感觉。

“希望你对我说的是实话，要不然你会有大麻烦。”

付雪晴欲言又止的话到底在暗示什么呢？

吴凡来到医院，拿了药就心事重重地离开了。

他茫然地在大街上闲逛，不知怎么就回到了出租公寓，他已经很长时间都没回来了，进门后闻到的气息都是陌生的。

眼前依旧是熟悉得不能再熟悉的房间。

之前的阴谋意味也随着白若琳的死和预测死亡的兔子的死烟消云散，只有猜疑仍然存留在吴凡心里。

他靠在沙发上发了半天呆，心里烦躁得不行，随手打开冰箱看了一眼，没想到居然还有多半瓶酒，犹豫了一下，还是把酒瓶拿了出来。

没有什么比喝酒更能缓解压力。

它是世界上最坏的东西，也是世界上最好的东西。

吴凡打开瓶盖闻了闻，仰脖喝下一口，那种醇厚的甘辣从喉咙滑到胃，再从胃里涌到头，抚摩每一根神经，一直到四肢百骸松弛下来。

至少现在，他不用再担心自己被人监视，也不会有人偷偷潜入他家里。他可以放心地大醉一场，之后的麻烦留给之后去处理吧。

一顿痛饮后，吴凡靠在沙发上迷糊了一阵。

等酒劲过了，看看时间已经快傍晚了。

他想了想，还是回欧阳姗姗家，有个小丫头作伴，叽叽喳喳的也解闷。

离开前，他去卫生间洗把脸，整理整理衣服，这个时候却发现衣兜里的药不见了。

他翻遍了全身也没找到，可是明明记得离开医院的时候，确实拿药回来了，难道是掉在地上了？

他回到客厅找了一圈也没找到，心里不觉郁闷，只好再去找陆恒要一次药，他可不想大半夜的在欧阳姗姗家里到处梦游。

他离开家，乘地铁到人民医院站下车，出地铁口就是医院。

吴凡来到心理咨询科，正好还没有下班。他轻车熟路地往里走。

“吴记者又来啦。”有个女医生抬头朝他打招呼，语气有点儿怪怪的。

吴凡也没多想，随口问道：“陆主任还没下班吧？”

“您刚才来过之后，就一直没看他出来，应该还在办公室吧。”

吴凡之前来是中午，现在已经过去半天了，这家伙一直都窝在屋里？

吴凡脑海中闪过一丝疑惑，也没太多想，走到陆恒的办公室门口，随手就把门推开了。

他一只脚刚迈进屋，就瞬间被眼前的一幕惊呆了。

只见陆恒趴在地上一动不动，眼镜歪斜地挂在脸上，后脑全是血，衣服上、地上也都血迹斑斑。

吴凡急忙跑到陆恒身边，想试试他还有没有呼吸。

这时候身后传来一声尖叫，把吴凡吓了一跳，回头看，是刚才和他搭话的女医生站在门外，战战兢兢地指着他，“你……你把陆医生怎么了？”

吴凡朝她吼道：“别胡扯了，赶紧喊其他医生来救人啊！”

吴凡一边喊着，一边跑出去喊人了，幸亏是在医院里，很快赶过来不少医生，立刻给陆恒做抢救。

吴凡望着眼前医生们忙忙碌碌的身影，望着躺在地上不知是死是活的陆恒，还没完全反应过来到底发生了什么，感觉就好像做梦一样。

过了一会儿，付雪晴也赶过来了。

吴凡从未见过她如此惊慌失措过，站在急救室外看见一个医生就拉住不停地询问，问到最后也没问出结果。

她一回头看见吴凡，急忙问："到底怎么回事，他怎么受的伤？"

"我也不清楚。"吴凡说，"我本来想找陆恒开些药，一进他办公室就看见他倒在地上，我就赶紧喊来医生抢救。看当时的情形，他好像是被人袭击了。"

"被谁袭击了？"

"这个我就不知道了，事出意外，我现在也还晕着呢。"

"可是好端端的谁会袭击他啊？"

"不知道，也许是得罪了什么人，或者是医患纠纷吧。"吴凡猜。

他俩正说着话，付天明带着人赶来，仔细问了女儿陆恒的情况。

付天明气得狠狠一跺脚，"真是反了天了，光天化日的就敢在医院里行凶，我非抓住这个浑蛋不可。"

骂完了，他还没忘了骂吴凡一句，"你小子来干吗，我发现怎么我女儿去哪儿，你就在哪儿呢？"

吴凡无奈地解释："您这次还真误会我了，我和陆医生也是朋友。我是过来找他有事，碰巧遇上这件事的。跟您女儿无关。"

付天明嘟哝了一句，也没工夫搭理他，带着人查线索去了。

主治医生抢救了一个多小时，终于走出抢救室，问哪位是陆恒的家属。

付雪晴急忙上前，问陆恒怎么样了。

"陆医生后脑伤得挺重，有三处伤害，创口又深又大，都伤到了骨膜，流了很多血，差一点点就伤在要害了，好悬啊。好在脑部 CT 也还正常。可能会有一些轻微的脑震荡后遗症。还需要休息观察一段时间才行。"

付雪晴松了一口气，"我现在能和他说话吗？"

"给他打过麻醉针，等醒过来之后再说吧。放心，我们和陆主任都是同事，保证他会没事的。"

这时候，两个医生推着病床出了急救室，陆恒头上缠着纱布，昏迷不醒地躺在那里。

付雪晴看得十分揪心，跟着医生们一起进了病房，照料陆恒。

吴凡安慰付雪晴："刚才医生都那么说了，你就不用太担心了。"

付雪晴说："我就是想不明白，陆恒的人缘非常好，从来没想过有人会这么恨他，什么人能下这种狠手呢？"

"你父亲不是去调查了吗，应该会有结果吧。"吴凡嘴上在劝付雪晴，心里其实也不平静。

陆恒遇袭实在太过突然，中午还好好的，晚上就被送到医院抢救。吴凡总感觉这件事有点儿蹊跷，不管发生的时机还是时间点上似乎都不像表面看着那么简单。

哐当——

病房门忽然被推开。

惊得付雪晴和吴凡同时转回头，只见付天明铁青着脸，一脚门里一脚门外地站在那里。

“爸，怎么了？”付雪晴问。

付天明看了一眼病床上昏睡的陆恒，没说什么，指了指吴凡，“你跟我出来一趟。”

吴凡有些莫名其妙，看了一眼付雪晴，转身跟着付天明走出了病房。

吴凡头一次看见付天明这老头亲自查案，大概是因为准女婿受伤，他坐不住了吧。“找我什么事，付局长？”

付天明没有马上说话，上上下下重新打量了吴凡一番，“我问你，你今天去陆恒的办公室做什么？”

吴凡被问得莫名其妙，“去拿药啊。我经常到他这里来看病。”他用手指敲敲头，“我这里有点儿毛病。”

“就算来看病也用不着三番五次地回来吧。”

“我本来是中午过来开药，可是回家以后发现药丢了，所以才又回来找陆恒再开一份，结果就发现他受伤倒地了……”

“难道你的药丢了两次？”

“我听不明白付局长这话什么意思。”

“我就问你，今天往陆恒办公室跑了三次，为什么？”

吴凡哑然失笑，“你是不是听陆恒科里那些医生胡说八道了，什么三次，还四次呢。我今天一共去了陆恒的办公室两次，一次是在中午，我和他一起回的医院。还有一次就是在快下班的时候，我药丢了，回来找他再开一份。经过就这么简单。您不会是找不到袭击陆恒的人就随便找个人怀疑吧。”

“什么叫随便！”付天明双眼一瞪也挺瘆人的，一点不啻丁卢广通，“我一开始对你小子印象还挺不错的，直到我发现你黏着我女儿，才对你有些看法。我女儿很优秀，多几个男人追求她也不算什么。不过就算这样，也不能为了一时妄想就不择手段！”

吴凡皱皱眉，“您越说我越糊涂了，您到底想说什么？”

“真不是你做的？”

“做什么？”

付雪晴忽然打开病房门，对他们说：“陆恒醒了。”

付天明冷冷瞧了吴凡一眼，转身走进病房。

吴凡随后也跟进了病房。

陆恒躺在床上，脸色苍白，眼神涣散，看来是伤得不轻，差点儿连命都没了。

付天明走到病床前，问他：“女婿，还认识我吧？”

陆恒吃力地挤出一丝笑意，“我还没傻，陆叔叔。”

“那就好，我问你个问题。你还记不记得你是怎么受的伤？”

付雪晴连忙制止道：“爸，他才刚醒过来。不要刺激他好不好？”

“我这个问题很重要。”

“那你可以等一会儿啊。”

父女俩正在争执呢，陆恒那边缓缓答道：“我记不起来了。”

“是烟灰缸。”付天明提醒他，“我刚才去了你办公室，发现桌上的烟灰缸沾着血迹，还粘着头发……”

“爸！”付雪晴听不下去，“你别刺激他了好不好，要说咱们去外边，你跟我说。”

“我是希望帮他回忆起来，他是个重要的人证。”

“我当然知道，可现在不是时候，快走快走！”

付雪晴正想把老爸推出病房，让陆恒给拦住了，“雪晴，叔叔也是为我着急，没关系，我现在可以。刚才叔叔说烟灰缸上有我的血，那是什么意思？”

“你被人袭击了，你没有印象吗？”付天明问。

陆恒刚苏醒过来，还有些不适，忍着头疼和眩晕，闭上眼睛想了好一会儿才说：“我想不起来什么人袭击的我，我就记得我好像一直都在办公室里。”

“对，你是一直都在办公室里，有人用烟灰缸打你的头，把你打昏了。”付天明说。

“有这种事？”陆恒很吃惊，又闭眼歇了一会儿，回忆着说道，“我隐隐约约记着似乎真被什么打过头，好像就是一瞬间的事情，我没看到什么人袭击我。忽然之间迷迷糊糊的就什么都不知道了，醒过来就发现有人在抢救我。”

“没看到正常，你是被人从身后偷袭了。那你记不记得你在被袭击的时候正在干什么？”

“我当时……好像是在办公室里看病吧……”

“给谁看病？”

“我记得下午看过两个病人吧。”

“都有谁？”

“一位姓张的大学生，有自残和轻生的行为。还有一个姓王的女士，她是更年期神经官能症。”

“只有他们两个人吗？有没有他？”付天明一指站在旁边的吴凡。

陆恒愣了愣，“他是我朋友，就是来我这里开点儿药而已。”

“他什么时候去你那儿开的药？”

“大概中午 11 点多钟。”

“什么时候又来的？”

“大概下午 2 点多吧。”

“不可能。”吴凡马上道，“我是下午 5 点钟去的你那儿，哥们儿，你忘了吗……哦，对，你当时昏迷了不知道。”

陆恒疑惑道：“你 5 点钟去我是不知道，可是 2 点钟你确实是去过啊。”

“那怎么可能，我 2 点钟在家歇着呢，再说，我去找你干什么，因为你给我开的药丢了？”

“你没提药的事情。”

“那我干什么去了？”

被吴凡这一问，陆恒的神情出现了一些异样，似乎想起了什么。

他不说话吴凡心里更着急，付天明、付雪晴都在旁边看着呢，吴凡可不想他们有什么误会。

“没必要吞吞吐吐的，有话就直接说吧。”吴凡催促陆恒。

“你当时也没说什么，东一句西一句的有些反常。我问你是不是不舒服，你也没说明白。”

“我在家倒是喝了些酒，但也不至于跑到医院撒酒疯吧，再说我什么印象都没有。”说到这，吴凡发现陆恒眼神有些奇怪，欲言又止，似乎想说什么。

他打了个激灵，猛地明白了陆恒的意思，“你难道怀疑我是……”

付天明实在听得心烦，“你俩到底在说什么，能不能说明白一点儿？我就想知道，吴凡下午去陆恒那做什么了，为什么就是不肯说出来？”

付雪晴插嘴道：“陆恒在怀疑吴凡是不是梦游了，所以他自己才没有印象。”

“梦游？”付天明一脸诧异地看着吴凡。

吴凡埋怨陆恒：“你这做医生的嘴巴也太不牢了吧，病人的隐私还能随便往出说？”

“是我问他的。”付雪晴替陆恒解释，“还记得你上次穿着睡衣、拖鞋往刑警队跑吧。你都不知道，当时你的样子看着有多奇怪。我知道你没事总找陆恒，就跟他说了这件事，他才告诉我的。”

吴凡没想到自己这点儿破事付雪晴都知道了，脸上难堪，没好气地说：“好吧，就算是我梦游了，那又能如何，难道还能是我在梦里把陆恒打伤了？太胡扯了吧。”

“那可不一定。”付天明说，“我过来之前都打听过了，今天下午来看诊的只有三个人。你一个人就来了三次，其他医生也都看到了，而且你是最后一个来的，你离开之后就没人进过陆恒的办公室。”

他转而问陆恒：“你就实话实说，女婿，吴凡来到你的办公室之后到底做什么了，是不是他袭击的你？”

“我想不起来了。”陆恒说，“我只能记起来吴凡来过办公室。之后我怎么晕倒的其实我没什么印象。梦游症患者袭击人这种事我从来没遇到过，老实说，我也不相信吴凡会这么做。我倒觉得更可能是有人在吴凡离开之后，偷偷进入办公室袭击了我。”

“那你说什么人能跑到医院来袭击你？你得罪过什么人？”

这个陆恒就回答不出了。

付天明继续说：“我详细了解过，你的心理咨询科今天下午大部分时间都有人在，你的房间在最里面，如果有人想袭击你，就必须趁着所有人都不在的时候冲进去把你打晕，再迅速离开，才可能不被其他医生看见。所以，这个人存在的可能性很低，就算真有人想偷袭你，选择你下班后独自一人的时间不是更把握？所以，袭击你的人最有可能是你见到的三个患者之一，这其中吴凡就是最有可能的。”

吴凡不屑一顾地嗤笑，“随便你怎么说吧，不就是因为有成见，想方设法给我定个罪名整我吗？”

付天明也瞪起了眼，“你还真说对了，我还真不相信你是因为什么梦游打的人。你早就对我女儿心怀不轨了，自然对她的男友陆恒充满忌妒，这就是伤人的动机。”

“真是可笑，我和你女儿只是朋友。就算是你说的那样，我也不可能做这么愚蠢的事情，正常人都不会这么做。”

“是，你正常情况下的确不会这么鲁莽，但你刚才也说过，你回家喝了酒，你是借着酒劲又回来找陆恒的，那个时候你脑子里并不清醒，所以陆恒才感觉你很反常。结果你在控制不住自己的时候用桌上的烟灰缸袭击了陆恒，之后离开了办公室。等你回家酒醒之后，回想起这件事，又觉得心里不安，这才又返回医院。这就是整个经过。我没说错吧，吴凡？”

虽然吴凡很讨厌这老头，但是他这一通分析听着倒还挺合理。

吴凡只好向付雪晴说：“就你爸这通解释，你相信吗，真是异想天开！”

付雪晴没表态，眼神中透出了怀疑。

“喂，不会你也觉得我会为了得到你去打陆恒吧？”

付雪晴一脸尴尬，居然转过身不瞅他了。

付天明冷笑一声，吩咐自己带来的几个警员：“先给关起来，我再收集一下证据。”

马上过来两个警员，不由分说就把吴凡铐了。

他们一边拖着吴凡往外走，吴凡一边大声喊冤，“我说付雪晴还有陆恒，我跟你俩关系平时都不错，你俩说句公道话啊，这不摆明了玩我呢吗？”

这两位可倒好，如泥塑一般，谁也不吭声了。

就这样，吴凡被带到刑警队，被扔进临时羁押室里关了一晚上。

直到第二天中午，终于有人过来了。

吴凡一看是付雪晴，没好气地说：“怎么，又是你来提审我？审审我是怎么为了你打你男朋友的？”

“别胡诌了。你自由了。”付雪晴说。

“自由了？你爸不是给我定了罪吗，怎么现在又觉得我是好人了？”

“我爸可没觉得你是好人。”付雪晴顿了顿，“他把袭击陆恒的烟灰缸拿去化验了，没想到上面的指纹都被擦掉了，所以没有定你罪的证据。理论上，也还是可能有其他人潜入办公室袭击陆恒的。”

“难道就不能是我袭击了陆恒之后，故意把指纹擦掉了？”

“我爸就是这么想的。不过疑罪从无，所以才放你。不过最近你哪都不能去，警方随传随到。出来吧。”付雪晴拉开栅栏门。

吴凡慢吞吞地走出羁押室，问付雪晴：“那你是怎么想的？”

“我只想着让陆恒快点儿好过来。”

“故意回避问题。”吴凡回过头，凑到付雪晴面前仔细打量她。

“你这么看我干什么？”付雪晴后退两步，直皱眉。

“我在察言观色，猜猜你心里是怎么想的。”

“我心里想什么？”

“你在想，吴凡是不是真的在迷恋我。”

“滚犊子！”付雪晴一脚把他踢跑了。

对于陆恒被袭击一事，吴凡心里也充满了困惑。

他明明记得自己只去过医院两次，其他人却说三次。

他印象中昨天下午 2 点的时候正在家喝酒，可是医生们都亲眼看到他去医院找过陆恒。难道真是他又梦游了，而且在梦中袭击了陆恒？

这简直是不可想象的事情。

第八章　卢广通的推理

他站在卫生间里，望着镜中的自己，对自己说他绝对不可能做出那种事。可是慢慢地，他越看越觉得不那么自信了。

他惊讶地发现，不知从什么时候开始，他已经变了。

或许早在一年前的那天晚上，自从收到鬼男的那瓶东西，一些潜移默化的变化就开始了，在经历过各种与自己有关或无关的离奇事件后，他早已经不再是当初那个迷迷糊糊的报社小记者了。

“你到底是谁？”他问镜子里的人。

“你是 Frank，对吗？”

“Frank 又是谁呢？”

“鬼男死了，白若琳死了，预测死亡的兔子也死了，所有知道我秘密的人都死了，这一切是不是可以结束了？”

无论他怎么问，镜子里的那个人始终似笑非笑，心怀叵测。

他猛地一拳砸在镜子上，里面那个可恶的人顿时碎了，可他依然在笑着，笑容变得更扭曲、更夸张，也更让吴凡崩溃……

事实上，吴凡并没有忍受太久的煎熬，仅仅过了一天，就被警察从报社叫到了刑警队。报社里的其他人都习以为常了，不以为意。

等到了刑警队，吴凡才发现接待他的并不是付天明，而是卢广通。

这个脾气一贯很大的卢队长因为之前受过处分，现在收敛了很多，对吴凡也没再摆什么架子。

“今天把我找过来还是因为陆恒吗？找到我袭击他的证据了？”吴凡也不想拐弯抹角，索性把话题挑明了。

“我今天把吴记者请来与陆恒没有任何关系，我知道你和陆医生关系好，怎么可能是伤害他的人呢。这件事肯定跟你无关。”卢广通的态度异常和气，丝毫没有审问的意思，倒让吴凡有些纳闷。

“那卢队长找我来做什么？”

“请你过来是想让你见一个人。”

“见什么人？”

卢广通笑得有几分深意，“你跟我来就知道了，他已经在等你了。”

吴凡一时猜不透卢广通什么意思，跟着他穿过办公大厅，来到一间接待室。

卢广通推开门，吴凡进屋一瞧，屋里坐着一个男人，大概有二十四五岁，看着很陌生。

男人坐在一张方形会议桌后面，卢广通示意吴凡坐在他对面。

吴凡一坐下就感觉桌子对面这个男人目光不错地盯着他看，眼神里透着一种说不出来的奇怪。

三人就这样在沉默中足足坐了五秒钟，谁都没有说一句话。

吴凡实在忍不住了，问卢广通："卢队，这个人到底是谁？你还没给我介绍呢。"

这时，那个人率先开口了："你好，是我找你。"

“你找我？我们好像不认识吧？”吴凡疑道。

男人笑了笑，“你不认识我了吗？”

“我认识？”吴凡又仔细端详他，那人长着一张国字脸，高鼻梁，深眼窝，薄嘴唇，右眼眶到颧骨有块红色的胎记。但他怎么都想不起来这个人。

男人从衣兜里掏出一张照片放到桌上，吴凡往照片上一看，照片里的人竟然是自己，更觉得奇怪，“你怎么会有我照片？”

“因为你是我哥啊，我叫吴莘，我们是卢徽人，你忘了吗？”

“你是我弟弟？”吴凡惊讶地望着面前的男人，看着倒是隐约和自己有点儿像。他还记得自己是卢徽人，不过一直以为自己是孤儿，没想到突然冒出一个弟弟来。

男人似乎看出了吴凡的疑心，“你真是我哥，我们是亲兄弟，从小在孤儿院长大的，都有档案记着呢，错不了。说起来还是这位卢队长找到的我，要不然我还不知道这些年你在哪儿呢。”

这个剧情实在让人感到有些意外，吴凡毫无心理准备，他看了卢广通一眼，不知他大费周章是什么意思。

“你出车祸的事情我都知道了。”吴莘继续往下说，“他们说你失忆了，可能你忘了很多事情吧，连我都忘了。”

“是啊，我两年前是出过车祸。”吴凡嘴上附和，心里想，我出国的事情，我这位弟弟知道吗？

他有心想问，可是卢广通在旁边，又不方便开口。

这时就见吴莘起身离座，对卢广通说："卢队长，我能不能单独和你说几句话？"

卢广通朝吴莘点点头，没说什么，两个人离开接待室，把吴凡一个人留在了房间里。

吴凡等了半天，等房门再次打开，进来的却是法医田鹏刚。

他一进来就给吴凡撸起袖子，拿出个针管给他抽血。

"喂，你干什么，你不是检查尸体的吗？"吴凡叫道。

"我也不知道啊，哥们儿，上指下派我只能照做。放心吧，我都消过毒了。"

田鹏刚抽完血也走了。

又过了一会儿，卢广通一个人回来，吴莘没跟着。他告诉吴凡可以回去了。

"那我弟弟呢？"吴凡满心疑惑。

"他有急事先走了。过几天还回来，到时候我再通知你。"卢广通没再多说什么。

吴凡莫名其妙地回去后，翻来覆去想了想，硬着头皮给付雪晴打电话问情况。

付雪晴的声音有些冷淡。自从陆恒出事后，她就没主动和吴凡联系过。虽说没有证据证明陆恒一定是吴凡袭击的，但他依然是最有可能的那个人。这就足以让别人猜忌了。

但付雪晴还是替吴凡打听了一下，回复吴凡说，卢广通现在好像在查什么，具体情况她也不清楚。

吴凡小心翼翼地说："你们不是在一起工作吗，他要想查什么也瞒不住你呀。"

付雪晴没好气地回了一句："我最近没在队里，一直在医院照顾陆恒呢。"

吴凡一下被噎得没话了。

"我挂了。"付雪晴最后说了一句，"总之，只要你没做过什么坏事，就没必要担心。"

说完，她就把电话挂了。

吴凡拿着手机，呆滞了好半天。付雪晴那句话像是警告，又像是在暗示什么。

因为付雪晴这通电话，吴凡忐忑了两天。但随后一切又逐渐风平浪静了。刑警队没再找吴凡任何麻烦，那个弟弟也莫名其妙地没有音讯了，付雪晴也不再同他联系，欧阳姗姗因为要准备知识竞赛，搬到学校宿舍去了，甚至最近连刑事案件都少了。

吴凡整天无所事事地在报社里一待，随便找些鸡毛蒜皮的小案子添油加醋地写几笔就算交差了。倒是照旧能收到不少读者来信，也都是询问他之前报道的那些大案。其中提到最多的就是预测死亡的兔子。人们似乎对这个神秘又古怪的天才犯罪嫌疑人尤其感兴趣。

吴凡直到这时才意识到这家伙给他带来了多大的影响。

他一面给吴凡制造出巨大的麻烦，一面又让吴凡声名鹊起。如今他真的离开了，吴凡的生活似乎一下子就重归了平庸。

他像普通人那样准点上下班，一个月慢慢过去，他也逐渐开始适应了，过去一年多的那些经历他越来越感觉像一场梦了。他是不是叫 Frank，是不是认识鬼男或者预测死亡的兔子，这些似乎都不那么重要了，重要的是他还照常生活，这比什么都真实。

“吴凡，请跟我们走一趟。”

吴凡正坐在报社的电脑前咬文嚼字，给明天的稿子措辞，耳边忽然听到熟悉的声音。

他一下还没有回过神来，慢吞吞地把目光从电脑屏幕上抽回，抬头看了一眼，只见身旁站着两名警察。

这两个人都是江州刑警队的，吴凡看着眼熟，其中有一个人他还能叫出名字。

“找我吗，马警官？”他对那个认识的警察说。

“找你，马上跟我们走一趟吧。”马警官紧绷着脸，没有一点笑模样。

“又有新案子了？是付雪晴找我？”

两个警察没说话，向外做了一个“请”的手势，一左一右站在吴凡两边，好像看着犯人一样。

吴凡跟着两位警察走出报社大楼，门口停着一辆带车厢的警车，车窗上全部固定着栏杆。

一进车里，吴凡就看见里面还坐着两名警察，也都没什么表情。

他心头忽然颤了一下，有种不太好的预感，到底哪里不好，他自己也说不清楚。

所有警察一路无话，把吴凡带到刑警队后，直接进了一间会议室。

吴凡一进门，发现屋里坐满了人。卢广通和付雪晴都在，还有局长付天明，以及平时熟悉的几位警员，感觉像是在开会。

吴凡松口气：“你们这是又遇到麻烦案子了？搞得这么紧张干吗，我还以为出了什么事呢。”

付雪晴看了他一眼，目光中有些疑惑，问卢广通：“卢队，你把我们都找来究竟是什么事，现在总该说明白了吧？”

“我马上就告诉大家，现在还要请一个人过来。”卢广通起身开门出去，不多时回来了，身后还跟着一个人。

付雪晴不认识，“他是谁？”

吴凡可认识这个人，这不就是前不久刚与他相认的弟弟吴莘吗？

这小子上次只见了自己一面就失踪了，现在又突然冒出来，卢广通这到底是什么意思？

“现在人都来齐了。我可以说了。”卢广通平静地看着疑惑不解的众人，“因为我要说的话很多，各位还要有些耐心。”

付天明有些急躁，催促卢广通：“我们这么长时间都等了，你这卖关子卖得也够长了，直接说吧，到底是什么事，跟吴凡有关吗？”

“有关，当然有关。这话还得从唐凌说起。”卢广通不急不躁，“虽然预测死亡的兔子身份败露，也畏罪自杀了，但是这个案子依然留着一些疑点，就比如说在抓捕唐凌的时候，我虽然当时没在现场，但是我听说，唐凌在自杀之前说了一堆莫名其妙的话，他甚至还管吴凡叫 Frank，有这事吧，吴记者？”卢广通看向吴凡。

吴凡心口一紧，卢广通这老小子果然还是把这件事揪住了，“似乎是有吧，但我并不认识这个人，我对他完全没有印象。”

卢广通听了他的辩解，丝毫没有反驳，还点点头，“是啊，也许你说的是真的，我听说你两年前出过车祸，失去了一段记忆，想不起来也不奇怪。那我们接着说另外的疑点。唐凌死后，田法医在对他尸检时发现，他的体内含有大量盐酸舍曲林的成分，这是另外一个疑点。”

“盐酸舍曲林是什么？”付天明问。

“是一种抗抑郁症的药物。”卢广通看了付雪晴一眼，“那天我去付警官办公室找她，心理医生陆恒也在，他们正在聊这种药，我刚好听见了……”

付雪晴撇撇嘴，卢广通摆明了是在门外偷听的，但也不好说破。

卢广通对付雪晴的反应视而不见，继续往下说：“当时陆医生说出了自己的疑惑，他说唐凌所服用的药物剂量是正常剂量的七倍。只有重度抑郁症患者才会这样，而且副作用很大，还会导致精神分裂。可如果唐凌是一个重度抑郁症患者，那么他根本就没有能力设计出如此复杂的犯罪计划。反过来说，唐凌如果没有患上重度抑郁症，那为什么还要吃这么多药呢？于是，我赶到唐凌家仔细搜索，结果找到了答案。”

“什么答案？”付天明问。

“唐凌吃的药并没有放在盐酸舍曲林片的药瓶里，而是放在一个普通的保健品药瓶里。我由此推测，是有人故意捣鬼，骗他吃错药，有意让他服用了过量的盐酸舍曲林片，目的就是让他精神分裂，所以我们找到他时，唐凌才会如此癫狂，就好像一个十足的犯罪嫌疑人一样。”

付雪晴惊讶道：“你这话是什么意思，难道你怀疑是有人把他变成罪犯？”

“看来我们想到了一处。后来物证科的确在唐凌的保健品瓶子上发现了犯罪嫌疑人的指纹，而且我还找到了这个犯罪嫌疑人。”

“你怎么不早说，是谁？”

“他就坐在我们中间。”

这些人中除了吴凡之外其他人都是警察，众人的目光不由自主地集中在了吴凡身上。

“怎么可能是他？”付雪晴对卢广通的结论深表怀疑。

吴凡也大声辩解：“卢队长，你这栽赃栽得也太离谱了吧，就因为那个疯子管我叫Frank，你就怀疑我？一个精神病的话也能当真？他肯定是认错人了。”

“可是药瓶上的指纹确实是你的，这个你如何解释？”卢广通反问。

“这个我没法解释。但要知道这家伙是预测死亡的兔子，是异常狡猾的天才犯罪嫌疑人，我们可都让他戏耍过，侯小亮连命都搭上了。要不是欧阳姗姗请来了顶级的黑客高手，我们还抓不住他呢。他这摆明了是在算计我，你们也能当真？”

面对情绪激动的吴凡，卢广通这一次出奇的沉稳，“是啊，我也想到了这种可能，你不认识预测死亡的兔子，他却可能认识你，陷害你也不是不可能。但你至少是有嫌疑了，而我这个人一贯喜欢较真，就免不了查查你的底细，虽说你是在孤儿院长大的，但你有个亲弟弟叫吴莘。你们之前已经见过了。”

吴莘就站在卢广通旁边，脸上没有任何表情。

“那你现在就算把他找来了又能如何？”吴凡反问卢广通。不知为什么，他忽然感觉今天这个一脸和气的卢广通比以往更可怕。

卢广通看了一眼吴莘：“你有什么想说的，现在可以说了。”

吴莘伸手指了指吴凡：“他不是我哥，他是假扮的。”

这句话像平地里响了一声惊雷，不但震惊四座，更震惊了吴凡。

“你胡说什么，我怎么可能不是你哥？”吴凡大声道，“我就是吴凡，只是因为车祸伤了脑子，很多事情想不起来了。”

吴莘摇了摇头，坚定地说：“你绝对不是我哥。就算你看起来和身份证上的照片很像，但还是不一样。而且你和我哥说话的口音不一样。”

吴凡张口结舌，面对自己亲弟弟的指责，他不知该如何反驳。

付雪晴、付天明、赵楠等的一双双熟悉的眼睛都落在了吴凡身上，全都是一副难以置信的表情。

吴凡虚弱地说：“会不会是什么地方搞错了，这怎么可能呢？”

卢广通说：“我联系上吴莘时，他说他哥哥已经很久没和他联系了，急着要过来见见你，但是一见到你就发现了疑点，这倒是我之前没想到的。为了确保万无一失，我让田鹏刚给你抽血化验，与吴莘做了 DNA 配比。现在结果已经出来了，你们之间没有任何血缘关系。”

“不可能，我不可能是假的。”吴凡吃惊地望着卢广通和吴莘，忽然感觉这两个人一起在给自己下套。

他指着吴莘对大家说：“为什么不可能他是假的呢？他不是我弟弟，是假冒的。”

“我不是。”吴莘说，“我和哥哥是在合卢被人遗弃的，从小就在合卢市福利院长大，我眼角有块胎记很好认，而且我一直都没有离开过合卢。我哥哥自从考上大学后就一直在外地，头几年他去了京州，一开始我们还有联系，后来联系就中断了。我曾经去京州找他也没找到，直到一个月前，卢队长通过派出所警察找到我，告诉我哥哥在江州，我才特意赶过来，没想到看见的是你。”

说到最后，他咬牙切齿地大吼道：“你为什么要假扮成我哥哥，我哥哥吴凡在哪，你告诉我！”

吴凡被惊得一哆嗦。望着吴莘那双充满愤怒的双眼，脸上那块胎记红得像着了一团火，吴凡忽然失了底气，心中冒出一个念头——我到底是不是吴凡。

卢广通拍了拍吴莘，示意他冷静一些，继续对大家说道：“我之所以一直保密，就是因为这件事太过离奇，没有百分百的把握我不能轻易宣扬，我们和吴记者也算朋友，这对吴记者也是一种伤害。但是我没想到，越往下查这件事就越离奇……我接下来要说的才是真正的关键。”

“你还查到了什么一起都说出来吧，老卢。”付天明迫不及待地催促他。

“我现在就说。”卢广通意味深长地看了一眼还没回过神来的吴凡，“当 DNA

匹配出这位吴凡不是真正的吴凡时，我意外地得到了另外一条重要信息。他的血型居然和网上的一位在逃人员完全吻合。你们知道这位在逃人员是谁吗？”

卢广通看着在座一张张惊讶的表情，一字一顿地说：“他就是五年前京海市一起杀人案的凶手——高、松、林。”

整个会场刹那之间鸦雀无声。

不知过了多久，付雪晴猛然站起，大声道：“不可能，他怎么可能是高松林？他的长相，他的声音，和高松林完全不是一个人……”

卢广通朝她挥挥手，“付队长，你先别急，听我慢慢说，其实不是我故意要查的，是资料库自动显示的。当年高松林杀人作案时，在现场留下了头发和血迹，他的全部资料都已经挂在公安网上了。我只是把吴凡的DNA数据往网上一传，没想到马上就和在逃人员高松林匹配上了。这可不会有错。至于你提到的那些疑惑，我现在就能给你解释。”

付雪晴一下子僵在了那里，呆呆地望着吴凡，好半天都没有缓过来。

吴凡也彻底蒙了，他简直不能相信自己的耳朵。他怎么可能是高松林，怎么可能是付雪晴口中的那位学长呢？

“老实说，这个发现当时也让我大吃一惊。”卢广通说，“首先，照片上的高松林与我们认识的吴凡完全就是两个人。因此，我又花了很多时间来调查高松林，说到这里我还要感谢一个人的帮忙，他让我对高松林这些年的经历有了完整的认识。这个人我稍后再讲。我先说说高松林当年的经历，付警官当年也是燕京公安大学毕业的，应该也有所耳闻吧，不过其他人还不知道，我就给他们稍稍解释一下。”

付雪晴仿佛根本没听到卢广通说话，那双眼睛一直盯着吴凡，只想从他脸上寻找出一丝高松林的痕迹。

“五年前的秋天，还在公安大学上学的高松林一天晚上出了校园，与一位外国人发生了争执，继而发生了肢体冲突，高松林失手用刀将对方刺死。之后他畏罪潜逃，私渡出国，隐遁在了南亚的南吕国，在该国的拉玛市生活了数年，改名为Frank。我按照这条信息与南吕国警方取得了联系，得知他这些年与当地黑帮勾结，主要营生是给人看场子、做打手。”

吴凡听得心惊肉跳，卢广通所说的居然与他想起来的记忆片段全都吻合上了。

他勉强问：“既然高松林都逃到国外了，为什么还要回国？”

卢广通笑了笑，“也许你是真的想不起来了。我可以告诉你，因为你又犯事了。”

“我犯了什么事？”

“你跑到当地一家化妆品公司去打劫，还把正在值班的教授和助手全部杀害。在警方的搜捕下，你被迫逃走，潜回了国内。你眼下在南吕国都是头号的通缉犯。”

吴凡不禁打个寒战。

他对自己失忆前的身份做过各种猜测，但是从来没有想到自己会是一个杀人不眨眼的冷血杀手。

难道就是因为这个原因，他才和鬼男认识吗？因为他俩根本就是一路人？

他望着卢广通平静得近乎冷酷的表情，他的每一句话都像要刮下他一层皮。

他见卢广通想要继续往下说，大声打断他：“我不相信你说的，你这是一直在诈我对不对？哪怕我真是高松林，你又怎么可能知道我私渡到了南吕国？既然我用的是 Frank 的名字，你又如何确定我加入黑帮、抢劫杀人呢？统统都是你胡说八道！”

卢广通一笑置之，看了看付天明和付雪晴，“是啊，我这么叙述下来，听着是缺少点儿说服力。现在是时候请出那位协助警方破案的重要人物了。”

他拿起手机，不知给什么人打了一通电话，只响了一下铃声电话就被挂断了。然后大家一声不响地等待。

众人的心又被他提了起来。看起来卢广通这次是做足了准备。

会议室的门轻轻打开，所有人不约而同地看过去。

一个娇小玲珑的身影走进来。

众人瞬间就愣住了。

最惊讶的人莫过于吴凡，他怎么也没想到进来的人竟会是欧阳姗姗。

“你怎么来了？”吴凡失声道。

欧阳姗姗看了他一眼，那双熟悉的大眼睛里没有了往日的亲切，换上了彻骨的冷漠。

欧阳姗姗走到卢广通身边站下，一句话也不说。

“这到底是怎么回事？”吴凡难以置信地望着她。

他俩虽不是亲生父女，吴凡却早已把她当成了自己女儿一般，他怎么也想不到欧阳姗姗会在这种时候站在他的敌对面。

“你很快就会知道原因的。”卢广通带着胜利者的口吻说道。

他从口袋里掏出一个小小的 U 盘，捏在指间，让吴凡看清楚，“这个东西你还记得吧？”

吴凡的目光立刻凝固在了那个小小的白色的 U 盘上。

他一眼就认出，这个 U 盘正是白若琳从预测死亡的兔子安放炸弹的喷水池里找到的那个，是她亲手交给吴凡的。

吴凡一直怀疑这个 U 盘里存放着对预测死亡的兔子至关重要的资料，但由于破解不了密码，一直都放在欧阳姗姗那里。如今这个小小的 U 盘竟然落在了卢广通手里。

卢广通说："我虽然不知道这个 U 盘是从哪里来的，不过你把它交给欧阳姗姗，证明它很重要，而且欧阳姗姗已经把密码破解了。"

吴凡心头一震。

欧阳姗姗破译了密码居然没告诉他，而是交给了卢广通。他想不通她为什么要这么做。难道 U 盘里隐藏了什么意想不到的东西？

"我猜你一定很想知道，这里面放的到底是什么东西，你马上就会知道了。我想大家也一定会很感兴趣的。因为这里面的内容可以为我们解答一切真相。"

卢广通说完把 U 盘递给赵楠，并告诉了她密码，让她把 U 盘里的图片投放到大屏幕上。

赵楠把 U 盘插到笔记本电脑上，导出照片，连接上了投影仪。

当她点开一张照片，所有人的目光都不由自主地落在了大屏幕上。

让吴凡万万没想到的是，照片里出现的居然是潦草的字迹，似乎是从一张手写的稿纸上拍下来的照片。由于字迹歪歪扭扭，或大或小，每张照片上的字并不多。

随着赵楠慢慢点开一张张照片，一个个词、一句句话也逐渐呈现出来。

这些照片是一封信，写给吴凡的信。

吴凡：

当你终于能看到这封信的时候，意味着我们的游戏要告一段落了。

我尽管很想向你当面坦白，很遗憾这个我做不到。

我是谁想必你应该猜得到，你可以称呼我预测死亡的兔子，如果你觉得啰唆，也可以叫我 Frank。

当然，Frank 并不是我一个人专有的名字，而是我们共同的名字。但我觉得 Frank 的性格更像我，而你更像高松林。我这样说，你可能会感到很困惑，我觉得有必要啰唆几句。

不知道你是否听说过高松林这个人，如果没有，你可以问问付雪晴。他与那个人可有着很深的渊源。

他是燕京公安大学最优秀的学生，获得过 ICI 训练营的“杰出学员奖”。如果按照他原先的人生轨迹，那他应该成为一位备受尊敬的顶级犯罪心理专家。可惜时运不济，五年前，他在校外超市里遇到了一位外国来的人渣，那个该死的外国佬跑到中国来生活，居然还大放厥词侮辱我们中国人。结果高松林一时头脑发热，跟着他来到街上就把他痛殴了一顿，一时失手把人捅死了。

自知闯下大祸的他被迫选择逃亡，一路辗转私渡到了南吕国，做了整容手术，连声带都改变了，并取了 Frank 这个名字。为了生存下去，他变得不择手段，越发暴虐，最终成为了当地有名的混混。他的心性也发生了巨大改变，从高松林变成了 Frank。

我在想，也许我们就是从那个时候开始，被一点点创造出来了。

后来，Frank 所在的帮派与当地一家私人公司结仇，派 Frank 带人去给他们一点儿教训。结果 Frank 一怒之下连杀了四个人，并纵了一把大火。

这件事惊动了当地政府，开始全力搜捕凶手。

Frank 在南吕国待不下去，又被迫逃回了国内，在逃跑之前还与一位叫唐凌的人合伙，抢劫并杀害了当地华人欧阳成，然后携带钱财私渡回国内。

在回国前，他俩已经做过了充分的部署。

唐凌是一位电脑黑客，利用入侵政府部门的数据库获得的身份证件信息，找到了一个长相与 Frank 十分相似的人。回到国内后，他们把这个人暗中杀死，并让 Frank 取而代之。这个计划本来十分完美，没想到却出了一个意外。想必你也知道，Frank 出车祸了，差一点儿就丧了命。

虽然最终恢复了过来，但出现了意想不到的变化。

这个变化就是你出现了，或者说是我们出现了。

你忘记了高松林的身份，也忘记了 Frank 的身份，完全是以吴凡的身份存在的，甚至连你的记忆都和真正的吴凡差不多。

而我虽然记得一切，但是我的行事风格完全是 Frank 的模式。

一开始我并不知道你的存在，但我很快发现，我每一天都要睡十几个小时，甚至更长时间，而且睡眠的时间越来越长。不仅如此，我发现我经常梦游。

我觉得可疑，就在自己身上安装了监听器，我才惊讶地意识到，还有另外一个“我”共用着相同的身体，这个“我”就是以记者吴凡的身份存在的。他完全不知道 Frank 的存在，像个快乐的傻瓜一样过着单调的生活。

而更可怕的是，你这个傻瓜抢占了我越来越多的时间，如果我再不采取行动，你就可能把 Frank 完全消灭了。

于是，我想到了一个办法。

我找来唐凌帮忙，通过他的犯罪预测系统找到了一个有弱点的女人。我们查到了她是一个杀人犯，抓住了这个弱点就能迫使她听话，假扮成你的女友，其实是为了帮助我监视你。当然，她没见过我的真面目。

之后，我从国外叫回来一个老朋友，想必你也认识他，就是那个德古拉案的凶手，他叫鬼男。

从这时起，我和吴凡你就开始了一场游戏。

鬼男并不知道我和你的关系，所以他一过来就寻找 Frank。我原本是想通过他来刺激一下你，但是你的表现大大出乎我的意料——你居然还保留着高松林的犯罪侧写能力，而且和警方展开了合作，甚至最后连鬼男都死在了你手里。

你真是太让我惊喜了，我终于找到了我们之间的联系。这也激发出了我的灵感，于是，预测死亡的兔子便出现了。

他存在的目的，就是等待你去寻找他。

你每破一起案子，就多了解他一分，那一次次密码的答案会把你逐渐拉向我。随着你越来越清楚自己是什么人的时候，你就会越来越接受我。

当你找到这封信时，就是我们最终见面的时候。

你不再是吴凡，你是 Frank，你是高松林。

十几张照片一页页翻过，看到最后，在座的人一个个目瞪口呆。这是谁都没有想到的真相。

卢广通望着众人，缓缓道：“我最初看到里面的内容时也十分震惊，但仔细想想，又不无道理。从我们认识吴凡开始，这个人身上就充满了秘密，他一个记者如何能掌握专业的犯罪侧写能力？而且对预测死亡的兔子如此了解，还精通格斗。这种种疑点其实早就在暗示他与这名犯罪嫌疑人之间有着密切的联系。但我们谁都没想到，预测死亡的兔子会把真相写在一个小小的U盘里。如今真相大白，我还有一个小小的问题想问吴凡，或者该称呼你高松林才更合适，你是在什么地方找到的这个U盘？”

“在发现定时炸弹的那个喷水池里。”吴凡下意识地回答。

“哦，原来喷水池里还有其他东西，这还真是想不到呢。”

“可是就凭这几个字又能说明什么？”吴凡拍案而起，咬牙道，“预测死亡的兔子我们已经找到了，人赃并获，就是唐凌。这封信自然也是他写的，满篇胡言乱语，逻辑混乱，这东西也能当证据，真是可笑。”

“这封信并不是唐凌写的。”卢广通说。

“那是谁？”

“根据信件的内容，如果你和预测死亡的兔子是同一个人的话，那你们的笔迹自然也应该一样。我让欧阳姗姗帮我拿到一些你手写的东西。经过笔迹鉴定，这封信其实是你自己写的。”

“我自己？”吴凡彻底无语了，他瘫坐在椅子上。

他无法相信眼前这一切，可是卢广通每抛出一个惊人的答案，背后都有根有据。

欧阳姗姗慢慢转过脸看向他，用一种从未有过的冰冷眼神看着他，“你知道我为什么会背叛你吗？因为我爸爸就是这封信里提到的欧阳成，就是那个被你杀害的人。我一直以为是他抛弃了我和妈妈，原来他已经不在了。”

“也许……也许是重名重姓呢？”

“全国十几亿人，叫欧阳成的人不超过十个，而我爸爸就在南吕国。你觉得这个概率有多大？”

事已至此，吴凡无言以对。

他在脑海中拼命寻找着欧阳成的名字——欧阳成……阿成……他难道就是记忆碎片中的那个朋友吗？

吴凡一直以为他们是朋友，可是到头来却是一个死在他手里的被害人。最让人意想不到的是，欧阳姗姗居然会是他女儿。

他望着充满怨恨的小女孩，忽然感觉这件事很讽刺。

他杀死阿成的时候绝对不会想到，他会和他女儿相遇，会成为她的干爹，最后被她绳之以法，仿佛一切都是冥冥之中不可思议的定数。

可是相比他是高松林这件事，这件事又显得不那么惊人了。

他虚弱地望着卢广通，他看上去没有结束的意思。

这位几乎被预测死亡的兔子搞到身败名裂的刑警队长，忍辱负重了这么久，终于等到了一雪前耻的时机。

他一改以往的急躁草率，小心翼翼，剥丝抽茧，不但揪出了真正的“兔子”，还揭示出了一连串惊人的真相。

他心平气和地继续向大家解释：“我知道这封信很不容易理解，为此，我还专门请教了心理专家，今天我也把他请到了这里，为各位做解释。”

卢广通拿起手机，又拨了一通电话，会议室的门再次被推开，这次进来的是心理医生陆恒。

他头上的伤还没有好彻底，戴了一顶帽子。

付雪晴又惊又恼：“原来你也知道真相，为什么不早告诉我？”

陆恒一脸无奈：“卢队长是昨天晚上才找到我的，我根本没来得及跟你说呢，而且我比你还吃惊呢……”

“不管你有多吃惊，陆医生，请你把昨天对我解释过的重新说一遍吧。”卢广通说。

陆恒不由自主地看了吴凡一眼，眼神中充满了好奇和惊讶，似乎发现了新奇物种一般。

“这封信的叙述口吻和人物称呼有些混乱，但条理还很清晰。应该说这是一封自己写给自己的信。”

“什么叫自己写给自己？”付天明问了一句。

“因为吴凡……抱歉，或许这个称呼不太恰当。如果称呼 Frank 似乎也不妥，我不知道现在坐在我们面前的究竟是谁。”陆恒询问似的看向吴凡。

“随你便。”吴凡冷笑一声。

“那就用你的原始名字称呼吧，高松林，高先生。应该说，高先生的这种症状是心理学中一种不常见的病症，我们称之为分离性身份识别障碍。”

“那是什么病？”付天明问。

“用通俗的话来讲，就是双重人格。这两个人格一个是 Frank，还有一个是吴凡。”

“就像唐凌那样是吗？”

“不不，与唐凌不一样，唐凌是精神分裂。他发病的时候会出现幻听幻视，产生认知功能障碍，虽然会做出一些一反常态的行为，甚至难以控制自己，但是在他的主观意识中，依然能够感知到自己的行为。双重人格不一样，两种人格互相并不知道彼此的存在，他们有着各自独立的意识和思维方式，完全不受彼此影响。”

付雪晴忍不住道：“可是我当初认识高松林的时候，他没有双重人格啊，如果有，早就会暴露的，我确定他没有。”

陆恒解释道：“双重人格的形成主要是童年时期受到心理创伤和不良环境的影响，但也有少数是突发性创伤造成的。归根到底，是人类机体为了应对难以抵御的压力，所产生的一种防御机制和调适机制。对照高松林的个人经历，这个解释恰好可以印证他的变化过程。首先应该说，五年前的失手杀人给他造成了巨大的心理冲击。他之前越是优秀，之后的心理落差就越大，创伤就越大……

“他随后隐姓埋名私渡到国外，为了适应环境，沦落到加入当地黑帮，变成了流氓，被迫干着之前所不齿的事情，这段不堪忍受的经历就是造成他出现双重人格的根本原因。后来他在国外也混不下去，被迫回到国内，选择洗白自己，用假身份活下去，这恰恰是他内心中所盼望的。随后发生的车祸自然就成为人格分裂的‘诱因’。在昏迷过程中，他的潜意识创造出了一个新的人格——吴凡，他把所有关于吴凡的信息当成了自己的经历，而选择性地排斥了 Frank 的身份，因此当他苏醒后，正如信中所说，Frank 苏醒的时间被逐渐压缩，就是因为他潜意识中想要吴凡来替代 Frank……

“于是，作为主人格的 Frank 必须采取行动来拯救自己。一般来说，双重人格或者多重人格里，时常会出现一种人格消灭另外一种人格的情况，高松林的 Frank 人格与吴凡人格就是这种情况。在这一点上，作为主人格的 Frank 十分清楚彼此的处境，这在双重人格中是不多见的，这大概也是因为高松林过于强大的缘故。随后，正如信中所言，Frank 采取了一系列的自救手段，还设计出了一个预测死亡的兔子，来引诱另外一个人格吴凡寻找到真相，接受他的存在。以上就是我站在心理学的角度所做的分析。我要说的说完了，卢队长。”

卢广通点点头，接过陆恒的话说：“其实回过头来看这一年多我们与预测死亡的兔子交手的经历，就不难发现，他的行踪与吴凡的完全是两条平行线，两个人永远是交替出现，根本没有交集的地方，因为他们根本就是同一个人。可惜我们都被他高超的犯罪技巧所迷惑了，从来没有注意到这个细节上的疑点。这让我们付出了很大代价，甚至牺牲了自己的同事。好在历经磨难，终于等到了真相大白的这一天。”

这时有一个人忽然问道：“那么现在坐在我们面前的这个人究竟是谁呢？”

问话的人是付雪晴。

她用审视的目光看着吴凡，仔细打量着那张完全陌生的脸，似乎想找出一丝她曾经熟悉的东西。

“这个也只有陆医生能解释了。”卢广通说。

“我也是第一次遇到这种情况。”陆恒实话实说，“如果根据信里的内容推测的话，吴凡现在已经能够意识到 Frank 的存在了，换言之，当他知道了自己的过去，他就和 Frank 合二为一了。”

“那他还是高松林吗？”

“这个我也不知道怎么解释才更恰当。不过他既然已经知道了自己的经历，说他是高松林也不为过，不过肯定不是当初警官学院里的高松林了。”

付雪晴用力咬着嘴唇，没再说什么。

“不过，双重人格犯罪也比较特殊。”陆恒接着说，“虽然我是第一次遇见，但我听说有些国家将双重人格犯罪按照精神病犯罪处理，根据不同人格所需要承担的责任来认定责任。”

卢广通笑道：“那照你这么说，高松林杀的那些人全是 Frank 人格的时候干的，而现在的吴凡只不过是一个记者，那我如何只定 Frank 的罪，却放过吴凡呢？”

“事实上，这个做不到，所以量刑上会比较轻。”

“呵呵，那些国家的法律就是矫情，不过你们放心，在我们国家不会出现这种情况。我保证，不管这家伙有几个人格，最终等待他的都将是法律的严惩！”

吴凡听着这些人肆意地谈论自己，根本没有他插话的余地。

卢广通、陆恒、付雪晴、付天明、欧阳姗姗、吴莘，一张张熟悉的、不熟悉的面孔在他眼前逐一掠过，他感觉自己此时就像一只站在笼子里的稀有物种，看着一帮人站在外面对他品头论足。

而对他自己来说，这其实只不过是一场游戏，从逃亡到迷失、寻找和回归，他完成了一次寻找自我的轮回。

想到这，他那颗失落的心又重新安稳下来。

第九章　有胎记的人

江州市第一看守所。

医务室门口站着一个一脸严肃的警察，监视着躺在床上做检查的吴凡。

此时的吴凡戴着手铐脚镣，一脸麻木地躺在床上，任由医生一会儿扒开他的嘴，一会儿翻弄他的耳朵和头发。

给他做检查的医生就是法医田鹏刚，如今熟人见面，他却像不认识吴凡一般，连一句话、一个眼神交流都没有。

吴凡也没有反应，就仿佛一个没有意识的木偶，完全听人摆布。

田鹏刚检查得差不多了，收拾好东西离开了医务室，一抬头恰好看见付雪晴站在门外，“你怎么来了，付队？”

“他怎么样？”付雪晴问。

“嘴巴、鼻孔、耳朵眼里、头皮上都有针线缝合的痕迹，鼻子、眼睛、嘴全都动过，骨头也都磨过。毫无疑问，的确是做过整容，他原先的长相肯定与现在完全不一样。从缝合处愈合的状况看，这整容应该是五年前做的。”

付雪晴没说话，一直安静地听着。

田鹏刚忍不住问：“他真是你们说的那个在逃人员高松林吗？”

付雪晴看了他一眼，“不是你给他做的 DNA 筛查吗，你还问我？”

“我只是觉得有点儿不能接受，他跟我们认识也很长时间了，外表看着也不像那么可怕的人啊，怎么还会做出这种事情。听说他是双重人格，是因为这个原因？”

“行了，你先回去吧。”付雪晴不想再多费口舌。

她打发走了田鹏刚，走进医疗室。

这是吴凡被捕后，她第一次看见他。

在这个人的脸上，她已经丝毫找不到高松林的影子了。

吴凡已经换上了看守所的囚服，手脚拴着镣铐，头发蓬乱，面容憔悴，与前几天相比，像是完全变了一个人。

看见付雪晴，他冷漠的表情中也没有多余的反应，不知为什么，付雪晴有种莫名的心酸。

她表面上显得很平静，对吴凡说："最近这几天一直在调查你，主要是寻找你这几年的行踪，想看看你回国都干了些什么。"

吴凡露出一抹虚无的笑容，"查到什么了？"

"最容易查的是最近这两年多。大约两年前的二月，你在镇江一家车行买了一辆二手车，你是开车来到江州后出的车祸。你在镇江之前的具体经历我们不得而知，据推测应该是去杀害真正的吴凡了。他当时就在京南打工，离镇江很近。盗取了吴凡的身份后，你在江州报社找了一份记者的工作。这是三月的事情，但是你很不幸，在江州郊区出了车祸，车辆报废。你被送到江州市人民医院，从五月到九月你在医院里整整住了四个月，前两个月完全是昏迷状态，你苏醒之后就出现了严重的失忆症状，并伴随着梦游，经过医生诊断是前额叶受损。我们警方猜测，你的人格分裂应该就是从那个时候出现的，依然保存着高松林的记忆的Frank会在你无意识时候的状态出现。"

"然后那个单纯的吴凡，还傻乎乎地到处想办法恢复记忆呢。"

"但是我们还有一点疑问。你当时为什么会选择来江州？这里既不是你老家，也和你没有任何联系。若非有什么不可告人的企图，你是不会来这里的。"

他笑了笑："你和卢广通都没想明白，所以今天才特意跑过来问我？"

付雪晴动了动嘴唇，没说话。

"那你为什么没有想想，我当时也许是为了找你来的呢？"

付雪晴一下子愣在那里，呆呆地望着吴凡，一句话都说不出来。

在她的目光中夹杂着许多难以描述的东西，过了许久，她才问："你现在究竟是谁，是不是高松林？"

他叹口气，"说实话，我现在也不知道我是谁。"

"那么过去的事情，你还能想起多少？"

"这几天我也在不停地回忆，似乎零零散散地想起来一些，又似乎都是你们告诉我的那些。反正感觉上就像做了一场梦，梦外是吴凡，梦里是高松林，又或者是高松林在梦着吴凡。你希望是哪一种情况？是你崇拜的那个邪恶学长又回来了，还是那个依然懵懂正义的报社记者呢？"

付雪晴望着面前这个依然朝自己嬉皮笑脸的男人，从他眼中却能看出深深的悲哀。她忽然转身想走，一分钟也不想多待。

他似乎看出来了，轻轻一叹，“狼的朋友终究是狼，你不过是一只绵羊罢了。陆恒也是一只羊，你们在一起才适合。”

“我和陆恒要结婚了。”付雪晴说。

他呆滞了几秒钟，这时候，门外通道里传来管教的喊声：“高松林，有人要见你。”

他站起身，从付雪晴身边走过，走到门外时站住，“以后不要再来了。你认识的高松林已经不在了。你只要记住他曾经的长相、曾经的好处就够了……还有，祝你们幸福。”

他说完头也不回地走进通道里，拖着脚镣，跟着管教远去了。

付雪晴努力压抑住自己的情绪，走出医务室，看到门外还站着那个警察，便问：“是什么人要见高松林？”

那个警察掏出对讲机问了问，告诉付雪晴：“是被害人的家属。”

高松林跟着管教走进会见室，来到指定的位置坐下。

隔着透明的钢化玻璃，要见他的人已经坐在对面。

这个人他认识，就是被他杀害的吴凡的弟弟。

吴莘漠然地看着他那张酷似他哥哥的脸，眼神中充满了怨恨与敌意。

高松林坐在了吴莘对面。

这是他被抓以来除了警察之外唯一一个来看他的人。

吴莘拿起面前的电话瞅着高松林。

高松林也拿起面前的电话。

“我明天就要回去了。”吴莘说，“回去之前我来找你帮我一个忙。”

“我想知道，我哥哥的尸体在哪儿。这应该也只有你一个人知道了。”吴莘目光期待地望着高松林。

高松林看起来似乎想一直保持沉默，但他还是开口了：“我不知道。”

“既然你都已经落网了，人你也杀了，何苦还瞒着？就当你做个善事，告诉我好了。我也好给我哥哥办个后事，好好安葬。”吴莘说到最后口气已然软下来，近乎乞求地望着高松林。

“不是我不想告诉你，是我想不起来了。我失忆了。”高松林说话时脸上泛起一层残酷的气息。

吴莘一下被激怒了，咬着牙，眼眉立着，颧骨上那块胎记都跟着抖动。

“浑蛋！你欺人太甚！你就不怕你死了之后下地狱吗？”他挥舞着拳头狠狠地捶打着钢化玻璃，似乎想把拳头砸在高松林脸上。

高松林不为所动地看着他，“我肯定会下地狱的，不用你操心。”

此刻，站在远处的付雪晴将这一情景全都看在眼里，她没再往下看，转身走出了会见室。

她告诉自己，忘掉高松林吧，她心里的那个人早已经死了。如今的高松林只是一个彻头彻尾的冷血杀人犯，与那个德古拉案的凶手没什么两样。

狼的朋友还是狼。

付雪晴离开看守所，在回警队的路上，给陆恒打了一个电话。

陆恒说："我正要找你呢，我父母和亲戚最近可能要过来，咱俩的事情得抓紧了，我看了几家婚纱影楼，你要是有时间，今天下午请个假，我们去看看呗。"

听到陆恒的声音，付雪晴感到十分安慰。

在现实中，她更需要陆恒这样普通又温暖的男人。

反正今天是星期六，她是来加班的，就索性答应了陆恒，打算先回去和卢广通知会一声，再开车去找陆恒。

没想到刚走到警队大门，从传达室里钻出一个人拦住了她。

付雪晴仔细一看，这个人看着有四十多岁，矮胖身材，穿了一身花里胡哨的衣服，挺大个脑袋，戴着一副玳瑁眼镜，看着似乎在哪里见过，但一下又想不起来。

“果然是付队长，我大老远就看见一个大美女过来，就算你没穿警服，我一猜也准是你。江州刑警队就数你最漂亮。”男人摇头晃脑，嘴巴跟抹了蜜一样地向付雪晴大献殷勤。

“抱歉，我想不起您是哪一位。”付雪晴说。

“您是贵人多忘事，我们之前见过好几次的，我是江州报社晚报版的主编郭朝阳啊，您去找吴凡的时候，我们见过。”

“哦，是您啊，来警队有什么事吗？”

“我是专程来找付队长您的。”

“找我？”付雪晴有些困惑，她与这位郭主编没什么交往，过去只是听吴凡提到他时，一句一个“郭大头”地叫他。

“如果方便的话，我想单独跟您聊聊。”

看着这位郭主编殷切的样子，付雪晴也不好拒绝，便同意了。

郭大头不想去刑警队，而是把付雪晴请到了附近的咖啡厅。二人落座之后，点了咖啡，他慢条斯理地说出了自己的想法。

原来他是打算根据预测死亡的兔子案件写一篇新闻，希望付雪晴能给他提供详细资料。

“我们报社和警方一直都有比较好的合作，我保证这次报道能极大地提升江州警方的知名度。这次由我亲自执笔，保证能把你们塑造成全国典型。”郭大头拍着胸脯向付雪晴保证。

付雪晴倒不怎么感兴趣：“你们之前不是已经对这个案子做过跟踪报道了吗，没必要再报道吧。”

“之前的报道都是吴凡做的。可是后来我听说，事情完全不是那么回事啊。”郭大头忽然左右看看，确定没人在附近偷听，才抻长脖子压低声音说，“我后来听说凶手其实是吴凡，不知道是不是真的。这小子最近这段时间莫名其妙就失联了……”

付雪晴不置可否地看了他一眼，拿起桌上的咖啡自顾自地喝着。

郭大头可着急了：“我说付队长，你干脆就告诉我是不是他就得了，也省得我在这里瞎猜，吴凡好歹也在我这里工作过不是？”

“哼。”付雪晴把杯子往桌上一撴，没好气道，“你还好意思向我打听消息，我问你，他在你手底下干了那么长时间，有没有异常反应你这个做上级的难道一直都没有发现吗？”

“你这意思是，吴凡的确就是那个预测死亡的兔子喽？”

“就算你知道是他又怎样？我们还没找你治罪呢，你还好意思找我要新闻？一个犯罪嫌疑人潜伏在你部门那么久了，你这个做领导的怎么可能一点都没有觉察，没准你们还是同伙呢。”

付雪晴这一问罪真把郭大头吓着了，连忙解释：“这你可是误会我了，付队长，天地良心，我要是知道他是犯罪嫌疑人，早就报警了，怎么可能和他是同伙？要说这家伙实在善于伪装，外表根本看不出任何破绽啊，完全把我们这些善良人给唬住了。”

“一点破绽都没有？”付雪晴故意瞪瞪眼睛，打算就此把郭大头吓跑。她还要去选婚纱呢，哪有闲工夫陪这个大脑袋消磨时间。

郭大头支支吾吾道：“我不敢瞒你……其实吴凡的破绽也有……都怪我思想

觉悟不高……”

付雪晴一皱眉，“你这话什么意思？”

“当初吴凡来报社工作，其实是走了后门的。”

“这话从何说起？”

“大概是两年多以前，有人拿着个人简历来到报社，直接找到我，让我给安排一个记者的职位，最好是法制记者。如果按照正常途径，我们都应该组织面试和笔试的，我当时也是这样跟他说的，没想到那个人二话不说就掏出了十摞百元大钞。我打眼一瞅足有十万块，当时就心惊肉跳了。那个人见我还犹豫，朝我伸出两根手指，告诉我事成之后，再给我二十万。”

“所以你就答应了。”付雪晴一脸鄙夷。

“我就一个耍笔头子的，平时哪见过这么多钱，一时财迷了心窍就把吴凡给招进来了。”

“你刚才说的那个人也是吴凡喽。”

“哦，不是吴凡，我刚才没说清楚，来找我的是另外一个人。”

“另外一个人？这具体是什么时候的事情？”

“两年前的七月，我记得。”

“七月？”付雪晴一怔，“你能确定吗？”

“当然了，还是七月初的事，那几天还要为抗日战争纪念日写专题呢，应该就是七月十号左右的事。”

见郭大头如此肯定，付雪晴心里却不平静了。

高松林是五月出车祸住的医院，七月中下旬才苏醒，那个人贿赂郭大头的时候高松林应该还在昏迷中呢。这便引出了一个疑点，按照之前警方的理解，高松林把自己变成法制记者是 Frank 人格所设计的犯罪计划的一部分。可是根据郭大头回忆的时间，高松林当时还没有苏醒，Frank 人格还没有出现，又怎么会设计案子呢？

她本来急着走，现在反而想跟郭大头聊聊。

“那个贿赂你的人你还有印象吗？”付雪晴问。

郭大头想了想，“他是个男的，好像说他姓唐，没说叫唐什么。”

付雪晴心头一动，“这个人是不是戴着一副厚厚的近视镜，长得很瘦，头发乱蓬蓬的，尤其是那双眼睛，往外鼓着。”

“对，差不多是你说的那样，怎么你也见过他？”

“他叫唐凌。”付雪晴说。

“唐凌……他是吴凡的同伙吗？”

“算是吧。你和这个人接触过几次？”

“只有两次，第一次他给了我十万块钱，第二次是在两星期后，他又给了我剩下的二十万，都是给的现金，这笔钱我还需要上交吗？”

“算了吧，没必要了。你是在什么时候见到吴凡的？”

“十一月，吴凡直到那个时候才过来上班的，之后那个姓唐的就再没找过我。哦，对了，我忽然还想起来一件怪事……”郭大头拍拍大脑门说。

“怪事？”

“就是姓唐的那个人第二次来找我的时候，我们是在报社旁边的饭店门口见的面，他当时开车来的，下了车就把装钱的背包递给我。当时后车窗开着，我恍惚看见车里坐着一个人，还以为他是要来工作的人，想跟我见一面，我便往车窗里招招手，没想到那个人一转头，随手就把车窗拉上了。姓唐的也没说什么，转身上车就走了。搞得跟特务对暗号似的。”

“那你看清楚车里的人了吗，是不是吴凡？”付雪晴好奇地问。

“看清倒没太看清，但肯定不是吴凡。”郭大头摇晃着大脑袋回忆着，“不过那个人倒是很有特点，所以我还记得他。”

“什么特点？”

“他转头的工夫，我看见他脸上有一块红色的伤痕，也许是胎记，反正挺显眼的。”

付雪晴突然一惊，“究竟是伤疤还是胎记？”

“这个我可不确定，那个人坐在车里，光线有点儿暗，我没太看清。”

“那位置呢，你还记得吗？”

“大概是在右眼角下面这块。”郭大头用手指在眼角和颧骨之间画了一圈，“谁脸上有这么个东西都挺显眼的，隔了好几年我还能记住。”

“他是男的吧？”

“对啊，是个男的。”

付雪晴脑海中已经想到了一个人。

可是这个人无论如何也不应该出现在唐凌的车里。

她霍然起身离座，把郭大头吓了一跳，“你干什么，付队长？”

付雪晴顾不上回答，转身跑出咖啡厅。

郭大头在后面还没忘了提醒她："我的提议你考虑得怎么样了，行不行啊？"

付雪晴根本没听见，她脑子里想到的全是刚才在看守所看到的情景——那个男人面对着杀害自己哥哥的凶手，悲恸得不能自已，发狂地捶打凶手面前的玻璃，每一个动作，每一个表情，无不流露着真情实感。

这个世界上最丑陋的是人心，最华丽的是人心，最虚伪的还是人心。

付雪晴开车赶到看守所，吴莘已经离开了。

"他什么时候走的？"付雪晴问狱警。

狱警看了一眼会见登记簿，"走了快一个小时了。"

"他应该还没离开江州，你有他的手机号吧，把他叫回来。"

"他没填手机号。"狱警有点儿不解地看了一眼付雪晴，"你找他有什么事吗？"

付雪晴一时间也不知该如何回答。

怀疑吗？也谈不上，他不过就是一个被害人家属而已，但她总感觉有必要找这个人聊聊。

她离开看守所，犹犹豫豫地回了刑警队，正巧看见赵楠，就让她整理一份被害人家属吴莘的资料给她。

兄弟俩的材料短短一页纸就全都概括了。

吴凡和吴莘都是孤儿，兄弟俩相差两岁。幼年的时候父母车祸去世，他们就被送到了孤儿院，在那里长大。后来吴凡考上了一所三本大学，毕业后打工。弟弟吴莘高中毕业后一直留在了合卢。

付雪晴一眼从头扫到尾，看到的就是简单得不能再简单的个人简历。她的目光最后落在了页尾吴莘的住址上——合卢市儿童福利院。

她正若有所思地琢磨，这时候陆恒给她打来电话，问她完事没有，要不要去接她。付雪晴犹豫了几秒钟，告诉陆恒，她现在有急事，等有时间了再给他回电话。

挂了电话，她忽然把手里那张纸叠好了揣进衣兜，起身离开刑警队，开车直接回了家。

一进家门她就回到自己房间收拾东西。

母亲李桂芬在家，好奇地问她："你收拾东西干什么，这是要出差吗？"

付雪晴把随身换洗的衣物往行李箱里一塞，提着箱子就往外跑，"不出差，我很快就回来，明天吧。”

“那你要去哪儿啊，和陆恒一起去吗？”李桂芬话还没问完呢，女儿已经跑出门了。

付雪晴拖着行李箱走出合卢新桥国际机场航站楼，已经是第二天中午了。

按照她的想法，抓紧时间的话明天下午就能赶回江州。

在这一天时间里，她打算了解一下吴莘这个人。

行程她都计划好了，先去吴莘工作的地方——合卢市儿童福利院。这个人在福利院长大，现在在福利院当老师。

没想到等付雪晴赶到福利院时却扑了个空，福利院的女院长说吴莘这两天请假了。

“他去哪儿了你知道吗？”付雪晴问。

“好像是去江州吧，说是要去见他哥哥，上个月去了一次，头两天又去了，不知道见得怎么样。”

付雪晴心想，江州那边的案子都结束了，吴莘也见完了他的假哥哥，这两天应该已经回来了吧。

“说起来，他和他哥哥都是在这长大的。我刚来这工作的时候，他们还是孩子呢。一转眼都长大成人了。”五十多岁的女院长自顾自地说起来，“吴莘把这当成了他自己的家，现在也不愿意离开，就在这工作了。他哥哥比较能闯，学习也好，大学毕业以后就留在外地了。过去隔三岔五就回来，不过最近这两三年倒是再没见过他……”

付雪晴看女院长的反应，她似乎还不知道吴凡已经出事了。

“那吴莘有没有聊过他哥哥，张院长？”

张院长回忆了一下，“过去他倒是经常聊，之前还去找过他哥哥呢，后来出车祸之后，身子就没太恢复过来，精神头也不像过去了。跟他哥哥好像也开始疏远了……”

付雪晴一怔，“你说吴莘出过车祸，这是什么时候的事情？”

“一年多以前吧，在外地出的车祸，我当时还不知道呢。后来看他是拄着双拐回来的，头上、胳膊上全是纱布，连嗓子都哑了，差点儿没把命扔在外边。”

又是车祸？

付雪晴脸上掠过一丝不易被觉察的疑惑。

她对张院长说："吴莘应该住在这里吧，我能去他宿舍看看吗？"

张院长把付雪晴领到吴莘的宿舍。

付雪晴发现这其实是个双人宿舍，十分简陋，只有两张床、两张桌、一个大衣柜。吴莘的床上和桌上几乎没放什么东西，衣柜里也仅仅挂了两件衣服。另一张床上根本没人住。

"吴莘的东西就这么少？"付雪晴问。

"哦，他在市里还有房子，平时上班的时候住在福利院，周末就回家了。"院长说。

"他租的房子吗？"

"是他贷款买的，本来打算结婚用，后来女方跟他分手了，他就自己一个人住了。"说到这，张院长还发了一句感慨，"那女孩看着性格还挺好的，没想到要结婚却出轨了，这不坑人呢吗？"

付雪晴不置可否，"您知道吴莘住在哪儿吧，我想过去看看。"

"我知道，离这里不远。不过我有点儿不明白，你们警察为什么找他啊，难道他遇到什么麻烦了？"张院长好奇地问。

付雪晴没回答。

其实连她自己也不知道她这次为什么来。

吴莘的家距离福利院步行不到十分钟，是一个回迁小区。楼房的外观和格局都比较简单，看起来房价也不会太高，倒很符合他的收入。

吴莘家住在一楼，付雪晴来到门外敲了半天门也没人开。

她给吴莘打电话，对方却是关机状态。

付雪晴心想，不会吴莘真没回来吧，那她岂不是白来了一趟。

她有心叫个锁匠过来把门打开，进屋看看，可她现在不是办案身份，硬闯民宅是违法的。

她正在犹豫不决，张院长说："我有钥匙，你想进屋吗？"

"您怎么有他的钥匙？"付雪晴问。

"他刚买房子那会儿去支教了一年多，都是我帮他照看房子，就有了一把他家的钥匙。"

"您平时经常过来吗？"

“那倒没有，我从来不过来，毕竟是人家的房子。他支教回来我想还他钥匙呢，他却让我收着，本来他跟我也不见外，平时都管我叫姨。今天你要过来看看，我顺便就把钥匙带来了。”

张院长说着掏出钥匙，把门打开了。

付雪晴进门一看，吴莘果然是不在家。

一室一厅房子不大，家具电器也还很新，就是卫生不怎么样，看着又脏又乱，饮料瓶、一次性饭盒随便扔在地上，地上满是纸团和烟头。

付雪晴看吴莘外表还蛮整洁的，没想到生活中这么懒散。

张院长也不住地摇头：“好好一个家怎么弄成这样了。”

她看不下眼，主动拿起墙角的扫帚打扫起来。

既然来了，付雪晴索性在屋里屋外转转，看不到吴莘的人，看看他的家也能对这个人了解一二。

她现在最想知道这个吴莘究竟是怎样一个人。

也许郭大头看见的那个人并不是吴莘，也许吴莘和唐凌真的认识。但不管如何，她希望这次来能打消心中的疑虑。

她在客厅里看了一圈，又走进了卧室，想着能找到一些相册或者日记之类的看看。

不过一进卧室，她就听到一阵嗡嗡的噪声。

付雪晴在房间里找了一圈，终于发现噪声来自于电视下面的电视柜。

这个电视柜很丑，好像一个长方形的大箱子，外面罩着带花纹的窗帘布，看起来土里土气的。

付雪晴把窗帘布掀起来，没想到下面是个大纸壳，看起来很滑稽。

她用手敲了敲纸壳，感觉里面似乎扣着一个大个儿的东西。

于是她把电视搬下来，扯掉窗帘布，当她把大纸壳一点点掀起来，才发现原来扣在里面的是一个冰柜。而且这个冰柜一直处于工作状态，难怪会发出嗡嗡的噪声。

付雪晴觉得很纳闷，她在厨房看到过冰箱。怎么屋里还要放一个冰柜？吴莘不就是一个人住吗，有多少东西要冷藏呢？还要放在电视机下面用纸壳扣着？

她用手掀了一下冰柜盖，发现是锁着的。

霎时间，一股强烈的不安在她的胸口震动。

她走出卧室，看见张院长还在忙着收拾垃圾，问她：“你知道吴莘房间里有个冰柜吗？”

“冰柜？什么冰柜？”张院长一脸茫然。

付雪晴没多说什么，到厨房里翻了翻，最后在橱柜里找到了螺丝刀和锤子。

她拿着这些东西回到卧室，用螺丝刀抵着冰柜锁，抡起锤子往螺丝刀上用力敲。

张院长吓得跑进来，“你这是在干什么，好好的冰箱这不是砸坏了？”

付雪晴也不答话，费了好大一番力气总算把锁头敲断，打开了冰柜盖。

张院长还在她身后喋喋不休地唠叨：“你要是真有事找吴莘，我们在这里等他不就好了。是我把你带进来的，你把他东西弄坏了，我怎么向他解释啊。”

付雪晴根本就没听她说什么，只顾望着冰柜里面。

寒气扑面，她看到冰柜里竟然冻着一整块厚厚的冰，似乎是往里灌满水直接冻上的。

吴莘这是在干什么？

付雪晴皱眉打量着这个巨大的冰块，用指节敲敲冰面，硬邦邦的，都已经冻透了。

不过看起来，这块冰并不全是水做的，下面隐约有什么东西。

付雪晴又拿起锤子和螺丝刀开始刨冰，崩得冰碴四溅。

张院长不知道她到底在干什么，凑过来劝她：“要不咱们再等会儿，吴莘说不定很快就回来了。我已经给他发短信告诉他了……咦，这是什么啊，肘子吗？”

张院长瞅着冰柜里刚刚被付雪晴刨出来的东西，因为外面还包裹着一层冰壳，看不太清楚是什么。

付雪晴却突然声色俱厉，“快出去！别跟着我！”

张院长被莫名其妙地赶出了屋子，心里还很不满，她不知道付雪晴为什么突然发火。

此时，站在冰柜前的付雪晴全身都感到寒冷。

她惊骇地望着那个几乎快被她刨出来的东西。

那其实是一只人脚，在脚腕上绣着一只蝴蝶。

而冰面下还有更多的东西。

一小时后。

吴莘家外面停了数量警车，还拉起来蓝色的警戒线。

正在市里开会的刑警队冯队长得到消息，匆匆赶到现场，一进屋看见两个法医正站在冰柜前用焊枪和锤子、凿子一点点破冰，大声问："什么情况？"

"这里面有一具完整的尸体，应该是一具女尸，被整个冻在了冰块里。"何法医说。

冯队长扫了一眼房间，这是一个卧室，在冰柜斜对面靠墙的地方放着一张双人床，看起来一直都有人在这里睡觉。

"天天守着尸体睡觉。"他咬咬牙，嘟哝了一句。

"他不是守着尸体睡觉，他是天天看着尸体睡觉。"何法医说，"报案人说，冰柜上原本放着一台电视机呢。这纯粹是个变态呀。"

"报案人呢？把报案人给我叫来。"冯队长大声吩咐身后的警员。

一个清脆悦耳的声音在他身后响起："我就在这呢。"

冯队长马上转过身，看见一位十分漂亮的年轻女人站在自己身后。

让他惊讶的不仅是这个女人的长相，更是她异乎寻常的淡定。

他马上起了疑心，"是你发现的尸体？"

"是。"

"你是怎么发现的？"

"我来找房主，他不在家，我就四处查看了一下，恰好发现卧室里有个扣着纸壳的冰柜，还上了锁。我感觉可疑就把冰柜弄开了，发现冰面下有东西，破开冰一看，结果发现了一只脚，我这才报警。"

冯队长听着她如此平静的叙述，就好像寻常聊天一般，不由得疑心更甚，"那么房主现在去了哪里，你和房主又是什么关系，怎么会碰巧跑到他家里来发现尸体？看起来你似乎早就知道。"

"我并不知道这里有尸体，只是在调查房主的时候，无意中发现的。哦，忘了自我介绍，我是江州市刑警队的副队长，我叫付雪晴。"

傍晚。

合卢市刑警支队，法医室。

付雪晴想提早回家是不可能了，谁又能想到吴莘家里会藏着一具尸体。

何法医当着付雪晴和冯队长的面把解剖台上的白布掀开，露出一具女尸，身上有许多深色的瘀斑，"这具尸体就是付警官发现的那具女尸，发现时尸体就被扒光了衣服，在尸体右脚脚腕上有蝴蝶文身，可以给我们寻找被害人家属提供一点帮助。她的死因是呼吸道受到外力挤压，导致机械性窒息死亡。简单说就是被掐死的，而且死前有过性行为，不确定是自愿还是强奸。”

“死亡时间呢？”冯队长问。

“因为冷冻时间过长，很难准确判断。但我估计至少得半年以上。”

“死者被害前有遭受过虐待吗？”付雪晴忽然问。

“怎么这么问？”何法医看着她。

“她身上那些瘀斑是怎么回事？”

“哦，那个啊，那不是殴打造成的，是冷藏尸体时温度过低，冷藏时间过长，把皮肤组织冻坏了，不过看着也挺惨的。凶手冷冻尸体的目的应该不是为了保存，而是避免腐烂发出臭味吧。”

冯队长说：“一般处理尸体，要么是掩埋，要么是抛尸，抛尸就难免需要碎尸。这家伙应该是觉得碎尸有危险，埋尸又没有条件，索性买个冰柜把尸体装起来了。”

“是啊，如果要碎尸的话，那可相当麻烦了。”何法医露出古怪的表情，“两具尸体要想都抛尸的话，那可不少费力呢。”

“你说冰柜里有两具尸体？”冯队长很是惊讶。

付雪晴也很诧异。

“是啊，在女尸下面还有一具尸体。你和付警官离开现场后，我们又发现的。”

何法医说着走向附近的一张解剖台，那里也躺着一具盖着白布单的尸体。当他把白布掀开，付雪晴和冯队长心里都是一揪。

这具尸体的头几乎被砸烂了，已经面目全非。

尸体穿着 T 恤衫和短裤，体形比刚才那具女尸大上一圈。

“这是具男尸吧？”冯队长问。

“是具男尸。”何法医说，“死亡原因就不用我说了，你们都看得到。”

“活活被这样打死的？这得多大仇多大怨啊。”冯队长不禁咋舌。

“这就得问问凶手了。强奸了女的，杀了男的，还把两个人的尸体放在一起，似乎有点儿故事啊。嫌疑最大的应该就是房主吧，他怎么说？”

“还没找到人呢，也许这家伙早就跑了。”

“未必。”付雪晴说，“我昨天还看见他了。他去了江州，可能现在还没回合卢，所以我想，如果让你的人埋伏在他家附近，说不定能等到他回来呢。”

“那么眼下，我们也不能闲着。”冯队长说，“得先查查这两个被害人的身份，这里面应该就藏着真相。”

他回头对站在身后的一名警员说：“大个儿，你去查查最近一年，不，最近两年左右，江州市的失踪人口记录，注意右脚上有蝴蝶文身的……”

付雪晴这时接过话：“我想，或许我猜到了这个女人是谁？”

“你觉得她是谁？”冯队长惊讶地问。

“你让人先去打听打听吴莘的女朋友吧。听说他有个未婚妻,后来分手了……”

“你是怀疑……”

付雪晴点头，“但我不确定。”

被派去打探情况的警察很快有了回复。正如付雪晴怀疑的，吴莘的女友张晓蕾早在一年以前就失踪了，家人已经报案，至今下落不明。

经过张晓蕾家人来警队认尸，确定女性死者就是张晓蕾。在此基础上，合卢警方继续确认另外那具男尸的身份，最后根据被害人身上所穿的T恤和短裤，确定死者是张晓蕾的一位同事，叫刘喆。

至此，警方把张晓蕾的前男友吴莘列为头号犯罪嫌疑人。

可是吴莘始终没有露面。

由于这件事，付雪晴在合卢耽搁了好几天才赶回江州。

一回警局她便找到卢广通，和他商量与合卢警方合作一起搜捕吴莘。

卢广通瞧了瞧她，脸上却带着几分不满：“不是我说你付队长，咱们手里这么大的案子才刚刚结束，你又何必节外生枝，跑去外地查一个跟案子没有太大关系的证人呢？”

付雪晴说：“我当时并没有考虑太多。但现在这个吴莘确实牵扯到了一桩杀人案里。他杀了自己的前女友和前女友的一个男性朋友，并把两人的尸体放在冰柜里隐藏，手段十分恶毒。现在这个吴莘并没有回合卢，有可能还在江州，我觉得我们应该配合合卢警方抓住这个凶手。”

“我觉得我说得已经够清楚了，付队长。吴莘和高松林是两个完全不同的案子，吴莘在我们的案子里只是一个证人。如果他真杀了人，自然由合卢警方全权负责，我们江州这边精力有限，一个高松林就够我们忙活了。”

付雪晴还想说点什么，卢广通连连摆手，“其实你这些话根本不用对我解释。你还不如攒足了精神头把我上面那位摆弄明白呢，我完全听他的差遣。”

“你是说上面那位？你是指付局长？”

付雪晴话音刚落，卢广通手机就响了，他拿起手机一听，捂住话筒对付雪晴说：“你看我说什么来着，让你上去亲自解释呢，你一回来，老头子就知道了。”

付雪晴准知道老爸这一关不好过，可是没想到一进局长办公室就听到一声吼，“你还知道回来？”

“我当然知道回来了，我家在这啊。”付雪晴笑嘻嘻道。

“少嬉皮笑脸的，我在跟你说正经事。”

“知道了，爸。”

“叫我局长。”

“好吧，付局，我必须告诉你，我这次出去是去查案，而且确实有收获。”

“你不用说了，我都知道。”付天明不耐烦地打断女儿，“我就问你，你知不知道陆恒的家人要来江州？”

“知道啊，陆恒跟我说过。”

“知道你还乱跑？现在陆恒家里人都到江州了，就等着见你呢，你却跑了。让我和你妈怎么跟人家解释？”

“你这算正经事？”

“废话，你的终身大事当然是正经事。至于你手里的工作先放放，有卢广通呢。”

付雪晴无可奈何地抓抓头，“好吧，你说怎么办就怎么办。”

“那行，明天赶紧去和陆恒拍婚纱照，下周就办婚礼。”

“啊？”

“啊什么啊，陆恒老家在贵州，父母好不容易来一趟，知道你当警察工作忙，想趁着这个时候催你们赶紧把婚结了。”

“可是……”

“可是什么，听说人家在贵州那边是开公司做生意的，比你老爸可有钱多了。陆恒又是一表人才，这样的人家你还不愿意？”

“我不是那个意思。我和陆恒还没领证呢，按照习俗，我应该跟他回老家先领证不是，那还得预约呢。”

“那没关系，我和他父母都商量好了，先在咱们这办一个结婚仪式。然后你们再去贵州领你们的证，顺便还能在他老家办一个婚礼。”

付雪晴嘀咕：“你这是担心我没人要砸手里吗？急急忙忙往外推。”

“你嘟哝什么呢，赶紧收拾一下，下午我给你放半天假，现在给陆恒打电话，让他过来接你。你再好好给人家解释解释。”

碰到这种把女儿当水往外泼的爹，付雪晴彻底无语。

付天明迫不及待地给陆恒打了一通电话，很快陆恒开车过来了，依旧是温文尔雅，一点没跟付雪晴发脾气、掉脸子。

要不怎么说付雪晴比她妈有眼光呢。她选的男人比她老爸有涵养多了，就算被女友放了鸽子，也不翻旧账，甚至连提都没提。

不过这反而让付雪晴有点儿内疚，她也没再矫情，乖乖地跟陆恒跑去挑婚纱了。

接下来的一周，刑警队忙着整理高松林的犯罪材料。

江州晚报也开始了新一轮的案件报道，大标题写着“谁是预测死亡的兔子”，副标题写着“江州有史以来最离奇、反转的刑事大案”。

不过这一次的主笔换成了总编郭朝阳。晚报一经刊登，引起了意料之中的巨大反响，街头巷尾无不议论纷纷。

相比之下，付雪晴倒成了局外人。

这一周大概是她这辈子最女人的时候，整天除了选婚纱、穿高跟鞋、抹化妆品、照镜子，就是选婚纱、穿高跟鞋、抹化妆品、照镜子。付雪晴稀里糊涂忙活了一周，陆恒的家人见过了，婚纱照照完了，婚礼酒店也订好了。

一切准备就绪，当付雪晴终于能松下一口气了，却想到第二天就要告别单身，成为别人的妻子，忽然有种很矛盾的心情，有些伤感，有些憧憬，还有些感慨。

她走到书架前，拿起他们兄妹的合照，轻轻摸了摸相框里的照片，对那个英俊的大男孩说：“哥，我要结婚了，祝福我吧。”

哥哥依旧笑容灿烂，而他身边的那个小女孩已经出落成大姑娘了。

付雪晴把照片放回原位，无意中瞥过角落里的那张照片，犹豫了一下，还是把照片拿了出来。

那是她和高松林唯一一张合照。

自从高松林当年犯事后，她就很少再看这张照片，但也一直没有把它丢掉，始终放在很难看见的角落里。偶尔不经意的一瞥，会给她带来点滴的回忆。

这个男人就像她命中注定的劫，在她最柔软的心底留下了一个既甜蜜又疼痛的烙印。

她花了很多年才终于要把他从记忆中撵走，可是这个卑鄙的家伙居然又假扮成陌生人来到她身边，与她相识、相知、并肩作战，为她抵挡子弹，将她拥入怀抱，而这一切，都是高松林当初亏欠她的。

她还记得在寒冷的矿井中，那个人在她耳边倾诉，“如果没有陆恒，你会喜欢上我吗？”

那一刻，她只是单纯地被感动，她甚至为他犹豫过，可是到头来她才发现，这一切不过又是那个卑鄙的家伙玩弄的把戏。

不管他是双重人格，还是为了证明自己是个犯罪天才，在付雪晴眼中，他更是一个浑蛋，一个在她心口上又戳下一刀的浑蛋。

她望着照片里的高松林，喃喃道：“其实你那时候应该问我，如果你当初不离开，我还会不会选择别人。”

第十章　医院遇袭

在高松林被关进看守所的第十天，付雪晴和陆恒在江州市喜来登酒店即将举办隆重的婚礼。双方的父母和亲戚朋友来了不少人，付雪晴那帮警队的同事，少不了来给老大捧场，一年到头难得热闹一回，一个个都喜气洋洋的。

田鹏刚领着一帮人跑到更衣室凑热闹，刚把门开一道缝，就看见一个亭亭玉立的伴娘穿着白纱裙正在照镜子，长发如瀑，香肩胜雪，侧颜精致得犹如玉琢冰雕。

几个人窃窃私语，没想到付队长还有这么漂亮的闺蜜。田鹏刚最先把持不住，大胳膊一挥，把其他单身汉全都拦在身后，“我先看到的，谁也别跟我抢啊。”

有人使坏在后面推他，他一脑袋撞开门，直接扑到了伴娘身后，把伴娘吓一大跳。

田鹏刚急忙摇头晃脑，闭着眼睛背台词：“唐突佳人，罪过罪过，实在是小姐人见人爱，车见车载，棺材见了也开盖。身为医生的我虽然从早到晚阅人无数，也从未见过小姐这般绝品佳人。可否留下联系方式，方便日后一叙？”

伴娘转过身冷冷道：“你不是早就知道我的联系方式吗？”

“我知道？”田鹏刚眼睛睁开一条缝，定睛一看，下巴差点没掉地上，“老……老大？”

站在眼前怒目而视的不是付雪晴是谁。

田鹏刚直咽唾沫，比比画画地解释：“纯属误会啊，纯属误会，你这换套衣服就跟换了个人一样。漂亮，身材也好……”

“行了。”付雪晴打断，“怎么就你一个人来了，你的女神呢，没和你一起来吗？”

“你说罗小姐啊，她也来了，在宴会厅等我呢。”

“你这可不对啊，把女朋友扔一边，跑出来拈花惹草。”

赵楠这时候换好伴娘服从屋里出来，笑嘻嘻地接过话：“人家罗小姐还没答应呢，现在田哥正从朋友过渡呢。”

付雪晴笑道：“这要是让她知道了，你要当后爹的梦想可就悬了。”

田鹏刚吓得连连摇手，“你们可千万不能说出去啊。她还没答应我呢，这可是攻坚战的关键时刻。万一掉链子，我这后半生的幸福就全泡汤了。”

“行了，你赶紧走吧，我现在要补妆了。”看见化妆师进来，付雪晴摆摆手，让赵楠把田鹏刚那帮人撵出去，然后坐在梳妆镜前。

婚礼马上要开始了，付雪晴心中多了一丝忐忑和期待，望着镜子里惊艳娇柔的美人，她仿佛才忽然意识到原来自己如此漂亮。

高松林被捕让她的心态发生了巨大转变。

她过去为去世的哥哥活，为抛弃她的高松林活。从今天开始，她应该为自己活。爱自己的男人，生可爱的宝宝，过她想过的生活，即使脱去警服或许也没有什么不可以，因为那个当初让她一心想成为警察的理由已经不存在了。

补完妆，婚礼时间差不多到了，付雪晴站起来在镜子前转了两圈，耐心地等着老爸付天明过来牵着她的手登场。

门一开，伴娘赵楠先回来了。

“我爸呢？”付雪晴焦急地问。

“付局正和亲家他们聊天呢，一会儿就过来。”

赵楠说着，走过来帮付雪晴整理长裙裙摆，随口说了一句：“听说预测死亡的兔子出事了。”

付雪晴一愣，“你是说高松林？他不是在看守所吗？”

“是啊，我刚刚听说他自杀了。”

“你说什么？”付雪晴一下呆在了那里。

下一刻她缓过神来，抓住赵楠问：“那他现在……现在怎么样了？”

“还不知道呢，我也是刚听说的消息。可能自知罪孽深重，所以才畏罪自杀的吧……”

付雪晴呆呆地望着天空，脑子里一片空白。就好像有只手突然攥住了她的心脏，用力揉捏。

赵楠看见她如此异常，有些怕了，“雪晴姐，你怎么了……你还好吧？”

付雪晴仿佛根本没有听到，僵了好一会儿，忽然跑进里屋，脱下婚纱，把赵楠吓了一跳，“你这是干什么，婚礼马上就开始了呀。”

“别说了，快帮我！我得出去一趟！”

付雪晴麻利地把婚纱脱掉，蹬掉高跟鞋，把平时的衣服穿在身上。

“可是一会儿婚礼就要开始了呀，到时候怎么办？”赵楠急得像热锅上的蚂蚁。

“你帮我抵挡一阵吧。”

付雪晴拉开门就跑了。

赵楠傻傻地站在那里，忽然回过味，“我怎么抵挡啊，这是你结婚啊。”

付雪晴赶到看守所，从管教警察那儿了解到高松林自杀的全部经过。

昨天夜里，在押的高松林利用上厕所的机会，要用一根磨尖的牙刷把往自己脖子上捅，被值夜的其他犯人发现，想要制止他，结果高松林反过来袭击狱友，打伤了多人后，用牙刷乱扎自己脖子。

付雪晴忙问：“那人现在……死了吗？”

“经过抢救暂时还没有，不过伤得挺重，现在被送到医院了。”管教说。

付雪晴随后赶到看守所附近的医院，终于见到了高松林。

他躺在床上，处于半昏迷状态，脖子上缠着厚厚的纱布，一只手和一只脚被手铐铐在床栏杆上。有一个看守所派来的警察专门负责看管他。

望着那张熟悉又陌生的面孔，付雪晴也说不出自己此时的感受。她甚至都不知道，自己为什么会莫名其妙地跑过来，似乎就是为了看一眼才能安心。

那个狱警还不住地在付雪晴身边抱怨：“你们抓到的这个犯罪嫌疑人可真是够倔的。明明都是死罪了，还不老实，还非要自杀，戴着手铐脚镣那么多人都按不住他，全被他打伤了，看这架势还是个练家子呢。”

付雪晴走到床前，轻轻拍了拍高松林的胳膊，“你这又是何苦呢？既然已经做了，就认了吧。”

高松林似乎听到了她说话，微微睁开眼睛看着她，张了张嘴唇，似乎想说什么。

付雪晴叹了口气，起身想离开，可是高松林却一把抓住了她的手腕。

付雪晴以为他动了感情，心里更是难过，想把他的手拿开，可是高松林说什么也不松手，嗓子里发出嘶哑的声音，却听不清说的是什么。

那个狱警见状上来帮付雪晴掰高松林的手，“喂，你这家伙还不快松手，再不松手，当心我不客气。”

付雪晴拦住他，忽然问：“他嗓子这是怎么了？”

狱警挠挠后脖子，“不知道啊，之前好像能说话吧，可能是他把自己嗓子弄伤了吧。”

高松林忽然瞪大眼睛，嗓子里发出响亮又沙哑的响声，似乎无比痛苦。

他依然紧攥着付雪晴的手不松开，仿佛在抓着一根救命稻草。

在他的手掌中，付雪晴突然之间又感受到了曾经那种熟悉的感觉。那是当年两个情窦初开的年轻人不经意触碰时留下的默契。

付雪晴凝视着他，若有所思地点点头，“放心吧，我会处理好。”

高松林这才慢慢地松开手，重新闭上眼睛。

付雪晴离开医院，看了一眼设成静音的手机，有无数个未接电话，有陆恒的，还有她爸妈的。微信、短信更是不计其数，所有人都在满世界找她。

但她还不能回去，有些事情她必须确认一下。

她又折回看守所，向所长提出要见被高松林打伤的那几个犯人。

所长不太愿意，碍于付雪晴的身份，还是勉强答应了。

高松林一共打伤了同监室的四名犯人。付雪晴详细了解过这些人的情况，并一一见过。

其中有两个犯人是监室的两个“坐班”，也就是老大、老二，通常是负责管理其他犯人的。这样的犯人肯定也都不是善茬，否则也镇不住其他犯人。

另外两个犯人是夜间的值班员，就是他们最早发现高松林要自杀的。

付雪晴对看守所的情况也心知肚明，打眼一瞧那两个值班员就是给“坐班”当打手的，一个个眼神凶狠，一看就是心狠手辣的人。

两个值班员讲述的经过与付雪晴从狱警那儿听来的大同小异，她看着两个人脸上、身上也确实有些伤，真像是被人揍过。

付雪晴又分别见了两个“坐班”，老大是个油嘴滑舌的大胖子，问一句能说三句。

老二看着精瘦，眼神里有股子杀气。不过他眼眶瘀青，鼻子还有点儿歪，看着比其他人伤得都重。

付雪晴注意到他右手几个指头又青又肿，似乎都不敢用力，问他：“你这脸是怎么伤的？”

“让高松林那小子用拳头打的。他可真够狠的。”老二心有余悸地说。

“那你这手是怎么伤的？”

老二想了想，“让那小子踢的。”

“他戴着那么重的脚镣，还能踢那么高？”

“那可不，这小子绝对练过，下手黑着呢。”

“你不是‘坐班’吗，要打架，也应该是那两个值班的动手吧，怎么你反而伤得最重？”

老二有些迟疑，眨巴眨巴三角眼，“反正稀里糊涂的，我也不知道怎么回事，就让他打成这样了。”

“你真是稀里糊涂吗？”付雪晴意味深长地瞄着他，“假如是你拿牙刷往他脖子上扎，他用力掰你的手，再顺势给你一拳或是撞你一头，你受这么重的伤，我一点都不意外……”

老二脸色陡变，两个瞳孔明显收缩了一下，有意避开付雪晴的目光。之后无论付雪晴再问什么，他都不再正面回答，或者干脆装聋作哑。

付雪晴问过了这四个人，并没有从他们口中掏出更多信息。但是付雪晴有种奇怪的感觉，这些人就好像都在事前排练过台词一般，对高松林自杀经过的描述相差无几，就跟同一个人看到的一样。

付雪晴带着疑问，又向看守所方面要求查看昨天晚上监室内的监控录像，结果被告知，高松林是在监控死角自杀的，监控根本没有拍到。

这样查了一圈虽然并没什么实质性的收获，却让付雪晴隐隐起了疑心。

她回到警队时已经是下午了，居然没有多少人在，她逮着一个警员就问：“马龙，怎么没几个人，都干什么去了？”

“都去参加你婚礼啦，我今天值班，抽不开身。可是付队你怎么回来了？”马龙俩眼睛瞪得像鸭蛋一般大。

付雪晴这才想起来自己今天结婚。

她对马龙说：“那就找你吧，你帮我查四个人，现在他们都被关押在江州看守所呢，和高松林一个监室。你帮我查查最近这些天有没有什么人探视过这四个犯人，或者出没出现过什么异常情况。”

付雪晴一边说着，一边拿纸笔把四个人的名字写在纸上。

正写着呢，就听马龙小声提醒她：“付队……付队……”

付雪晴一抬头，正好看见老爸付天明和未婚夫陆恒气势汹汹地走进办公大厅。

她急忙把纸条塞进马龙手里，就想开溜，猛听付天明吼一嗓子：“你还要去哪儿，都看见你了。”

付雪晴只好硬着头皮转回身。

付天明气呼呼地走过来，“我们到处找你找不到，打电话你关机，居然跑到刑警队来了。你是疯了还是失忆了，这辈子是不打算结婚了呗！”

付雪晴连连摆手，“这里是警队，爸，注意影响！”

“我女儿都快反天了，我还注意什么影响？我就问你，你这婚到底还想不想结？”

“当然想了。”

付雪晴朝一旁寒着脸一声不吭的陆恒做了个讨好的微笑，陆恒拉长了脸，没给她一点儿好脸色。

付天明怒气不消，“想结婚你还跑？还在婚礼现场跑，把我们一大帮人全都晾在那儿！你让陆恒大老远赶来的家人怎么想，你让我这张老脸往哪儿搁？”

“我这是临时有案子了，事出突然才回来的。”付雪晴捅了旁边的马龙一下，“是不是啊。”

马龙赶忙附和：“是，是，可不是。”

付天明狠狠瞪了马龙一眼，吓得马龙不敢吭声了。

付雪晴灵机一动：“现在我已经处理完了，咱们干脆马上回去抓紧把婚礼办完就得了。”

“现在都下午了，你这是结二婚吗？”付天明差点儿没被气死。

“还有这么多说道，我也不知道啊。那怎么办？”付雪晴急得抓抓头发，不小心拽下一个头花，这才猛然想起，自己没卸妆就跑出来了。

“你自己惹的祸，你问我怎么办？”

眼看着越说越僵，陆恒终于开口道：“还是我先带着雪晴去和我父母那边解释解释吧，事已至此，那就只能改天办婚礼了。不管怎么说，还是先把误会解除了比较好，我会多帮雪晴说话的。”

“你看看人家小陆，这时候还替你想，要不是他这好脾气，谁能受得了你？”付天明指着女儿教训。

付雪晴小声嘟哝：“那是，我找的对象还能都像你这样的？”

付天明大手一挥，“你还磨蹭什么呢，还不赶紧去给陆恒父母道歉去！”

“走。马上就走。”付雪晴现在已经没有了发言权，别人怎么说怎么是。

她拽着陆恒就往外走，走了没两步发现付天明也跟着，“你怎么还跟我啊，爸？”

“哪那么多废话，我当然是舍了这张老脸陪你一起道歉去了。”

事已至此，付雪晴也只好为自己的一时头脑发热收拾残局，跟着陆恒和老爸赶去宾馆，给陆恒一家人诚挚道歉，认真反省。

陆恒父母也都气得够呛，始终没给好脸色。但不管怎么说，总算是看在付天明的面子上答应一起吃晚饭，也就相当于付天明带着女儿赔礼认罪了。

饭局当然选在江州市最好的酒店，付天明豁出去了，摆了一桌上等酒席，一开席又让付雪晴赔酒认罪。

付雪晴自知理亏，认打也认罚。

但是她的心思却有一半在白天的案子上。

她越想越觉得高松林自杀这件事没那么简单。虽说没抓住什么实际证据，但是很多地方都有蹊跷，尤其是今天在医院里，高松林紧紧抓住她的手不放，明显是想告诉她什么。

他到底想告诉我什么？

付雪晴不住地问自己。

“我这女儿从小让我娇生惯养惯了，才干出这么任性的事情。我这个当爸爸的有责任，以后我一定严加管束。当然了，结婚以后小陆对她也不用太娇惯，我这女儿三天不打上房揭瓦。该管就管，不用客气。你管不了他，就找我，我帮你管！”付天明那边没话找话，无限放低姿态，“丫头，表个态呀。”

“哦，管，我就得管。”付雪晴跟应声虫一样附和。反正陆恒也打不过她，就算将来吵架，她也有恃无恐。

手机这时候响了。

付雪晴拿出手机一看是马龙打来的，急忙接听。

听筒那边传来马龙的声音：“付队，我现在就在看守所，你让我查的那四个人我已经查过了。”

“怎样？”付雪晴小声问。

“确实有点儿问题。”

“什么问题？”付雪晴声音稍微大了一点儿，发现坐在旁边的陆恒的大舅哥回头看她，急忙朝他做了一个抱歉的微笑。

她离开座位，拿着手机快步走出包房，问马龙：“到底什么情况，你说。”

“我按你说的仔细查过这四个人最近的探访记录，毛强和高田勇这一周内都有数次被探访过。”

“这两个是监室的‘坐班’，高田勇是大‘坐班’，毛强是老二，探视他们的都是什么人？”

“我感觉问题就出在这里，探望这两个人的都是同一个律师，一周之内与毛强见过两次，与高田勇见过三次。”

“相同的律师？”付雪晴想了想，“我记得毛强是抢劫伤害罪，高田勇是经济诈骗，他们犯的根本就不是一个罪呀。怎么这么巧用的都是一个辩护律师？而且见这么频繁干什么？”

“我查过，这两个人的辩护律师另有其人，最近来见他们的就是个传话律师，叫贺维民，没什么打官司的经验。”

“那他来干什么？”

“我刚刚和他接触过，但是这小子不说实话。不过查他银行账户的时候，发现贺维民最近一周同时给两个人分别转账了二十万，这两个人一个人叫张婕，一个叫毛战。”

“莫非这两个人与高田勇和毛强有什么关系？”

“你真说对了，付队。毛战就是毛强的弟弟，张婕其实是高田勇的老婆。这是不是很奇怪，一个律师要给犯人的家属汇钱，真是闻所未闻啊。”

付雪晴略加思索，“这个贺律师只是一个牵线搭桥的，他是在替别人转钱。”

“转这么多钱要做什么？”

付雪晴眯了一下眼睛：“看来高松林的自杀果然有蹊跷。”

“你怀疑高松林不是自杀？”

付雪晴没回答，脑子里却把今天在看守所和医院的经历重新过了一遍。

高松林奇怪的举动再次浮现于眼前，他已经说不出话，只能紧紧抓住付雪晴的手看着她。

那是一种求救的眼神。

付雪晴忽然打了个冷战，一种不寒而栗袭上心头。

“怎么了，雪晴？”陆恒走出包厢，看见她一动不动地站在那里，疑惑地问道。

“我……”付雪晴看着他关切的目光，一时间有些难以启齿。

她实在不忍心给陆恒再惹麻烦，可是有些事情她必须马上做决断。

“大家都在等着你呢，有什么事，咱们吃完饭再说吧。”陆恒温柔地过来拉付雪晴的手。

付雪晴忽然退开一步："你能不能帮我请个假？"

"请什么假？"陆恒不解。

"我必须马上离开，十分紧急的事情。"

陆恒微笑的神情一下僵在了那里，随即恼红了脸，愠怒地看着她："你这是想毁婚吗，后悔嫁给我了？"

"当然不是，你误会了。"付雪晴急忙解释，"我确实是有十分要紧的事情不得不走，人命关天啊。拜托拜托，你一定要相信我。处理完我马上就回来。"

付雪晴不敢再看陆恒，一咬牙，把陆恒一个人丢下离开了。

她觉得自己很残忍，可是她又不能把高松林一个人扔在医院里。

她跑出酒店，喘了一口夜晚沁凉的空气，让心情冷静一些，然后飞快地钻进轿车，开上了公路。

半小时后。

她开车赶到高松林所住的北一路医院。

这个医院并不大，因为距离江州看守所近，一般犯人看病都会到这家医院。晚上医院里的人很少，空荡荡的一楼大厅里根本没有来看病挂号的患者，挂号处的护士百无聊赖地低头摆弄手机。

付雪晴脚步匆匆地走过大厅，进电梯上到三楼，出门右拐，轻车熟路地来到高松林的病房。

由于高松林是杀人重犯，他被安排在一间单独的病房，由专门的警察看管。

付雪晴推门刚一进去，恰好看见两个穿白大褂的医生正站在高松林的病床前，鬼鬼祟祟地鼓捣什么。

她不顾一切地冲过去，一把推开两个医生，"你们要干什么？"

两个医生惊愕地望着她，其中一个岁数大的男医生讷讷地说："我是值班的陈主任，正在给他检查伤势啊？"

付雪晴扫了一眼两名医生胸前佩戴的名牌，果然是他们本人，急忙道歉："不好意思，我弄错了，你们继续。"

两个医生莫名其妙地摇摇头，转过身不理睬她了。

这时候，那个看守高松林的警察走过来，惊讶地问付雪晴："这不是付队长吗，这么晚了你还过来？"

付雪晴有点儿不好解释，总不能说自己担心有人袭击高松林吧。

她尽量委婉地问值班狱警："王警官，今天下午你有没有见过可疑的人在医院出没？"

"可疑的人？"王狱警莫名其妙地望着付雪晴，"没有啊，这是在医院里，怎么会有可疑的人？"

付雪晴心想，也许真是自己多心了。

这下倒好，她也别想再回酒店了，那边现在肯定已经炸锅了。现在回去，老爹能杀了她。

两个医生给高松林检查完就走了，付雪晴看见高松林安然无恙，心里多少安慰一些。

这时，高松林疲倦地睁开双眼，望着付雪晴，眼神里有些欲言又止的东西。

付雪晴拍拍他的手，"我今晚在这里陪你，你安心睡吧。"

高松林重新闭上了眼睛。

付雪晴搬来一把椅子坐在床边，望着那张安详而陌生的脸，忍不住去回想他曾经的模样。

坐在门口的狱警一开始还在玩手机游戏，后来也打起了瞌睡。安静的病房里只剩头顶的空调机偶尔发出嗡嗡的响声。

时间仿佛被悄然拉长，在空洞和无聊的缝隙中填满了各种回忆的碎片。那些与高松林的点点滴滴，甚至许多早已被付雪晴淡忘的细节也都清晰地浮现在脑海中。

她何尝能想到她与高松林会以这样的方式重逢，就像她当初不曾想到高松林会离她而去。

命运如此乖张，人生无从预料，欢乐与悲伤，离别或重逢，或许早在相识的一刹那注定了。

曾经的记忆在脑海中一桩桩、一件件转了又转，直到困意袭来，付雪晴靠着床头柜打起了盹。

她迷迷糊糊地听见王警官对她说："付队长，我出去方便一下啊，肚子有点儿不舒服。"

付雪晴"嗯"了一声，没再理会。

过了一会儿，听见有人走进病房。付雪晴抬头看了一眼，不是王警官，进来了三个医生。前面两个男医生，后面跟着一个女护士。

付雪晴以为是来查夜的，便站起身给他们腾地方。

走在前面戴眼镜的男医生问付雪晴：“病人是高松林吧？”

“对，是他。”

男医生点点头，朝另外两个人招下手，三个人上来推着病床就往外走。

“这是要去哪儿？”付雪晴问。

“去楼上抽血化验。”戴眼镜的男医生说。

“这么晚了还抽血？”

“这是检查需要。”男医生冷淡地回了付雪晴一句。

付雪晴没说什么，但有点儿不放心，一起跟出了病房。

那个女护士厌烦地看了付雪晴一眼，推了推付雪晴，指指病房。

戴眼镜的男医生转身对付雪晴说：“你在病房里等着吧，检查完了我们就把他送回来。”

不知为什么，付雪晴感觉这三个医生哪里不太对劲。

就在戴眼镜的男医生转身说话时，付雪晴仔细打量他，目光落在了他胸前佩戴的名牌上，上面写的是“主任医师：陈榕”，还配有该医生的照片。

付雪晴看到照片时，心口骤然一紧。

照片里的人正是之前来过病房的陈主任，可眼前这个戴眼镜的男医生与照片里根本就两个人。

付雪晴随后看向旁边那个又黑又胖的男医生，他名牌上写着“医师：蒋宝元”。照片里也是另外一个人，就是之前和陈主任一起来病房的那个男医生。

付雪晴稍一留意，发现这个黑胖医生的白大褂上溅了一些血点，尤其是两个袖口上。

刹那间，她已然猜到了原因。

她习惯性地把手伸进腰间摸枪，这才忽然想起，自己今天结婚，根本就没带枪。

但她这个举动明显刺激到了那三个人。

她感觉那个女护士往她身后挪动了一下脚步，挡住了她的去路。

那个黑胖医生也把手伸进了衣兜。

戴眼镜的男医生倒是没动，可是镜片后那双眼睛却死死地盯着付雪晴。

付雪晴慢慢地把手从衣服里抽出，从里兜拿出一袋面巾纸，抽出一张装模作样地擤擤鼻子，对戴眼镜的医生说：“还是我跟你们一起去吧，他伤得这么重，我总是不放心。我就在外面等着，你们查出什么结果，我也能马上知道啊。”

那人打量打量她，没说什么，朝另外两人挥下手，三个人继续推着病床飞快地出了走廊。

付雪晴在一旁跟着，心里却万分着急。

对方有三个人，很可能还带着家伙，万一动手她肯定招架不了，高松林说不定立刻就性命不保。如果呼救的话，估计用处也不大，这三个人一看就是亡命徒，很可能已经弄死两个医生了。

她不知道这三个人究竟想把高松林带到什么地方，也许是想在没人的地方解决掉，总归是凶多吉少，必须趁早想对策。

付雪晴正在着急，三个医生已经推着病床来到电梯前。

戴眼镜的男医生按下按钮，电梯门上的提示灯逐层闪亮，在三楼停下了。

电梯门缓缓滑开。

付雪晴看到电梯里也有一伙人。两个医生正推着一张病床往外走，床上躺着病人，两边还跟着人，像是家属。

付雪晴这边的三个医生下意识地往旁边避让，付雪晴忽然急中生智，抓住对面推过来的病床往身后用力一推，病床一下横过来，把黑胖医生和那个女护士挡在了后面，众人顿时乱成了一团。

付雪晴趁机推着高松林的病床往电梯里冲。

眼镜男见状扑上来阻拦，顺手拉开白大褂，腰间露出了一把短刀。付雪晴扯下点滴瓶，赶在他拔刀的时候砸在他脸上，顺势往他肚子上踹了一脚。

眼镜男捂着脸坐倒在地，付雪晴赶在电梯关门之前把高松林的病床推进了电梯里。

那个黑胖子跟着扑上来，伸出两只大手想把电梯门拽开，付雪晴对准他伸进来的手指狠狠给了几拳，黑胖子疼得松开手。

付雪晴赶紧按下一楼键。

等电梯下到一楼，她刚想拽着病床出去，突然看见一个身穿黑风衣、戴着黑墨镜的平头男堵在了电梯口。

这个人最鲜明的地方还不是他的造型，而是左嘴角那道丑陋的伤疤，就好像永远保持着一抹残酷的笑意。

他一见付雪晴，就朝她勾了勾手，简单说了一句："把这个人交给我。"

付雪晴的回答是给了他一脚，直奔男人要害踢过去。

没想到男人出手如电，一抄手就把付雪晴的脚腕勾住，往外一带一抛，把付雪晴从电梯里扔到了外面。

付雪晴好歹也是刑警队队长，手底下不含糊，普通男刑警都未必是她的对手。

她在地上打个滚，跳起来，又扑向风衣男，双手抓住男人的胳膊，想给他来个过肩摔。没想到男人胳膊往下一沉，顺势用肩膀一磕，把付雪晴又顶了一个跟头。

男人随即退进了电梯，电梯门刚好关上。

这一切就发生在短短两三秒钟，付雪晴简直难以置信。

她以为那三个假扮医生的家伙就够难缠了，想不到还有这么一个高手在楼下等着。

这帮家伙到底是什么人？

指使看守所犯人杀高松林的莫非就是他们？

为什么？

这到底是为什么？

付雪晴脑子里飞快地思索，刚好看见另外一部电梯下到一楼。她扫了一眼挟持高松林的电梯，显示灯直接指向顶楼七楼。她马上跑进另外的电梯，按下七楼键。

电梯迅速上升，付雪晴心中默默祈祷，希望自己能赶上。

眼看着电梯一路升到顶楼，她一个箭步蹿出去，居然赶在隔壁电梯门刚一打开就到了。

电梯门打开的刹那间，付雪晴猛地冲进去，先发制人一脚踹在风衣男膝盖上。

风衣男一个趔趄，单膝跪地，付雪晴举起胳膊，不顾一切地往他头上、脖子上的要害击打，由于电梯空间狭小，旁边又有病床堵着，风衣男几乎无处躲闪，付雪晴一朝得势，拳拳到肉，发出“砰砰砰”的声响。

风衣男陡然发出一声怪叫，两只胳膊紧紧抱住付雪晴的双腿，身子往起一拔，把付雪晴整个人举了起来。

他抱着付雪晴狠狠撞在电梯墙上。付雪晴就感觉五脏六腑都要被震出来一般，眼前一黑，力气顿时就泄了。

风衣男把她压在地上，双手掐住她的脖子，把全身力气都使上。

付雪晴力气远不及对方，拳打脚踢根本无济于事，眼看着就撑不住了，没想到风衣男这时候忽然叫了一声，一下松开了手。

付雪晴还不知道怎么回事，坐起来才看见，原来是高松林伸出那只没被铐住的手揪住了风衣男的头发。

付雪晴爬起来继续跟风衣男搏斗，可这家伙力气和身手都远在付雪晴之上，没几下又把付雪晴逼到角落。

付雪晴除了抱头挨打，根本无暇还手，一不小心，肚子上又挨了两拳，差点儿把酸水呕出来。

她正被打得晕头转向，忽然看见电梯门又开了，也不知道停在了哪一层，此时风衣男正背对电梯门。

她情急生智，抱起风衣男的胳膊朝他手背狠狠咬了一口，风衣男怒目而视。

付雪晴趁他生气，又朝他脚面使劲猛跺了两脚，疼得风衣男连连后退，在电梯口绊了一下，下意识地伸手扒住门边。

电梯门已经开始关闭了……

付雪晴不顾一切地跳起来，把风衣男踹出了电梯。

她胡乱按了一个楼层，眼看着电梯下降，她虚脱地靠在墙上，总算暂时摆脱了那个可怕的家伙。

躺在床上的高松林经过这一番折腾，也清醒过来，但依然很虚弱，他望着付雪晴，哑着嗓子冒出一句话：“没想到你身手这么差。”

“话都说不利索，你就歇歇吧。”

“他们故意把我嗓子弄伤，现在消了炎感觉好点。”高松林缓了缓又冒出一句，“当年我没教过你格斗散打吗？”

付雪晴现在巴不得他不能说话，“呸”了一声，“还提你当年，你当年耍耍嘴皮子还行，身手也不咋地。学院格斗比赛的时候，你初赛就让人揍趴下了。”

说话时电梯又停下了，电梯门缓缓打开……

付雪晴万分警惕地看着外边，随时做好反击的准备。

还好，这层楼外边没有堵截他们的人。

付雪晴不敢停留，以最快的速度把高松林的病床推出来。趁着电梯门未关，随便按了一个楼层，迷惑那帮人。

然后她推着病床往走廊深处跑，希望能寻找一个躲藏的地方。

跑着跑着，她听到身后传来急促的奔跑声，也不管三七二十一，撞开身边两扇玻璃门，拖着病床躲进了一间漆黑的房间里。

她刚把门关上，就听见脚步声越来越近，还有一个男人在说话，“真是奇怪了，我明明听到有人在走廊里跑，怎么一过来人就不见了？”

他话音刚落，又传来一个女人的声音，叽叽呱呱说得很快，但是付雪晴根本听不懂。

她蹲在门后的阴影中，露出一只眼睛往玻璃门外张望，看见三个穿白大褂的医生正在那说话。

她一眼认出这三个人就是刚才想要袭击高松林的两男一女。

之前那个戴眼镜的男人已经把眼镜摘了，估计是被付雪晴扔出的点滴瓶子砸坏了，鼻梁肿着，眼眶上还血迹斑斑。那个女人叨叨没完把他搞得很心烦，操着不熟练的英语对她说：“冷静，冷静。我相信她还在医院。该死的女人，我要抓住她把她活活弄死。”

女人怀疑地瞅着他，用英语骂了一句：“你这个浑蛋，就是看上那女的了，手那么软。我们是来找 Frank 的！”

她又嘟哝了几句，从腰里拽出一把手枪：“我们赶紧抓住他们吧。”

这时候那个黑胖子已经等不及了，看见有个房间亮着灯，抬脚踹开。紧跟着房间里传来一声女人的尖叫。

“你能安静点吗？”眼镜男用英语朝他吼了一声，夹杂着骂骂咧咧的汉语，“两个笨蛋，想把全楼人都吵起来吗！”

在他们争吵的时候，付雪晴悄悄把门锁插上，现在逃是逃不掉了，一旦被他们发现，对方还有枪，那她和高松林就必死无疑了。

这三个人一个一个房间检查，等他们查到付雪晴这间房，付雪晴的心都提到了嗓子眼。

她背靠在门边的死角，能看见对方用手电往玻璃门里照。手电的光扫过整个房间，照出了一些药品柜和医疗器械。付雪晴才知道自己躲进了什么地方。

她用手捂住嘴，连气都不敢喘，只能听见心脏在剧烈跳动。

她现在与那三个匪徒只隔了一道门，他们轻而易举就能破门而入。

付雪晴现在无计可施，只能默默祈祷。

终于，手电的光从房间里移走，她听见那三个人的脚步急匆匆地远去。

她长长地嘘一口气，一抹脑门全是冷汗。

她想掏手机打电话叫警队的人增援，可是一摸没摸到，才想起她把手机落在车上了。

看来眼下只有尽快把高松林带出医院，可是推着一张病床也不方便啊。如果能把他的手铐、脚镣打开就好了，但开锁的钥匙还在王警官身上，现在王警官又不知道在什么地方。

她想了想，摸着黑在房间里翻找了一圈，最后找到了几个针头。

她摸索着在高松林的手铐、脚镣上鼓捣起来。

“这是干什么？”高松林问她。

“废话，当然是给你打开了。”

“我还以为你要练扎针呢，都捅我好几下了。算了，给我吧。”

高松林从付雪晴手里拿过一枚针头，插进手铐的钥匙孔里鼓捣了两下，只听“咔嗒”一声，手铐就开了。

“扶我坐起来。”

付雪晴扶着高松林坐起来，高松林缓一缓劲，又开始摸索着开脚镣，过不多久，脚镣也被打开了。

付雪晴惊奇地望着他，“你现在已经什么都想起来了吗？”

“还没有，我只是凭感觉打开的。”高松林说，“没想到我当初还多才多艺呢。”

“你当初不会开锁，这是你变坏之后学会的。”

付雪晴搀扶着高松林下了床，他现在依然虚弱，连走路都不稳。

付雪晴对高松林说：“你先在这里等着，我出去探探情况，咱俩得想办法逃出去。”

她隔着玻璃门观察一下，确定外面没人，轻轻打开门锁、推开门，闪身出了储藏间。她沿着来时相反的方向摸索着往前走，发现这是一条回字形走廊，转了一圈就回到来时的电梯处。她转身往回走，那里有楼梯，想离开只有这两条出路。楼梯上下楼不太方便，但是昏暗，电梯速度快，不过万一被发现就很难逃走。

她正在犹豫，忽然看见那个王警官低着头，匆匆忙忙地从楼上下来。

“我正找你呢。”付雪晴一嗓子把王警官吓了一跳。

“高松林不见了，我到处找他。”他嘟嘟囔囔，急得不行。

“高松林有危险。”付雪晴长话短说，“现在楼里有四个匪徒，全都是冲着高松林来的，得想办法把高松林带出去，我们再报警！”

“哦，那高松林呢，和你在一起吗？”

“我让他躲起来了。”

“快去找他！”王警官催促。

付雪晴和这位王警官并不熟悉，对他也没什么印象，但就是感觉他现在有点儿奇怪。

“快去啊，他在哪儿？”王警官见付雪晴迟疑，更着急了，下意识地伸手抓住腰间的手枪。

但他没有注意到，自己抬高嗓门时，声音明显跑调了。

付雪晴一阵寒栗。

这绝不是王警官的声音！

医院里的匪徒不是四个，而是五个！

这个人警帽压得很低，几乎把脸都挡住了。

付雪晴装作不知道，对他说：“高松林就在这层楼，我把他藏起来了。我带你去找他。不过他伤得挺重，你得帮我搀着他，我一个人没力气……”

她不停地说话，分散那人的注意力。等他放松警惕，走到付雪晴身边，付雪晴出其不意地伸手去夺枪。

那人一惊，急忙按住付雪晴的手，两个人在楼梯附近撕扯起来，猛然听到一声枪响。

那个假警察低头看看自己，这才发现大腿上有一个红色的弹孔，他朝付雪晴发出狰狞的咆哮，还要夺枪。

付雪晴使出全力撞在他身上，男人惨叫着滚下了楼梯。

付雪晴不敢停留，转身就往回跑。这么大的枪声肯定会惊动其他人，那帮家伙很快就会赶过来。

她跑回储藏室，看见高松林还在那里，二话不说扶着他就往外跑，直奔电梯方向而来。

现在只有争分夺秒，趁着那帮人被枪声吸引注意力的时候逃出去。

付雪晴用力按住电梯键等电梯上来，心中默默祈祷，别是把那几个匪徒送上来了。

幸好电梯厢里是空的。她扶着高松林进了电梯，按下一楼键，电梯迅速下到一楼。

付雪晴举枪对准电梯门，紧张地看着电梯门缓缓滑开。

外面也没有人。

她心中大喜，把高松林的胳膊搭在自己肩上，扶着他快步往外跑。

刚走出没几步突然听到两声枪响！

子弹从两人身边飞过，带着火星钻进墙壁。

那个穿白大褂的黑胖子大喇喇地站在大厅里，正举着手枪朝他们射击。

两个人只好躲进附近的问询台，付雪晴抽空回了一枪，再就打不出子弹了。

她叫苦不迭，敢情那个狱警的手枪只装了两发子弹。

问询台就是个孤立在一楼大厅里的水泥围挡，半人高，上面露天，连个玻璃都没有。

付雪晴望着高松林叹了口气，有种山穷水尽的无奈，“那帮人手里有枪，现在咱俩是彻底被困住了。我是没辙了，你呢？”

高松林说：“我倒是有一个办法。”

“什么办法？”

“他们是冲我来的，我冲出去引开他们，你可以趁机逃走。”

付雪晴凝视着他，心里生出莫名的感动。

她讥笑道：“就你现在这速度，出去没挪两步就得让他们打成筛子。我忽然有个更好的办法。”

“什么办法？”

高松林话音刚落，付雪晴扑上来就开始扒他身上那套囚服。

高松林惊呼：“你干什么你，这种时候不合适吧？”

“少废话！”她脱了高松林的上衣，又把他的裤子也扒下来，就给他留了裤衩背心。

付雪晴把脱下来的囚服飞快地穿在自己身上，把长发挽成一个卷用发卡别住，让自己看起来更像高松林。

她看了一眼高松林，“不用我多说，你知道该怎么做。”

她深吸一口气，正想往外冲，被高松林一把拉住，“我不值得你这么做。”

付雪晴看了他一眼，忽然推开他，举着手枪冲了出去。

“是 Frank！他出来啦！”忽然有人一声喊。

顿时枪声大作，四面八方的子弹呼啸着飞向付雪晴。

付雪晴看不清敌人，也看不清子弹，她拼尽全力，以最快的速度在地上翻滚，只能感觉到子弹在身边接连炸裂，飞迸起的碎渣落在她身上。

她不知道自己有没有中弹，在她脑海中只有一个念头——快，快，快……

眼看着就要冲到了走廊入口，她一跃就滑了进去，前一秒所在的地方马上被子弹覆盖。

付雪晴坐靠着墙，用墙壁遮挡自己，她大口喘着粗气，感觉已经快要虚脱了。

就听大厅里那帮人在争吵。

“那里面还有个女的，不能放了她。”眼镜男说。

“不行！抓到 Frank 就行，别管她了！”那个女人叫起来。

“你搞定 Frank。那个女人交给我！”

“没看到 Frank 有枪吗？一起上！”

那个女人似乎有些权威，眼镜男也不再争论了。几个人一起朝付雪晴的方向追来。

付雪晴紧张之余，暗自松口气。

这帮人总算中计了，希望高松林能趁机逃出去。

她还故意把手枪伸到外面假装瞄准吸引对方，然后转身跑进走廊深处。

她希望能找到出口，可是拐了两个弯，才发现居然是个死胡同，眼前是 X 光射线房。

有那么一瞬间，她几乎绝望了。

但求生的欲望还是让她鼓起勇气寻找对策，她扫视左右，跑到防火栓那儿，拎起一个灭火器，推开 X 光射线房厚重的铅门躲进去。

她前脚刚进去，追赶的人就到了。

“他在 X 光射线房里，我觉得他可能没子弹了，所以才一直不还击。”眼镜男狡猾地分析道。

但几个人还是不敢贸然进来，先朝昏暗的房间里一通乱开枪，把弹夹里的子弹全都倾泻出来。交错的火线几乎覆盖了整个房间，付雪晴捂着耳朵躲在门后，一动不敢动。

终于等到他们射光了子弹，正在换弹夹的时候，付雪晴突然举着灭火器冲出，对准几个人就是一顿狂喷。

这些人措手不及，狼狈地躲闪，付雪晴钻空子拔腿就跑。

但她发现追击她的只有三个人，唯独少了那个穿风衣的高手。

她一边跑，心里一边无比焦急。

难道那个人去对付高松林了？那岂不是凶多吉少？

她没工夫多想，后面那三个匪徒明白过来后又开始追她。她现在赤手空拳，只要被他们追上就必死无疑。

她一口气跑回了大厅，高松林已经不在那了。

然而付雪晴下一眼就看见了那个风衣人。

这家伙就站在大厅出口，挡住了付雪晴的去路。

付雪晴的心一下提到了嗓子眼。

她最头疼的就是这家伙，他一个人就足够解决她了，何况身后还有三个亡命徒。

不过这家伙是一个人，高松林并不在附近，或许已经逃出去了，这让付雪晴有些欣慰。

她慌不择路地改变方向，朝旁边的岔道跑去。

风衣人依旧站在那里漠然地注视着付雪晴，似乎她根本就不值得他动手。

付雪晴气喘吁吁地钻进一条小走廊，往前跑了一段忽然看见了一个侧门。

天无绝人之路，她想都没想推门就往外跑。

那三个人很快也追出来，一边喊叫，一边还夹杂着一两声枪响。

付雪晴实在有些跑不动了，但又不敢停，停下就成了活靶子。

正在这时，一辆轿车风驰电掣地开过来，发出刺耳的刹车声，挡在付雪晴和那三个人之间。

副驾驶车门开着，坐在驾驶室的高松林冲她大喊："上车！"

付雪晴直接跳进车里，高松林一踩油门，轿车飞驰而去。

整个过程不过一两秒钟，那三个匪徒反应过来后追赶着连开几枪，打中了后备厢，击碎了后挡风玻璃。

付雪晴心有余悸地大口喘气，平静下来后问高松林："你怎么会开来一辆车？"

"我人都杀过，多一项偷车的罪名也不算什么吧。"

此时付雪晴看他穿着背心、裤衩的样子，忍不住有点儿想笑。

第十一章　作茧自缚

高松林一脚油门开出了两条街，把追赶的那些人甩得没影了才停下车，“你来开，我已经没体力了。”

付雪晴这才注意到他面无血色，脸上、身上全是豆大的汗珠，抓着方向盘的双手都在哆嗦，几乎就要虚脱了。

她急忙下车，把高松林从驾驶室扶出来，塞进后车厢，由她来开车。

“去哪儿？”付雪晴一边开车一边问。

“看守所吧。”

“不行。那里面有人要杀你。”

“你怎么知道？”

“明知故问，还不是白天你拉着我的手不松，故意提醒我的吗？

“不过，我后来确实查过，你根本就不是自杀，其实那四个所谓发现你自杀的狱友，恰恰是想杀你的人吧？”

“是。”高松林承认。

“究竟是怎么回事？”

“他们趁着半夜我要上厕所的时候偷袭我。我当时戴着手铐、脚镣，行动不便。那个叫毛勇的下手尤其狠，用什么东西在我脖子上连捅了好几下，我流了很多血，之后就什么都不知道了。”

“他们本来是想伪造成你自杀的假象，没想到你又被抢救过来了。”

“他们为什么要杀我？”

“据我了解，这几个人跟你无冤无仇，是外面有人花重金收买他们，指使他们这么干的。”

“指使他们的是什么人？”

“这个暂时还不知道。但我没想到居然还会有人跑到医院杀你，看守所那四个犯人会不会也是他们指使的？你认识这几个人吗？”

“不认识。”

“那你有没有想过，他们为什么要来杀你？”

“我想过，可是我什么都想不起来。”

“我倒是发现了一个问题。那几个人说话的时候好像还用英语交流，汉语说得十分生硬，好像外国人一样。”

“外国人？”高松林一愣。

“是啊，你得罪的这些人来头肯定不小。”

“你想查下去？”

“当然了。我想知道除了我之外，还有多少人这么恨你。”

“那你打算如何处理我？”

“重要证人，当然专门看管喽。”

高松林沉默了一会儿：“你别忘了我现在是一个犯人，你带着我会给自己惹麻烦的。”

付雪晴从后视镜里看了他一眼：“你给我惹的麻烦还少吗？”

“总之，我觉得那帮人不会善罢甘休，他们肯定会到处找你。”

付雪晴一边说一边小心翼翼地开车，她尽量不走有交通摄像头的大路，专挑小路走，东转西拐兜了一大圈，从岔路钻出，开进了一个小区。

“这是哪儿？”高松林问。

“刑警队宿舍。我平时不总在家住，工作一忙了就住这。”

“你想让我藏在你宿舍里？”高松林差点儿叫起来。

“最危险的地方才是最安全的地方。你一失踪，全江州的警察都会到处抓你，还有那些想杀你的人也不会善罢甘休，凡是跟你有联系的地方都不安全。所以，只有刑警队宿舍才最安全。”

“随便你吧。”高松林现在只有任人摆布了。

付雪晴开到一栋楼前，把车停在不容易被发现的地方。

她脱下身上的囚服扔给吴凡：“先翻过来穿上，万一让人看见我带着一个光着身子的男人进去，也不太好。”

高松林依言穿上衣服，跟着付雪晴离开轿车，上了宿舍楼。还好现在已经是后半夜，宿舍楼里没人走动。

付雪晴有自己单独的一间宿舍，一室一厅，还有卫生间和厨房。

高松林总算能松一口气，瘫坐在沙发上，感慨不已：“忽然感觉我混得还不算最惨，至少认识个刑警队队长。”

付雪晴进屋拿出一套衣服扔给他："把你身上那套衣服换下来。"

高松林拿起来一看，上面还带着蝴蝶结，"这不是女人衣服吗？叫我怎么穿？"

"别废话了。看你穿一身囚服，我就条件反射地想用铐子铐你。"

高松林自嘲地笑了笑："可就算你能把这件事查明白，最终不还是得把我送回监狱吗？难不成你还打算让我在你这里躲一辈子？"

付雪晴神色一黯，寒着脸吼道："赶紧换衣服，饿不饿？"

高松林一愣，战战兢兢地说："饿。"

"吃什么？方便面，还是……"

"番茄炒蛋吧。"

付雪晴脸色微变："你说什么？"

"我做梦的时候经常能想起过去的一些东西，不知为什么，总能梦到番茄炒蛋。我忽然想吃，你不是不会做吧？"

"这有什么难的。"付雪晴一甩袖子走进厨房。

付雪晴过了一会儿炒好了，顺便还焖了一锅饭。

她把饭菜端到高松林面前，高松林吃了两口说："你这炒得也太碎了，筷子都夹不起来。"

付雪晴一瞪眼："你怎么永远都那么多事，能吃就得了。"

高松林好奇地望着她，"怎么，你以前也给我做过？"

付雪晴第一次给高松林做的菜就是番茄炒蛋，这家伙当时往饭盒里瞅了一眼就点评道："你是怕我认不出你做的是番茄炒蛋吗，直接扔进一个西红柿、两个鸡蛋炒的？"

所以，这一次她特意把西红柿鸡蛋炒得稀碎。

付雪晴望着这个坐在面前、吃着自己做的饭还挑三拣四的男人，很难相信他们刚刚才死里逃生。

高松林就是她命中甩不掉的克星，只要他一出现，她的生活就会被搅得翻天覆地。

这一夜，他们没有多少话。

高松林有伤在身，吃完饭就躺在沙发上睡了。

付雪晴回到房间，打开关机的手机一看，又是一堆电话和短信。

事已至此，她也不想再看了，直接把手机关掉，想想接下来该怎么办。她相信刚才在医院发生的事情很快就能惊动警队，她先看看动静再说吧。

第二天。

付雪晴把高松林留在宿舍，自己照常来到刑警队。

果然，一上班卢广通就把人召集起来开会，开门见山地提到昨天晚上北一路医院发生的袭击事件。

付雪晴不动声色地坐在卢广通旁边听他介绍案情。

“根据当时在医院的目击者所见，这些袭击者中有男有女，身上都带着枪支，当时医院里多处发生枪声。最早接到报案的分局警队赶到现场时，这些人已经逃走了。但最重要的是，当时在医院里住院的在押犯人高松林也趁乱逃走了。”

最后一句话一出口，在座的警员们大惊失色。

预测死亡的兔子是他们费了多少周折才抓到的，居然说逃就逃走了。

有人问 :“卢队的意思，这两件事之间是不是有什么联系？”

卢广通冷哼一声 :“单凭一个高松林，身受重伤，镣铐加身，还有警察二十四小时看守，哪那么容易逃走？从分局警队上报的伤亡情况，能分析出一些端倪。警队一共发现了五具尸体，其中三个人是昨夜值班的外科医生，也是负责治高松林的医生。他们都死在办公室里，制服却被人脱去至今没有找到。但有目击者看见，那些袭击者就穿着医生的白大褂，可以推测是这些人抢走了医生的衣服，假扮成他们的样子把高松林带走了。”

“那这么说这三个人是高松林的同伙喽。”有人惊呼，“想不到高松林还有同伙。”

“他的同伙还不止三个。”卢广通正色道，“在五名死者中，除了三个医生之外，另外两个死者十分奇怪。一个穿着警服，警牌上显示他应该是看管高松林的看守所警察王平，但其实这个人并不是王平本人，而另外一具也被脱了外衣的尸体才是王平。这和对付那三个医生的手法完全一致，所以猜测，这个穿警服的人不是受害者，而是另外一名袭击者。这些人是计划杀掉高松林身边的医生和看守警察之后，假扮成他们，便于把高松林安全救走。”

“可是为什么医院里会发生激战呢，又是谁和高松林这些人动手的？”有人不禁疑惑。

这也引起了其他人的好奇，不禁议论纷纷。

付雪晴心里忽然紧张起来。她不确定自己有没有被医院的监控摄像头拍到，万一被发现了该如何解释？会不会牵扯出高松林？

她焦急地看着卢广通，等着他往下说。

卢广通继续道：“很遗憾，医院的监控设施全部被破坏了，没有事发时的监控录像。而且当时医院里的人也很少，目击者寥寥无几，我们目前对犯罪嫌疑人人数和案发经过主要靠推测。不过有一个重要线索就是那个伪装成狱警的犯罪嫌疑人，经过分局警队初步检验发现，他是被枪击致死的，而击毙他的手枪就是狱警王平的手枪。由此不难想到，这些袭击者遭遇到的抵抗就是狱警王平。他应该是一开始遭到偷袭，被夺去了警服。之后他奋起反抗，以一敌众，并成功击毙了其中一名犯罪嫌疑人，可惜寡不敌众最终惨遭毒手。这应该就是枪击案的经过。”

听到这里，付雪晴暗自松口气，哑然一笑，“原来如此，这个王警官还是个英雄呢。”

说完这句话，她发现卢广通表情古怪，才忽然想起，这种情形下她应该表现得严肃一点。

她赶紧收敛笑容，故作深沉地问：“那么卢队怎么看这起案子？”

“我认为这是一起早有预谋的脱逃事件。回过头来看，高松林在看守所自杀根本就是一次阴谋，目的就是为了被送进医院，给同伙创造营救他的机会。整个袭击过程，无论是时间选择、营救策略，还是监控破坏，这些显然都是经过周密布置的。看来看守所方面是明显低估了高松林，就这么白白让他逃走了。”

付雪晴一声不吭地听着。

老实说，卢广通的分析听上去还挺有理有据，若非她就是昨天晚上的亲历者，自然也会相信这一切都是高松林的阴谋。但事实恰恰相反，这些人不是想营救高松林，而是想杀他。至于原因还不清楚。

现在付雪晴恐怕是唯一清楚地记得这些袭击者长相的人，可是却没法开口告诉卢广通。

她在脑海中仔细回想着那几个人的相貌和声音——那个穿风衣的男人和戴眼镜的男人看着倒没什么特别，不过那个黑胖子和那个女人，以及同付雪晴搏斗过的假警察，这三个人皮肤颜色都比较深，脸形也酷似南方沿海那边的人，他们几乎不说普通话，只用英语交流。莫非……

他们是南吕国那边的人。

这个念头让付雪晴很不安。假如这些袭击者真是南吕国那边过来的，他们为什么非要冒险潜入中国内地把高松林置于死地呢？高松林这家伙究竟在国外惹了多大麻烦？当地警察通缉他，怎么黑帮也不放过他？

“如果付队长有什么想法就请直说吧。”

卢广通的话打断了付雪晴的回忆，她看见卢广通瞅着自己，似乎是误以为她有异议。

付雪晴本来还在犹豫要不要把昨天的实情告诉大家，可是看卢广通已经认定高松林和那些袭击者是一伙的，她就算说了，他很可能也不相信，搞不好连自己都说不清了。

于是她敷衍道：“我就是在想，事情都到了这一步，我们下一步该怎么办。这件事很棘手啊。”

“我昨天晚上接到分局警队报告后，第一时间就联系了江州各级公安部门，严密把守一切交通出口。目前，火车站、客运站和高速公路收费站都没有这伙人的行踪，暂时估计他们有可能还在江州市里，我们需要增派警力排查……”

卢广通说着，一名警员敲门进来报告：“卢队，门外有一个报案人，指名道姓要见你。”

“见我？”卢广通不耐烦，“这种事还用得着来找我，直接让门卫接待他就行了，小案子送到辖区派出所，大案子就找相关人员。”

“可是她说，她是因为昨晚北一路医院那起袭击案来报案的。她说她是目击者，有重要情报。”

“什么？”卢广通脸色一变，“他现在在哪儿？”

“在门卫那儿。”

“赶紧把他带进来。”

付雪晴在一旁听着，心又悬了起来。

这个报案人主动跑来，指名道姓要见卢广通，莫非真的知道什么重要线索？付雪晴不担心别的，最担心这个人看见过自己。

她心里正七上八下，那个目击者已经被带进了会议室。

一见到这个人，付雪晴脑子就短路了。

其他人也都大眼瞪小眼地瞅着这位报案人。

不是别人，正是欧阳姗姗。

这也太巧合了吧。

卢广通疑惑地看着欧阳姗姗，“怎么，你也去过北一路医院？”

“是啊。”欧阳珊珊一本正经地回答，“高松林不是被人救走了吗，我就是为了这件事来的。”

卢广通一下来了精神，“你说有重要情报，是不是你看见那几个犯罪嫌疑人把高松林带走了？你还记得他们的长相吧？”

要知道，欧阳姗姗可是过目不忘的天才少女。

可是欧阳姗姗却摇摇头，“我没看见那几个犯罪嫌疑人。”

“那你看见高松林了？”

“我也没看见高松林。”

“那你看见什么了？”

“我看见一帮警察在医院里了解案子，我好奇，就向他们打听，他们还不太愿意告诉我呢。”

“你等等，你是什么时候去的医院？”

“今天早上啊。”

卢广通差点儿没喷血，吼道：“敢情你什么都没看到，那你过来提供什么线索？”

“我就是过来告诉你高松林被人救走了呀，这还不算重要情报？”

“你说的这些我们早就知道了。”

“那你们还能四平八稳地坐在这聊天？”

卢广通实在不想和她说话了，再说下去他能抽风。

可是他不搭理欧阳姗姗，这小丫头还没完了，“我过来除了告诉你这个，还想问问高松林这么重要的犯罪嫌疑人，咱们当初费了那么大力气才把他抓住，怎么能这么轻而易举就跑了呢？这是严重失职啊，是不是应该严惩责任人？”

“这不是你这个小孩子该管的，赶紧上你的学去吧。”卢广通挥挥手，“我们自然有办法抓住他！”

“算了吧，瞅瞅你们一个个满脸的‘问号’，肯定又没辙了，要不然你们也不用开会研究了。”

“这种事轮不到你一个小孩管。”

欧阳姗姗大眼睛一瞪：“我怎么就不能管？你别忘了，高松林杀了我爸爸。要不是我破解了U盘的密码文件，告诉你们真相，你们到现在还抓不住他呢。现在他跑了，我比你们还着急呢。”

这小丫头一下戳中了要害，卢广通还真有点儿理亏。

他只好说：“我们也没有想到高松林还有同伙，现在正在抓紧想对策。”

“你们还在这里想对策，高松林他们说不定已经逃出了江州呢。”

卢广通让她挖苦得火气又上来了：“当务之急是弄清楚高松林他们是如何逃

跑的，哪有那么容易！”

“查监控啊。”

“还用得着你说，连犯罪嫌疑人都想到了。他们赶在警方之前已经把医院里的监控系统都破坏了。”

“这帮人这么厉害？那路上的交通电子眼呢？”

“现在正在查，道路交通监控到处都是，哪那么容易就查到。”

“我看见那家医院的大门附近有好几个电子眼呢，角度正好能拍到医院大门，只要犯罪嫌疑人从那里进出，肯定能被拍到。”

卢广通皱了皱眉，“你确定？”

“当然啦，不信你自己去看看就知道了。”

卢广通将信将疑地看了她一会儿，拿起手机给负责案子的分局警队打电话询问情况。

想不到，接电话的赵队长承认，在医院正门外确实发现了三个电子眼，而且现在已经发现了犯罪嫌疑人的踪迹。

卢广通差点儿没炸了，“你有了消息为什么不第一时间通知我？”

赵队长支支吾吾地说：“我们正忙着确认犯罪嫌疑人的身份，本来想有结果了再告诉您。”

“算了，你直接把视频发送给我们吧。我们自己来处理。”

过不多时，犯罪嫌疑人的录像被传到了赵楠的电脑里。

付雪晴也十分好奇，想看看到底拍到了什么。她凑到赵楠身后，站在卢广通身边，不动声色地看着电脑里的监控录像。

录像记录的时间是昨天后半夜 1 点 10 分。

一个人影突然从医院正门冲出来。

这家伙造型很滑稽，穿着裤衩、背心，光着脚丫子跑得踉踉跄跄，脖子上还缠着厚厚的纱布，简直就像个精神病。

一看见他，付雪晴心脏就是一紧。

这不就是高松林吗，想不到把他给拍到了。

她正暗自着急，身边的欧阳姗姗大叫一声，指着屏幕，“是高松林，他是高松林！”

被她这一提醒，赵楠急忙暂停了视频，把人的脸部做了锐化处理。

当放大的脸部照片呈现在众人眼前，大家马上认出，这个人正是在逃人员高松林。

有人不禁失笑，“这家伙是在搞笑吗，逃得也太狼狈了？”

卢广通冷笑，“他这是逃跑时害怕自己身上的囚服被人发现，慌里慌张把囚服扔了。继续放，我看看这家伙到底怎么跑的。”

赵楠敲下空格键。

视频里的高松林左右观察了一下，跑到路边从树下捡起一块砖头，对准一辆车的驾驶室车窗砸去。

车窗粉碎，报警器响声大作。

高松林若无其事地把手伸进车里打开车门，直接钻进了驾驶室。

有人讥笑道：“这家伙连钥匙都没有，怎么开车？难不成是想逃走的时候，顺便偷点儿钱再跑？”

有不少人跟着他一起笑。

卢广通拧着眉心沉着脸，目不转睛地盯着那辆发出刺耳的叫声的车。

付雪晴也没笑。视频中这辆车就是昨天晚上高松林开过来接她逃走的那辆。她还没来得及问他这辆车是从哪儿弄来的呢，现在不用问了。

大约过了半分钟，报警器戛然而止，轿车随即发动起来，从监控中开走了。

卢广通气得狠狠一锤桌子：“这家伙还有这么一手，犯罪的技术他是不是都学全了？”

欧阳姗姗不禁疑惑：“可是并没有看到他的同伙出来呀，难道是他自己跑了？”

“这也不是没有可能。这家伙诡计多端，可能是担心人多一起走容易被发现，来了一招调虎离山。”

欧阳姗姗气得腮帮一鼓一鼓：“我就不相信他逃得掉，查车牌号，肯定能查到。”

她说的也是卢广通想到的，他马上又打电话给赵队长，问查没查到高松林所开的轿车。

付雪晴在一旁仔细地听着。

赵队长嗓门很大，她隐约能听见他说：“高松林的车最后一次出现的地方在淮南路，可以判断，他是想从市区北面的高速路逃出江州，往北边跑。目前江州和这些地方的公路监控还没有发现嫌疑车辆。我们估计犯罪嫌疑人现在极有可能躲藏在江州北面的棚户区和拆迁区里。为了以防万一，我们已经和外省警方取得联系，对江州通往外省的公路进行严密监控。”

听到这些话，付雪晴多少放心一些。

她昨晚有意开车兜了一个大圈子，就是为了迷惑警方，看来奏效了。

她正想着，欧阳姗姗对卢广通说："光这么找也不行吧，你告诉他最好能直接锁定车辆。"

卢广通瞪了她一眼，可是欧阳姗姗满不在乎，大声道："如果是好点儿的车，都有 GPS 卫星定位的，不知道这辆车有没有？"

这倒是提醒了卢广通，便多问了赵队长一句。

过了不长时间，赵队长那边说，他们刚刚找到那辆丢失车辆的车主，车主说他那辆车也安装了 GPS 定位系统，正在搜索车辆的具体位置。

付雪晴刚刚放下的心顿时又紧张起来。

那辆车现在就停在刑警队宿舍楼下。

昨天晚上好不容易经历那番恶战逃出来，她和高松林都筋疲力竭，一时疏忽竟然留下了这么一个破绽。

这要是查出来，她和高松林就全完了。

付雪晴心里着急，现在又联系不上高松林。只有赶在警方找到那辆车之前，回去把车处理了。

她心里盘算好，就想悄悄开溜。

刚走到门口，欧阳姗姗忽然喊她："小雪姐姐，你这是要上厕所吗？"

付雪晴烦死这丫头了，压着火点点头。

"正好我也去。"她也不管付雪晴愿不愿意，蹦蹦跳跳地走过来挽住付雪晴的胳膊。

付雪晴厌烦地把她的手拿开："我还想回家一趟，我最近忙着呢。"

"哦，对啊。"欧阳姗姗一拍小脑瓜，"我听说了，你要结婚是吧，还是和陆恒结吗？"

付雪晴恨得牙根直痒痒："关你什么事？"

"我不就是关心你吗。我要是你，现在肯定和陆恒度蜜月去了，谁还跑警队处理这个破案子，抓的还是高松林，你说……"

欧阳姗姗忽然狡黠地眨了眨大眼睛，小声道："你是不是还有些不忍心啊？"

付雪晴脸色陡变。不知道这小丫头是看出了什么，还是故意调侃。

她脸色一沉："他跟我有什么关系？你再胡说八道，当心我翻脸！"

欧阳姗姗吓得一吐舌头。

"我现在正在休婚假呢，我要回去了，没工夫搭理你这个小破孩。"

付雪晴正要推门出去，忽听外面有人没好气地说："回去干什么，你还知道你现在结婚了？"

说话间，付天明怒气冲冲地走进来，鼻子不是鼻子，脸不是脸地瞅着女儿。

付雪晴一看见他，脑袋就大了好几圈，急忙想溜，被付天明叫住："你还要上哪儿去？"

"我去找陆恒解释清楚。"付雪晴胡乱编个借口。

"你还好意思去找人家，先跟我解释解释吧，你昨天晚上不辞而别，到底去哪儿了？"

"我有个朋友得了急病，临时给我打电话，我又不能不过去。"付雪晴随口编瞎话。

她话音刚落，欧阳姗姗突然插嘴："你那个朋友是不是也在北一路医院住院？"

付雪晴一怔，不知欧阳姗姗怎么会冒出这么一句。

"我说我刚才看监控录像里，怎么有辆车好像是你开的车呢。"

这句话可把付雪晴吓了一跳。

她昨天开车去医院，确实把车停在大门外，难道也被监控拍到了？

"你昨天晚上去北一路医院了？"付天明疑惑地看着女儿。

付雪晴明显感觉所有人的目光唰地集中在自己身上。

她正在犹豫该怎么回答，就听欧阳姗姗说："小雪姐姐，你的车牌号是不是苏SER248？"

付雪晴只好点头。

"那就肯定是你的车了。视频里一下就扫过去了，幸亏我眼尖。"

付雪晴现在怎么那么想把这孩子掐死呢。

卢广通一直没吭声，这时候终于开口问道："付队长既然昨晚去过北一路医院，那么知不知道枪战的事情？"

他说话的语气十分和气，但越是这样，付雪晴心里就越不踏实。这家伙生性多疑，说不定已经起疑心了。现在她每一句回答都必须十分小心。

"我并不知道枪战的事情。"付雪晴努力保持着平静，"我昨天去医院的时候还不到晚上8点，那个朋友正要出院，她就是急病，打两瓶点滴就没事了。然后我就陪她回家了，没听见什么枪声，应该是和那帮犯罪嫌疑人错开了。"

欧阳姗姗偏偏哪壶不开提哪壶，"那你怎么不开车走啊。我们还以为你在医院待了一晚上呢。"

“我是坐朋友车走的。”付雪晴恨得牙根直痒痒。

“那你去看的朋友是谁呀？”

“我一个闺蜜！”

“哦。你没顺便去看看高松林啊？”

付雪晴一把揪住欧阳姗姗，恶狠狠地瞅着她，“我现在恨死高松林了，连他身边的猫猫狗狗都恨不能一枪打死，你听明白了吗？”

欧阳姗姗吓得直点头，狡猾地赔着笑，“我童言无忌，小雪姐姐何必跟我计较呢。”

“哼。”

付天明这时候说：“情况我都已经知道了，当务之急是如何尽快抓住高松林和他的同伙。”

“我让负责案子的分局警队锁定高松林开走的那辆轿车，有消息随时汇报，我们这边马上就出动。”

他话音刚落，手机就响了，赵队长告诉他，已经找到了高松林驾驶的那辆车。

卢广通大喜，马上通知全警队出发行动。

付雪晴暗自焦急，想要找机会脱身赶回去，可是欧阳姗姗却像一块狗皮膏药一样黏定了她。

她从这小丫头笑眯眯的眼神里看出了几分深意，难道她真的看出了什么？

卢广通亲自带领警队上路。

欧阳姗姗故意挤进付雪晴的车里，挨着她坐。

付雪晴吼她：“你一个小孩子跟着干什么？”

“我要亲眼见证你们是如何抓捕高松林的，绝不能让杀害我爸爸的人跑了。”欧阳姗姗嘿嘿笑着，耐人寻味地瞅着付雪晴，“我相信那绝对让所有人都意想不到。你说是吗，小雪姐姐？”

付雪晴只能硬着头皮跟着点头。

是啊，大家绝对想不到那辆车现在就停在警队的宿舍楼下。到时候高松林跑不了，她也犯了包庇罪。

“叔叔出发吧，咱们抓坏蛋去。”欧阳姗姗兴高采烈地拍打前座，催促司机开车。

一路上，付雪晴五味杂陈，就像一个将头枕在断头台上的囚犯，等待着头顶上的闸刀落下来一样。

她索性闭上眼睛，听天由命。

大约过了半个小时，她听见身边的欧阳姗姗“咦”了一声，“怎么会跑到这里呢？难道高松林会藏在这里？”

付雪晴睁开眼睛，往车窗外望去，一时间还没看明白开到了什么地方，但明显不是警队宿舍。

警车忽然停下。

她跟着一起钻出警车，看见不远处已经停了几辆警车，还有一帮警察在那里。

这时候走过来一位警察向他们打招呼，自称是南城区分局刑警队队长赵新武。正是电话中与卢广通联系的那位赵队长。

“找到高松林那辆车了吗？”卢广通迫不及待地问。

“刚找到。我的人已经把周围都封锁了，正准备查找在逃人员。你跟我们来吧。”

趁他们说话的时候，付雪晴四周打量，这里全是一些高档别墅，而且看着十分眼熟，她忽然想起来，这不是欧阳姗姗住的地方吗。

再看欧阳姗姗也满脸困惑。

这时候，赵队长带着他们找到了那辆车，正停在一栋别墅的门前。

轿车驾驶室的玻璃被砸碎，此时车里空无一人。

卢广通眯着眼睛瞧了瞧那栋别墅，问赵队长：“你们打听过这家人吗？”

“按了门铃，没有人开门。”赵队长有些为难，“住在这里的人身份都不一般，我正打算和你商量。”

卢广通瞪起眼，“这有什么可商量的，直接进去搜查呀。管他是什么身份呢，就算是天王老子犯了罪，我们也不放他！不开门就把门砸开，出了事我负责！”

赵队长无话可说，朝门前几个警察挥下手，“一起从门窗进去！”

“等一下！”欧阳姗姗急急忙忙跑过来，“不能砸，不能砸。”

卢广通一脸愠怒，“你跑出来干什么，为什么不能砸？”

“这是我家啊。”欧阳姗姗哭丧着脸说。

“什么？你家？”

这可出乎所有人的意料，这小丫头一早跑到刑警队就嚷嚷着非抓住高松林不可，看着比谁都积极，搞了半天高松林居然就躲在她家。

付雪晴也很蒙，搞不懂这辆车怎么会停在欧阳姗姗家的门口。

“确实是我家，但我保证，高松林肯定不在这里。”欧阳姗姗发誓。

卢广通冷笑一声，“你们过去关系也不差，他无处可去，躲在这里也不是不可能。”

“我怎么可能包庇一个杀害我亲爸的人？”欧阳姗姗气鼓鼓地走到大门前，“我给你们开门，你们自己进去看吧。”

欧阳姗姗打开密码锁，卢广通和赵队长对视一眼，不约而同地掏出手枪。

身后的警员们也纷纷拔出枪，一个个如临大敌。

万一那伙持枪的在逃人员就躲藏在里面，一会儿少不了一场遭遇战。

一切布置完毕，卢广通做了一个手势。

赵队长身先士卒，率先带人冲进了房间。

紧接着房间里就传来一阵枪声。

卢广通狠狠瞪了欧阳姗姗一眼，朝身边几个人一挥手，率众也冲了进去。

付雪晴站在门外没动，心里却还十分困惑。

过不多一会儿，卢广通和赵队长都黑着脸出来了。

“人呢？”付雪晴问。

“没发现。”卢广通说。

“那刚才的枪战是怎么回事？”

“有人太紧张，不小心开了一枪，其他人就跟着开了一通枪。”赵队长说，“不过没伤到人，只是打坏了地下室里的一些家具，还有几台电脑。”

“我的家当啊！”欧阳姗姗心疼得直叫唤，“不能就这么算了，你们得赔我！”

卢广通冷笑，“你的问题还没有解释清楚呢，小丫头。”

“我还有什么问题？是你们非说高松林藏在我家，现在也检查过了，他根本不在。”

“那他偷走的这辆车又怎么会停在你家门口？”

“我……我也不知道怎么回事啊，谁知道他的车怎么会停在我家门口？”这下轮到欧阳姗姗头大了，拽了拽付雪晴，“小雪姐姐，你得替我说句话啊。你最了解我了，我绝对不可能包庇杀害我爸爸的凶手，对不对？”

付雪晴暗自好笑，凑到她近前低声说：“你这叫作茧自缚。”

付雪晴此时已然心知肚明。这肯定是高松林搞的鬼，故意把车开到欧阳姗姗家门口嫁祸她。还真够损的。

卢广通将信将疑地打量一会儿欧阳姗姗，对赵队长说：“你马上带着人在园区搜查，说不定高松林他们还没逃远。我带人去查监控。”

赵队长领命离开了。

卢广通也带人赶去物业公司。

付雪晴现在心情大好，正想跟着去凑热闹，感觉有人拉她，回头一看是欧阳姗姗。

现在没有人比她更郁闷了。她拽着付雪晴不撒手，紧绷着小脸瞅着她，“你说，你是不是知道高松林藏在哪儿？”

“你胡说什么呢，懒得搭理你。”

“我没胡说，我就知道你和高松林还有联系。你昨天晚上肯定是去医院见他了。”欧阳姗姗紧抓着付雪晴的手不放，肯定地说，“现在就我们俩，我就想知道，他是不是你救走的？”

付雪晴意味深长地瞅着欧阳姗姗：“是怎样？不是又怎样？”

“假如不是那就罢了。如果是……”欧阳姗姗顿了顿，“我想见他一面。”

她这个回答让付雪晴有些意外，“你为什么想见他？”

欧阳姗姗犹豫了好半天，“我想亲口问问他，他为什么要杀我爸爸。”

“你直接问警察不就好了，为什么要亲自问他？”

“有些话，我要当面听他向我承认。”

付雪晴狐疑地打量她：“你这话听起来，怎么好像不太肯定他是凶手一样，可是你把他举报给我们的。”

“我只是根据那个U盘的内容知道他是凶手的，而且卢广通也确定那封信是高松林自己写的。”

“那你还有什么可怀疑的？”

“但就是，我后来又想了想，有点儿……”

“有什么话，你就直说吧。”

欧阳姗姗迟疑了一下：“有件事你不知道，我爸爸虽然去了国外很多年，一直都没什么音讯。但是五年多以前，他曾经回来过一趟。”

“你是说回江州？来看你吗？”

“表面上是。但他当时怪怪的，也不在家陪我，大部分时间都是在旅馆里待着。”

“住旅馆？”这倒让付雪晴很纳闷。欧阳成放着这么大一个豪宅不住，干吗偏偏去住旅馆。

“是啊，我当时也搞不懂。想找他都找不到，他也从不告诉他住在哪个旅馆。只是想见我的时候，突然之间就冒出来，跟做贼一样。”

跟做贼一样？

付雪晴脑子一转，“难不成他是在躲什么人？”

“我不知道啊。不过……他倒是提醒过我，那时候我一直住校，他让我一直待在学校里，周末也不许出去。还叮嘱我，如果有陌生人找我，也不许离开学校。我那时候小，就以为他是怕坏人绑架我。”

付雪晴心想，难道高松林从那时候开始就想杀欧阳成？

她仔细一想又不太可能，那时候高松林还在警官学院念书，正好是在误杀外国人前后，当时他自己还自顾不暇呢，怎么可能去跟踪别人。而且听这意思，这个可能对欧阳成不利的人手段还比较毒辣，不但逼得他有家不敢回，连女儿都可能遇到危险。这并不像高松林的手段。

“你爸爸在国外是做什么工作的？”付雪晴问欧阳姗姗。

“听说好像是在南吕国开个小酒吧。”

“你不是说你妈妈在加拿大的一个公司里做高管吗，你爸爸怎么跑到南亚去开酒吧了？这感觉上差别也太大了吧。”

“你不就想说他俩看着特不般配吗。”

付雪晴尴尬地笑了笑。她确实是这个意思。

“其实说起来我爸爸也不差。当初是哈工大硕士，是个软件编程的高材生，和我妈妈是同学。我爸爸可是名副其实的天才，还特别博学，会两三门外语，历史文化无一不通，对密码学这一套也很精通。我这身本事其实也是从小受他影响学到的呢。要不然以我妈的眼光，配不上她的男人她也不会嫁呀。毕业之后他们就结了婚，还有了我，但是后来，据我妈说，我爸就开始不务正业了。从国企辞了职，整天游手好闲也不知道究竟在忙活什么。我妈的事业倒是蒸蒸日上，后来进入跨国公司做高管，本来想让我爸一起去，我爸不干，非要去什么南亚，我妈一气之下就跑到加拿大去了。一开始偶尔都还回国聚聚，后来俩人各忙各的，渐渐地谁也不搭理我了……”

欧阳姗姗说到伤心处，眼圈渐渐红了。

付雪晴的心肠一下软了下来。想起欧阳姗姗之前对高松林的依赖，一口一个爹地的叫着，大概也是她一个人孤独怕了，渴望有人关心吧。没承想这个人竟是杀害她父亲的凶手。

她忍不住问欧阳姗姗，“你相信是他杀了你父亲吗？”

“你是指高松林？”

第十二章　绑架

“不管那个人是高松林，还是当初的吴凡，你和他也很熟悉了。如果不考虑那封信，你相信是他干的吗？”

欧阳姗姗想了好半天：“我也说不好。一开始我挺喜欢他的，也觉得他很善良，感觉很像我爸爸。可是看到那封信，我又特别生气，觉得他是世界上最阴险、最坏的坏蛋。可是仔细想一想，我又感觉我爸爸当初就很可疑。到底他和高松林是不是认识，高松林为什么要杀他，信里也没说。卢广通说高松林抢劫杀人，但我总感觉不那么简单。”

付雪晴看着她，思索了片刻，“有件事我可以告诉你。昨天晚上我目睹了医院里的枪击案。”

“你果然知道。”欧阳姗姗惊呼出声，但随即被付雪晴制止。

欧阳姗姗小声又问：“可你刚才为什么不告诉卢广通他们？”

“因为有一点和他们推测的完全不一样。他们认为那些匪徒是去营救高松林的，事实上，他们是去杀高松林的，如果不是我出手，现在高松林已经死了。”

欧阳姗姗惊愕得简直闭不上嘴：“难不成和那些人发生枪战的是你？”

付雪晴点点头：“九死一生。”

“他们为什么要杀高松林？”

“我不知道，高松林也根本想不起来。所以我才没有办法告诉卢广通他们，说了他们也未必相信。当务之急是查出背后的原因，这帮袭击者事前做足了准备，行事又心狠手辣。我想这背后的原因绝对不简单。”

“你说的都是真的？”欧阳姗姗说。

付雪晴眼一瞪：“我有什么必要骗你？我告诉你这些，是因为我们两个和高松林有着特殊的关系。总之，这件事你只要记在心里就好。我相信你是个聪明的女孩，知道该怎么做。”

“我该怎么做？”

“暂时什么都不用做，也许未来我还需要你帮忙。好了，我要说的都说完了。”

付雪晴转身要走，欧阳姗姗忽然问她："最后一个问题，是不是你把高松林藏起来了？"

"这个我暂时不能回答你，但我向你保证，不管我查出的真相是什么，我都会秉公执法。"

刑警队宿舍。

付雪晴进门时，看见高松林老老实实地坐在那里看电视，脖子上缠着厚厚的纱布，病恹恹的一副要死的样子。

"我离开的这段时间你没惹什么祸吧？"付雪晴问。

高松林瞅她一眼，软塌塌地瘫在沙发上："你看我现在这样还折腾得起来吗？"

"车是谁开走的？"

"什么车？"

"少装糊涂，昨天晚上你偷来的车不是应该停在楼下吗？现在怎么停在欧阳姗姗家门口了？"

高松林憨厚地笑笑："你们行动够快的，这么快就找到了。"

"你怎么发现那辆车有 GPS 定位的？"

"我一进那辆车就知道了。"

"那你什么时候把车开到欧阳姗姗家的？"

"你睡醒之前，我不确定警察行动够不够快，只能未雨绸缪。"

付雪晴盯着他瞅了半晌，这个昨天还躺在病床上半死不活的家伙，居然还有精力和警察周旋，"我现在真是有点儿怀疑，这一切究竟是不是你设的另一个局，而我自己又被你算计了。"

高松林开玩笑："如果这真是我设的局，说不定我最终的目的是要把你从陆恒手里抢回来。"

付雪晴脸色一变："你少妄想了，咱俩的过去已经结束了。我现在已经是陆恒的妻子了。"

"你和他已经办婚礼了？"

付雪晴脸有点儿僵："最近就办。"

"那你们已经领证了？"

"你哪那么多废话，跟你有什么关系？"付雪晴立马翻脸，凶神恶煞的倒真把高松林吓得闭了嘴。

“我跟你说正经事。”付雪晴说，“我今天见过欧阳姗姗了，其实她对你杀害她父亲这件事也有些怀疑。”

“哼，她不是一口咬定是我杀了她爸吗，现在又改变想法了？这么一个毛孩子，还提她干什么？”高松林似乎对欧阳姗姗出卖他仍然耿耿于怀。

“你也不能完全怨她。那封认罪书可是你自己写的，亲口承认是你杀了她爸爸，换成谁都会报警的。何况你现在的嫌疑还没有洗清呢，在我眼里你还是犯罪嫌疑人身份。”

“随你怎么说吧。如果你也改变主意了，可以随时再把我送回看守所，放心，我绝不会把你说出去。”

“你就不想知道欧阳姗姗为什么对这件事有怀疑吗？”

高松林皱皱眉：“她告诉你什么了？”

“她说这些年欧阳成只回来过一次，就是在五年前，他行事十分小心，有可能是被人跟踪了。”

这倒引起了高松林一丝好奇：“他被什么人跟踪？”

“不知道。”

“那么他为什么回来呢，看望女儿？”

“给我的感觉不太像，似乎他回来想做什么事情，而且这件事很危险，至于什么事情就不得而知了。不过我倒有个想法。”

“什么想法？”

“他回国的时间与你当初杀人逃走的时间很接近啊，你们两个人之间，会不会有什么交集？”

“我不知道。”高松林有些苦恼，“我已经完全想不起来了。不过在一些零散的记忆中，我和这个欧阳成似乎关系还不错。至于是什么时候认识的，后来又为什么要杀他，我脑子里没有一点印象。”

“她还和我讲了一些他父亲的事情，说她父亲原本是个软件开发工程师，智力超常，十分博学，尤其擅长破解密码，所以她也受了不少影响。后来欧阳成辞职不干，跑到南亚去开酒吧了。”

“去南亚开酒吧，难道是南吕国？”

“是啊，你想起来什么了？”

“我倒是经常能梦见酒吧。当时我和那个德古拉案的凶手鬼男，还有其他一些当地人在一起，欧阳成也在。莫非我梦见的那个地方就是欧阳成的酒吧？”

“如果真是那样的话，你和欧阳成之前应该是认识的。”

“我和一帮人似乎经常在那个酒吧见面，那个地方好像是个聚会地点。”

“聚会地点，什么聚会？”

“我也不知道，我只是记得，我好像和一个叫 Shadow man 的当地组织有瓜葛。”

“Shadow man？该翻译成‘影人’吗？好奇怪的名字啊。”

“我也不知道这到底是个什么组织，但假如是聚会，会不会欧阳成这个酒吧也和这个组织有些关系呢？”

付雪晴若有所思：“如果这样的话，你杀欧阳成就不是抢劫杀人那么简单了。万一他也是 Shadow man 里的人，你和他之间说不定还发生过某些矛盾呢。”

“那照这么说，来追杀我的人，还有可能就是 Shadow man 的人呢。”

“看来，我得想办法查查这个组织了，顺便弄清楚你到底在国外惹了什么麻烦，为什么警察抓你，黑帮也要杀你灭口呢？”

高松林揉着太阳穴：“其实我最感兴趣的还不是这个。”

“那是什么？”

“你想啊，鬼男说不定也是这个组织的人，他一年前就来江州找我了。如果 Shadow man 想杀我，为什么一年前不动手暗杀我，而是非要等到现在？”

“也许他们没有找到机会吧，毕竟你当初可是很强的。不管怎么说，我先去调查一下吧。”

付雪晴出门前，还特意梳洗一下，化了淡妆。

“你调查案子还要化妆？”高松林问。

“谁说我下午要去查案子了？我现在休婚假呢，当然要去见陆恒了，不能冷落了我未婚夫不是？你自己好好待着吧，晚上回来我给你带点儿吃的。实在饿了，你就去厨房里找找，我上个月好像买了一袋面包。”

高松林终于体会到什么叫此一时彼一时了。

现在的付雪晴已经不是当初那个迷恋自己的小师妹了。他在付雪晴眼里，很可能跟一条从路边捡来的流浪狗差不多，只要不饿死就行。

“你等一下。”高松林赶在付雪晴走之前喊住她，“能不能麻烦你帮我一个忙。”

“什么忙？”

“我这几天都感觉很不舒服，现在越来难受了。我想可能是我最近没吃药的缘故，你反正也要去见陆恒，干脆顺便让他开点儿药。”

“那怎么行！”付雪晴马上拒绝，“我要是说了，不是明摆着告诉大伙，我把你藏起来了吗？”

“可我现在真的很难受，如果不吃药，我担心要犯病的。”

“你犯病时候什么样？”

“到处梦游，或者变成 Frank，做过什么连我自己都不知道。”

付雪晴点点头：“那没关系，我一会从外面把门锁了，你可以在房间里使劲折腾，反正我这里是五楼，你也逃不出去。”

付雪晴离开宿舍，打算先去北一路医院找到自己的车，再去找陆恒。

她这两次把陆家人全得罪了，不趁机想办法挽回，就算今后和陆恒结了婚，日子也没法过。

她来到北一路医院，大门外有不少警察在，医院已经停业了。

她找到自己的车，刚一坐进去就有警察上来盘问，于是掏出警官证简单解释一下，对方这才作罢。

坐进车里，付雪晴冷静了一下，心里一面想着如何向陆恒解释，一面想着高松林的事情下一步如何查。

这时候，有人给她打电话。

她一看是个陌生号码，显示是外地打来的。

她接了电话，对方自称贾警官。

“您是哪位？”付雪晴一时没反应过来。

“贾洪涛哇，你可真是贵人多忘事，上个月你爸爸付局长还邀请我去过江州。”

付雪晴这才把他想起来，问他有什么事。

“应该是我问你啊。”贾洪涛说，“我这边刚刚接到通知，说你们江州有个犯罪嫌疑人越狱了，还带着一帮手持武器的同伙。我一看照片，这不是吴凡吗，怎么名字改成高松林了？所以我特意打电话找你问问。”

原来是这件事，难怪贾洪涛会惊讶。

可是付雪晴却不敢据实相告，只能按照官方说法简单给他讲了一下经过，贾洪涛听完更加吃惊。

“双重人格？真是想不到，难怪表面上看不出丝毫破绽呢。一个在逃人员居然还能与我们警察打成一片，真是不可思议。太不可思议了。”

付雪晴忽然灵机一动：“贾队长，我想请你帮个忙。”

“不用客气，但说无妨。”贾洪涛满口答应。

“你能不能帮我查一个叫欧阳成的人，老家是江州。他在南吕国的拉玛市开过一间酒吧。我想请你帮我查查这个人，最好知道他在拉玛市除了开酒吧，还有没有其他背景。”

手机那头的贾洪涛迟疑了片刻：“我有点儿不太明白，这件事付队长你自己完全可以做啊，何必拜托我呢。何况欧阳成本身不就是你们江州人吗？”

“我最近又忙高松林的案子，又准备结婚，实在没有精力，找别人我又不放心。正巧你给我打电话，我就想到你了。”付雪晴随口编造了一个理由。

贾洪涛也是聪明人，没再继续追问：“好吧，既然你信得着我，我肯定帮你查。有什么线索了，我随时告诉你。”

付雪晴挂了电话，心里多少踏实一点儿。

眼下第一步，她想先弄清楚欧阳成与高松林之间的关系。

求助贾洪涛也是迫不得已，如果动用江州警队这边的资源，很容易被人怀疑。她现在必须万分小心。

接下来就轮到她自己的私事了。

现在想搞定婆家人的难度不亚于调查欧阳成，她打算先从最容易攻克的地方下手——自然还是陆恒了。

没想到给陆恒打了几个电话，陆恒都没有接，看来难度比她想象中大。

付雪晴只好给陆恒科室里的同事打电话碰碰运气，想不到陆恒真在上班，还好不是和他那帮亲戚在一起。

付雪晴开车赶到人民医院，提前留意了一下周围有没有宾馆。

她这次可是抱着不成功便成仁的决心来的，实在不行就只有出卖色相了。与陆恒交往这么长时间，她仍然守身如玉，好几次都把陆恒拒绝了。现在终于到了最关键的时刻，不放大招不行了。

付雪晴走到陆恒的办公室门口，看他正在给患者看病，朝他笑眯眯地挥挥手。

陆恒就跟没看见一样，继续跟患者说话。

付雪晴只好耐心地等他看完病，这才蹑手蹑脚走到他面前。

陆恒一边头也不抬地写着病历记录，一边问：“什么病？”

“心病。”付雪晴说。

“那得去心内科。”

付雪晴只好厚着脸皮拽拽他胳膊：“我这不是来了吗，你就别生气了。”

“我没生气。”陆恒不苟言笑地瞅瞅她，“你忙完工作了吗？没忙完可以接着去忙。”

“那怎么行，咱俩现在不是要结婚吗。”

“原来你还知道，我还以为你忘了呢。”

“怎么会呢。实在是特殊情况，你不知道昨天发生了大事，那个犯罪嫌疑人高松林越狱跑了。”

“跑了？”陆恒大吃一惊，“怎么可能呢，你们不是把他关起来了吗？”

“这个说起来就话长了，总之，这家伙还有一帮同伙，据说还有枪呢，把他给救走了。眼下全江州警察都在找他呢，谁也不知道他到底躲在哪儿，我怎么说也是警察，不能置身事外不是？”付雪晴添油加醋地给自己找借口。

陆恒好半天才从惊愕中缓过神，“原来是因为这个，那你怎么不早说。我家人也不是不讲道理，也不至于弄出这么大误会。不过话说回来，我实在不想你这么冒险。高松林那家伙本身是个双重人格，手上还有好几条人命，这个人太危险了。万一他想报复怎么办，你现在的处境很危险。”

“也没那么夸张吧。他难道还想杀了我不成？”

“谁知道呢。”陆恒指了指自己的脑袋，“我还是他的医生呢，平时也有交情，和他又没有利害关系，这不还差点儿让他给活活打死。你要知道，他本身就不是一个正常人，谁知道那个凶残的 Frank 人格会在什么时候出现。”

付雪晴听他说的，还真有点儿心有余悸。她居然还把这家伙藏在自己的宿舍，不过昨天一晚他还算老实。

陆恒当然不知道她在想什么，现在矛盾解开，他很高兴，班也不上了，起身去换衣服，“走，我现在带你回家去见我父母，好好向他们解释一下。”

“不忙，咱俩还有别的事情。”

“别的事情？”

“我饿了，咱们先去吃点东西吧。”

“那没问题，走吧。”

“吃完饭，你想去哪儿我听你的。”付雪晴脸上微微娇羞，“你说去哪儿就去哪儿。”

陆恒就算是个傻子也听明白了，赶紧兴奋地换好外套，跟付雪晴一起离开了医院。

两人先在附近找了一家餐厅点了吃的。

陆恒一直盯着付雪晴看，笑得色迷迷的，弄得付雪晴的心也乱跳，连吃饭的心思都没了。

陆恒故意凑近了，小声说："咱俩现在可事先声明，一会儿不管我干什么，你都不许反抗啊。你那一身擒拿术要是用到我身上，我可吃不消。"

付雪晴红着脸笑骂道："赶紧吃你的饭吧。一会儿你要是敢不温柔，你就死定了。"

他俩正在说说笑笑，付雪晴的手机响了。

她刚要伸手拿，陆恒说："不许接，今天下午你的时间都是我的。"

付雪晴只好作罢，继续吃饭。

手机铃声响了一通停止了，她刚平静了一下，铃声紧跟着又响起来。

"要不我看看是谁打来的？"付雪晴征求陆恒的意见。

"肯定是你单位打来的。"陆恒抱怨道，"我就纳闷了，警队又不是只有你一个人，离开你就不行吗？不是还有卢广通吗？"

付雪晴只好又忍住没接。

可是铃声就像故意要跟她作对一样，响起来没完了。

"干脆静音吧。"陆恒说。

"要不我就看一眼，就看一眼。"付雪晴强迫症上来了，掏出手机飞快地瞄了一眼，"咦，这不是刑警队那边打来的。"

"说不定是什么人打错了。"

"要不接一下吧，就听一下。"付雪晴得寸进尺地试探男友。

陆恒勉强点点头。

付雪晴按下接听键，"请问你找谁？"

"是付警官吧？"听筒那边传来一个男人的声音。

付雪晴听声音似乎有点儿耳熟，但又想不起来在哪里听过。

"请问你是谁？"

"这个对你来说并不重要。"

付雪晴皱皱眉，感觉这个人的口气里透着一丝叵测，"你到底找我有什么事情？"

"我只是想告诉你，你母亲失踪了。"

"你在胡说什么？"

"我说的句句属实。而且我还要告诉你，只有我知道她在什么地方。"

"你……你什么意思？"

“我的意思就是我绑架了她。”

付雪晴倒吸一口冷气，一时间也不知道这个人说的是真是假。

坐在对面的陆恒看她脸色异样，关切地问：“你这是在跟谁通电话啊，出什么事了吗？”

付雪晴犹豫了一下，正想解释，听筒那边又传来那个男人的声音：“这件事不要说出来，不要告诉任何人，包括现在和你吃饭的男朋友。只要有第三个人知道这件事，我保证你只会找到你母亲的尸体。”

付雪晴打个寒战，同时意识到，这个打电话的人正在附近监视她。

她急忙观察周围。

餐厅里有二三十位客人在吃饭，有人在闷头吃东西，有人在窃窃私语，还有不少人一边吃一边摆弄手机。每一个人看着似乎都很可疑。

付雪晴打量着那些客人，故意问话筒对面的那个人：“你的目的是什么？”

“嘿嘿嘿……”那个人窃窃地笑了，“怎么，你还想找一找，看我躲在哪儿吗？试试看。”

付雪晴飞快地在餐厅里扫视一圈，并没有发现拿手机说话的人。

她疑心重重，不禁又看向后厨方向，难道那个男人躲在后厨里？

男人又说：“如果我是你，我一定不会浪费时间去找这个绑架犯。因为就算你找到这个人，他也不会说出你母亲的下落，搞不好她还会因为无人发现被活活饿死。”

陆恒那边干着急，还不住地催问付雪晴：“你到底在跟谁通电话，就不能告诉我究竟发生了什么吗？”

“你男朋友可真讨厌。”男人说，“如果他不小心从我们的对话中听到了不该听的，我只能向你表示遗憾了。”

付雪晴起身离座，走到附近无人的地方，“你到底想干什么？”

“这才是聪明问题。其实我的要求很简单——我要高松林。”

付雪晴心头一震：“我不明白你什么意思。”

“别装傻，宝贝。我知道是你把高松林救走的，只有你知道他藏在哪儿。”

付雪晴心想，难道给我打电话的这个人是医院那伙人之一？

她脑子里飞快闪过几名袭击者的身影，除了被她击毙的那个人之外，还剩一女三男。其中那个女人和黑胖子好像是外国人，不太会说汉语。剩下的两个男人，一个戴着眼镜，一个穿风衣、戴墨镜。戴眼镜那个男人普通话很流利，不过口音与通电话这个人似乎有点儿区别。而那个风衣人好像没怎么说过话，一上来就和付雪晴交手。

“我要用他来换你母亲。”绑架犯简单直接。

付雪晴一凛：“可是高松林并不在我手里，他已经逃出江州了。”

“嘿嘿，不要跟我耍心眼，高松林伤势那么重，自己根本没有能力逃出去。所以他肯定是躲在什么地方了，你肯定知道。我不管你为什么帮他，现在你只有一个选择，要不要用他来交换你母亲，你可要考虑清楚……”

“你到底是谁，为什么非要找到高松林？”

“这不是你该问的问题。我现在给你三个小时的时间考虑。三小时后，我会再给你打电话，如果同意，我们就约一个见面地点。如果你不同意，后果你懂。不过我必须提醒你，我有办法监视你和警方，千万不要自作聪明，一旦动用警方的力量，你就等着给你母亲收尸吧。”

男人说完就挂了电话。

付雪晴随后给母亲的手机打电话，却被告知此用户不在服务区。

她不由得感到一阵阵寒栗。

她回到餐桌前，对陆恒说：“你先回去吧，我现在有急事。”

陆恒早已经等急了，愤愤道：“刚才不是你把我叫出来的吗，现在说有事就有事，你是不是觉得放我鸽子很好玩啊？”

“你以为我想吗！”付雪晴几乎喊起来，把周围的客人都惊到了。

陆恒张口结舌地望着付雪晴，似乎没想到她发这么大火。

付雪晴很想向他解释清楚，可她知道正有一双监视她的眼睛。她转身飞快地跑出餐厅。

她上了自己的车，一边以最快的速度开向警队，一边给父亲打电话，可偏偏这个时候父亲根本不接。

她赶到警队，一口气跑上楼，推开父亲的办公室门，屋里没人。

她又楼上楼下地到处找，抓住一个人就问付天明在哪儿，最后，在会议室看见他父亲正在跟几个政府干部模样的人说话，其中一个是主管司法系统的姜副市长。

付雪晴不管不顾，推开门进去，硬是把付天明拽到了屋外。

“你胡闹什么，没看到我正在跟姜市长汇报工作吗？”付天明一脸不快地训女儿。

“我问你，我妈呢？”付雪晴劈头就问。

“现在知道问她了，你知不知道，因为你这通胡闹，你妈这两天都气病了。”

“我就问你她现在在哪儿？”

“她在家啊，怎么了？”

“一直都在家吗？”

“早上我过来的时候，她还在家呢。哦……”付天明忽然想起来什么，“中午的时候，她给我发了一条短信，说她去一个姐妹家住两天，散散心。”

“什么姐妹？”

“这她没说。我想也就是平时和她一起跳广场舞的那些人吧，都住在附近。”

“你就没有打电话跟她确认一下吗？”

“你妈一个大活人又不会丢。”付天明哑然失笑，“你这是怎么了，没头没脑地把我叫出来问这些东西？”

付雪晴看老爸的样子，就算她如实相告，他也想不出什么办法。

她什么也没说，直接去找了赵楠，把绑架犯的手机号码告诉她，让她查，结果发现这个手机号是个黑号，根本无法锁定位置。

看来这家伙是有备而来。

付雪晴心头的压力陡然增大。

如果把这件事告诉父亲和卢广通，以他俩的火暴脾气，万一兴师动众，被绑架犯罪嫌疑人觉察到了，妈妈反而有危险。

昨天夜里的惊心动魄付雪晴还心有余悸，她十分清楚，那帮家伙一个个心狠手辣，说得出做得到，而且特别警觉，绝对不是普通地痞流氓能比的。

想要营救母亲，还需要谨慎行事。

可眼下，她却想不出任何办法。

或许真就像绑匪所说的那样，只能用高松林来交换。

付雪晴患得患失地离开刑警队，开车回到警队宿舍。

她上楼掏出钥匙刚打开门，忽然感觉身后有人，刹那间，付雪晴感到脊背有一股恶寒。

难道是那帮家伙跟踪过来了吗？

她光想着母亲被绑架的事情，一时大意，居然被钻了空子。

事已至此，只能硬拼了。

付雪晴慢慢把手伸进腰间，握住了手枪。

她猛一转身，拔枪对准身后。

那个人毫无防备，被付雪晴吓了一大跳。

紧接着，这家伙笑呵呵地鼓起掌："小雪姐姐，你刚才的动作简直太酷了。唰的一下子就转过身来，我都没看见你是怎么拔枪的。"

付雪晴惊讶地望着欧阳姗姗，怒道："你怎么不吱一声，偷偷摸摸的，我还以为是坏人呢，差一点儿走火你知不知道，多危险。"

"不至于吧，大白天的，我跟你开个玩笑而已，是你反应太激烈了。"欧阳姗姗鼓着腮帮瘪着嘴，还有心思做鬼脸搞怪，丝毫没把付雪晴的话当回事。

她转悠转悠大眼珠："莫非是你做了什么事，心里有鬼？"

"你才心里有鬼呢，哼，我这是职业病。"付雪晴边给自己找借口，边随手把枪插回去，"话说，你怎么跑这来了？"

"那帮警察现在还在我家附近转悠呢，搞得我连家都不能回。"

"你可以回宿舍啊。"

"今天星期六，我室友都回家了，我一个人待着没意思。想来想去还是找小雪姐姐聊聊天。"

付雪晴狐疑地看着她："你怎么知道我现在会回家，该不会是你跟踪我吧？"

"怎么可能呢，我就是误打误撞，随便过来看看，偏巧就和你遇上了。"欧阳姗姗笑嘻嘻说着，就想往屋里走。

付雪晴赶紧抓住门，挡住了欧阳姗姗。这要是让她看见高松林躲在自己家，可就坏了。

"你这是干什么呀，不欢迎我吗？"欧阳姗姗睁大眼睛瞅着付雪晴。

"我宿舍里很乱，还没收拾呢。"付雪晴随便搪塞，"干脆我带你去看电影吧？"

"电影有什么好看的，再说咱俩去多别扭啊，还是你和你男朋友一起去吧。"

"那我请你去游乐场好不好？"

"嗯……"欧阳姗姗想了想："不好，我还是想和你聊聊天。"

"那我们现在就聊吧。你想聊什么？"付雪晴压着火问。

"就在这？"

"是啊。"

欧阳姗姗露出耐人寻味的表情："小雪姐姐，你是不是有什么事情瞒着我啊？"

"开玩笑，你一个小孩子，我能有什么事情瞒你？"付雪晴的表情有些不自然。

她现在急于把这小丫头甩掉，可她偏偏赖着不走。

“大人瞒小孩子的事情可多了去了，就比如……当他们做一些儿童不宜的事情时……”欧阳姗姗忽然一指付雪晴，“我知道了，有人在里面！”

付雪晴被吓了一跳：“胡说什么你！”

“是陆恒对不对？我猜得对不对？”

付雪晴只好顺着她的话说：“对，是他。”

“你看你终于承认了吧。还想骗我？”欧阳姗姗得意扬扬，忽然又眨巴眨巴眼睛，“你们在干什么？”

“什么也没干。”

“不会吧，孤男寡女共处一室……”

付雪晴真是烦透她了，硬着头皮说：“对，少儿不宜，你说对了，赶紧走吧。”

“不对。”小女孩又晃晃脑袋，“你越是轻易承认，我反而越不相信了，屋里没准是别人呢。”

“我说你有完没完？”付雪晴怒道，“我屋里有没有人跟你有什么关系，再胡闹当心我把你抓起来！”

欧阳姗姗岂是那么容易就被吓唬住的，忽然微微冷笑，“有没有关系现在还不好说，除非我能亲眼看看才行……”

“我要是不让你看呢。”

欧阳姗姗瞥了一眼身后，这时候正有几个人说说笑笑地从走廊那头走过来。

她故意大声道：“那除非你心里有鬼，屋里藏着什么见不得人的秘密，否则你怎么会不敢让我看呢？”

那几个人听到欧阳姗姗说话，都下意识地看向她，也看见了付雪晴，他们尴尬地向付雪晴打招呼，脸上都带着疑惑的神情。

付雪晴生怕欧阳姗姗再乱说什么，心里一紧张，拉着房门的手就松开了。

欧阳姗姗瞅准机会，一把推开大门迈步进去了。付雪晴再想拦也已经来不及。

欧阳姗姗背着手，仔细扫视着房间：“还真够乱的，茶几上都是吃剩的东西吗？小雪姐姐你饭量可够大的啊，咦？”

她抽动小鼻子嗅了嗅：“这味道可有点儿奇怪。小雪姐姐你的体味什么时候变这么重了？”

她就跟福尔摩斯似的东查西看，付雪晴站在门口心脏一阵阵抽搐，谁知道高松林躲在哪里了，就这么大的屋子，迟早都得让这小丫头发现。

她正暗自着急，忽见眼前一晃，一只大手伸出，从后面捂住欧阳姗姗的嘴巴，瞬间就把她拽到角落里了。女孩连喊叫的时间都没有。

付雪晴扭头瞅了一眼屋外那几个人，似乎还没人太注意，她赶紧进屋把门带上。

高松林那边已经给欧阳姗姗就地拿下，五花大绑了。

他把女孩扔在沙发上，欧阳姗姗的嘴巴被堵着，气得直哼哼，用两条没被绑上的小腿乱蹬乱踹，不依不饶。

高松林把她按在沙发上，对她说："如果你能老老实实的，不乱喊乱叫，我就把你嘴里的布拽出去，让你舒服一些。"

欧阳姗姗一下就老实了，连连点头。

于是，高松林就把塞进她嘴里的沙发巾拿了出来，欧阳姗姗喘了两口气，忽然露出一抹恶笑，扯脖子就开叫："救——"

她刚一张嘴，高松林就把一管东西飞快地挤进她嘴里。

欧阳姗姗攒足了肺活量，刚喊出一个字，忽然被一股辛辣呛到，刹那之间脑瓜子不清醒，五官都变形了，被这催人泪下的东西"感动"得泪如泉涌。

她挣扎了半天，好不容易才喘回一口气，泪眼婆娑地瞪着高松林，"你！差点儿把我搞死！"

"我提醒过你。"高松林坐在她面前，手里攥着多半管辣根，"如果你不服气，还可以继续喊。我这里管够。"

欧阳姗姗还是识相地闭上了嘴。

她恶狠狠地瞪着站在一旁的付雪晴："我早就怀疑是你把高松林救走了，果然我猜的没错。你助纣为虐，和杀人犯狼狈为奸，肯定不会有好下场。"

"我不救他，他现在已经是尸体了。有些事不像你想得那么简单。"付雪晴说。

"切，又想给我洗脑。"欧阳姗姗很不耐烦，"你不就是想说，有人跑到医院里要杀他，关键时候，你英雄救美，把他救走了。拜托你能不能编一个好点儿的借口。"

"我说的这些都是事实。"

"可是谁能证明呢？"

"监控已经被那伙人破坏了，当时是半夜，医院里也没什么目击者。"

"好，我就知道你会这么狡辩，那我就问你一个问题。假如真是有人要杀高松林，那为什么不早点动手，偏偏要在他被抓以后冒险，高松林犯的是死罪，早晚都得挨枪子，他们又何必多此一举？"

“是，你说得很在理，大家也都是这么认为的。如果不是我亲眼所见，我也会相信那伙人都是高松林的同伙，为了救他而来。可这不是事实。何况，你不也怀疑你爸爸的死有蹊跷吗？”

欧阳姗姗撇撇嘴：“怀疑归怀疑，我可没说他不是高松林杀害的。就算你这次能把高松林救走，我将来也要想办法亲手杀了他！”她冷冷地看着高松林，眼神中充满杀气。

高松林说：“关于我的经历、我遇袭这件事有很多疑点。付雪晴想查出真相，我也想知道原因。可是现在警方不相信我，只能由我们自己来调查。”

“我凭什么要相信一个杀人犯说的话？”欧阳姗姗冷笑，“何况他还杀死了我爸爸。”

“如果我能查出真相，一定会给你一个交代。再说你父亲本身也有疑点，你就不想弄个明白吗？”

欧阳姗姗一言不发地注视他好半天，“那我呢，你既然把我抓住了，打算如何处置我？”

“你好歹喊了我那么长时间爹地，我不会把你怎么样的。只是暂时得委屈你两天，免得你报警。”

“哼！”欧阳姗姗用力白楞高松林一眼，气呼呼地问付雪晴，“你也是这么想得喽？”

付雪晴皱皱眉，露出艰涩的神情。

她几乎没有仔细听他俩刚才说什么，她此刻心里想的全是绑架她母亲的犯罪嫌疑人，眼看着绑匪规定的最后时间越来越近，她却没有想到一点办法。

就在这时，她衣兜里的手机突然响了两声，是短信提示，她就像触电一样哆嗦了一下，急忙把手机掏出来。

那条短信只有短短一句话。

你母亲还是他，你只能选一个，时间快到了。

付雪晴面色苍白，感觉心口像被一只慢慢缩紧的手握住。

“你怎么了？”高松林问她。

“没……没什么。”付雪晴嘴上这样说，可是望着高松林的眼神却很不正常。

有那么一刻，她甚至在想如果自己不救这个人，那么母亲也就不会出事了，她这样做到底值不值得？

也许高松林就是她这辈子的冤孽，只要被他纠缠上，她就准要倒霉。

高松林似乎看出了什么，“如果有事你就直说，也许我可以帮你。”

“你帮我？”付雪晴忽然感觉他这句话十分滑稽，凄然一笑，“你觉得你能怎么帮我？从我们当年认识开始，你就不断给我找麻烦。先是整天变着法拿我取乐，好不容易我们熟悉了，你又突然之间失踪了，然后你就一下变成了杀人犯。说杀人就杀人，说逃跑就逃跑，一个招呼也不打，一下子就从眼前彻底消失掉。既然如此，你当初又为什么要认识我？”

高松林无言以对。

“好吧，我就当那是一场闹剧。这些年我好不容易学会了接受现实，我已经忘记你了，我已经开始新生活了，你为什么又突然冒出来？为什么又来干扰我的生活？是不是非要把我卷进你的麻烦里你才罢休？你知不知道你有多浑蛋！”

付雪晴一口气把压抑多年的怨愤说出来，尤其是当着高松林的面骂他，感觉无比解恨。

高松林静静地听着，没有打断她，也没有反驳。

他伸手从付雪晴手里拿过手机，只看了一眼，目光就定在了那条短信上。

“这是谁发来的短信？”高松林问。

付雪晴没回答。

房间里忽然寂静下来，静得让人感到压抑。

欧阳姗姗看着他俩谁都不说话，实在憋得受不了：“你们倒是说句话啊，到底什么短信，至于让你们这么大惊小怪吗？”

高松林猜测：“短信里让你二选其一，那个‘他’就是指我吧，到底发生了什么事情？是不是你母亲遇到什么危险了？”

付雪晴眉心皱起，依然没说话。

“这么说我没猜错。那个人说最后时间到了，是在威胁你吧，他要你做什么？”

付雪晴怒冲冲地看着他：“你觉得自己很聪明是不是，什么都瞒不过你。好啊，那你就再猜猜我到底要对你做什么！”

“我只是想帮你。”

“帮我？就你现在这样还能帮我什么？”

“对方既然提到我，至少说明我有用处。只要你告诉我详情，也许我真能帮到你。”

“高松林，你永远都是这么自以为是……”付雪晴恨得咬牙，“好啊，我告诉你。那个人绑架了我母亲，让我用你的命来换。你现在听明白了吗？”

付雪晴话音刚落，就从腰间拔出手枪指向高松林。

高松林依然平静，看不出过多表情：“如果你杀了我，那帮人就会放了你母亲吗？”

“一定会。他们要对付的人只有你。”

“那我无话可说。但你要想清楚，如果你杀了我，也就变成了杀人犯，就像我当年那样，一步走错，就永远无法挽回了。”

“所以你要我放了你。”付雪晴冷笑。

“不，我有个更好的办法。你可以把我送到指定地点，交给他们。这样既能救你母亲，你的双手也依然是干净的。我不希望你像我一样。”

付雪晴狠狠地瞪着高松林，枪口微微颤抖。

这个人越是这样平心静气，她就越生气，他越替她着想，她就越生气。

高松林轻轻抬起手，把她的枪口压下：“我们当初的恩怨暂时放在一旁，现在首先要救出你母亲。那帮人定的最后时间是什么时候？”

“算了。”付雪晴挥了挥手，转过身，“这件事不用你掺和了，我自己处理。你说得对，我不能和你一样。我要用光明正大的方式把我母亲救出来。至于你……”付雪晴走到门口打开门，“随便你去哪儿吧。从今往后，你我再无恩怨，你当年帮过我的，我今天也都还给你了。你将来如何与我无关，我不想与你再有什么瓜葛。”

“我明白。”高松林点点头。

“明白就走啊！”

“我会走，但不是现在。我想你肯定有苦衷，要不然，你就已经动用刑警队的力量了，而不是跑回家一筹莫展。或许那伙人威胁过你，让你不敢轻举妄动，如果你真的大张旗鼓地去调查，你母亲就真的有危险了。”

“你到底说够没有？”

“我想，现在至少还有两个人能帮你，总比你一个人强。”

“两个人？”

“还有她。”高松林指了指欧阳姗姗。

“喂，我说你俩有没有征求过我的意见啊？”欧阳姗姗很不乐意，“你们把我囚禁起来，还想让我帮你们，凭什么？我这人向来有恩报恩，有怨报怨，都不带隔夜的。”

“等救出她母亲，你父亲的事，咱俩也可以说道说道。你让我干什么我就干什么。”高松林说。

欧阳姗姗想了想：“好，这可是你说的，我信你一回。你要是反悔，就是个大王八。”

高松林对付雪晴说：“我和欧阳姗姗的能力你也清楚，你能用得到就只管用。”

事已至此，付雪晴交了实底：“绑架我母亲的人让我用你去换她，他给了我三个小时考虑时间，现在还有一个半小时。我想好之后，他会再打电话给我。”

“你有没有试着定位他的手机？”

“还没有。绑匪威胁过，只要我通知警方，他就马上杀掉我母亲。你知道这伙人很狡猾，卢广通和我父亲又容易急躁，我怕还没有头绪的时候贸然告诉他们，会适得其反。”

“那就让欧阳姗姗试试吧。如果真能锁定绑匪的位置，再通知卢广通他们也不迟。”

付雪晴点头同意。

欧阳姗姗又不乐意了：“我说你俩上下嘴唇一碰就把这件事定下来了，什么事都让我弄，知不知道那有多麻烦？”

高松林瞥了她一眼：“要么我再把你嘴巴堵上，你就这样待着；要么活动活动，帮我们做点儿事。”

欧阳姗姗权衡利弊，觉得还是活动活动比较好。

但她还有要求，“我现在缺的是设备，我家里的电脑都让警察弄坏了，那可怎么办？要不把我带去刑警队，或者用电信公司的电脑？”

“那不行，很容易暴露。”付雪晴断然拒绝。

“没有东西，我就无能为力了。”

高松林想到了一个主意，对欧阳姗姗说：“你不是认识很多黑客吗，不如联系一下。说不定这帮家伙能想到办法呢。”

“就数你奸诈。”欧阳姗姗翻了一个大白眼。

半小时后。

欧阳姗姗带着高松林和付雪晴来到了一家游戏厅，跟前台的女收银员说了一声，只见她拿起电话，打给老板。

过了一会儿，就见从楼梯上走下一位擦着发蜡的中年男子。

付雪晴一看这造型就肃然起敬。

这老哥上身风衣，下趿拖鞋，腿毛滋生，黝黑透亮，大衣扣子没太扣严，里面的背心、裤衩还若隐若现。

中年人看到三位目瞪口呆的来客，忽然紧走几步跑下楼，热情地握住付雪晴的双手："你就是姗姗小师妹吧，难怪受到师父器重，果然是水灵出众。说吧，师兄能帮你什么？"

欧阳姗姗咳嗽一声："我在这，师兄。"

"啊？"中年男人十分惊讶，"怎么还是个小孩子？"

"小孩子怎么了，你排行老十一，我排行老十二。说起来咱俩辈分没差多少。"

付雪晴问她："你这又是怎么论的？"

"你忘了上次我请来的东海无极派的诸位高手了吗，那就是我的掌门师叔和几位师兄……"

一提到那帮奇葩，付雪晴就很无语。除了他们的黑客技术之外，其他方面实在不敢恭维。眼前这位师兄，品位好像跟他们差不多。

欧阳姗姗向这位十一师兄说明了来意，十一师兄打量高松林和付雪晴，为难地摸着尖下巴，"随便锁定别人的位置可是犯法的，像我这种守法良民从来不做违法乱纪的事情。"

"那你平时鼓捣的那些游戏外挂就不算犯法吗？"欧阳姗姗反问。

十一师兄吓得差点儿把欧阳姗姗的嘴捂上："别乱说，哪有这回事，不是我不帮你，只要有警察同意，你师兄我责无旁贷。"

"这个好办。"欧阳姗姗一指付雪晴，"她就是警察，刑警队队长，级别够高了吧。她已经同意了。"

"啊？"十一师兄惊讶地瞅着付雪晴，眼瞪得很大。

付雪晴看了一眼墙上的表："只有不到一个小时，我们得抓紧了。"

欧阳姗姗一推十一师兄："别愣着了。这个忙你要是帮上，那就是大功一件。要是办砸了，没准你游戏外挂那件事就悬了。"

十一师兄立刻像打了鸡血一样，急急忙忙带着众人来到楼上，准备开始干活儿。

他的房间很乱，设备挺奇怪，乍一看就跟谍战片里的情景一样。

他坐到自己的椅子上，把面前已经发馊的快餐盒子扒拉到旁边，问大伙："你们要找什么人啊？"

付雪晴掏出手机，把绑匪的手机号给他，问他什么时候能搞定。

"你要是着急，我可以用最简单的办法，半小时足够用了。"

欧阳姗姗插嘴道：“快点儿的话，也就十来分钟的事。可以先复制绑匪的手机，那就需要入侵通信公司的数据库，然后把入侵者的手机卡号改成绑匪的手机卡号，服务器就会自动变成绑匪的服务器，向入侵者发送信息。随后，入侵者的手机就会变成绑匪的手机的复制版，就能查到绑匪都去过什么地方，甚至现在在哪儿了。”

十一师兄大惑不解：“你知道还找我帮忙？”

“这不是犯法的事情吗，我也怕警察找麻烦不是？”

十一师兄差点儿没背过气去，事已至此，只好硬着头皮开始操作。

付雪晴在一旁焦急地等待着结果，时不时地看看时间。

“找到了。”十一师兄忽然惊喜道。

“在什么地方？”付雪晴问。

“在芭堤雅。”

“那不是在泰国吗？”欧阳姗姗脱口道。

“是啊，居然是在泰国。”十一师兄也有点儿纳闷，“也许你们要锁定的这个人真就在国外呢。”

“不可能。”付雪晴说，“三个小时前，他还跟踪过我呢。怎么可能这么快就跑泰国去了。就算他能去，我妈妈也不可能啊……”

他话音刚落，付雪晴放在桌上的手机就响了。

付雪晴一把拿过手机，来电显示正是绑匪打来的。

她看了看高松林，想要接听，又很忐忑。

高松林伸出手，替她点了接听键，顺便又打开了免提。

听筒那头传来了那个男人的声音：“时间已经到了，付队长，你应该给我答复了。”

第十三章　恶战

付雪晴怒道：“你以为你用这种方式就能要挟我？到处都有警察抓你，你跑得了吗？”

“这不是你应该答复我的，你可要想清楚后果啊。”

付雪晴现在只想尽量拖延时间，让十一师兄锁定这个人的具体位置，她焦急地看着欧阳姗姗的师兄。

他也急得抓耳挠腮，看着电脑直叨咕：“没错啊，电话显示就是在芭提雅。难道用了伪基站？”

他说话声音稍微大了一点儿，电话那头的男人忽然冷笑道：“怎么，付队长在查我的地址吗？”

付雪晴吓出一身冷汗，狠狠瞪了十一师兄一眼，急忙向那个男人解释：“我现在不在警察局里，我也没有报警。我只是……只是私下查你，想尽快找到你。”

“哼哼，反正也无所谓了，只要我们一发现警察，就会立刻把你母亲杀了。她的命在你手里。”

“你一定要高松林吗？你知道，绑架一个大活人在城里走动并不方便。”

“那你也可以直接把他杀了，把他的头割下来拍照片发给我。我们这边立刻就会把你母亲放了。”

付雪晴一时间不知该说什么。她努力想拖延时间，可是对方始终在牵着她的鼻子走。

她瞅着十一师兄，那家伙累得满头是汗，可依然没什么结果。

男人忽然不耐烦了：“付队长，我的耐心已经到头了。你现在就给我答复，我的枪现在正指在你母亲的头上，来，说句话李女士……”

电话那头传来一个女人惊恐至极、带着哭腔的声音：“小雪，小雪……”

“妈——”付雪晴的眼泪不自觉地涌出。

“这到底是怎么回事啊……”

“你放心，妈，我很快就会救你出去的。”

“我想你，女儿……”

男人冷冰冰地打断道：“行了，赵女士，你的话已经够多了。”

听筒那边忽然响起金属的摩擦声。

付雪晴打了个寒战，这响声她再熟悉不过，这是手枪拉开保险的声音。

她失声惊呼：“别开枪，求求你别开枪！”

“你要求的不是我，你母亲的死活只掌握在你手里。”男人冷漠地说道，“我的枪现在就顶在你母亲的头上，再给你最后五秒钟的决定时间，五……四……三……二……”

“我会把他交给你们！我会把高松林交给你们！”付雪晴泪流满面地喊着，那双泪眼充满怨恨地注视着高松林，仿佛他就是绑架她母亲的人一般。

“那你什么时候能抓到他？”

“现在，我已经把他抓住了。”

“你可以像我刚才建议的那样，把他的头割下来，发照片给我。你母亲马上就能获得自由。”

“我是警察，我不想亲自杀人，把他交给你们，由你们处置好了。”

“好吧，你可真是个好警察，随便你。”

“我去什么地方找你？”

“你先带着人到市政府广场地铁站的雕塑那里。到了之后再给我打电话，我告诉你具体位置。”

电话随后便挂断了。

欧阳姗姗使劲拍着师兄：“你不是说绑匪在泰国吗，人怎么跑到市政府广场去了？”

“这家伙真是用了伪基站，还是移动伪基站，而且是通过外国网络把电话打过来的，十分狡猾了。这么短的时间，我没办法确定他的实际位置。”十一师兄无比沮丧地说。

“就算你能确定，也未必抓得住他。”高松林说，“我不相信他会把人藏在市政府广场。说不定他是在车里，随时都处于移动状态，让我们根本无法锁定他。”

“那岂不是拿他没办法了？”欧阳姗姗说。

“眼下唯一的办法只能是按照他说的去做。”

高松林看向付雪晴：“我已经准备好了，我们随时可以出发。”

付雪晴拂去脸上的泪痕：“你在怨恨我……”

“没有，你的选择没错。何况他们绑架你母亲本来就是因为我，这件事理应由我来承担。”

付雪晴没说话，目光一动不动地看着他，似乎要钻透他的心，看清楚这个人。

欧阳姗姗看他俩一直沉默，急得不行：“我说这么简单的事情，你们有什么犹豫的？我觉得高松林的主意最好。把他往绑匪那一送，换回人质，不就完事了。反正他早晚也得被判刑挨枪子，临死前积德行善，下辈子说不定还能投个好胎。这不两全其美吗？顺便再把我放了，你们也少个累赘，就这么办吧，别犹豫了……”

“住口，别烦人了！”付雪晴喝止她，然后对高松林说，“你走吧。”

“你什么意思？”高松林问。

“刚才电话里只是为了应付他们才那么说的。你走吧，去自首，还是继续调查你的案子，这些跟我无关。我的事情我自己解决，也跟你无关。”

“你打算一个人去，还是报警？报警一旦走漏风声，对方就会杀人灭口，如果你一个人去，你不是他们的对手。”

“我说过，这些都跟你无关，这是我自己的事情。”

高松林嘴角倾斜，露出一抹叵测的笑意：“我其实还有一个办法，就是不知道你答不答应。”

“什么？”

“如果我把你杀了，这些人应该就不会为难你母亲了。”

高松林说着，步步逼向付雪晴。

这突如其来的变化让付雪晴来不及反应，她震惊地望着走到眼前的高松林，本能地想用擒拿术把他制住。可是没想到她刚抓高松林的胳膊，还没等下脚绊对方，突然感到这个病恹恹的男人爆发出一股惊人的力量，一下就把她挣脱开。

付雪晴急忙伸手掏枪，但高松林快如闪电，一把扣住她的手腕，另一只手重重地捶在她的肚子上。

付雪晴像挨了一榔头，立刻弯成了虾米，差点儿把酸水吐出来。

高松林拎着她，冷冷地说：“当初我只教会你怎样变成一个侦探，可惜没教你格斗。你这身手真不怎么样。”

付雪晴咬着牙，想起身还击，高松林早有防备，照她脖子上狠击了一掌，付雪晴就什么都不知道了。

整个过程不过几秒钟。

欧阳姗姗和十一师兄望着昏死在地的付雪晴，吓得几乎抱成一团，瑟瑟发抖。

“他……他为什么杀警察？”十一师兄的牙齿咯咯打颤。

“他……他是杀人犯。”欧阳姗姗哆哆嗦嗦地回答。

“会不会……杀……杀我们？”

“悬……我看悬……”

高松林朝他们伸出手，俩人吓得赶紧闭眼，不敢看。

“欧阳姗姗那个师兄，把你手机给我。”高松林说。

十一师兄不敢不给，拿起桌上的手机慢慢递给高松林，战战兢兢地问：“还要先抢劫，再……再杀人吗？”

高松林把他的手机揣进自己兜里，拽起地上的付雪晴试了试，不算沉，就把她抱起来，扛在自己肩上。

他对欧阳姗姗和十一师兄说：“五个小时之后，我那边应该已经有结果了，你们到时候可以报警。”

说完，他扛着付雪晴走下楼，进了轿车，扬长而去。

车到了市政府广场的指定地点，高松林推醒付雪晴，并给她戴上手铐，让她跟绑匪联系。

绑匪给了付雪晴一个新地址，如此反复，折腾了三次，高松林开车在江州市转了一大圈。

最后，他们来到一处荒凉的工地，在一座建到一半的烂尾楼前停下了车。

高松林推着付雪晴走出轿车，走向还只是一座水泥框架的大楼。

当他俩走到楼下时，头顶传来一阵笑声。

高松林仰起头，看见 4 楼半月形的露天平台上站着一个黑衣人。

他戴着没有五官的白色面具，乍一看好像没有人脸。

“这到底是什么情况啊，不应该是付警官把你押来吗，怎么反过来她戴上手铐了？”面具人说。

“就算我受了重伤，你以为就凭她能那么容易制住我？”高松林冷冷道。

“既然是这样，你怎么不跑呢？”

“我还能跑到哪里去？”

面具人想了想，“也对，警察现在已经布下天罗地网，只要你一露头就会被抓。你确实无处可逃。”

“可我想躲起来，你们又不让我安生。我总不能随便让一帮人追杀吧。我高松林也不是被吓大的。”

面具人大笑不止：“不错，不错，你 Frank 睚眦必报的性格，怎么可能甘心被追杀呢。连着两次让你逃脱了，你肯定一心想着报复吧。”

高松林看看左右：“你们的人都来了？”

“怎么，你怕了？不敢上来？”

高松林不屑地哼了一声，推搡着付雪晴走进大楼。

里面空间很大，像一座大厅，环境又脏又乱，随处可见用剩下的废料。

两个人拾级而上，来到 2 楼，找到露天平台的方向。付雪晴正要往前走，被高松林拉住胳膊，随着他转回身。

那个戴面具的黑衣人赫然站在他们身后，相距不过十几米，正靠着墙打量他俩。

付雪晴激动地叫起来：“我妈呢，她现在在哪儿？”

“戴着手铐还这么不老实，这小妞脾气可真火暴。”面具人不住地冷笑，“不过我说话算话，她毫发无损，就关在我身后的房间里。只不过……”

“只不过什么？”付雪晴焦急地问。

“当然是我们的交易喽，原本是咱俩交易，用高松林来换回你母亲，可是现在我该跟谁做交易呢？”

“你们跟我。”高松林说。

“怎么交易？难不成你想用这妞换你一条活命？”

“笑话。我高松林还从来就没怕过谁。既然我来了，咱们之间的恩怨就在这解决。至于这个女人，也可以给你们，随你们处置，把她母亲放了就行，我这人向来恩怨分明。”

他推了一把付雪晴，把她推得踉跄了好几步，跪倒在地，付雪晴挣扎着想站起来，那一瞬间她脸上出现了惊恐。

面具人看了看她：“的确是个上等货色，比那些酒店小姐都漂亮。只可惜我现在有任务在身，可不敢开小差。”

“那么其他人呢？”

“他们就算想，也不会对一个女刑警队长下手，不想惹太多麻烦。”

“这么说，你们都不打算要她喽。”

“你一向不怕惹麻烦，还是你自己笑纳吧，如果你这次有命离开的话……”

高松林没说什么，忽然拔出手枪，对着付雪晴连开两枪。

付雪晴连叫喊的时间都没有，一头扑倒在地，背上露出两个鲜明的弹孔。

面具人急忙闪身躲在墙后：“你小子还真够狠的，一点儿都不怜香惜玉。”

“我的命都要保不住了，又何必在乎一个女人。”

“这个女人上次还救过你的命呢。”

“那又如何，谁让她傻到会迷恋我，在我眼里她不过就是一件玩物罢了。”

“够狠，比我们还狠，看来今天不杀了你，你也不会放过我们。”

高松林忽然冷笑了一声：“你一口一个我们。可是这么半天，我怎么没看到其他人呢。莫非……今天只有你一个人？”

面具人没有回答。

突然！

他以奇快无比的速度闪身而出，手里多出一把霰弹枪。

“只有我一个也足够杀你！”他狞笑着朝高松林开火。

刹那间震耳欲聋，碎砾飞溅。

枪声过后，高松林已经不在远处，地上震落了大片水泥，墙上留下无数个坑坑洼洼的弹孔。

面具人“嘿”了一声，侧耳细听，忽然朝远处几个巨大的板条箱扑去。

高松林见自己被发现，急忙逃窜，由于身上有伤，十分狼狈。好在这里有不少被遗弃的箱子和其他废物便于躲藏，一时半会儿这家伙还抓不到他。

不过面具人的霰弹枪实在可怕。

他仗着武器优势，有恃无恐地紧追高松林，看准机会又开了一枪。

高松林藏身的板条箱周围烟尘四溅，只见人影在地上翻滚。

面具人大喜，急忙追过去查看，却发现地上只有一堆被炸落的碎木。

就在他一愣神的工夫，忽然听到一声枪响，感觉脸上一疼，把他吓出一身冷汗，急忙缩到板条箱后面。

他用手摸摸脸，才发现面具被崩掉了少半个，左边的脑门和眼睛都露了出来，如果子弹再打正一点儿，他就被爆头了。

他恼羞成怒，一边装子弹，一边怒吼：“你一个受了伤的半残废，还想跟我对手。别痴心妄想了，我要把你轰成烂泥，把你的尸体大卸八块，拿去喂野狗……”

砰——又一颗子弹在他耳边爆炸，把他吓得闭住了嘴。

高松林的声音幽幽传来：“你实在不应该一个人来，肯定会后悔的。”

面具人咬咬牙，从另外一个方向绕出来，对准高松林藏身的水泥柱轰击。

高松林只好被迫奔逃，这一次，地上留下了一些血迹。

面具人歹毒地笑笑，举着霰弹枪，像搜索猎物一样一步步向前逼近。

“折腾了这么长时间，你已经体力不支了吧。”他还没忘刺激高松林，“其实你的挣扎一点儿价值都没有，还不如痛痛快快地受死。”

高松林一声不吭，完全没有了动静。

面具人狡猾地笑起来：“你怎么不开枪还击了，是不是没有子弹了？听说你泰拳打得不错，要不咱俩试试肉搏，说不定你还有机会呢。”

他绕了一圈，听到楼梯那边有动静，马上追过去。高松林却突然又没动静了。

面具人十分警觉，他感觉高松林就躲在楼梯上。

这只受伤的“兔子”实在把他搞烦了，他这次一定要把他解决掉，让那帮人看看，Frank 也没什么了不起，他才是 Shadow man 最强的人物。

他高抬腿，轻落足，完全没有发出声响。

他全神贯注，正准备上楼梯，忽听一阵恶风刮来。

他扭头一看就吓呆了。身边有个脚手架正朝自己倒下来，眼看着就要砸中他。

他慌乱中光顾着躲闪，没注意突然一道人影朝他扑来，正是高松林！

此时的他犹如饿虎一般，满身杀气，对着面具人一通猛攻，招招命中要害。

面具人万万没想到受了重伤的高松林还能有如此惊人的战斗力，仓皇之下连连中招，枪被打飞，人也被打得连滚带爬。

他暴怒之下怪叫一声，猛地抱住高松林的身子，身子用力后仰，硬是把高松林反摔出去。

这一击把高松林摔得半天没爬起来。

面具人杀气腾腾地走来，把他从地上揪起来：“来呀，继续呀，你不是挺能打吗？”

他一膝盖顶在高松林肚子上，高松林弯腰干呕。

他揪着他的头发强迫他看自己：“你那点本事都哪儿去了，Frank，刚才不是挺行的吗？”

又一拳揍在高松林脸上，把他整个人都震了出去，从大厅跌到了露台上。

面具人跟着走出来，残破的面具后发出阵阵狞笑："我早就想和你会会了，看看咱俩谁更强，可惜之前一直没有那个机会。好不容易等到今天这个机会。"

高松林躺在地上喘着粗气，嘴角挂着血，半边脸都肿了。

他看着面具人微微冷笑："你费尽心思绑架付雪晴的母亲，难道就是为了逼着我和你交手？"

"当然。我可不像那帮家伙，就知道玩阴的，一帮人搞半天都没把你搞死。对付你，我一个人就够了。"

"你们为什么要杀我？"

"因为你必须死，我们对待叛徒绝不手软。"

"叛徒？我究竟做过什么事情？"

"你到现在还什么都想不起来吗？"

"你和阿成那老小子抢走了我们的东西，以为跑回国就能万事大吉吗？我们Shadow man 要找的人，就算他逃到天涯海角，我们也照样能把他找出来。"

高松林震惊地望着面具后露出的那只眼，叵测的目光后藏着他想知道的真相。

只是这真相太出乎他的意料。

"你说的阿成就是欧阳成吗？"他问。

面具人那只眼睛里流露出几分戏谑："这本来是永远不可能告诉你的秘密，反正你也要死了，做个明白鬼也无妨。这个人的护照上写的名字叫陈成，平时我们大家都叫他阿成，后来他暴露之后，我们才知道他本名原来叫欧阳成。老实说，我怎么都没想到这家伙居然会背叛组织。"

"你刚才说我和欧阳成抢了你们的东西，那是什么东西？"

"具体是什么东西我也不知道。我只知道你们偷偷跑到 Sweet Dream 公司去大闹了一场，不但烧毁了人家的实验室，还把里面的几个科研人员都杀了。"

高松林倒是记得，欧阳姗姗在 U 盘里找到的那封信中提到了一个化妆品公司。信中说是他闯进去抢劫杀了人，不过没有提到欧阳成也参与了。

那封信是以 Frank 的人格写的，莫非他的记忆有差错？

"Sweet Dream 不是化妆品公司吗？我和欧阳成打劫公司，怎么会和你们有关系呢？"

"你一个快要死的人问题还真多。"面具人有些不耐烦，"我也不是很清楚，反正就是有关系。我们背后的力量远比你想象的大。”

“你背后的力量是不是Shadow man？”

面具人发出冷笑：“你要问的都问完了？”

他左右看看，似乎想找一个顺手的家伙把高松林整死。

“我还有一个问题，欧阳成究竟是怎么死的，真是死在我手里吗？”

面具人用那只独眼瞧了瞧高松林，忍不住笑了：“他出了车祸，死在医院里。”

“出车祸？在哪里出的车祸？”

“拉玛市的郊区，车祸之后他被人送到了医院，经过抢救居然活过来了。所以我们只好派你去把他杀了。”

高松林打了个寒战。

这情节与他在医院遭遇的袭击何等相似。难道他之前也只是Shadow man的杀手吗？

“我把他杀了吗？”他无比紧张。

“如果你真把欧阳成杀了，那我们也就不会怀疑你了。”

“你什么意思？”

“Sweet Dream公司遭遇袭击后，我们一直在暗中调查袭击者，寻找被抢走的东西，欧阳成是最先露出马脚的。随后我们怀疑到了你，准备试试你，就让你去干掉欧阳成，你果然没动手，连夜逃走了。从那之后我们便不惜一切地追杀你。”

面具人毫无情感地诉说着当时的经过，每一个字都像是敲打在高松林心间。

他忽然感到脑子里一阵剧痛，恍惚听见一个虚弱的声音在焦急地催促他：“我们已经暴露了……你快逃……快逃……别忘了那本羊皮书，你要找的东西就在里面……”

他挣扎着想爬起来，可是被面具人踹倒在地。

“羊皮书是什么？”他喘息着问。

“哼。我们这些年一直围着那本破书转悠，你和阿成那家伙可把我们折腾得不轻。”面具人从地上捡起一根钢管掂了掂，目光瞄着高松林的头，摆出打高尔夫的姿势。

高松林已经放弃抵抗了，他只想知道真相：“羊皮书到底是什么？”

面具人“嘿嘿”笑道：“我已经废了这么多口舌，你还不知足？你马上就要去见欧阳成了，到时候你有的是时间问他，再见了，Frank……”

他正要挥杆，却听到身后传来金属摩擦的声响——咔嚓。

这声音他十分耳熟，很像他那把霰弹枪上膛的声音。

他霍然转身，吃惊地看见付雪晴正端着霰弹枪站在他身后。

他简直无法相信自己的眼睛："这怎么可能，我明明看见你被他开枪打死了……"

付雪晴扯开自己的外衣，露出了里面的防弹背心。

"浑蛋，你俩合起伙来耍我！"面具人气得直吼。

高松林坐起来，一边喘气休息一边说："我刚才就提醒过你，一个人来肯定会后悔的。你虽然身手不错，可脑子却不怎么样。"

"你……"面具人回头瞪着他，恨不能先给他脑袋打开花。

"老实点！"付雪晴警告他，顺便把刚才自己戴的手铐丢到他脚下，"把钢管扔了，自己铐上。"

面具人那颗独眼恶狠狠地盯着付雪晴，他慢慢蹲下，松开手里的钢管，捡起了手铐，把自己的双手都铐上了。

第十四章　假人假脸

高松林问付雪晴她母亲怎么样。

付雪晴说她没事，只是吓晕了。

她又对面具人说："现在把你的面具摘下来。"

面具人只好抬起手，把脸上那个残破的白色面具慢慢掀开。

付雪晴一直觉得这个人的声音好像在哪里听过，可是当她真正看清楚这个人，看清楚他脸上那块红色的胎记，思维刹那间有些短路。

"怎么是你？"她惊呼。

"想不到吧。"吴莘眼角微微皱起，露出几分凶狠和几分不甘，"如果不是我大意，你永远不可能怀疑到我。"

"这个你可想多了。你藏在家中冷柜里的那两具尸体已经被发现了，现在合卢警方正等着你回去抓你呢。"

吴莘微微一怔，随即不屑道："哼，你以为他们真能抓住我？我根本就没打算再回去。你们这帮自以为是的警察其实什么都不知道，尤其是你们江州警察，还沾沾自喜地以为破了惊天大案，报纸上报道的都是如何抓住预测死亡的兔子，却还不知道自己被耍得团团转呢。"

付雪晴瞳孔微缩，当她发现吴莘和唐凌认识时，就已经开始怀疑这个人了，但是怎么也没想到他和袭击高松林的人会是一伙的。

"你刚才和高松林说的那些话，确实和我们警方知道的信息有很大出入，究竟是怎么一回事？你们为什么要追杀高松林？你刚才还提到了一本羊皮书，那又是什么意思？"

吴莘打了个哈欠："你一下问了这么多问题，我都不知道如何回答。今天我累了，不想再多说了。"

"少装蒜。"付雪晴晃晃手里的霰弹枪，"你的同伙不会来救你的，如果你敢不老实，别怪我不客气！"

"你不是警察吗，你肯定不会开枪杀了我的。你如果要使美人计，咱俩找个地方好好聊聊，我可能就全招了。”吴莘一脸流氓相地打量着付雪晴。

“信不信我撕烂你的嘴？”付雪晴怒冲冲地走过来揪住他，“你现在不说没关系，把你带回警队，有的是时间让你说！”

她也不想在这里逗留太久，万一这家伙在故意拖延时间等同伙过来就麻烦了。

吴莘笑呵呵地让付雪晴拖着，还借机往她身上靠。

“老实点，信不信我现在就修理你！”付雪晴照他腿上踢了一脚。

吴莘疼得往下一矬腿，就在身子一歪的刹那，铐住他双手的手铐忽然开了。

他顺势一抄付雪晴刚要落地的腿，用脚狠踹她另一只脚，付雪晴瞬间失去平衡，结结实实地摔在地上，但她手里的枪还没撒手。

吴莘像饿狼一般凶相毕露，扑在她身上去夺他的霰弹枪，猛然听到一声炸响！

枪弹走火，喷出一团火光。

两人同时被震开，瞬间失神，都不知道谁中了枪。

他们随后缓过神，又扑上来夺枪，谁先拿到枪，另一方就得死！

吴莘仗着力气大，腾出一只手抓住付雪晴的头往地上磕，趁机把枪夺了过来。

他刚把枪口对准付雪晴，高松林冲上来，一把抱住了吴莘，把霰弹枪夹在了两人身体之间。

高松林借着这股冲劲，一头撞在吴莘脸上，吴莘惨叫一声，鼻血溅出，身子踉踉跄跄地往后退。

高松林紧紧抱着他不松手，让他无法开枪。

吴莘气得连连吼叫，挥起一只拳头没命地砸向高松林，高松林被打得弯了腰，仍然咬牙坚持，就是不肯松手，剩下的力气勉强能推着吴莘退几步。

“松手，还不松手！”吴莘一边踢打他，一边叫喊，“你再挣扎也没用，我要你们都死，今天你们谁也活不成！”

他忽然感觉脚后跟绊到了什么东西上，还没有反应过来，高松林爆发出一声低沉的怒吼。

他用尽全身力气抱着吴莘的腰向上拔起，把他整个人举了起来，用力向前抛去。

这一瞬间，吴莘霍然明白了高松林的意图。

他们现在就在露台边缘，高松林是想把他扔下楼。

这可是4楼！

吴莘吓得也紧紧搂住了高松林，结果两个人全都摔倒在矮墙上，半截身子都悬空了。

“松手啊！”吴莘的脸都吓绿了，“再不松手咱俩都得摔死！”

高松林咧开淌血的嘴角笑了，他一只眼闭着，用另外一只眼讥嘲地瞅着吴莘，“那咱俩就死死看啊！”

他借着自己身体的重量，抱住吴莘翻下露台。

吴莘手刨脚蹬，拼命想抓住矮墙，可还是惨叫着坠下楼去。

可是高松林依然悬在半空。

就在他翻出矮墙的顷刻，付雪晴拉住了他的胳膊。

“你拉不动我的，我已经没力气了。”高松林说。

“别废话！”付雪晴使出吃奶的力气拉着高松林。

她凝视着他的眼睛：“你欠我的还没还我，我不许你死！你死了我永远恨你！”

高松林没再说什么。他紧紧抓住付雪晴纤细的手，那温暖的力量带动他咬紧牙关，一点一点往上努力。

时间仿佛变得无比漫长，就像他们曾经在一起的那些时光。

那些平淡的往事从没被记挂在心上，却在多年后经历过一场悲欢离合，才蓦然想起曾经的怦然心动。

高松林完全不记得自己是如何爬上露台的。当然他意识到自己得救了，已经全身虚脱，和付雪晴一起瘫倒在地。

付雪晴躺在地上，望着夕阳下的天空，满天红霞，宁静又热烈。

她喃喃道：“我有时候在想，如果当年没有发生你那件事，我们的生活会是什么样的。”

高松林说：“我也很想问问当初的自己，为什么会冲动到把人打死。”

“你现在还是什么都想不起来吗？”

“我也说不清，这两天似乎隐约能想起很多东西，但只要集中精力一想，就头疼得要死，身子像要裂开一样。没有药撑着，我不知道还能维持多久。我真怕 Frank 的人格又苏醒过来，到时候我控制不住自己。”

付雪晴坐起来看着他：“我觉得这件事未必就像我们一开始想的那样。从你在看守所遭人暗算，到医院里被人追杀，再到刚刚吴莘和你说的那些话，很多细节都和我们之前以为的不一样，甚至连警方掌握的资料都可能是错的。别的不说，就说欧阳成，卢广通从南吕国得到的信息是你把欧阳成杀了，但在吴莘口中，你和他却是同伙，因为你们背叛了那个 Shadow man 组织才遭到追杀。到底哪一个才是真的？”

高松林深思道："我刚刚忽然又能想起一些东西。我最后一次见欧阳成好像是在南吕国的一家医院里。他对我说，我们已经暴露了，催我逃走。还告诉我别忘了那本羊皮书，说我要找的东西就在羊皮书里。"

"所以你就逃回了国，逻辑上倒是能说通。不过，欧阳成提到那本羊皮书是什么意思，他让你找什么东西？"

"不知道，我想不起来。但是我倒想起来另外一件事。你还记得预测死亡的兔子是如何给我们留密码的吧，其中有两起咱俩参与调查的案子里都出现了羊皮纸。其中一起，羊皮纸被贴在了案发现场的油画里。"

"你是说那个美杜莎头像？"付雪晴一下想起来了。

"对，就是那幅画。后来欧阳姗姗在美杜莎画像里发现了隐写术密码。而在另外一起案子里，羊皮纸被贴在了一个女尸的背上，你还记得吧？"

"我想起来了，那张羊皮纸上好像画的是希腊神话里的太阳神阿波罗。因为破译的事情，技术科的王科长还和欧阳姗姗起了争执。后来，欧阳姗姗发现画里那根柱子是后来添上去的，那原本是一个喷水池，由此才找到安放假炸弹的商场……"

"虽然王科长并没有破译得了画中的密码，但是他对那张羊皮纸做了技术鉴定。你还记得他说过什么吧？"高松林回忆着说，"他说那个羊皮纸形成的年代应该是在七八百年前，在纸上还发现了科普特式装订线孔，那是一种西方古老的装订技术。"

"你现在的记忆力倒是恢复得和当初差不多了，这么长时间的事情都能记得这么清楚。"付雪晴有些惊讶，"照你这么说，你是怀疑那两张羊皮纸其实是同一本书上的？"

"是啊，感觉上好像是一本羊皮古书，不过我身边并没有这本书。"

"你确定？"

"当然了。"

"可书页是预测死亡的兔子留在案发现场的，预测死亡的兔子不就是你吗？"这倒把高松林问住了，"或许是被我的另外一个人格 Frank 藏起来了，可是我现在想不起来藏在哪儿了。"

"那你还能记住书里的内容吗？"

高松林摇头："我只记得案发现场发现的那两页。"

"这个谁都知道好吧。再说那两页羊皮纸我们都破译过，充其量就是预测了两起犯罪而已，说白了这两起犯罪也是你和唐凌预测的。”

“那照这么说，欧阳成应该是另有所指吧，难不成秘密隐藏在了其他页里？”

“书找不到，你猜也是白猜。”

付雪晴琢磨着要不要再去高松林之前住过的公寓翻翻看。

她又问：“那你对欧阳成这个人了解吗？”

“我现在只能记起一些关于他的碎片，至于他究竟是一个什么样的人，我完全没有概念。”

付雪晴琢磨了一会儿，似乎隐隐想到了什么：“我倒是听欧阳姗姗说起过她爸爸。欧阳成这个人是名校硕士毕业，学的是软件编程，和欧阳姗姗的妈妈还是同学。可是两个人之后的发展却是天壤之别。她母亲在加拿大跨国公司做高管，而欧阳成却跑到了南吕国开起了酒吧，还加入了 Shadow man 组织，很难想象吧？”

高松林也不禁有些诧异。

“而且据欧阳姗姗说，她父亲是个名副其实的天才，不但博学，对密码学这一套也很精通。”

“你说他对密码学也很精通？”

“是啊，欧阳姗姗是这么说的。或许，他也把这套技术传授给你了吧，你才能在那两张羊皮纸上做手脚，留下密码暗示。”

付雪晴的推测倒是不无道理，高松林希望能多回忆起一些东西，最好是能想起那本书在什么地方。

但他头很疼，而且越来越疼。

最近这段时间他一直没有服药，犯病的次数越来越频繁，就像突然有根锯条毫无预兆地按在他头上，沿着头顶来回拉，硬是要把他的脑袋锯成两半一样。

他使劲按着太阳穴，却很难集中精神听付雪晴说话。

付雪晴那边还在继续说：“我们现在对你的犯罪定性，也就是对预测死亡的兔子定性，主要是根据你留在 U 盘里的自白书。但是现在我感觉这封信里面也有很多地方存在矛盾。看来我有必要重新查一查之前的案子了……哎，你怎么了？要不要紧？”

高松林捂着头，勉强挥挥手：“没关系，我休息一下就好。”

“咦？有人来了……”付雪晴举目眺望着远处，有几辆车正朝着工地的方向开来，她忽然惊喜道，“太好了，是警车！”

高松林微微一凛，头疼似乎也好了几分。

“是非之地，我们还是快撤吧。”他支撑着虚脱的身子，摇摇晃晃地想溜。

“你等等。”付雪晴急忙拉住他，“你现在受了这么多伤，还能去哪里？反正警察也来了，干脆我带你和他们说清楚，这个案子有这么多疑点，肯定会重新调查的。”

“算了吧，小姐，如果吴莘不死还好说，现在他一死，所有疑点也只能是疑点。卢广通十有八九还会把我关起来，到时候Shadow man那些人还会想办法打我主意。你要想帮我也只能私下调查，没找到实际证据之前，不能随便跟人乱说。”

“你就对我们警察这么没有信心？”付雪晴急道。

“谁让狼的朋友还是狼呢。”

高松林摇摇晃晃地走进大厅，忽然停住脚步，回头说：“哦，对了，万一卢广通追问起来，别忘了告诉他们，你是被我绑架的。先要保护好自己，不管怎样，我不希望你出事。”

付雪晴怔怔地望着高松林消失在视线中，心中百感交集。

她忽然发现，不管他整容还是变声，其实他的背影一直都没有改变过，可她居然之前从来没有注意到。

忽听楼下传来一声凄厉的惨叫，付雪晴一下从恍神中惊醒。这分明是母亲李桂芬的声音。

难道又出事了？

付雪晴不顾一切地冲到楼下，迎面踉踉跄跄跑过来一个人，正是母亲李桂芬。

“怎么了妈？”

“我刚才看见那个逃犯吴凡了。他奔着我就冲过来，都把我吓死了，以为他要杀了我呢，唔唔……”李桂芬心有余悸地向女儿哭诉着。

付雪晴看母亲根本也没受什么伤，“那吴凡现在人呢？”

“我不知道啊，他一转身就从我眼前跑过去了。”说到这，李桂芬忽然又想起来什么，“我们也快点逃吧，万一吴凡又回来怎么办？”

“不会的，你忘了你女儿是刑警队长吗，他一看见我就跑。”

“可是他们有两个人啊，把我绑架来的那个人是不是还在楼上？你一个人能是他们两个人的对手吗？快，别逞能，我们快跑，给你爸爸打电话报警……”

“不用找我爸，警察已经来了。”

付雪晴话音刚落，就听见外面警笛大作，紧接着无数荷枪实弹的警察冲进了大楼。

她一看全都是刑警队的同事，为首的就是自己的老爸付天明，身后还跟着卢广通一帮人。

付天明也是真急眼了，握着手枪就往里冲。突然看见了自己的女儿和老婆，一下愣住了。

见女儿脸上、身上沾满泥灰，头上还有血迹，他急忙跑过来："你们……你们没事吧？"

"我就是有点儿皮外伤，没什么事，我妈受了些惊吓。"

付天明稍觉安心："犯罪嫌疑人呢，就是躺在楼下那个人？"

"是他。刚才发生了一些搏斗，他掉到楼下了。"

"我就说我女儿果然有两下子，单枪匹马就把犯罪嫌疑人收拾了。"付天明十分骄傲，得意的表情溢于言表。

"可是还少了一个人吧？"卢广通忽然道，"躺在楼下那个人好像不是高松林，高松林哪里去了？"

付天明也回过神来："是啊，那个可恶的家伙竟然敢绑架我女儿。他到底想干什么？"

"你们都知道了？"付雪晴忍不住问。

"当然了，欧阳姗姗报警说的。高松林把你绑架了，好像他还绑架了你母亲。幸亏，他当时抢了别人的手机，我们是通过手机信号才找到这里的。想不到他把你们娘俩都绑架了。真是丧心病狂！他人呢？"

"已经跑了。"

"哼，肯定是看我们赶来了，把他吓跑的。"

卢广通说："只要他现身就好，说明他一直没有离开江州，他绑架您的妻子和女儿明显是打算报复啊。"

"看他还能猖狂多久，我一定要抓住他！"

付雪晴在一旁默不作声地听他们说话，彻底明白了高松林的心意。他当着欧阳姗姗和她师兄的面故意挟持她，其实是在演戏给他们看。他是不想连累她。

她心底最柔软的地方一下被触动了，涌起一股说不出的滋味。

曾经情窦初开时，她一直渴望知道自己在学长心目中的位置，没想到等了这么多年，她终于感受到那个男人深沉的爱意了，却一点也高兴不起来。

时过境迁，有些人错过了，就是一生。

傍晚。刑警队，法医室。

刑警队的主要人物都聚集在这里，看田鹏刚尸检。

吸引他们的不是解剖台上那个人的死因，而是他那张脸。

右眼角和颧骨之间那块红色的胎记极其鲜明。

“他就是吴莘吗？”卢广通望着一张血迹斑斑、有些走形的脸，问付雪晴。

“就是他没错。”

“可是……”卢广通不知该如何往下说了。

他知道吴莘在合卢市杀了人，正在被通缉，但是无论如何也想不明白，这个人为什么会跑到江州绑架付雪晴的妈妈。

付雪晴知道他疑惑什么：“我也想不明白，他为什么会与高松林牵扯上，但至少说明一个问题，高松林这个案子比我们想的要复杂，我觉得最好把案子重新梳理一下。”

“咦，怎么会这样？”正伏在尸体前检查的田鹏刚忽然莫名其妙冒出了一句。

“发现什么了？”卢广通问。

田鹏刚掰开死者的嘴往里看着，说：“这个人的头发里、耳朵里都有动过手术的痕迹……看看，他嘴巴里也有很多缝合处，而且这些缝合处都十分规则……”

“你是说他整过容？”

“看起来是这样。不过有点儿奇怪，这家伙既然想要变美点儿，怎么不把脸上那块胎记给弄掉呢，那才是最扎眼的地方吧？”

一直没吱声的付雪晴霍然一凛，脱口道：“我怀疑连胎记都是后做上去的。”

“谁会往自己脸上做胎记啊，除非这个人是疯……”田鹏刚突然收敛了笑容，“难道你觉得他和高松林一样？”

付雪晴神情严肃：“我在合卢的时候打听过这个人。当时了解到一些看似无关紧要的情况，现在回过头看，却是很重要的线索。”

“什么线索？”付天明问。

“吴莘在合卢市儿童福利院上班，也就是他长大的那个地方。据福利院院长说，一年多以前他出过一场车祸，后来康复了。再往前，他曾经在市里贷款买房子为了结婚用，但是后来他女友因为移情别恋，这婚没结成。但是我就在他家的冰柜里发现了一男一女两具尸体。如果把所有线索串联起来，就能得到一个不一样的解释。我怀疑，真正的吴莘早就被杀害了……”

卢广通倒吸一口冷气，“那么我们见到的吴莘莫非……莫非像吴凡一样，都是被其他人假扮的？”

“这显然是一起精心策划的骗局。真正的吴莘应该是一年多以前被杀的，假扮他的人谎称自己遭遇了车祸，其实是为了整容，另一方面也担心被看出破绽，给自己找个借口。”

“那么真吴莘的尸体呢？”

“很有可能就是吴莘家冰柜里的那具男尸。当时吴莘正准备结婚，凶手将他杀死后假扮成他，外人或许不太容易觉察出来，但吴莘的未婚妻就不一样了，让她活着对凶手来说很有风险，所以索性把她杀了，对外谎称是她抛弃了吴莘。”

“可他为什么要这样做，目的何在？”

“同这个假吴莘接触最多的应该是卢队你啊，说起来最初还是你把他找出来的，你不妨想想这个人有什么可疑之处，说不定就能想到他的动机？”

田鹏刚插嘴道：“卢队找吴莘本来是为了调查吴凡，结果通过 DNA 对比发现那是假吴凡。现在一看可倒好，这对兄弟全都是假的，那还匹配什么啊。”

他说话一向口无遮拦，搞得卢广通也很恼火，他怎么可能想到吴莘也是假的。

他说：“我和这个人也只接触了两三次，他说话什么的都很自然，也没有表现出可疑的地方。我现在唯一搞不懂的就是，这个人的行为明显是前后矛盾的。他整容假扮吴莘的手段与高松林如出一辙，说明他俩就是同伙，这样做就是为了帮助高松林隐藏身份，这样才说得通，可是为什么他之后又要揭发高松林呢？这我实在想不通，难道他们之间出了什么矛盾？”

看卢广通他们百思不得其解的样子，付雪晴内心十分犹豫。她很想告诉他们自己知道的真相，这个假吴莘与追杀高松林的人根本就是同伙，这一切的背后必然隐藏着阴谋。

可她又担心一旦说出实情，反而会让心怀成见的人怀疑自己。

正在纠结的时候，手机响了，她一看来电显示，是贾洪涛，便离开了解剖间，找了个附近无人的地方接了电话。

“这么快就有结果了？”

“我在外交部有个朋友，通过南吕国大使馆那边打听了一下这个叫欧阳成的人。这个人已经不在了，听说是被一个叫 Frank 的人杀害的。他在拉玛市确实开了一间酒吧，名字是当地语言，很绕口，还有一个英文名字叫 Tree shade。”

“Tree shade……”

付雪晴略加思索，Tree shade……Shadow man，树荫……影人……

她问贾洪涛：“这家酒吧现在关门了吗？”

“还开着呢，好像换了老板，具体情况不太清楚，可能是欧阳成的家人吧。”

付雪晴知道，绝不可能是欧阳成的家人，他的家人全都在国内呢。她这两天也简单地查过欧阳成的亲属，没有出国的。那又是什么人在照看酒吧呢？

她接着问：“关于 Tree shade 这个酒吧你有查过吗，是什么背景的？”

“这个你上次提到过，我特意为你打听了一下。这个酒吧的老板虽然是欧阳成，但是有人参与入股投资了。”

“投资人是谁？”

“是一个叫 Shadow man 的公司。”

付雪晴差点儿惊呼出声，她一直以为 Shadow man 是南吕国当地的黑帮组织，怎么变成了公司？

“这是一家什么公司？”她急切地问。

“好像是当地的一家创业投资公司。”

“创业投资公司……”

付雪晴从字面上倒是看不出什么疑点，但最大的疑点就在于高松林和欧阳成都曾是这家公司的人，甚至连那个鬼男都是。

这到底是一家什么公司啊？

有一点可以确认的是，欧阳成的酒吧很可能就是那家公司的一个聚会场所。即便欧阳成死了，这间酒吧依然照常营业。

付雪晴正在全神贯注地思索着，忽听身后有人问她：“你在跟谁打电话？”

付雪晴一惊，转身看见父亲付天明站在身后，有些狐疑地看着她。

“哦，和一个朋友。”

“朋友？”付天明将信将疑，“我怎么感觉你最近一直在暗中调查什么事情呢？”

“能调查什么，不就是在忙活高松林的案子吗？”

“就这么简单？我怎么总觉得你和高松林之间有一些事情呢？”

付雪晴有些警惕地看着老爸，讪笑道：“爸你别瞎说了，我一个警察，怎么可能和在逃人员有牵连。就算我当初在大学和他关系不一般，那也是多少年前的事情了，从他犯事逃跑之后，我们可就再没联系过，这你都知道啊。”

“我倒不是怀疑你这个，我就是觉得为什么只要高松林搞事情，你就总是碰巧在旁边呢。你说他从医院里逃跑，结果你也去了医院。今天他又莫名其妙地把你给绑架了，还是在网吧里，你跑网吧里干什么，怎么欧阳姗姗也在？”

付雪晴装出一副生气的样子：“怎么，你也怀疑我吗？怀疑我什么，和高松林是一伙的，给他通风报信？那你干脆叫卢广通把我抓起来审审得了！”

“胡闹，我当然不是那个意思了，我就是有点儿担心你。会不会高松林这小子对你贼心不死啊，所以在跟踪你？那你可得当心了。他现在身边还有同伙，可别再干出什么事情来。”

付雪晴一听原来老爸是担心这事，松了口气：“或许吧，这小子可能真对我贼心不死呢，他刚才还拿枪逼着我做他的女人呢。”

“啊？那……你答应他了？”

看老爹脸都白了，付雪晴忍着笑，帮他抹平衣服上的褶皱：“那怎么可能，我骗他说，我都怀了陆恒的孩子，把他打发了。”

她一通胡扯，把老爸都侃晕了，然后赶紧开溜，免得他再疑神疑鬼地瞎问。

付雪晴出了法医室，开始琢磨贾洪涛那通电话。

他打听到的信息虽然不多，但印证了付雪晴之前的怀疑，特别是关于 Shadow man 这家投资公司。

她打算和高松林商量一下，看看如何调查这家公司。

事情发展到了这一步，她对高松林的看法已经发生了很大改变。她甚至觉得他们已经站在了同一条阵线，她不惜一切代价也要把真相查出来。

她离开警队，开车前往宿舍。

她给高松林配了一把钥匙，估摸着现在他早就回去了。以他的警觉性，不至于被别人发现。

可是没想到轿车刚开到宿舍大院门口，就碰上了一个意想不到人——她的未婚夫陆恒。

“你怎么在这？”

陆恒一脸关切地望着她：“谢天谢地，你没事就好。都快吓死我了。”

“你都知道了？”

“你中午离开之后，我给你打电话你也不接。后来我跑到刑警队去找你扑了空，这才听说你被高松林绑架了。全警队都出动救你们去了。那些警察让我回家等消息，后来听说你被救出来了。我赶去警队也没见到你，刚才去了趟你家，只看见伯母，我估摸着也许你回宿舍了，这才又过来碰碰运气。”

付雪晴看陆恒焦急得满头大汗，扑哧一笑：“我没事。刚才我一直在法医室里，所以你没见到我。”

“可你也受了一些伤啊。”陆恒望着付雪晴额头上的瘀血，气得咬牙，“想不到高松林这家伙这么狠毒，他和你也算认识，你又是女的，他怎么能下得去手！我一定要狠狠收拾他一顿！”

陆恒忽然甩袖子就走。

“等等，你上哪儿去？”付雪晴喊住他。

“他现在是不是被关在刑警队？我要去找他说道说道！这个王八蛋！”

付雪晴还是第一次见到陆恒这么温文尔雅的人骂脏话，忍俊不禁道：“你别费事了，没抓到他！”

“没抓到？”

“是啊，干掉了他的一个同伙，但是让他给跑了。”

“那你岂不是依然很危险？”陆恒刚才的气焰顿时消了大半，警惕地左顾右盼，“你说他现在会不会在附近啊？”

“你想多了，他不敢来。”付雪晴钻出轿车，拍拍陆恒，“你在这等我一会儿吧，我上楼洗把脸，换套干净衣服就下来，咱俩去吃点儿东西，我都饿坏了。”

她现在这样子确实也有点儿寒碜，再说她想和高松林先见一面。

她来到楼上，打开门，屋里依然漆黑一片。

她随手开灯，房间里和她离开时没什么两样，不知道高松林藏在了哪儿。

“我回来了。”她小声提醒。

可是无人应声，也无人出来。

付雪晴有些疑惑地走进里屋，没看见人，又看了一眼卫生间和厨房，都没有人。

高松林根本就没回来。

付雪晴有些心慌，现在外面到处都在通缉高松林，他根本无处可去，何况还受了重伤。

她想了想，忽然之间明白了。

在欧阳姗姗找到这里时，高松林就拿定主意要离开了。他之后所做的一切都是为了不连累她。

最终他就这样走了，还像当初那样连一声招呼也不打。

也许这一次离开就是永别。

付雪晴眼眶不禁湿润，用力咬着嘴唇骂道：“你这个浑蛋……”

“我怎么了？”陆恒困惑的声音从身后传来。

她回头看见陆恒刚走到门口，结果被她骂得不敢进屋了。

第十五章　发狂

“哦，我没说你，随便骂着玩的。”付雪晴说，“我不是让你在楼下等着吗，你怎么上来了？”

陆恒赔笑道：“我是怕你一个人上来不安全，跟上来保护你的。”

“你是害怕高松林在楼下吧。”付雪晴还不了解他那个胆子。

她进屋换了一套衣物，顺便洗把脸，把眼泪藏起来。

陆恒打量着她的房间，赞不绝口：“你这都能开杂货铺了，什么东西都有。”

“那又怎样，我最近没时间收拾。”付雪晴从他手里抢过吃剩下的一袋猪蹄，扔在茶几上，“走吧，吃东西去。”

陆恒有些担心地望着未婚妻，“你最近有没有感觉身体有异样啊？”

“什么意思？”

“我是说你怎么忽然饭量长了这么多，连猪蹄都吃了。”

“压力大就爱饿，有什么大惊小怪的。你还走不走啊，不走就帮我收拾屋子啊。”

陆恒急忙跟在付雪晴身后，“我现在寸步不离你左右，我要保护你。”

“切。”付雪晴讥笑，“万一高松林真来了，你一定要顶上啊。告诉你，他可是泰拳高手，我可不是他的对手。”

“啊？”

两个人在街边吃了顿饭。

付雪晴努力克制着自己的情绪，脑子里想的全都是高松林。

她忍不住去想高松林现在在哪儿，是不是已经逃出了江州。他受的伤不轻，会不会出什么意外。

她现在甚至有些希望警察能把他抓住，那样她还可以再见到他。

正在她心慌意乱时，手机突然就响了。

付雪晴神色大变，慌忙逃出手机看看。

“怎么了？”坐在对面的陆恒被她吓到了，紧张兮兮地问。

“哦，没什么，就是一个骚扰广告。”付雪晴稍稍松一口气。

“你是不是有什么心事啊？”陆恒忍不住问。

“没什么事……”

“那一会儿吃完饭，我干脆送你回家吧，你妈妈也需要安慰，我们晚上陪陪她。”

陆恒想得倒周到，付雪晴也不好说什么。

付雪晴就这样心神不宁地吃过饭，开车带着陆恒回了家。来到家门口，陆恒都下车了，付雪晴却依然坐在车里犹豫。

“怎么了？”陆恒回头问她。

付雪晴终于拿定主意：“要不你先帮我陪陪我妈，我还有其他事。”

“这么晚了你还要去哪儿？”

“去警队。”付雪晴忽然一拉倒挡，把车头转过去，离开了小区。

她说的当然不是实话，她现在要去找高松林。

她比谁都清楚高松林此时的处境。

全城警察都在搜捕他，还有一批心狠手辣的匪徒打算要他的命，对于高松林来说，这座城市已经变成了危机四伏的“水泥丛林”，他就是一只负伤狂奔的猎物，每一步都可能有陷阱和毒箭等着他。

虽然她知道他还是曾经那个无所不能的师哥，无论遇到什么困难都能化险为夷。在他面前，她也许永远只能做一个笨手笨脚的菜鸟学妹。

但这一次，她不想再置身事外，不想像当年那样徒劳地等待。

她必须去保护她想要保护的人。

夜色渐深，整座城市都被灯光重新照亮。明亮由黑暗中诞生，爱从憎恨中滋长。

她驾车在马路上狂飙，灯红酒绿中的人影从她眼中飞驰而过，在这座偌大的城市里想寻找一个人，犹如风中捕沙。

但她不会放弃。

她一定要想出办法。

一小时后。

付雪晴的车开进了没有一点儿灯光的建筑工地。

她走下车，借着朦胧的月光勉强能辨认出那座只有框架的水泥建筑。

尸体已经被移走，警车也都离开了，这里的一切又回归平静。

付雪晴打开手电，小心翼翼地走进大楼。

随处还可以见到弹孔以及打斗过的痕迹。

她在一楼走了一圈，又走上二楼，在靠近露天平台的地方看见一个人影倚墙而坐。

她走到那人近前，发现他正睡着，看起来无比的落魄。

她心中五味杂陈，慢慢蹲下，抬起手摸了摸高松林的额头。

高松林猛地从昏睡中惊醒，一把抓住付雪晴的手腕，伤痕累累的脸上杀气腾腾。

“是我啊！”付雪晴叫了一声。

高松林一愣，这才把她认出来，松开了她的手。

“你头很烫，你在发烧。”付雪晴关切地说。

“不关你的事，你来干什么？”高松林冷冰冰地问。

“我正要问你呢，警察来的时候，你不是逃走了吗，怎么又回来了？”

高松林闭目养神，不吭声。

付雪晴撇撇嘴：“哼，就算你不说，我也知道你心里是怎么想的。”

“我怎么想的？”高松林忍不住问了一句。

“你这家伙从来都自以为是，喜欢耍小聪明。越是别人觉得不可能做到的事，你就越会去做。别的地方不去，偏去谁都知道的案发现场，警察前脚刚走，你就回来，不管是追杀你的人还是警察，都想不到你能躲在这里。”

高松林叹口气：“还是被你猜到了。”

“这没什么奇怪的，谁能比我能了解你呢。跟我走吧，你现在还发着烧，不能一直待在这里。”

付雪晴伸手拉他，高松林没动说：“我哪里也不去，这里挺好。”

“你那点儿心思我都明白。我现在也明确告诉你，高松林，我既然决定查下去，就不怕受连累。”

高松林睁开眼看了看她，又把眼睛闭上：“这是我自己的事，我自己查，用不着旁人干预。”

付雪晴咬咬牙，骂了一句：“你以为你在为我着想吗？其实你是个浑蛋！当初你是个浑蛋，现在你也一样。给我起来！”

她倔脾气上来，抓着高松林用力往起拉，高松林病得不轻，两条腿都没力气了。付雪晴把他的胳膊搭在自己肩上，用力扶着他高大的身躯一点点往外挪。

她感觉高松林的牙齿在咯咯打颤：“你很冷吗？”

“你难道还想用身体温暖我？”高松林有气无力地说，“让你未婚夫知道就不太好了。”

“少胡扯，我就当你是我的重要证人，我有责任保护好你。”

付雪晴费了好大力气才把高松林塞进车里。

高松林一躺进车里就昏睡过去。

付雪晴看他这样，得先找人治一下。

去大医院肯定不行，现在大街小巷都张贴着高松林的照片，去正规医院很容易被认出来，她想了想，还是决定先开车回自己家。

楼下那家私人诊所付雪晴熟悉，她把高松林带去让医生给挂了点滴，顺便让他看看自己和高松林的伤。

马医生知道付雪晴是警察，也没多问，先给她头上的伤口做了处理，又查看高松林的伤。

当他拆开高松林脖子上的绷带，连连咂舌：“恢复得不太好，都有点儿化脓了，我得处理一下，这是怎么弄的啊，和人打架了？”

马医生好奇地打量高松林，他现在鼻青脸肿，一只眼还封着，与通缉的照片差了不少。

付雪晴随口应付，说高松林是她朋友，多余的话也没说。

她估计自己的老爸老妈绝对想不到，她把那个被满城通缉的头号犯罪嫌疑人都带到了自家楼下。女大不由娘，这话没错。

挂完点滴，高松林精神头好了一些。

付雪晴各种药多开了几份，接下来一段日子还得让高松林住在她宿舍养伤。

要出门的时候，马医生忽然把付雪晴叫住，等高松林先上车了，他才小声说：“付警官，我有两句话不知道该不该说。”

付雪晴看他神色有点儿异样：“你想说什么就直说。”

“你和你这位朋友很熟吗？”

“你到底想说什么啊，马医生？”付雪晴心里有些紧张，难不成他把高松林认出来了？

“我刚才给他检查的时候，感觉你这朋友好像不只是受伤和发烧，似乎还有点儿别的问题。”

“别的问题？你是指哪方面？”

“不瞒你说，我过去在精神病院干过，我看他的眼神，还有一些其他症状，倒和精神病有点儿像。”

“精神病？”

“就是那种幻听幻视的妄想性精神障碍，正常的时候和普通人没什么不一样，但说不定什么时候就会发作呢，我一看他的眼神就知道了。”

付雪晴看了一眼坐在车里的高松林，心里很不是滋味。

她倒是知道他有双重人格，至于那和精神障碍之间有多大区别她不清楚。想想他今天的处境，这些年肯定遭遇过某些不为人知的麻烦，说不定就与南吕国那个 Shadow man 投资公司有关呢。

“我知道了。”付雪晴向马医生点点头。

“我还是有必要提醒你一句，我觉得他现在正处在发作期，不好说什么时候就会干出什么事，他打架说不定就是因为这个原因。你一定要尽快带他去医院，千万不能马虎。我曾经遇到过一个这样的女患者，她犯病的时候，把自己的丈夫和孩子全用斧头劈死了，但是最后没有被定罪。你知道她是怎么说的吗？她说看见两条蛇，一个吞了自己的丈夫，一个吞了自己的孩子，所以她就把这两条蛇杀了。这是真事。”

付雪晴哭笑不得，但马医生的话听着确实有点儿瘆人。

她离开诊所上了车，小心翼翼地把车开回警队宿舍，尤其留意有没有可疑的人跟踪，还好一切顺利。

直到偷偷把高松林带回了自己的宿舍，付雪晴才总算松了一口气。

紧绷的神经一旦松懈下来，全身就像散了架一样。不管是付雪晴还是高松林，今天都经历了太多事，能活着回来已经是万幸，至于未来还会遇到什么，谁也不知道。

付雪晴进浴室冲了一个澡，出来的时候见高松林已经蜷缩在沙发上沉沉睡去，只是嘴里喃喃地在梦呓，听不清在说什么，看着倒还老实。

她没有打搅他，给他拿来一条毯子盖上，回到自己屋也上了床。她掏出手机看了看，有陆恒给她发的短信，叮嘱她注意安全。

她想该如何给他回复，想着想着，却不知不觉睡了过去。

这一觉不知道睡了有多久，一阵断断续续的说话声把她弄醒了。

她半梦半醒地睁眼看看，天还没亮，房间里依然混沌黑暗，那说话声是从门外传进来的，深更半夜听得格外清晰。

准确地说不是一个人在说话。只听一个陌生男人的声音气喘吁吁地问：“你们到底是什么人？我根本不认识你们。”

然后传来一阵低沉的冷笑，一个人用生硬的普通话说道：“不需要你知道，我们知道你是谁就够了。”

付雪晴激灵一下从床上坐起来，脑子也瞬间清醒过来。

她宿舍里怎么会进来两个陌生男人？

不，听他们说话的口气也许还不止两个人。

高松林呢，他怎么样了？怎么一点儿动静都没有？

付雪晴急忙跳下床，连睡衣都顾不上换，以最快的速度从衣挂上摘下手枪。

她光着脚轻轻走到门边，听听外边的动静。

突然，外边响起了打斗声。

付雪晴拉开门冲出去，只见黑暗中有一个人影正拿着刀子疯狂地劈砍，闪闪的刀光尤其刺目。

可是付雪晴并没有发现其他人。

她惊愕地走到那人身后，喊了一声："高松林？"

那个人影听到喊声霍然转过身，正是高松林。

他攥着明晃晃的尖刀，一动不动地瞅着付雪晴，黑夜隐藏了他大部分表情，只剩下两颗眼珠散发着奇异的光芒。

他就好像另外一个人。

付雪晴猛然想起马医生那番话，打了个寒战。

难不成高松林已经犯病发狂了？

他不会也像马医生描述的那个疯女人一样把自己看成一条蛇，或是其他什么东西吧？

眼下当务之急是先稳住他，付雪晴勉强朝高松林招招手："你没事吧，你看你浑身都是汗了，咱们能不能先把刀放下，坐下来歇会儿再练？"

她放下枪，慢慢靠近高松林，见他没有什么反应，伸手碰了碰他的胳膊，慢慢把手滑向他攥着的刀。估计那把刀也是他从厨房里拿的。

"放松，放松……"付雪晴一边柔声安抚他，一边从他手里往外拿刀。

高松林望着她，冷不防冒出一句："我要杀了你！"

这根本就不是高松林的声音，这是刚才那个普通话生硬的家伙在说话。

付雪晴惊得后背一阵恶寒。

这么说刚才她在屋里听到的对话，完全是高松林一个人在自编自演。

这家伙已经疯了。

付雪晴转身想跑，可是高松林一探胳膊就把她拽了回去。

他力大无比，胳膊紧紧卡住付雪晴的脖子，付雪晴喘气都费劲，根本无力挣脱。

更可怕的是，高松林把尖刀抵在了她脖子上，她感觉他下一刻就会把自己杀了。

高松林这时候说话了，他说话的声音依然在模仿刚才那个男人，“你不出来的话，他就要死了。”

付雪晴双手扳着高松林的胳膊勉强喘气，心里却在想，高松林这是在跟谁说话，难道真有什么人躲在这里吗？

高松林警告的那个人并没有出来。

就听高松林继续道：“欧阳成，想不到，你是个胆小如鼠的家伙。我会杀了这个多管闲事的小子，然后再杀你！”

欧阳成？

付雪晴大吃一惊，高松林这演的是哪一出？

“小子，算你倒霉。死都不知道是怎么死的。”高松林手里的尖刀忽然动了一下。

付雪晴还以为脖子要被割开了，吓出一身冷汗。突然，就听高松林惨叫一声，松开了她。

付雪晴不知道怎么一回事，顺势把他手里的刀抢在手里，只见高松林痛苦地捂着自己的头，似乎受了伤一样。

他抬头瞅了付雪晴一眼，忽然扑向她，付雪晴手里的刀差点儿戳到他身上，她急忙把刀扔了。

那高大的身躯一下子把付雪晴压倒在地。

紧要关头，付雪晴急中生智，双手搂住了高松林的脖子，紧紧贴着他，在他耳边呼唤：“我是付雪晴啊，你忘了吗，不要伤害我，不要伤害我！”

高松林挣扎了两下，身子渐渐放松下来，趴在了付雪晴身上。

付雪晴听他呼吸均匀，竟然还在睡觉，气不打一处来，用力拍拍他：“快醒醒，快醒醒。”

高松林被她拍醒，发现自己和付雪晴的姿势，吓得急忙坐起来，一脸尴尬地问：“这是怎么了，我怎么什么都想不起来了？”

付雪晴气得直翻白眼，起身把电灯打开：“让我仔细看看你这个男演员的脸，你还真会演戏哈，刚刚发生的事情你能忘了？你说你怎么了？”

高松林疑惑地瞅瞅付雪晴，见她睡衣带子都开了，里面春光大好，只有贴身的内衣勉强遮掩一下傲人的身材。

高松林咽了口口水，热汗直淌：“没想到我现在这身体还能把持不住，实在惭愧。你要是非让我负责，我也不好说什么。但我是个在逃人员，实在是委屈你了。”

“你胡说八道什么呢，还没睡醒呢你。”付雪晴又气又羞，忽然一低头，看见自己这副模样，一张俏脸登时红得抬不起头，忙不迭把衣带系好，用脚丫子踢了高松林一脚，“赶紧起来！老实交代问题！”

高松林爬起来，规规矩矩地坐在沙发上。

付雪晴拉过一把椅子坐在他对面，问他：“刚才发生什么了你还能想起来吗？”

高松林认真想了想：“好像做了一些零零散散的梦，似乎能想起一些什么，又记不太清楚……”

他疑惑地望着付雪晴，无意中看到了掉在地上的那把尖刀，不禁倒吸一口冷气：“那把刀不会是……我拿出来的吧？”

“你以为呢，你刚才一个人跟唱戏的一样，拿着刀又蹦又跳要杀人呢。”

高松林十分苦恼：“我最近一直感觉很难受，看来是梦游症又犯了，我已经有段时间没用药了。我……没做什么出格的事情吧？”他望着付雪晴睡衣下的两条长腿，翘起的雪足在眼前晃晃悠悠，想起刚才俩人的不雅姿态，心里有种担忧。

“别瞎想，咱俩什么事都没有。”付雪晴脸上直发烧，故意瞪起眼凶他，“但你也并不是瞎唱瞎跳。你刚才提到了一个人。”

“我提到了谁？”

“欧阳成。”

“怎么会是他？我提到他干什么？”高松林很费解。

付雪晴若有所思：“刚才的情形比较特殊，你一个人扮演了几个角色，我怀疑你或许又想起来过去的一些事情……”

于是付雪晴把刚才的所见所闻详细地复述了一遍。高松林听完一脸诧异，陷入了沉思。

“你能想到什么？”付雪晴问他。

高松林摇摇头：“感觉只是一个场景的片段，想不起究竟发生了什么事情。”

“感觉好像有人在追杀欧阳成，那个人很厉害。”

“追杀欧阳成？”高松林眯着眼睛想了想，“但有个地方你不觉得奇怪吗，如果是我经历过的事情，那么当时我在做什么呢？”

高松林脸色一变：“难不成，我也是追杀欧阳成的人，所以我刚才拿着刀？”

“不对。”付雪晴打断他，“也许你刚才拿刀扮演的角色并不是你自己，而是你当时看见的某个人。你刚才虽然挟持了我，但是你说话的口气好像是把我当成了你梦境里的人，你扮成这个人来威胁欧阳成现身。你对这个情景有印象吗？应该是个很特殊的经历吧，你既然都能梦见，难道就一点都想不起来，哪怕一点线索也好……”

高松林眼神变得有些发直，冷不防冒出一句：“那个人是我。”

“哪个人？”

“那个……那个被劫持的人……”高松林呼吸越来越急促，仿佛在用尽全力把记忆碎片从脑子里抠出来。

“你是说你当时被人劫持了？”

“那个人……要……要杀我……”

“欧阳成当时在哪里？”

“躲起来了。”

“躲起来？”

“他逼着欧阳成现身。”

“然后呢？”

高松林双手抓着头，忍受着越来越强烈的头痛：“他……他绕到那人身后……偷袭了他……然后我……我……”

“你怎么样？”

“我抢过他的刀……”高松林头痛欲裂，大口喘着粗气，恨不能用手把脑壳掀开。

“然后呢？”付雪晴焦急地问。

“我……我把刀……把刀捅进他身体里了……”

付雪晴打了个激灵。

她记得当年高松林犯案时就是用刀把一个外国人捅死的。高松林现在回忆起来的又是什么经历，怎么欧阳成也在场？

“这是什么时候发生的事情？”她大声问。

“我不知道，我不知道。”高松林抓着头跪到了地上，脖子上的绷带都让他扯开了，仿佛有把锯子在他脑壳里疯狂拉动，让他濒临崩溃。

付雪晴抓住他的肩膀大声道：“这很关键，你必须想起来，必须想！”

“我做不到，做不到。”

“那你告诉我，这是在哪儿发生的事情？在哪儿？”

“燕京。”

付雪晴如遭电击，瞬间僵在了那里。

高松林忽然呜咽道："我真的没想杀他……我不是故意的……不是故意的……"

付雪晴张开双臂把他搂在怀中，像安慰一个孩子，"我知道，我什么都知道了。"

她眼眶湿润，脸上带着笑容，这么多年过去，她终于等到了她的答案。

高松林筋疲力竭地靠在她身上昏睡过去。

付雪晴把他扶到沙发上躺好，重新给他上药包扎。

她望着她曾经无所不能的师哥，那个让她又敬又爱又恨的师哥，他此刻在她眼里忽然变成了一个孩子。

"也许我曾经在你眼里也是一个孩子吧。"付雪晴喃喃自语，"你放心，这件事我一定会为你查出真相，还你清白。"

这一刻，付雪晴心中不再有丝毫彷徨。

她的师哥终究没有让她失望，她也不会让他失望。

第二天。

付雪晴心中做好了安排，先去了一趟高松林曾经的住处。

那套房子的租期还未到期，她进屋仔细翻了一遍，没有发现那本羊皮古书。

她没多耽搁，开车去了刑警队。

卢广通正在就昨天的绑架事件开会，同时动员全体警员抓紧搜捕嫌疑人高松林。

付雪晴隔着门缝看见付天明也在场。她没进会议室，在外面给付天明打电话。

不一会儿，付天明推门出来，一眼看见女儿，马上就火冒三丈，不容分说就是一通骂。

"你昨天晚上又跑哪里疯去了？

"你妈妈刚刚被坏人绑架，正需要安慰呢，你这个当女儿的却跑了，让人家陆恒照顾，你惭愧不惭愧？

"你说你哪怕有一句嘘寒问暖也行啊，问都不问一声，亏得我们一把屎一把尿地把你养大。"

付雪晴瞅了他一眼："老爸，你忘了昨天我也被绑架了，还搏斗受了伤呢。你有句嘘寒问暖没有？你是我亲爹吗？"

付天明一下被问得没词了："你……你的伤怎么样啊？没事吧，让我瞅瞅。"

"得了吧，假惺惺，别给我头发弄乱了。"付雪晴拨开老爸的手，"我要跟你说件事。"

“补办婚礼？”

“那个之后再说，眼下我想请你帮我查个案子。”

“查案子还用得着找我？你自己不就行吗？”

“这是个好几年前的旧案，还是在外地发生的。我要去查得花很多时间，如果老爸你出面，燕京那边的警察也能重视。”

“燕京的案子？你查那个干什么？”

“你别管那么多了，我就要案子的全部卷宗，越快越好，我着急要。”

“你说了这么半天，到底是什么案子啊？”

“就是当年高松林被卷入的那起杀人案。”

“什么，你要查那个案子？”付天明诧异地望着女儿，“抓捕高松林都是卢广通在负责，你怎么突然又开始查起来了？难道是因为被高松林绑架了，咽不下这口气？”

“不是你想的那样。”

“那是什么样？”

“反正，卢广通肯定没有详细查过高松林当年那起案子，我觉得这里面有蹊跷。”

“有什么蹊跷？”

“具体是什么我现在也说不好，总之，我觉得高松林当年杀人那件事或许调查有误……”

付天明忽然沉下脸：“我说你知不知道自己现在在干什么。为什么每次一和高松林牵扯上你就方寸大乱？你别以为我不知道，婚礼那天高松林在看守所自杀，你是不是就因为这件事才从婚礼现场逃跑的？”

“从那之后你就整天颠三倒四，不是找不到你人，就是突然失踪。你是不是一直都在私下调查高松林的案子？”

付雪晴欲言又止。

付天明看女儿的样子，气得直跺脚：“看来我担心的一点儿都没错，你让我说你什么好。你已经不是当年不懂事的小丫头了，怎么还和这个男人纠缠不清呢。你如果不招惹他，他怎么可能绑架你。你别忘了，他可是杀人犯，你是警察，你们之间永远是正邪两立。”

“行啦。”付雪晴打断他，压低声音说，“有些事情不是我们看到的这么简单。就拿昨天的绑架案来说，你就不感到蹊跷吗？那个绑架我妈的人并不是吴凡的亲弟弟，是整容成他的其他人，这个人的真实身份你们有查到吗？”

“还没有。但反正是高松林的同伙就是了。”

“你错了，老爸。”

“我错了？”

“那个人并不是高松林的同伙，他要杀高松林。昨天高松林绑架我只是在逢场作戏，其实是他把我妈救了的。”

“你说什么？”付天明惊愕地望着女儿，似乎有点儿不太相信。

“我说的句句属实，你也不想想，就凭我一个人，如果我已经被高松林制服了，我又是怎么对付两个男人的？你以为这是拍好莱坞电影吗？”

“说不定高松林和那个人窝里斗呢。他顺便救你会不会是又有什么诡计，想要利用你？”

“你别捕风捉影想那些没根据的事，而且我还要告诉你，高松林根本就没有同伙，据我调查，那些身份不明的人其实是来杀他的。”

付天明眼睛瞪老大，想说话都不知道该说什么。

“现在我正在查原因。因为这件事牵扯太多，我不想大张旗鼓地进行。总之，你先帮我把高松林的资料弄来。暂时先不要告诉别人，我不想太声张，惊动那些身份不明的人。”

付天明耐人寻味地看着女儿，终于答应：“好，这件事我帮你办。但你跟我交个实底，你是不是和高松林还有联系？”

“那怎么可能呢。他是犯罪嫌疑人，我是警察。就算他救了我妈，我也一样要抓他！”付雪晴信誓旦旦地表决心。

“没有关系就好。”付天明松口气，“你哥哥不在了，我不想你再有什么事。”

付雪晴望着老爸忧心忡忡的样子，心里也有点儿不是滋味。

第十六章　三个U盘

付天明说到做到，很快联系到燕京那边的市局，很快就把高松林当年的卷宗搞到了。对方把电子版的资料发了过来。

付雪晴就在老爸办公室里，打开电脑一页页浏览。

付天明说："当年高松林出事之后，你拜托我打听消息，这个案子的卷宗我也扫过一眼。事实清楚，没有什么疑问。"

"大致情况我也知道，说当年有目击者看见高松林行凶，于是就报案了。"

"是啊，当时有很多目击者，在超市里看见高松林和被害人起了争执……"

"具体因为什么起的争执？"付雪晴追问。

她只是大致知道这个案子的情况，但是对细节并不太清楚。

"这个卷宗里也有记录，超市的监控也都拍到了。我记得好像是高松林不小心把饮料泼在了那人身上。对方是个外国人，很生气就骂他，两个人起了一点摩擦，不过很快就结束了。真正的冲突地点并不在超市。我听说，好像是高松林跟踪那个人，追上他又和他打了一架，结果失手把人杀了。是这样吧？"

"差不多，我记得当时的案发地在一个巷子里。高松林或许就是想教训他一顿，但是一时冲动把人给捅死了。案发时恰好有三个女人经过，她们亲眼看见了高松林杀人。"

"这三个目击者没有什么问题吧？"

"什么意思？她们就是三个在私企打工的女职员，当时她们刚下班，在回公寓的路上碰到了这起杀人案。"

在付天明回忆的时候，付雪晴已经找到了那三个目击者的证词，认真看了一遍。

这三个女人叙述的案发经过基本一致。都是看见两个男人在纠缠，其中一个男人用刀捅了另外一个男人，那个人倒在了地上，这三个女人见状就吓跑了，然后报的警。

付雪晴又特意看了眼案发现场的照片，是个很僻静的巷子，旁边是破破烂烂的平房，有些只剩下一半，墙壁上还用白油漆写着大大的"拆"字。

她隐约想起在母校燕京警官学院附近，好像是有那么一片棚户改造区，她大学毕业的时候都已经全扒光了。原来高松林杀人的地方就在那儿，她还是第一次知道。

“除了这三个女人之外，还有没有其他目击证人？”她问父亲。

“没有了，三个人也足够了。而且在被害人身上也找到了高松林的头发和血迹，这些都是经过技术验证的，不会有错。你不是现在还怀疑高松林不是凶手吧？你就不想想，他要是真被冤枉，为什么要逃跑？”

“我不是怀疑那个。我就是想知道，除了高松林和被害人之外，那三个女人还有没有看到其他人在场。”

“你这算什么疑问？”付天明不解地看了看女儿，“如果有，目击者肯定就会说的。三个目击者全都没有提到，那就说明没有。”

“但是当时的案发时间已经是晚上了，目击者又是在远处看到的，随后她们就被吓跑了，会不会当时还有另外一个人在场，因为站在阴影里，没有被发现呢？我看这个巷子里的暗影和死角都很多，未必没有这种可能。”

付天明拉把椅子过来，坐在了女儿旁边，仔细瞅着她：“我说闺女，你想看卷宗我也给你弄来了，你想看就看，但是可不能捕风捉影，随便乱猜呀。高松林这个案子本身十分简单，从物证到人证全都充分合理。就拿你提到的这个问题来说，高松林在超市里就曾经和被害人争执过，很多人都看见了，只有他们两个人，不涉及第三者。所以你也没必要在没用的地方费心思……”

付雪晴没吭声，她现在要印证的是高松林昨天晚上的回忆究竟是幻觉，还是真的想起了什么。

她移动鼠标，找到了被害人的信息。

这个人叫坤托，英文名是KhunTuo，是一个缅甸商人，做一些食品生意。

从资料来看这个人很普通，付雪晴倒是没发现什么疑点，只是这个人的照片看着有些阴冷，尤其是两个深陷的眼窝，盯人看的时候有点儿像某种食肉动物。

她又跳到了尸检部分。

最先映入眼帘的是被害人的身体信息，身高一米七八，体重九十五公斤。

这个数据有点儿让付雪晴咂舌，这个坤托算是个高个子，不过相比他的接近两百斤的体重，他要么是个大胖子，要么是个肌肉男。

接下来的尸体照片证实了付雪晴的猜测。

这是一个地地道道的猛男。如果拿高松林和这个人对比，这家伙个头比高松林略矮，粗壮的身体能大过他两圈，如果这家伙再有些身手的话，几个普通人都不是他的对手。

可这家伙居然就死在了当初那个不会格斗的高松林的手里。

坤托的致命伤在腹部，凶器是一把弹簧刀，没有什么特别之处。高松林只捅了被害人一刀，刀子刺进了他的肝脏，造成了大出血。

除此之外，在坤托脑后还有一处伤，是被砖头砸的，造成脑水肿和出血，不过不致命。

看到这里，付雪晴心里微微一震。

高松林回忆起的是欧阳成偷袭了这个人，倒是和被害人的伤能够吻合上。

“后脑这处伤也是高松林造成的吗？”她问付天明，“我看目击者并没有提到这个。”

“目击者应该是没有看到之前的殴斗，她路过时只是看见高松林用刀捅死被害人。其实想想也合理，被害人是个身高体壮的男人，高松林很可能先偷袭了对方，然后杀的他。”

“我看卷宗里也是这么推测的。没想到高松林下手可真狠呐。一个警校高材生，就因为被骂了几句，就把人家往死里整，先给打成脑震荡，再一刀毙命。”付雪晴的口气中透着几分耐人寻味。

“这倒是有一点儿不可思议。”付天明说，“不过杀人证据确凿，这一点是肯定的。只能说是他当时一时冲动，做出了不理智的事情。想想真是可惜啊，本来是个大好的人才。我当初其实也很欣赏他，那时候还以为你俩能走到一起呢，唉，真是没想到……”

付雪晴掏出U盘把那份电子版的卷宗拷了下来，对付天明说：“这些资料我先下载下来，找时间再细看。我还得拜托你一件事。”

“还干什么？”

“你能不能帮我调查一家外国公司，在南吕国拉玛市，公司的名字是Shadowman投资有限公司。”

“我说你到底在查什么？”付天明忧心忡忡地看着女儿，“你可别给我捅大娄子啊。”

“放心吧，保证不会的。具体原因我将来会告诉你的。你就帮我先查查吧。”

“好。我答应你，不过你也得答应我一个条件。”

“你还有条件？”付雪晴没想到。

“你老爸就不能有条件？”

“好吧，你说。”

“下午马上找陆恒去，别让我在刑警队再看到你！”

付雪晴折腾到快半夜才回宿舍。

这一天就陪着陆恒忙活了，两人一起选酒店、重新定婚礼，还得给他那帮亲戚说软话，逐个安抚，多半天下来，付雪晴脸都笑僵了。

到了晚上，这帮人还想让两人同房，付雪晴赶紧找借口溜了。

现在这当口，她还哪有那份心思，还是等婚礼之后再说吧。

付雪晴路过夜市，还顺便给高松林买了一套新衣服，之前那套都有股馊味了。

打开宿舍门，屋里一片漆黑。

她谨慎地走进屋，提防着高松林万一犯病从什么地方扑出来。

还好没什么动静，就听黑暗中传来一阵阵呻吟。

她把灯打开，霎时间被眼前的景象惊呆了。

只见高松林坐在沙发正中，双手各铐一个手铐，右手手铐连着铁链拴在左边扶手上，左手手铐连着铁链拴在右手扶手上，两条胳膊交叉在一起绷着劲，看着要多别扭有多别扭。

“你这是在干什么？”付雪晴叉着腰，打量着大汗淋漓的高松林，“自己一个人无聊，玩自虐吗？”

“我怕我犯起病忍不住又做出疯狂的事情。”

付雪晴看地上的沙发明显移动了不少，看样子高松林折腾得不轻。

她找出钥匙，给高松林解开手铐：“我正好有些东西要给你看看。”

她拿出自己的笔记本电脑，把U盘里的卷宗导入电脑里，递给了高松林。

高松林看了一眼卷宗封面，一眼就看见了被告人栏写着自己的名字，“这是……”

“这就是你当年在燕京杀人的调查卷宗，我给你找出来了。你好好看看，还能不能想起一些东西。”

高松林深吸一口气，神情变得异常凝重。

当年就是这件事把他的人生彻底颠覆，一夜之间从前途光明的警校高材生沦落为一名杀人逃犯。

如今他差不多忘记了案子的全部细节，甚至连如何杀的人，以及为什么要杀那个人，他都想不起来了。

他一页页飞快地浏览，当年发生的一切又仿佛再一次浮现在眼前。

付雪晴在一旁说：“这个卷宗我已经看过了，所有指向性的证据都没什么问题，因为你杀人的证据确凿，所以警方很快就把你列为了在逃人员。可是有一个地方存在出入……”

“什么地方？”高松林问，眼睛依然盯着电脑屏幕。

“不管是超市的目击者，还是案发现场的目击者都没有发现第三个人存在，也就是你昨晚上提到的欧阳成。假如欧阳成当时在场，不可能这么多人都没有发现吧。”

“那为什么我在梦游的时候会提到这个人呢？”高松林疑惑不解，“难道就是我自己的幻想？”

这个付雪晴也说不好。她问高松林：“你还能想起来你当时为什么要杀那个外国人吗？你们到底是如何起的争执，怎么会下那么重的手把他给杀了？”

“我也搞不明白，我当年脾气很暴躁吗？”

“脾气是有点儿喜欢争强争胜，倒也谈不上暴躁，平时在学校里你也没跟别人起过争执。老实说，当年出了这件事我还不肯相信呢，托我爸去打听才知道你确实杀了人。据说那个外国人语气傲慢，在超市里骂了你，骂得很难听，都说你是冲动之下才杀了人……”

“这个人就是我杀的那个人？”高松林忽然指着被害人的照片说。

“是啊，他是个缅甸商人，来中国倒腾货物。”

“这个人……”高松林忽然变得有些奇怪，眼睛直勾勾地盯着屏幕上那个人。

“这个人怎么了，你想起他了？”

高松林刚想回答，那种突如其来的剧痛再次钻进脑子里。

他捂着头从沙发上跪倒在地，电脑也摔在了地上。

“你没事吧？”付雪晴急忙俯下身问他。

过了好一会儿，高松林才缓过来，一屁股坐在地上，大汗淋漓地喘着粗气。

他疲倦地望着付雪晴：“我终于想起来了。”

付雪晴一凛：“想起什么了？”

“我为什么会杀那个人。”高松林看着空白的墙壁，喃喃讲述道，“这个外国人给我的印象很深，我本来不应该忘了他的。”

“那天到底发生了什么？”

“我那天原本是去超市里买东西，就是我们校外北面的那个大超市，我在那里遇到了一个人。”

“就是这个叫坤托的缅甸人？”

“不是他，是欧阳成。”

“欧阳成？他当时也在超市里？”

“对，就是欧阳成。我当时还不认识他，他从我身边走过的时候，我无意中发现有个男人在跟踪他，就是那个缅甸人。他的体格非常健壮，眼神十分阴冷，你知道的，就像那种要杀人一样的眼神。于是我就找个机会好心提醒欧阳成。欧阳成跟我说，这个人已经跟踪他很长时间了，他一直想摆脱他。我让他报警，他说他报警也没用，又没有什么证据。于是我脑子一热，就给他想了一个主意。”

“什么主意？”

“我让欧阳成赶紧去结账走人，那个缅甸人自然就想跟出去，于是我假装把饮料泼在那个人身上，装模作样给他道歉擦衣服，就是想拖住他。他急了就骂我是猪、蠢货什么的，我就跟他吵了起来，当时在收银台很多人都看见了。那家伙后来发现欧阳成溜了，推开我就冲出去追人，我随后也追了出去，看见他跑过马路，进了一个胡同，我没多想就跟进去了。”

“然后就发生了你昨天晚上想起来的那一幕？”

“差不多吧。当时其实挺惊险的。我那个时候年轻气盛，把自己当成真警察了，找到那个缅甸人的时候，本来想吓唬他两句，把他赶跑。没想到这家伙跟我动起手来，居然还有一身功夫，我根本就不是他的对手，被他打的够呛，很快就被他擒住了。他还拽出一把刀威胁要杀我，逼着那个叫欧阳成的人出来。我当时才意识到这家伙居然是一个亡命徒，欧阳成就算出来也没用，当时我真以为我死定了呢。”

“后来那个欧阳成就出来了？”

“他很聪明，从后面偷袭了那家伙。我就趁机夺过他的刀，反手捅了他一刀，没想到却把人给杀了，唉……”

“所以，你之后就畏罪潜逃了。”

“应该是吧，之后的事情我现在还想不起来。”

付雪晴望着他，恍然道：“原来这件事里面还有这么多曲折，因为目击者没有看到整件事的经过，只看见了你杀人，让你白白受了这么多年冤屈。”

她心中充满感慨，既有欣慰，又有惋惜。毕竟该发生的还是发生了，使得很多人的命运都跟着改变了。

“你当年为什么不报警呢？”付雪晴不解地问，“你杀人是特殊情况，完全可以看作正当防卫啊，为什么还要逃呢？你这一跑就解释不清了，多蠢呐。”

高松林叹口气：“我也想不明白我当时为什么会那么蠢。也许之后又发生了什么，可是我想不起来了。”

付雪晴心头一动：“会不会和欧阳成有关呢？”

“欧阳成？”

“你想，你之后便私渡到了南吕国，一直和欧阳成共事，似乎关系还不错。这一切应该不是巧合吧。”

“你是怀疑……是欧阳成把我带到南吕国的？”

付雪晴点点头：“而且我觉得这个欧阳成很不一般。”

“怎么说？”

“先不论这个人是好是坏，就从他牵扯到的那些事情推断，他身上似乎隐藏着很大的秘密。”

高松林仔细想了想：“是啊，这个欧阳成一出现就惹上这种麻烦，我当时居然没意识到，那个坤托根本不是商人那么简单，他身手非常好，而且身上有股杀气，就好像……好像鬼男一样。”

“那个德古拉案的凶手？”付雪晴吃了一惊，“那究竟是什么人想要杀欧阳成呢？有没有可能和追杀你的是同一伙人？”

“不知道。追杀我的人可是Shadow man，如果当初他们就想追杀欧阳成，欧阳成后来又怎么会跑回去给他们做事呢。”

“那假如坤托当初不是为了追杀欧阳成呢？”

“那是为了什么？”

“为了调查他。”

“调查他什么？”

“这个可就不好说了。反正我觉得欧阳成这个人肯定是知道什么秘密。你忘了，他在临死前还特意嘱咐过你去看一本羊皮书，说你要找的东西都在里面。这是不是就说明他掌握着某个很重要的秘密？”

“重要秘密……”付雪晴的猜测让高松林若有所悟，“欧阳成和我最终都遭到了Shadow man的追杀，我俩之前又是给Shadow man做事的。这个重要秘密会不会就和Shadow man有关呢，而这个秘密就隐藏在欧阳成提到的那本羊皮书里……”

“还没来得及告诉你，我刚刚借助一些关系查过Shadow man，它并不是一个神秘组织，而是南吕国一家正规的投资有限公司。”

“正规公司？”这可让高松林很意外，“可是正规公司怎么会招收像我这样的私渡者呢，还有那些追杀我和欧阳成的人？怎么看都不像是一个正常企业所为吧。”

“是啊，这家外国公司确实有问题，我正在想办法深入调查。但从另外一方面或许也说明，你和欧阳成或许正好接触到了这家公司的不为人知的那些秘密，甚至可能是不法勾当，这也是他们必须除掉你们的原因。”

高松林叹口气：“这些秘密很可能都被欧阳成记录在那本羊皮书里了。也许我曾经得到过那本羊皮书，但是由于出现了双重人格，只把那本书当成了作案的工具。”

“话也不能这么说。对于你，我现在完全没法再相信自己的眼睛了。”

“什么意思？”

付雪晴颇为玩味地望着他：“自从当年那件事之后，从你的外表到一切关于你的信息，几乎全部都是黑白颠倒的。我一面不得不把你看成一个冷酷无情的高智商犯罪嫌疑人，一面又被事实一次次改变想法，确信这个人还是当年我那个优秀的师哥。说心里话，我现在都在怀疑，你到底是不是预测死亡的兔子。”

高松林脸色一变：“你怎么会这么想？”

“师哥你这么聪明的人，遇到自己的事情，怎么反而变迟钝了？你仔细想想，真正给你定罪的其实是U盘里的那封信。你在信里以自白的口吻把预测死亡的兔子的作案目的全部解释了一遍。由于当时警方的调查陷入僵局，那封信十分合理地解释了几乎所有疑点，自然就成为了首要证据。”

“对啊，那封信还是我自己手写的。”

“除了主要证据之外，你假扮吴凡的身份被戳穿，以及你是在逃人员高松林这个事实，与那封信的逻辑相同，一并成了给你定罪的铁证。但是，短短十几天之后，我们回头来看，当初那些证据哪些是真的？

“重要证人吴凡的弟弟吴莘本身就是假扮的，而你当年的杀人罪名也和实际有很大出入。特别是那封信，里面有很多地方其实与事实并不相符。欧阳成根本就不是你杀害的，可是你为什么要自己承认呢，你不觉得很反常吗？”

“我现在想不起来，我是在什么时候写的那封信。”

“所以我现在很怀疑那封信的真实性，至于你到底是不是预测死亡的兔子，我现在不敢肯定。这背后到底有没有阴谋，到底和欧阳成掌握的秘密有没有牵连还不好说。”

高松林叹口气靠在沙发上：“早知道今天会惹上这么大麻烦，我当初何苦去管欧阳成的闲事。咱俩的孩子说不定现在都能打酱油了。”

“打你个头，是不是又犯病了，我去给你拿药。”付雪晴轻嗔薄怒，转身走了。

“我这药你没有。最好能去医院开点。”高松林揉着还在隐隐作痛的太阳穴说。

付雪晴看他这两天发病的样子确实有些担心，转回身问：“我找医生开什么药，治幻听幻视的，还是治人格分裂的？”

“这种药医生是不会轻易给你开的，除非你能装成我犯病那样。”

“算了吧，我演技有限。”

“或者你找陆恒给我开点药，他一直都是我的主治医生。”

“那陆恒问起来怎么办？”

“你就说你不舒服。”

“少祸害我。再说陆恒也不傻，万一他知道了，我担心我爸就会知道。现在除了我之外，其他人可仍然把你当成杀人犯呢。让他们抓住你，你未必能解释得清。”

高松林只好妥协：“那你干脆还是把我铐上吧，免得我犯病了干出什么意想不到的事情。”

付雪晴犹豫了一下，想起昨天晚上这家伙差点儿伤了自己，还是把他的手脚铐上了。

后半夜，付雪晴又被惊醒了。

她跑到客厅里一看，高松林已经掉下沙发，不停地在地上翻滚，还发出痛苦的低吼，折腾到后半夜直到筋疲力竭才睡着了。

付雪晴好不容易把他扶到沙发上躺好，望着他的可怜相，实在于心不忍。

她想起马医生说的话，真担心高松林就此疯掉。到那时就算查出了真相又有什么意义呢。

第二天早上。

付雪晴去了人民医院心理咨询科。

她推开陆恒办公室的门，看见他正在给一个女患者问诊。

女患者看着也就二十岁左右，穿得要多性感有多性感，波波头上别着一个装饰用的小帽子，帽子上插着五颜六色的羽毛，看着像鸡毛掸子一样，她说起话更是嗲声嗲气，像在故意学绵羊叫一样。

她跟陆恒说自己心口疼，让陆恒用听诊器给她听听。

陆恒还挺耐心地向她解释：“你用不着听诊器。”

“可是我心口疼怎么办啊？都说陆医生您不但长得帅，医术还高明。我一大早特意赶来了。果然很帅。”

陆恒咳嗽两声：“那个，你到底是什么症状啊？”

小女孩开始娇滴滴地诉苦，头上的鸡毛掸子跟着一起哆嗦，“医生哥哥你不知道，最近我还失眠多梦，担惊受怕。前天去酒吧散心的时候，突然有个老女人跳出来，非说我抢他男人，这不是笑话吗。她男人又胖又丑，我怎么可能看得上。她男人死乞白赖地缠着我，我还没报警呢，她反而威胁我，还扬言要毁我容。我现在总觉得有人要害我，稍微有点儿突然的响声心脏就扑通扑通地跳个不停，我是不是病得很厉害呀医生哥哥，你可得救救我啊。”

付雪晴忽然“哐哐”一顿敲门，把女孩吓一大跳，捂着心口直叫唤：“哎呀，吓死我了，谁弄这么大动静！”

“他治不了你，我能。”付雪晴没好气地说。

鸡毛掸子不满地看了她一眼：“你谁呀你？”

“我是警察，如果有人骚扰你，直接报警就好了。你找心理医生没用，万一对方把你揍了，你找医生也得找外科的。”

鸡毛掸子气得使劲白楞她一眼。

付雪晴朝陆恒招手让他出来，陆恒只好让患者稍等，起身走出办公室。

“我正在看病呢，你别跟着瞎掺和啊。”

“她那是有病吗，我看那是犯花痴了。”

陆恒笑道：“所以你得抓紧嫁给我啊，免得有太多人惦记。”

“行了，我找你说正经的，你能不能给我开点儿药？”

“开药？你也有心理问题？”

“嗯，最近是有些抑郁。我当初听高松林说，你给他开的药很好使，你也给我开几份吧。”

陆恒怀疑地看着她：“你要用高松林的药，你知道他是什么病吗？”

“管他是什么病，好使就得呗，哎呀，别废话了，赶紧给我开药吧。”

陆恒没动，意味深长地看着她，“你跟我说实话，这药到底是不是你用？”

“当然啦，不是我用还能谁用？”

“你不说实话，我是不会给你开药的。我不希望我娶的女人骗我。”陆恒忽然变得很严肃。

付雪晴就知道陆恒不好骗，勉强道：“是高松林要用。”

陆恒大吃一惊，“怎么你和高松林还有联系？”

“他现在就藏在我宿舍里。”

“什么？”陆恒几乎喊出声。

屋里那个鸡毛掸子看他俩嘁嘁喳喳的没完，有点儿吃醋：“我说医生哥哥，你们到底说完话没有啊，我才是先来的吧，总得有个先来后到啊。”

付雪晴“哐”一下把门关上了，对陆恒解释：“我是为了调查案子没有办法，高松林是个重要的证人。”

“可他现在是个在逃人员啊。”陆恒尽量压低声音，口气却很急躁，“再怎么说，你也不能私下里把他藏起来吧，万一被人知道你不就毁了吗？”

“特殊情况特殊处理，到了时候，我会把他交给警方的。但是眼下最麻烦的是他又犯病了，情况很不好。你是他的主治医生，比别人都清楚，现在只有你能帮他。我也希望你相信我。”

陆恒沉默了几秒钟，叹一口气：“好吧，只要你决定了的，我都会支持你。谁让你是我老婆呢。”

付雪晴感激地抱住他：“我就知道你最懂我了。”

陆恒咬了她的耳朵，坏笑道：“不过，我得要个大大的奖励，今天晚上怎么样？”

付雪晴脸一红，捶了他一下。

陆恒装疼似的捂着心口，笑眯眯地说：“就这么说定了，我现在去取药。”

付雪晴无奈地摇摇头，心里却甜丝丝的。等这个案子忙完，她一定得和陆恒来一次疯狂的蜜月旅行才行。

等陆恒去拿药的工夫，她推门走进陆恒的办公室。

鸡毛掸子正憋了一肚子气呢，凶巴巴地问她：“医生哥哥呢，他去哪儿了？”

“给我取药去了。”

“凭什么，我先来的！”

“是啊，我也纳闷呢。”付雪晴故意气她。

“哼，一个老女人，有什么好得意的。”鸡毛掸子扯了扯嘴角。

付雪晴一来气，干脆坐在了陆恒的座位上。

“哎，你干什么你？”鸡毛掸子尖声叫起来，“你怎么能坐医生哥哥的位置？”

“我乐意。”

鸡毛掸子咬牙切齿，很想把付雪晴从椅子上拽下来丢出去，可是没敢。

她恨恨道：“加塞，抢座，不但老还没素质！”

付雪晴忍着气，故意翻弄桌上的东西气她，一边反唇相讥：“那可没办法，医生哥哥偏偏就喜欢给老女人做丈夫。”

“什么，医生哥哥结婚了？你是他老婆？”鸡毛掸子一脸心碎的表情。

“是啊，谁让他迷恋我呢。”付雪晴一把拉开抽屉，看到一罐口香糖，倒出一粒扔进嘴里，继续给对方伤口上撒盐，“某些人自以为年轻了不起，那有什么用啊，从来不敢素颜出门，最要命的是前后两块平板，有什么用啊，结婚又不是打扑克。”

鸡毛掸子被戳中心窝了，跳起来要跟付雪晴拼命。

付雪晴还想再刺激她几句，注意力却被抽屉里的一个东西吸引了。

那是一个透明的塑料盒子，里面放着两个一模一样的灰色U盘。

付雪晴暗暗吃惊，这两个U盘怎么看着和欧阳姗姗破译的那个U盘十分像呢。

她把那两个U盘从盒子里拿出来，正想仔细看，忽然感觉头发被人揪住了。

她扭头一看，鸡毛掸子已经扑上来，正薅着她的头发大发淫威，想把她从座位上拽下去。

付雪晴还从来没这么狼狈过呢，顿时火起，一把抓住鸡毛掸子的手腕，另一只手往她胳膊肘的麻筋上一拧，鸡毛掸子跟踩了电门一样叫起来，发出一串颤音，手也松开了。

付雪晴存心想治治她，双手一掰她胳膊，鸡毛掸子就地跟着转了一圈，付雪晴脚下使个绊子，鸡毛掸子一个马趴整个摔在陆恒的办公桌上。

等陆恒回到办公室，让眼前的一幕惊呆了。

他望着趴在自己办公桌上口歪眼斜、呻吟不止的女患者，问付雪晴："这是怎么了？"

付雪晴冷冷道："她不是一直盼着你给她治病吗，现在你得治很长时间了。"

陆恒无奈地苦笑一下，把准备好的药递给付雪晴。

付雪晴接过药瓶，目光凝视着陆恒，欲言又止。

"怎么了你？"陆恒似乎觉出她有些奇怪。

付雪晴望着他一如既往的谦和帅气的面庞，摇了摇头，转身离开了医院。

她没有直接回宿舍，而是先去了趟刑警队。

她直接来到物证科，让警员给她找出预测死亡的兔子案件的全部物证。

东西都摆在桌上，付雪晴迫不及待地翻找起来，最后从一个箱子里找到了欧阳姗姗破译的那个U盘。

她急忙从衣兜里掏出另外两个U盘，把三个U盘放在一起比较。

她惊讶地发现，三个U盘无论颜色、大小，还是尺寸都一般不二。

她顿时呆在了那里，一动都不能动。

"你在这里干什么，付队长？"卢广通的声音把付雪晴一下从失神中惊醒。

她慌忙把从陆恒那里拿来的两个U盘放回衣兜，转回身看见卢广通身后还跟了好几个人，连老爸付天明都在。

她说："没什么，我过来看看能不能发现一些寻找高松林的线索。"

卢广通似乎看到付雪晴往衣兜里揣东西了，目光往桌上的物证堆里扫了一遍，又落在她手里的U盘上："付队长怎么忽然对这个U盘这么感兴趣了？"

"哦，就是随便看看。"

卢广通压低声音说："看看可以，或者直接问我也行，但是不能带走哇，这些可都是重要物证。"

付雪晴现在还解释不清了，这个卢广通万一犯起拧劲，非要让她把东西拿出来怎么办？

正在这时候，付天明说道："付雪晴跟我过来一趟，上次让你准备的材料都准备得怎么样了？"

付雪晴心领神会，马上说："已经准备好了，我现在就拿给你。"

她趁机开溜，暗自松口气。

付天明把她带到办公室，对她说："你让我查的，我已经给你查过了。"

"你是说那家 Shadow man 投资公司？"这可是意外收获。

"我已经尽了最大努力，只能通过使馆方面简单打听一下这个公司的基本情况。再往深了查，就容易引起疑心了。"

"那也可以，怎么样？"

"这是一家正规公司，手续合法，完全没有问题。我还给你找到了一些与这家公司有投资合作的企业，也没有发现问题，全部都是正规企业。"

"是这样啊。"付雪晴忽然想起来什么，"它投资的这些企业中有没有一家化妆品公司？"

"化妆品公司？这个我还真没有留意。"付天明从桌上拿起两张打印资料递给付雪晴，"喏，Shadow man 合作的企业都统计在这里了，你自己看吧。我扫了一眼都是英文的。"

南吕国曾经有相当长的一段时间是英国殖民地，如今官方语言还是双语。这些地方的公司也都配有一个英文名字，倒帮了付雪晴大忙。

不过，她仔细看完一遍，也没有发现一家化妆品公司。

"你查化妆品公司干什么？"付天明问。

"你还记不记得高松林犯的那些案子？"

"当然记得了。不是说他杀了一个商人吗，好像还抢劫了一家公司，杀了好几个人。"

"那家公司就是一家化妆品公司。我是有些奇怪，高松林好端端的为什么要去抢劫化妆品公司呢？"

"如果他在国外尽干一些违法的勾当，这个也不奇怪。"

"好了，我知道了。"付雪晴现在不想和父亲探讨太多，她马上还要去见一个人。

"你等等。"付天明忧心忡忡地提醒她，"你可千万别惹什么祸啊。"

“瞧您说的，我能惹什么祸。”付雪晴哑然失笑。

“你刚才到底有没有把物证带走？”

付雪晴停下脚步，郑重地对父亲说：“你放心，你女儿永远不会做违背良心的事情，但我眼里也揉不得沙子。”

她转身走出办公室，离开了刑警队。

江州第五中学。

“你找我？”欧阳姗姗站在校门口，惊讶地望着付雪晴。

“对，是我找你。”付雪晴拍了拍车门，“上车吧。”

“这样不好吧，我还在上课呢。莫名其妙就跟一个陌生女人走了，万一遇到危险……”

欧阳姗姗还有点儿执拗呢，付雪晴不耐烦道：“我都和你学校打招呼了，就说你牵扯进了一起刑事案，现在需要你协助警方调查。”

“这怎么听着好像我犯了事一样。不行，没有监护人同意，我不能跟你走。”

“放心吧，你爹地已经同意了。”

一提到高松林，欧阳姗姗马上就翻脸了：“哼，别提他，不管你怎么维护他，那家伙都是杀害我爸爸的凶手！”

“你先上车吧，我正要跟你聊聊这件事。我相信你也很想知道一些内情。”

欧阳姗姗眯起大眼睛瞅了瞅她，低头钻进了副驾驶室。

付雪晴开车上路，欧阳姗姗说：“想说什么现在就说吧。”

“还记得上次在你家，咱俩说过的那些话吧。”

“那又怎样，就算我爸爸很可疑，甚至做过犯法的事情，就算现在有人在追杀高松林，也还是改变不了他杀害我爸爸的事实。我就猜到肯定是你把高松林藏起来了，要不然警察不可能现在还找不到他。”

“那你为什么不告诉警察呢？”

“一来，咱俩之前相处得还不错，我都差点儿把你当我后妈了。我如果报警，你后半生就毁了，我这人没那么不地道。二来，你上次向我保证，不管查出的真相是什么，你都会秉公执法。我就信你一次，等着你给我答复。”

“我这次来就是给你答复，上次咱俩见面之后，我又查到了很多东西。”

“你的答复是什么？”

“高松林并不是杀害你父亲的凶手，相反，他俩还是很要好的朋友。”

“嗤。”欧阳姗姗冷笑一声，“你拿这套骗小孩子的把戏来忽悠我吗？”

“我说的是实话。还记得我上次告诉你，有人在追杀高松林吧。事实上，那些人追杀的是高松林和你父亲两个人，因为他俩知道一个共同的秘密。你父亲早在南吕国就已经遇害了。高松林随后逃回国内隐藏起来，可惜因为车祸失忆了。那些人还没有放过他，又一路从南吕国找到了这里。”

欧阳姗姗沉默了好一会儿，大眼睛一眨不眨地望着挡风玻璃外面：“你跟我说的这些有多少是有证据的，有多少是你猜测的？”

“高松林已经能回忆起一些东西了，但是还没有完全恢复记忆。”

“哼，说不定他根本就没失忆呢，是故意在骗你的。”

付雪晴一声唏嘘：“如果你知道我们经历过什么，就知道我为什么相信他了。”

“你们经历过什么？你把自己给他了？”

付雪晴突然一脚刹车，欧阳姗姗差点儿撞到挡风玻璃上。

“喂，你到底会不会开车？”欧阳姗姗大叫。

付雪晴从兜里掏出一个U盘递给她：“这个你还有印象吧？”

欧阳姗姗接过来一看：“这不是我破译的那个U盘吗？已经交给你们了，你把它拿出来干什么？”

“那你再看看这个。”付雪晴又拿出一个U盘递给欧阳姗姗。

欧阳姗姗眼睛一下就直了：“这是怎么回事，怎么一模一样，哪个才是真的？”

“其实哪个都不是你破译的那个U盘，你那个U盘还在警队里，这两个是我从其他地方拿到的。”

“其他地方，什么地方？”

“这个你就别管了，我就想问问你是怎么想的。假如高松林给你的加密U盘是为了隐藏那份自白书，那为什么会多出两个一模一样的U盘呢？”

“也许就是巧合吧，每款U盘又不可能只有一个，可能是其他人碰巧买了相同的，让你看到了。”

“来找你之前我上网仔细查过，国内似乎并没有销售过这种U盘，我怀疑这是外国货。如果真是那样，这种巧合的概率又有多大呢？”

“可是，这不能证明高松林就没杀我爸爸吧？”

“你是凭什么相信高松林就是杀害你爸爸的凶手的？就是他U盘里那封自白书吧？

“如果高松林真像自白书里所说的那样，那么预测死亡的兔子系列案件就应该是一个十分严谨的作案过程。可是我后来发现，那封信里有很多地方与事实不符，现在又突然多出来两个一模一样的U盘，你就不疑惑这两个U盘里装的是什么吗？如果与高松林有关，他为什么从来没有提过呢？”

“那你看过这两个U盘里的东西吗？”欧阳姗姗问。

“还没来得及呢，可以和你一起去看看。”

付雪晴开车来到欧阳姗姗家。

欧阳姗姗找来一台笔记本电脑，还跟付雪晴抱怨：“你们办事效率也太差了，上次跑到我这里打坏了电脑，还没把钱赔上呢。”

付雪晴拿出一个U盘递给她，欧阳姗姗往笔记本里一插，打开的U盘，页面里只有一个zip压缩文件夹。

“这看上去简直与高松林那个U盘一样啊，连文件大小都一样。不会是同样的文件复制了一份吧？”欧阳姗姗说着用鼠标双击文件夹，结果跳出一个密码框，“不是吧，这个也有密码？”

“会不会就是你之前破译出的那个密码？”付雪晴猜。

欧阳姗姗试了一下，叹口气，“不是，这是一个新密码。”

“那也没关系，上一个U盘你不是都破解了。”

“哪那么容易啊，破解那个zip文件花了我好几个月时间呢。”

“那你再试试另外一个U盘。”付雪晴又把另外一个U盘递给欧阳姗姗。

打开一看，里面是同样的zip格式的压缩文件夹，只是文件要大了几十兆。

欧阳姗姗一试，依然需要解压密码，而且也是一个新密码。

“不是吧，这是搞什么鬼呢。破解不了，不弄了。”欧阳姗姗气得把电脑推到地上，幸亏有地毯才没摔碎。

付雪晴把电脑拿起来塞给她：“别胡闹，我问你正经事呢。”

“我也没不正经啊，这个密码确实很难破解，如果你真想看，那也得等几个月之后。”

“那这里面都是一些什么文件呢？”

欧阳姗姗鼓捣了一下说：“还是jpg.格式的照片，这个和高松林那个U盘几乎完全一样。”

欧阳姗姗又试了另外一个U盘，zip文件压缩里面依然都是图片。

“毫无疑问了，这两个U盘肯定和高松林那个U盘有联系。”付雪晴做出这个推断时，心里说不出是一种什么滋味。

她想不通为什么这两个U盘会在陆恒的办公桌里。

难道他也和高松林的案子牵扯上了？

她实在不愿继续往深去想了。

“难道说高松林写了三封信不成？”欧阳姗姗猜道。

“可是他为什么从来没有提到过另外两封信呢？”付雪晴反问。

“也许是因为他失忆了，把另外两封信忘记了。”

“可就算他写了三封信，另外两封信又能写什么重要内容，为什么非要加密呢？”

这个欧阳姗姗就猜不出来了，不过天才儿童总有解决办法，她灵机一动，“与其在这里问我，你还不如去问问高松林呢。没准他能想起来呢。”

付雪晴瞅着她，眼神中带着玩味。

欧阳姗姗摆摆手：“咱俩之间就用不着藏着掖着了，我知道你肯定知道高松林在哪儿，至于你怎么和他联系我不管。反正我现在也着急等你的调查结果呢，别忘了你对我说过的话，不管是什么真相，你都会秉公执法。”

“这两个U盘先放在你这，你再好好研究研究，看看能不能破译，千万保管好，我现在就去找高松林。”

付雪晴说完离开了欧阳姗姗家。

她带着一肚子的疑问开车往宿舍赶。

她有一种直觉，这三个U盘之间肯定存在某种联系，说不定就是解开真相的关键线索。眼下时间紧迫，也只有找高松林问问了。

但是付雪晴万万没有想到，当她赶到宿舍时，高松林已经离开了。

宿舍门半开着，明显是从里面打开的锁头。

房间里保持着她早上离开时的样子。

茶几上放着吃剩下的点心和包扎伤口换下来的绷带，高松林睡过的沙发上还挂着手铐。就今天早上没给他铐上，他就溜了，连个招呼都没打，还穿走了付雪晴昨晚刚给他买的衣服。

付雪晴忽然有种挫败感，甚至是一种被抛弃的感觉。

她与这个男人出生入死，经历过这么多考验，她好不容易才重新开始信任他，可转眼之间他又离开了，依然像当年那样我行我素。

付雪晴深深呼吸，努力让自己平静下来，她现在备感茫然。

高松林走了，她的底气似乎也没那么足了。她独自一人到底能不能解开这样巨大的谜团。她又如何向怀疑他的同事解释，向她父母解释。陆恒那边她又该怎样面对，是装作视而不见，还是当面对峙。

仿佛就在这一瞬间，她人生里的一切都充满了麻烦，让她茫然无措。

不知道什么时候，她才忽然意识到手机在响。

她拿出手机，看到来电显示是欧阳姗姗。

肯定是在催她。

她接听电话，没好气地说："我正在找高松林呢好不好，能不能别再烦我了！"

没想到听筒那边传来欧阳姗姗哆哆嗦嗦的哭声，"救救我，快来救救我……"

付雪晴吃了一惊，"你怎么了？"

"你快来吧，再不来，我就没命了。呜呜呜……"

付雪晴还想多问，可是电话已经挂断了。

刚才在欧阳姗姗家她还好好的，这才过去不到一个小时，怎么就出事了呢？

可是听欧阳姗姗的声音确实充满了惊恐，这绝对不是装出来的。

真是祸不单行。

付雪晴咬咬牙，冲下楼钻进车里，以最快的速度往欧阳姗姗家赶。

半路上，她又联系警队请求支援，事已至此，救人要紧，她已经顾不了其他了。

付雪晴赶到欧阳姗姗家时，别墅的院墙外已经被附近接到通知的警察包围了。但是周围的窗户都被窗帘遮挡得严严实实，根本看不到里面的情况。

临场指挥的赵警官向付雪晴介绍情况："目前估计匪徒只有一到两名，跑是跑不了，只是匪徒挟持着孩子躲在死角，我们不敢轻举妄动。"

"你们有派人和匪徒联系过吗？"

"联系过，他说只想跟一个人谈。"

"什么人？"

"那个人好像叫付……付什么……"

"是付雪晴吧？"

"哦，对，好像是这个名字。"

"我知道了，就是我。"

"啊？"

"我先进去，让你们的人都沉住气。"

交代完，付雪晴深吸一口气，走到别墅大门口，对里面说："我就是付雪晴，我已经过来了，我们可以好好谈谈。你有什么条件可以和我说。"

过了一会儿，屋里传出一个男人低沉的声音："你进来吧。"

付雪晴慢慢走近别墅，客厅里没有人。

忽听地下室里传出欧阳姗姗带着哭腔的声音："我在这。"

付雪晴拔出手枪，小心翼翼地走进地下室。

地下室里亮着灯，可是没有看见人。

那个男人的声音这时响起："把你的枪收起来！我可以保证你和孩子的安全！"

付雪晴迟疑着把手枪插回枪套。

"把门反锁。"

付雪晴犹豫了一下，也照办了。

"现在你可以进来，这个小姑娘吓坏了。"

付雪晴沉住气，一步步往里走。

她首先看见了欧阳姗姗，小丫头虽然哭得稀里哗啦，不过看上去还好，没受伤，甚至都没有被捆绑。

她正稍微迟疑，从角落里闪出一个人影。

他穿着一身黑色的风衣，光头，戴着一副墨镜。整张脸上有一个最鲜明的特征，就是左侧嘴角有一道伤疤，让他的嘴角永远保持着一抹丑恶的冷笑。

付雪晴一见到这个人，就打了个寒战。

这不就是追杀高松林的匪徒之一吗？

付雪晴和他交过手，吃过他大亏，现在还心有余悸呢。

他怎么会找到这里来？

他到底有什么诡计？

付雪晴急忙伸手拔枪。

风衣人抬手制止，平静地说："你先别冲动，冷静地听我说完。我想你应该是误会了。"

"误会？你什么意思？"

"我并没有绑架这个小女孩，我只是在调查的时候，刚好找到这里了。"

"调查什么？"付雪晴冷笑一声，"说的好像你是警察一样。"

"我不是警察。不过，我和那帮要追杀高松林的人也不是一伙的。"

付雪晴微微一怔，将信将疑地瞅着他，"那你是干什么的？"

风衣人摘下了墨镜，看着有将近四十岁，普普通通的一张脸上有些麻子，但是配上嘴角那道伤疤就显得十分阴森了。

风衣人没有回答付雪晴，而是把手伸进怀里。

付雪晴急忙把枪指向他："别动。再敢乱动我就开枪了！"

"你太紧张了，我没掏枪。"风衣人平静地说道，顺势敞开衣襟，用手指从里兜夹出一个墨绿色的证件。

他把证件抛给了付雪晴，付雪晴接过，打开一看，首先映入眼帘的是一个类似警徽的金属徽章，但又很不一样。

在徽章外圈有一行铭文，写着“国家安全部”。

徽章反面是姓名和个人信息，写着“于强”，旁边配着个人照片，正是眼前的风衣人。

“你是特工？”付雪晴难以置信地望着面前这个人。

“如果还不相信，你可以去查我证件上的代码，那是我的专属代码。”

“可是，可是……”

“我知道你要说什么。”于强说，“在医院里纯粹是误会。我本来是去找高松林，没想到碰到有人要杀他。我当时把你和那些匪徒看成了一伙人，以为你要劫持高松林，结果咱俩稀里糊涂打了一架。”

欧阳姗姗悬着的心这时候才落下，不依不饶地开始埋怨于强：“那我说你这位大叔做事就太不地道了，你是特工就能闯别人家吓唬小孩吗？我要是有个三长两短，你担待得起吗？”

于强抽动一下嘴角的伤疤：“我都告诉你了不要害怕，我不是坏人，就让你给付雪晴打个电话，是你不相信我啊。”

这回答差点儿把欧阳姗姗气死：“就你那样谁会你以为你是好人呐。”

“所以说以后不要以貌取人，小朋友，容易上当受骗。”

欧阳姗姗抓狂地薅头发。

付雪晴没心思听他俩拌嘴，问于强：“可是你找高松林干什么？难道他惹上什么麻烦了？”

于强点点头：“惹上了很大的麻烦。”

付雪晴有点儿蒙，他这个大师哥还真是了不起，现在不但警察抓他，黑帮追杀他，连国家安全部都惊动了。

“你也知道现在江州警方在通缉他吧？”付雪晴问。

于强点点头：“我也是刚到江州不久，之前不熟悉情况，没有轻举妄动，一直在暗中调查。现在差不多已经弄清楚了来龙去脉，所以才想和你谈谈。我之前还没和江州警方接触过呢。”

“你和我谈什么？”

“不是你把高松林救走的吗？你现在应该是最了解高松林的人吧。”

付雪晴心口一紧：“高松林是犯了什么大案吗？”

“哦，不不，我想你还是误解了。高松林本身没有问题，但他牵扯进了一桩跨国的大案里。”

“就是因为这个原因那些外国人才要追杀他？”

“对，他们都是雇佣的杀手。”

“幕后主使是南吕国一家叫 Shadow man 的投资公司，对不对？”

“你连这个都知道了，是高松林告诉你的？”

付雪晴摇头：“我自己调查的。高松林出过车祸，几乎完全失忆了。”

“彻底想不起来了吗？”

“只有一点很凌乱的记忆碎片。”

“原来是这样啊。”于强若有所思地点点头，“难怪他这几年销声匿迹，也不和我们联系，我们一开始还以为他被犯罪集团收买了呢。”

付雪晴越听越糊涂，这家伙说话总喜欢说一半留一半，弄得云山雾绕的。

她最近这些天本来就窝火憋气，忍不住一股脑都发泄了出来：“你能不能说明白一点儿，于特工，我不知道是不是该这么称呼你。你就把你知道的统统告诉我就行了。高松林当初可是警官学院的高材生，突然就因为一个叫欧阳成的人卷入了杀人案，然后就跑到南吕国，还整了容。在南吕国混了几年，又惹上了杀人官司，不得不化名吴凡跑回国内，结果变成了能预测死亡的天才犯罪嫌疑人。好不容易把他抓住了，现在来了一帮人要追杀他，你又突然跑过来跟我说他本身没什么问题。那问题到底出在哪儿？”

于强忽然笑了笑，嘴角那道疤跟着一抽一抽的：“原来你已经都了解这么多了，看来我找你没找错。这件事说来话长，简单点儿说，问题的关键就在这里。”

他说着从兜里掏出一样东西，正是付雪晴交给欧阳姗姗的那两个U盘。

“你知道这里面装的是什么吗？”付雪晴急忙问。

“差不多。”

“可是里面有密码啊。”欧阳姗姗插嘴。

“其中一个U盘的压缩文件密码是‘6w-0r804’，另外一个压缩文件是‘%8%za7-’。”

欧阳姗姗马上找来一台电脑，把两个U盘插进去试验，果然把压缩文件都解开了。

“你怎么知道密码？”她惊讶地问。

“因为我见过这两个U盘，密码是你爸爸告诉我的。”

欧阳姗姗眼睛瞪得像鸽子蛋：“什么？我爸爸？你认识我爸爸？”

“是啊，你爸爸不是欧阳成吗？他是我同事。”

“不是，你等等啊，我脑子有点儿短路……我爸爸是你同事，你是国家安全局特工，那我爸爸还能是特工？开什么玩笑？”

“你爸爸确实是特工，大学毕业后就被引进了国家安全局。”

“呵呵。”欧阳姗姗皱巴着小脸，无比尴尬地瞅瞅付雪晴，“我爸爸是特工，你相信吗？”

“你不知道也正常。”于强说，“这种身份一定要保密，通常连家人也不可能知道，哪怕是普通的政府部门甚至公安局都不可能查到。但你父亲的的确确是我们的高级探员。”

“怎么让你说得我瞬间就感觉我爸爸高大了呢，我原先一直以为他不务正业呢，原来这么强啊。”

付雪晴问于强：“那他和高松林是什么关系？”

“他俩的关系怎么说呢，算是伙伴，也算是上下级。”

“你说高松林也是特工？”

“他不是，但他在帮欧阳成做事。这还得从高松林当年的杀人案说起，不知道你对这个案子了解多少。高松林杀了一个叫坤托的缅甸人……”

付雪晴接过话：“当时的调查结果是，高松林和这个缅甸来的商人发生争执，殴斗的时候失手杀了人。不过，我最近的调查结果刚好相反。其实当时坤托是想加害欧阳成，高松林出于好心想要制止，没想到坤托身手高强，差点儿杀了他，情急之下，他才失手把坤托杀了。”

“你连这些都知道，果然不简单。”于强有些刮目相看，“这个案子的实情，欧阳成已经向组织做了汇报。事后，我们专门对坤托做过调查。他表面上是一个商人，但背景复杂，是一个游走于南亚的职业杀手。”

“这么说是有人雇他杀欧阳成？”

“当时我们还不能确定他是要杀欧阳成，还是在跟踪调查他。我们也没有查到坤托背后的主使。因为不想暴露欧阳成的身份，才没有把事实公开，就让外界以为坤托是死于一次普通的殴斗。”

“可也不能因为这样，就让高松林背上杀人的罪名吧！”付雪晴有些激动。

“关于这件事，其实也是经过高松林本人同意的。欧阳成当时正在执行一项秘密任务，不知他是和高松林如何沟通的，总之，高松林答应与他合作。”

“什么秘密任务？”

“本来我不应该说的，但是事情已经到了这一步，我需要帮手。”于强指了指那两个 U 盘，“欧阳成的调查结果应该全在这两个 U 盘里了。”

欧阳姗姗插了一句嘴：“U 盘里的不应该是高松林写的信吗，跟我爸有什么关系啊？”

“高松林写的信？”于强疑惑地看了她一眼，“我不知道什么信。欧阳成给我们的 U 盘里没有信。”

“没有？”

欧阳姗姗还没来得及细看文件夹里的那些图片，她用鼠标点开一个，一看就有点儿傻眼，“这是什么东西，怎么这么多化学公式？”

她又点开其他的图片，也是一样密密麻麻的化学公式，还有英文的说明，看着乱糟糟的，而且全部都是手写的。

于强看了一眼：“对，这就是欧阳成之前交给我的那些材料。”

付雪晴凑上来看了看，完全弄不懂那些英文是什么意思，便问于强：“这是什么材料？”

“我们当时找专家翻译成了汉语，这其实是一份科研说明，介绍了一种化学产品的制造工艺。准确说，这应该是一种香水的配方。”

“香水？欧阳成调查香水干什么？”

“这件事说起来有些复杂，当时欧阳成原本的任务是去金三角调查一个毒品网络，他顺着这条线索一直查到了南吕国，怀疑南吕国有家正规企业是控制这个毒品网络的源头。”

“你说的就是 Shadow man 投资公司吗？”

于强点点头：“他想方设法打入了这个组织的内部。不过这个组织的体系非常严密，他一直也只能在底层活动，只能接触一些当地简单的犯罪活动。”

“我爸当酒吧老板就是给人放风啊。”欧阳姗姗嘟哝了一句。

“但是后来，他找机会偷出了一份机密文件，并存进 U 盘带了回来，就是你们现在看到的这个香水配方。”

“这个配方有什么问题吗？”付雪晴问。

“这就是问题所在了。”于强露出深思的表情，“我们请专家仔细分析过这个配方，却没有发现任何问题，甚至连毒性都没有，最后得出结论，它就是一款新研发的普通香水。当时领导们也倾向于认为，Shadow man 也会有一些正规业务，这个香水配方应该不存在什么问题。不过，欧阳成却坚持认为这个配方来路不明，有必要进一步调查，为这件事，还和领导们闹得很不愉快。后来，他又返回南吕国坚持调查……不过，在他返回南吕国之前，发生了一件事，让人多少有些猜疑……”

“发生了什么事？”

“他被人跟踪了，就是刚才说起的那个缅甸人坤托。当时，欧阳成已经在国内逗留了一个多月，有可能引起 Shadow man 的怀疑了。但这些毕竟也只是猜测，因为并没有查出坤托和 Shadow man 的联系，所以这件事也就不了了之了。”

欧阳姗姗凄然感慨：“我爸爸那时候还回了一趟家呢，难怪他从来不住在家里，原来是怕给我带来危险。”

付雪晴安慰地拍拍她，又问于强：“高松林的事情你知道多少？”

“我是欧阳成的联络人，对高松林的情况也大致知道。他跟我说过，他找到了一个能力出众的助手，公安大学的高材生，背景也很好，我们就同意了。我想，他当时也是觉得身单力薄，需要一个强援，恰好遇上了高松林，两个人一拍即合。因为时间紧迫，欧阳成也怕暴露，才没带高松林正式进入安全局，本来是打算执行完任务回国再办入职手续的，没想到一拖就拖了这么久。”

“那高松林整容的事情你也知道？”

“我知道，是他带着高松林去整容的。当时高松林毕竟是在逃身份，原来的相貌多有不便。而且欧阳成还担心坤托是 Shadow man 的人，Shadow man 肯定知道了高松林的长相，所以只有让他变成另外一个人，才能把他带进 Shadow man 组织里。”

付雪晴叹口气，也说不上是生气还是无奈：“就因为答应为你们执行任务，说整容就把自己整容了，还不在乎背上杀人的罪名，真不知道他当时是怎么想的。”

“有些男人天生就不甘于平庸，为了成就一番事业，就不太拘于小节了。”

付雪晴忽然被这句话气到了，说到底那个男人当初还是把她抛弃了。

她冷笑道：“可是他几次死里逃生，遭了这么多罪，你们都知道吗？还有欧阳姗姗的爸爸不也还是死了吗？难道这也是小节，你们就眼睁睁看着？”

于强哑口无言，面露惭愧，好半天才说：“这件事是我的责任，低估了犯罪嫌疑人的手段出现了误判。”

欧阳姗姗急了：“我爸爸到底是怎么死的，你倒是说清楚啊。”

“其实我也才知道欧阳成牺牲的消息不久。”

付雪晴愠怒道：“欧阳成都死了两年多了，你才知道？”

“我从来都与欧阳成单线联系，自从他潜入 Shadow man 之后，和我的联系就不多，尤其是后期，他都是自己调查，偶尔向我发一封邮件汇报情况而已。但是最近两年，一直有人假冒成他和我联系，只是想拖住我。”

“可是欧阳成死了这么长时间，你们怎么就一点儿消息都没得到呢，实在有些不可思议。”

“我们之前和南吕国的安全合作比较少，欧阳成和高松林是仅有的两位调查员。而且还有一个很可疑的地方，这件事拉玛市当地新闻一直封锁得很死，当地警方那边也没有什么消息。但就在最近三个月，忽然之间就曝出欧阳成被抢劫杀害的消息，凶手也被当地警方认定为非法私渡过去的在逃人员 Frank，也就是高松林。”

“等等。”付雪晴打断他，“你是说欧阳成被高松林杀害这个消息是最近才曝出来的？”

“是啊，我们有自己的信息渠道，如果之前有欧阳成的任何消息，我们肯定就知道了。”

“那你们核实过这个案子吗？”

“核实过，南吕国警方给出的解释是，欧阳成失踪了两年，直到最近才找到尸体，经过调查是高松林所为，罪名就是抢劫杀人。”

“可是，我们了解到的情况好像是南吕国早就破案了，一直在通缉高松林啊。”

“这是因为模棱两可的信息给你们带来了误导。”

付雪晴一惊：“你的意思是，这是人为故意制造的假信息，就为了迷惑我们警方，让我们相信欧阳成是被高松林杀害的？”

“万一真是这样的话，这股隐藏在南吕国的幕后势力就很强大了。”于强摸了摸嘴角那条伤疤，眯起了眼睛，“所以上面派我专门负责调查这件事。我顺着高松林的踪迹找到了江州，这个时候，他已经改名为吴凡了，本身确实也很可疑。我当时还摸不清底细，就没有马上露面。没想到他之后就卷入了一个连环案件里，好像还牵扯到什么‘预测死亡的兔子’？”

“对。过去一年多，江州市出现了一个天才犯罪嫌疑人，自称‘预测死亡的兔子’，能够预测将要发生的谋杀案。”

“那么这个预测死亡的兔子就是高松林？”于强带着嘲弄的口吻笑了笑，“欧阳成倒是向我夸奖过高松林厉害，没想到都能预测谋杀案了。他是怎么预测的？”

“他会赶在警方之前进入案发现场，留下写在羊皮纸上的密码暗示，预示下一起谋杀案。”

于强打断她：“你刚才说羊皮纸？什么样的羊皮纸？”

“好像是一本羊皮古书上的羊皮纸，怎么你也听说过？”

“我知道欧阳成有一本羊皮书，是他从一个外国古董商人那里买来的。”

“羊皮书原来是欧阳成的。”付雪晴忙问，“那本书里有什么特别吗？”

“没听说有什么特别，他平时就爱好收集一些古董什么的。那本羊皮书是他花不少钱买的，听他说是一本几百年前的古书，里面讲的都是一些希腊神话。”

“那你知道羊皮书里有密码吗？”

“密码？”于强摇摇头。

“可是高松林告诉我，欧阳成曾嘱咐他，那本羊皮书很关键，他要找的东西都在里面。”

“这么说，羊皮书是在高松林手里？”

“我找过了，没有。”

于强陷入了思索：“我倒是知道，欧阳成本身就是一个破解密码的高手。当初他上大学的时候就发表过分析现代密码的论文。安全局当初招募他也就是看中了他这方面的才能。你说有没有可能，你刚才提到的羊皮书上的密码，其实就是欧阳成设计的呢？”

“我也曾经这样想过，但是我想不出他这样做的动机，而且为什么会被用在预测谋杀案中呢？”

于强仔细想了想，“我不是太了解你刚才说的什么‘预测死亡的兔子’。但就从我对欧阳成的了解，对于他来说，最重要的莫过于他对 Shadow man 那份神秘资料的调查了……”

他从桌上拿起那两个 U 盘：“他始终认为这款香水的配方有问题。当初虽然没有引起我们足够的重视，但是之后发生的一系列事情，却让我们不得不重新考虑当年欧阳成的判断。而且我最近还听说两年前 Sweet Dream 化妆品公司发生过一起袭击事件，死了几个科研人员，实验室还被纵火焚烧。这个罪名最终落在了高松林头上。”

“这件事我也知道。”付雪晴说。

“但我一直怀疑是欧阳成和高松林两个人一起干的。他们为什么要冒险去干这件事，会不会也与这份香水配方有关？包括那本羊皮书，欧阳成设计密码的目的有没有可能还是和这个配方相关呢？”

“我们眼下获得了两张羊皮纸密码，密码的答案全部都是地址。一个是江州冒险乐园地狱谷天梯上的基德船长蜡像，一个是东方商业中心一楼的三层喷水池。”

欧阳姗姗插嘴道：“高松林在喷水池里还找到了一个一模一样的 U 盘呢。”

“一模一样的 U 盘？”于强一怔，“那个 U 盘也有密码文件吗？”

“有啊，不过被我解开了。”

“也是香水配方的资料吗？”

“那倒不是，而是高松林的犯罪自白书，亲手写的呢。我这里还有备份你要不要看看？”

欧阳姗姗说着找出了那份文件，打开自白书的照片给于强看。

于强凝视着电脑屏幕，阴沉着脸，半晌无话。

他冷不防说道：“我大致想明白是怎么一回事了，你这个U盘是假的。”

“什么？假的？”欧阳姗姗诧异地望着他。

“我认为，你爸爸在羊皮书上留下的那些密码，就是为了寻找U盘用的，也就是我们手里的这两个U盘。你刚才不是说他当年回过江州一趟吗，我猜他很可能就是回来藏U盘的，也就是藏在付警官提到的那两个地方。”

欧阳姗姗撇撇嘴：“何必费这么大劲，一个藏在游乐场，一个藏在商场喷水池里？藏家里不就得了，这么大别墅，还不够藏的？”

于强看了她一眼：“他是怕连累家人，才故意避开自己家的。有可能当时他一直都被人跟踪，所以只好装成逛街的样子，找机会把U盘藏起来，准备有朝一日能用上，然后他返回南吕国继续调查。为了防止自己遭遇不测，他留了一个后手，在羊皮书里设计好密码，这样高松林或是别人也可以随时带在身上回国，不至于被Shadow man的人怀疑。”

“那他直接告诉高松林地址就好了，何必这么费事？”

于强深沉一笑：“干我们这行的稳妥才是第一位的，做任何事情都要先想到最坏的可能。万一高松林被Shadow man抓住，严刑逼供，或是使用特殊手段怎么办？高松林毕竟没有接受过专业的特工训练，这一点欧阳成很清楚，所以最好的办法就是让他什么都不知道。”

“我爸爸还真够狠的。”

“事实上，最坏的可能性已经出现了，我听说高松林两年前出了一场车祸是吗？”

“对，就在江州郊区。”付雪晴说，“怎么，你认为不是意外？”

“他既然是在江州出的车祸，我想，很可能高松林当时已经破译了密码，想要先找到U盘再转交给安全部，但他明显还是低估了对手的实力。”

付雪晴忽然有了个疑问：“既然是这样，那么Shadow man的人应该已经从高松林手中抢到了U盘，那他们……直接杀掉高松林就好了，为什么还要搞出那些事情？”

“你这话是什么意思？”

“据我调查，高松林车祸后在医院昏迷了很久，苏醒之后，他的身份就变成了记者吴凡，而这一切都是有人在背后操作的。”

“所以你怀疑是 Shadow man 的人在背后搞鬼？”

付雪晴点点头。

“那么这个记者吴凡怀疑过自己的身份吗？”

“我和他一直都有接触，他当时失去了大部分记忆，意识还有一些混乱，但基本上还相信自己就是吴凡。”

“那他都干了些什么呢？”

“他是法制记者，我们当时有过很多合作。因为他破案能力很强，所以帮忙侦破了好几起大案。预测死亡的兔子也是他最早发现的。当时，似乎只有他才能理解这个天才犯罪嫌疑人，可是没想到……”

“没想到他就是预测死亡的兔子本人，他是一个双重人格对吗？”于强刚刚看过那封信。

“对。”

于强若有所思，露出深沉的笑容，“你不觉得这件事其实挺有意思吗？如果单纯看预测死亡的兔子这起案子，这就是一起比较离奇的高智商犯罪。但偏偏犯罪嫌疑人用上了欧阳成的羊皮书密码，而密码的答案却与他要保存的资料无关。这说明什么，说明有人不想让我们知道羊皮书密码的真相。”

“那为什么还要用这个密码呢？因为得到羊皮书的人自己破译不了密码？”

付雪晴神情一凛，仿佛遮挡在眼前的纱帘忽然被掀开了，“我明白了，这根本就是一个彻头彻尾的阴谋。Shadow man 追踪高松林是为了找到欧阳成隐藏的资料，他们袭击高松林时，他还没来得及找到 U 盘。Shadow man 只是拿到了羊皮书而已。他们虽然找到了欧阳成设计的密码页，但是却破解不了，所以才想从高松林那里找到答案，可是高松林却失忆了。于是他们设计了一个移花接木的局，给高松林改变身份，让他置入这盘迷局中。表面上，他在与高智商犯罪嫌疑人——预测死亡的兔子斗智斗勇，一步步地破解密码，寻找犯罪嫌疑人。其实他就是一枚棋子，在破解密码时，无意中为躲在他身后的人找到了欧阳成那些资料。为了掩人耳目，Shadow man 在拿到 U 盘后，把密码的真相设计成了“谋杀预言”，又把高松林引到了其他案子里，直到找全了那些资料，这个局也就到了结尾，再用一封自白书让高松林与预测死亡的兔子的身份合二为一，做成了一个解不开的死局。虽然自白书的笔迹是高松林的，但我相信，那肯定是伪造的。”

“还不仅如此。”于强接过话，“Shadow man 的人做事十分周密。他们知道欧阳成遇害早晚会被曝光，所以顺便把高松林嫁祸成杀害欧阳成的凶手也是做局的一部分，这样一来，安全局探员与境外犯罪组织的交锋就被转换成了一起在逃人员的刑事案件，让高松林一个人承担全部罪名。真是够毒辣的手段。”

付雪晴感叹一声：“难怪他们一定要害死高松林，只要他死了，这件事的真相就永远被掩盖了。”

“所以我一定要把幕后这股势力挖出来！”于强朝付雪晴伸出手，“你愿意帮我吗？”

“我就算不为了你，也会为高松林这么做的。”付雪晴握住了他的手。

“还有我！”欧阳姗姗跳过来，把自己的小手也放上去，“为了给我爸爸报仇，我也要宣战了！”

话音刚落，地下室大门被轰然砸开。

无数荷枪实弹的警察蜂拥而入，大小枪口全都指过来！

付雪晴急忙挥手高喊：“放下枪，放下枪，都是误会！”

警员们一个个还没转过弯来，端着枪瞄准也不是，放下也不是。

“到底是怎么回事？”卢广通从人群后挤进了房间，瞪着一双大眼，疑惑地打量着付雪晴和绑匪，还有那个看着活蹦乱跳的人质欧阳姗姗。

他指了指于强：“你先把双手放在头后，蹲下，有什么话一会儿再说。”

于强问付雪晴：“他是谁？”

“我领导，刑警队长。”

“好吧，一会儿再跟他解释，希望他能听进去。我还有件重要的事情要问你，你这两个 U 盘是从哪里得到的？”

付雪晴神色一变：“我……我未婚夫那里。”

“什么？”于强也没想到。

卢广通那边还在高声催促：“快点举手投降，你听到没有？”

于强凝重地看着付雪晴：“不管怎样，能拿到这两个 U 盘的人恐怕……”

“我明白。”

“喂，付雪晴，你在跟绑匪说什么呢，还不把他拿下！”卢广通喊。

“别说了！”付雪晴突然喝住他。

她此时脸色苍白得吓人，全身都在哆嗦。

“马上去找陆恒。”她对手下那些警员说。

这些人一听全傻了，都不知所措地望着她。

有人小声问：“付队，你说的是哪个陆恒？”

“江州人民医院心理咨询科的主任陆恒，我的男朋友陆恒，马上找到他，逮捕他！医院没有就去他家，去他父母住的宾馆。再没有就去我家，听明白没有？”

警员们还蒙着呢，可是从来没见付雪晴发这么大脾气，急忙撤走抓人去了。倒把卢广通给忘了。

“喂，你们都上哪儿去，这到底是怎么回事？”卢广通一转身发现人都没影了，气得直喊。

“卢队，我们现在就给你解释原因。”付雪晴说，“还是让这位于探员来说吧。”

“于探员？”卢广通疑惑地望着于强，就他脸上那道伤疤来看，怎么看都不像好人。

“你好卢队长，我是国家安全部的于强。刚才人太多，碍于身份我不方便解释……”

趁着卢广通还目瞪口呆的时候，他掏出证件重新做了自我介绍。

之后，于强又花了整整两个小时把整个案情重新给卢广通做了解释。

见卢广通仍然将信将疑，他严肃地说：“现在情况特殊，我们必须彼此信任，马上采取必要行动。Shadow man 找来的人可都是一些亡命徒，最好能赶在他们逃跑之前抓住他们，还要保证高松林的安全。”

“可是你说的这些大部分也只是猜测，万一高松林真的和那帮人是一伙的，会不会又在耍什么诡计？”卢广通保留自己的看法。

这时付雪晴的手机响了，抓捕陆恒的警员给了回复。

他们已经赶到了人民医院，可是没找到陆恒。

“我早上去的时候他还在呢。”付雪晴说，“有没有和其他人打听？”

赵楠回答：“他科室里的人都说他只看了一个病人就走了，谁也不知道他去了哪儿。”

“其他地方你们都去过吗？”

“我们是分几路找的，你说的地方我们全都找过了，都没发现陆恒。”

付雪晴有些傻眼，在她心底还隐隐怀着一些期望，陆恒能当面给她解释，也许他像白若琳一样，也是被人利用了。

她向于强摇摇头，正不知该说什么，又有人给她打电话。

是个陌生号码。

她接听了电话，那边传来一个熟悉的声音：“雪晴你还好吗？”

付雪晴浑身一激灵，这是陆恒的声音。

“你现在在哪儿？”她问。

“怎么，才这么一会儿不见，你就想我了？”陆恒的声音依然那么优雅轻佻，就像往常一样。

“你现在到底在哪儿？”

“我很好奇一件事情。”陆恒似问非问地说，“像我这么有魅力的男人会不会也有女人背叛我呢，我之前还从来没有遇到过呢。那些为我着迷的女人，有放弃家产跟我私奔的，有为我抛弃自己丈夫的，有得不到我殉情自杀的。不管多么放荡的女人在我面前都能变成温顺的绵羊。我从来就没以为你比她们更难征服，你也不过就是一个单纯到有些天真的傻姑娘而已。但我怎么都没有想到，你会偷走我的东西。”

“你是指那两个U盘吗？”付雪晴咬牙问，“你知道那里面是什么东西吗？”

“我当然知道。”

付雪晴心头一紧，“你到底是什么人？”

“你的未婚夫啊。”

“你到底是怎么得到那两个U盘的？”

“你既然这么想知道就来找我吧，我还真有点儿想你了呢，咱俩这对新婚夫妻有必要好好聊聊。”

“我现在就要你给我解释清楚！”

“这个恐怕做不到，宝贝，我可不想像高松林那样被送进监狱。不过如果你愿意，我倒可以把这个在逃人员交给你们！”

付雪晴身子一震：“你什么意思，高松林在你手里？”

“忘了告诉你，我刚才顺便去了一趟你的宿舍，把他接走了。他对我还是很信任的。”

“你把他怎么样了？”付雪晴几乎喊出声。

“啧啧啧，你这种过分关切的态度可让我有点儿不痛快啊。难道你对他还余情未了吗？”

“你到底想怎样，陆恒！”

“你先别激动，宝贝，虽说你俩有给我戴绿帽子的嫌疑，但介于我和高松林之前的交情，我对他依然以礼相待，他好得很。至于他之后会怎样，那就取决于你了……”

“你到底打的什么算盘，说清楚！”

“我想和你做一个简单的交换，用你手里那两个U盘来换高松林，只要我拿到U盘，就不会碰他一根手指。你好好考虑一下吧。”

付雪晴看了看卢广通和于强，点开扩音键，对陆恒说：“我答应了，U盘现在就在我手里，我随时可以交给你。但你要保证高松林的安全。”

“好，我就喜欢宝贝你这份爽快！”

卢广通想要说话，被付雪晴抬手制止。

“告诉我你现在在哪儿，我马上就带着U盘过去。”

陆恒沉默了几秒钟：“你不会动心思，想带着警察过来抓我吧？”

付雪晴微微一皱眉，马上回答：“不会。我只是想把高松林换回来。”

“你这样想最好，我们都省事。不过我必须提醒你宝贝，千万不要找警察来，也不要动小心思，否则我不敢保证高松林的下场。”

“我明白，告诉我你的地址。”

“城西青石山瓦罐寺，等你到了之后，我再告诉你具体地方。那么，我们就一会儿见了宝贝……”

陆恒挂掉电话的同时，卢广通对门外的警察喊道：“赶紧找地图来，再把这个手机号码拿去定位！”

“你现在就要带人去抓陆恒？”付雪晴问。

“那是当然，我不管他之前跟你是什么关系，这是公然的绑架案，还敢威胁警察，气焰简直嚣张到极点了。必须严厉打击！”

“可你这样带着人去，高松林必死无疑！”

“难道还让你一个人去吗，你确定他还会顾念和你的旧情？万一他翻脸，你和高松林谁都活不成！”

“要我看这样吧。”于强说，“派人是肯定要派的，陆恒身边说不定还有其他同伙。但派去的警察必须全部穿便衣，而且要做好伪装和安排。寻找机会出其不意把对方拿下，救出高松林。”

付雪晴点点头，目前这是最可行的办法。

他们把人都召集起来，把地下室作为临时会议室，在地图上找到青石山的位置，商量行动方案。

第十七章　真相大白

卢广通说："青石山那个地方我比较熟悉，前年那里发生了一起奸杀案，是我去侦破的。那里位置很偏，在江州最西边的大山里。算是一个风景区，不过游客也不多，也都是偶尔去那里的瓦罐寺上香的。"

"那你觉得他们能在什么地方？"付雪晴问。

"这个不太好说。青石山分前山后山，有一些山洞，还有一些散落的旧平房。老实说，要是一个个找起来，那得花不少时间，怕是人家早就发现了。现在只能分成几队互相照应。这个我可以来安排。"

众人纷纷点头，目前也只能按照卢广通的策略行动了。

欧阳姗姗跃跃欲试，蹦起来："行啊，我帮你们抓贼去，一定要把这帮坏蛋一网打尽。绝对不能放过他们！"

卢广通瞪了她一眼，"你个小孩子跟着起什么哄，老老实实在家待着。"

"什么，不带我去，凭什么啊？我爸爸就是死在这帮坏蛋手里的，父仇子报，天经地义。"

"胡闹，不行。"卢广通转头又对于强说，"于先生你也用不着去了，抓人这种事还是交给我们警察吧。你万一有了闪失，我也不好向上面交代。"

于强没说什么。

卢广通把之前派出去的警员都召回来，又从附近警局抽调一部分警员编入队伍，全部便衣，换了普通车辆整队出发。

此时天色已经快到傍晚了。

付雪晴自己有车，车刚刚发动，一个警员拉开后车门坐在她后面。

付雪晴从后视镜看了一眼这个不懂事的家伙，方脸、寸头，看着有点儿呆气。

她没见过这个警察，正想说话，猛地感觉腰上被顶了一个东西。

那个警员低声道："我的枪上装了消声器，如果你乱动一下，你马上就会死在这里！"

"你想干什么？"付雪晴强作镇定，问道。

“开车！跟着他们走！”警员发出简短的指令。

付雪晴只好照办。

她开车离开了欧阳姗姗家的小区，心里却在飞快地思索着这个人是谁，为什么要劫持自己。

她偷偷瞥着车窗外，想找机会跳车。

可是后面那家伙异常警觉，飞快地伸出手把车门的保险锁插上：“警告过你，千万不要动不该动的心思。”

“你究竟想干什么？”

“开好你的车。”警员用枪管推了一下付雪晴的腰。

这样又开了十多分钟，路过一个岔路口，警员忽然道：“拐进去。”

付雪晴只好调转车头拐进了岔路。

“把手机给我，GPS 关掉。到前面的路口继续直行。”那个警员有条不紊地吩咐。

“你根本就不是警察。”付雪晴说。

寸头男嘿嘿一笑，“我是给你带路的，你不是要见陆恒吗？”

付雪晴一凛，似乎想明白了什么：“难道陆恒没藏在青石山？”

“哼，藏在青石山等着你带人去抓他吗？之前那么做只是为了把其他人引开。陆恒想单独见你。”

付雪晴冒冷汗了。

她忽然发现，和陆恒认识了这么久，自己并没有真正看透过这个男人。相比高松林伪装吴凡时暴露的处处疑点，陆恒收放自如的演技简直炉火纯青。

她现在倒有些迫不及待地想见到这个男人了，见见他另一副面孔。

在寸头男的指示下，付雪晴开了将近一个小时的车，眼前出现了一座临江码头。

付雪晴暗想，这里是江州最东面的入海口，卢广通那帮人却被骗到江州西郊的大山里了，这根本就是两个方向。

寸头男让付雪晴把车开进码头，沿着堤岸继续往左开了一段，车窗外出现了一座白色的游轮，足有四层甲板，停泊在码头边，像一头弓着身子的海象蜷伏在夜空下深色的江水中。

付雪晴暗自吃惊，陆恒难不成躲在了游轮上？

她正想着，寸头男说了一声：“停车。”

轿车停在游轮旁，寸头男押着付雪晴下了车，顺便缴了她的枪。

在岸边有一个细长的浮动码头通向游轮后部敞开的舱口。

寸头男押着付雪晴走上浮动码头。

付雪晴还想着找机会搏一下，可是那家伙十分谨慎，手枪一直顶在付雪晴后腰上，根本没给她任何机会。

事已至此，只能听天由命了。

付雪晴深吸一口气走进了船舱。

这座游轮不小，底部有个很大的货仓，此时货仓里灯光明亮，但是空无一人。

寸头男指了指左侧的一扇舱门，付雪晴走进舱门是一个楼梯，上了楼梯走到二层甲板，寸头男让她继续上楼梯。

一直上到第四层，寸头男把她押进了一间亮灯的船舱里。

里面空间很大，好像是一个会议室，或是集会用的房间。

此时，陆恒就坐在房间里，身旁还坐着三个人，一个个很随便，有的仰脖抽烟，有的低头玩手机游戏，还有一个用叉子吃罐头，每吃一口都很认真地品品味道。

付雪晴扫了一眼这三个人，居然全认识，正是在医院里追杀高松林的那伙人。

这时候，正在玩手机的女人厌恶地瞪了一眼抽烟的眼镜男，用英语说："能不能别抽烟了？"

"不行。"眼镜男闭目养神，很享受地说。

"浑蛋！"女人气得直骂。

此时的陆恒正在玩一个魔方，看见付雪晴进来，笑着站起身："你终于来了宝贝。"

他走过来伸手想摸一下付雪晴的脸，付雪晴避开，愤怒地瞪着他："高松林呢？"

陆恒皱皱眉："我们夫妻刚重逢，你就要见别的男人，是不是太扫兴了。"

"我要知道高松林现在怎么样了！"付雪晴抬高声音。

"哇哦。"眼镜男起哄地叫了一声。

"东西你带了吗？"陆恒问付雪晴。

"就在我身上。"

"好。"陆恒朝吃罐头的黑胖子摆下手，"把他带来。"

黑胖子用袖子抹抹嘴角，起身走进隔壁屋子，把五花大绑的高松林拖了出来。

付雪晴看到他头上又多了几处新伤，鼻子和嘴角都在淌血，心头抽搐。

"是你把他打成这样的？"付雪晴问陆恒。

"怎么可能是我，我答应过你不碰他一根手指，当然说话算话。但是其他人对他很有意见，我就没办法了。”

“我没想到你竟然这么无耻！”

“好啦，别生我气了。我还是一如既往疼爱你的。”

陆恒想捧起付雪晴的脸亲一口，被付雪晴厌恶地挡开。

陆恒的手擎在半空，尴尬地笑了笑：“东西给我吧。”

“可以。不过我要先保证高松林被安全送出去，才能把 U 盘交给你。”

“这个恐怕不行。”陆恒轻轻摇头，“不是我不相信你，实在是事关重大，我们必须先验货。万一出了差错，我们就没法向上面交差了，后果很严重的。”

陆恒解释的时候，那个南亚女人走到门边，叉着腰挡住了出口。

付雪晴从口袋里掏出那两个 U 盘，递给了陆恒。

陆恒接过来看了看，伸手递向眼镜男。

眼镜男过来拿了 U 盘，回身走到圆桌边，打开桌上的笔记本电脑，插上 U 盘，检查里面的文件。

“怎么样？”陆恒问。

“都是和之前一样的压缩文件，文件大小也和之前完全一样。应该没错。”

陆恒露出了笑容，问付雪晴：“你们已经看过里面的资料了吗？”

“没有。”付雪晴不假思索，“两个压缩文件都需要密码，欧阳姗姗说需要很长时间才能破解成功。”

陆恒看了看她，没说什么。

“我有个问题想问你。”付雪晴说。

“你说。”

“你是不是也是 Shadow man 的人？”

“原来你连 Shadow man 都知道了。”陆恒的表情中透出几分耐人寻味，“严格地说，我和 Shadow man 是商务合作。我父亲的公司最近这些年一直在和南亚国家搞贸易往来，因为有 Shadow man 从中调和，我们的生意做得还算不错。所以，Shadow man 找我帮他们，我也不好推辞。”

“可是据我所知，Shadow man 名义上是投资公司，实际上它与金三角那边的毒枭有很多联系。”

陆恒背着手走到一面巨大的玻璃前，望了一会儿夜色下的江景，说道：“不错，Shadow man 过去一直在帮南亚的一些毒枭洗钱，但是最近这几年，因为国际警方的打击，他们也越来越谨慎，差不多收手了。”

“既然这样，他们为什么还要追杀欧阳成和高松林，肯定是他们查出了什么。答案应该就在那两个U盘里吧。”

“你想多了，就算你们真的打开文件，也会发现其实这里面并没有什么，只不过是一个普通的香水配方而已。”

“如果真是那么普通，Shadow man也不会费尽心思想要拿到它了。我一直觉得，它很可能和毒品有关。”

陆恒慢慢转过身，微微一笑：“你知道你为什么会让我着迷吗？”

“除了因为你漂亮，还因为你聪明。不像那种只有一张漂亮脸蛋的白痴，很容易让人乏味。不过有些时候，太聪明也容易给自己带来麻烦。其实我一直都不想让你掺和进高松林的案子里，怕你有危险，所以才让我父母来江州催婚，借着蜜月旅行的机会带你离开是非之地，我这么全心全意地保护你，你却一点儿都没能理解我的良苦用心。”

“原来你早就在算计我了，说到底你们就是为了得到那两个U盘。这里面到底是什么，你能告诉我吗？”

“既然宝贝你想知道，我可以告诉你，谁让我们是夫妻呢。”陆恒从座位上拿起魔方，摆弄了几下，“其实这确实就是一种香水的配方，是南吕国著名的Sweet Dream化妆品公司精心研发的一种叫LOLI的香水。只要有这个工艺配方，很快就能生产销售。南亚各国，以及东半球很多国家全都是LOLI要出口的对象。它无毒无害，甚至吃下去都没关系，堪称是一种绿色香水。”

“那欧阳成为什么会怀疑它？”

陆恒微微冷笑：“这个人很不简单，有着异于常人的判断力，甚至能把配方偷回国。可他拿到的并不是全部配方，所以就算找研究所检测，也只能是香水配方而已。”

“那么加上其他配方会做成什么？”

“加上其他配方就是一瓶LOLI香水和一根烟。”

“什么？”付雪晴没听明白。

“只要把香烟的烟丝浸泡在LOLI香水中，经过几分钟的化学反应，随便往身体哪个部位涂抹一点，就会马上让人兴奋起来。当然也可以吃下去，那样效果更加强烈，不啻于冰毒。但它却可以轻而易举地通过任何国家的海关检测，使用的时候也很安全，不会有任何警察来找你麻烦，因为LOLI本来就是一种无毒无害的香水啊，随便在什么地方都可以用。可以想象，一旦LOLI能够大批量生产，势必会带来难以想象的丰厚利润。”

“原来如此。”付雪晴恍然，“这么说这个 Sweet Dream 公司也和 Shadow man 有勾结了。但我还有不明白的地方，既然这种香水是 Sweet Dream 公司研发的，你们为什么还要跑来抢配方呢？”

“这都得拜欧阳成所赐。他一开始偷配方并没有引起 Shadow man 的注意，可是这家伙认定了配方有问题，两年前和高松林一起，又偷偷潜入 Sweet Dream 公司的实验室，想要拿到更详细的资料。那个时候，专门负责这个项目的富尔迪教授一直在致力于改良香水配方，马上就要投产了，没想到却死在了和欧阳成、高松林的火拼中，他的两个助手也都死于火拼。欧阳成还不罢休，一把火将实验室烧个精光，所有资料都付之一炬。因为 LOLI 香水的制作工艺十分复杂，如果不知道详细的制作程序，就没人能制造出相同的香水。”

“所以，在你们怀疑欧阳成偷了 LOLI 的配方资料后，就对他下手了？”

“不错，他当时和高松林分头逃跑，Shadow man 先找到了他，伪造了一次车祸，把他送进了医院，可这家伙却自杀了，Shadow man 什么消息都没有拿到。随后 Shadow man 调转矛头，开始全力追踪高松林，最后在江州把他找到了。”

付雪晴深深吸了一口气：“你们都对高松林做了什么？”

“Shadow man 的人本打算找到配方资料后，再次借用车祸事故杀了他，没想到在他身上没发现任何资料，只找到了一本古老的希腊神话羊皮书。于是 Shadow man 找到我，想借用我的催眠能力把高松林知道的信息掏出来，结果我在给他催眠之后发现他失忆了，只记住了羊皮书里藏着重要资料，其他的就想不起来了。于是，我和 Shadow man 的人仔细检查了羊皮书，发现了两页与众不同的图案，一页是后加进去的美杜莎画像，一页是改动过的太阳神阿波罗画像。我们猜到这两幅画里肯定隐藏着和资料有关的信息，但是我们谁都破解不了。何况高松林又失忆了。”

“那你们怎么办？”

“最后是我想到了一个办法——给高松林伪造一个身份在江州住下来，再利用我催眠术的能力引导他去破译那两幅画，毕竟人的大脑是很奇妙的构造，就算失忆了，对经历过的事情也一样会有反应，通过适度的刺激，完全可能让他破解出密码。当然，这个想法实施起来比较麻烦。首先，我想方设法调动到江州人民医院来工作，还要给高松林找到适合他的身份，我们找到了一个电脑高手唐凌，让他入侵民政局的居民身份信息库，通过照片和个人条件筛选，我们在江州附近找到了一个与他长相酷似的人——吴凡。这个人在孤儿院长大，只有一个孪生弟弟吴莘。这样的背景条件非常适合我们的计划，于是我们就把这两个人暗杀了。哥哥吴凡的身份被高松林取代，Shadow man 又派来一个与吴莘长相类似的人做了整容，替代弟弟吴莘，这样就没人能拆穿假吴凡的身份了。关键时刻，假吴莘还可以站出来指证高松林，这是一箭双雕。”

“原来预测死亡的兔子这个局是你设计的。”付雪晴难以置信地望着陆恒。

“能做你丈夫的人怎么会是平庸之辈。”陆恒瞥了一眼坐在地上的高松林，“表面上我让他出尽了风头，其实背后操纵的人全都是我。”

“这么说，白若琳也是你安排在高松林身边的，让她假扮他的女友？”

“不错，她的任务就是监视高松林，包括在他身上安装微型监听器，便于我们随时了解高松林的动向，所以每当高松林破解出羊皮纸密码，我都能第一时间知道，赶在你们之前找到地址，拿走资料。”

“再设置好你所谓的‘谋杀案预示’来误导警方，让我们相信这是天才犯罪嫌疑人在和我们斗智斗勇。不过，‘预测谋杀’的设计确实让人惊叹，你能找到唐凌这个怪才也了不起。”付雪晴接着他的话道。

陆恒“嗤”的一声笑了，“怎么，你们到现在还认为预测谋杀靠的是唐凌发明的那套犯罪预测系统吗？”

“难道不是？”

“唐凌倒是有点儿本事，但充其量也只算一名电脑黑客，而且脑子还不太正常。至于他发明的那玩意儿有多大用处，老实说，我深表怀疑。”

付雪晴有些吃惊了：“那你们究竟是靠什么预测的谋杀案？”

“当然是靠我了。”

“你？”

“吃惊吧。你以为 Shadow man 跟我合作就是看中我长得好看吗？你对自己的丈夫还是不太了解啊。趁这个机会，你可以重新认识一下我。其实说起来也不难，你知道我是干什么的吧？”

“你不是心理医生吗？”

“更准确地说，我是一名催眠师。传闻我是国内第一催眠师丁潜的师弟，这个并不夸张，我确实是他的师弟，还切磋过技术呢。当然啦，我偶尔当你们的面也展示过催眠术，不过也都是一些皮毛而已，我真正的水平远不是你们看到的这么简单，不夸张地说，我不但能挖穿一个人的内心，甚至能控制一个人的思想。”

付雪晴不屑一顾地“哼”了一声，“难不成你还能催眠一个人去杀人？”

“那个我倒没试验过，不过，我可以在看诊的过程中不知不觉地催眠患者，问出他们心中最不可告人的私密。其实每个人的心理都有弱点，而我最喜欢记录人们心底深处的那些污点。这是我一直以来的爱好，做心理医生这些年，我私下里记录了不少人的心理污点，刚好在给高松林设局的时候借用了而已。我从那些有污点记录的患者中，筛选出了四个人——白若琳、田应波、宋宝杰、孙阳。这些人全都卷入了杀人事件里，内心十分煎熬。而且这些事件的内幕我大概都弄清了。”

“白若琳我知道，田应波好像是我一年前处理过的一起案子里的主谋。另外两个人我从来没听说过。”

“因为他们没用上，只用了白若琳和田应波两个人就完成了我们的计划。我用白若琳本意不是‘预测谋杀’，而是用她当年杀过人的秘密来要挟她，逼迫她服从我的命令。不过这个女人后来管不住自己，居然偷偷和别的男人偷情，我担心她坏我的事，就利用这个做文章，把她干掉了。”

付雪晴十分疑惑：“可是一起谋杀案产生的因素有很多，就算白若琳有污点，你如何能让她立刻就卷入谋杀案里呢？”

“聪明，你一下就问到了关键。”陆恒耐心解释，“其实不管多么复杂的谋杀案，哪怕是连环杀人案，往往都是由一个导火索引爆的连锁反应。就拿白若琳出轨这件事来说，我一查那个和他幽会的男人的背景，就找到了这个导火索，那就是他妻子的嫉妒和愤怒。我制造了和他妻子见面的机会，赢得她的信任，以心理医生的身份对她治疗。”

付雪晴惊呼：“我记得那个女人叫陶彩霞，她就是凶手！你居然给她做过心理治疗！”

“我在聊天的过程中对她做了催眠，发现她正处在极度的压抑中，十分容易进行诱导暗示，于是我就强化她对那些女人的恨意，并做了杀人的暗示。而且还把我的初步想法植入进她的潜意识中。这个女人十分聪明，当她再次被激怒时，很快就设计出了一套精密的犯罪计划。我便寻找一个合适的机会，顺理成章地把羊皮纸密码设置在案发现场，等着高松林来破解。”

“好吧，那田应波那起‘谋杀预测’呢？”

“我曾经去过监狱，给服刑人员做过心理辅导。田应波原本就有作案的企图，我做的就是为他提供一些减刑的机会，让他早点出来。还有没用到的两个人都是外地人，他们本身就有犯罪冲动。所以只要给些许诱导暗示，就能推动他们去犯罪。”

“真是没想到，你太令我刮目相看了。”付雪晴惊愕地望着陆恒。她忽然感到这个人从未有过的可怕。

陆恒似乎以为付雪晴在夸赞他，笑道：“这还不算什么。我最了不起的地方就在于成功地控制了一位公安大学的高材生。”

“你对高松林都做了什么？”付雪晴道。

“你和他这么熟悉，不是都已经看到了吗？”

“要把一个人完全变成另外一个人，还要让他相信自己是另外一个人，你能想象这是多么神奇的事情吗？”

“首先，他虽然失忆了，但不代表他会接受自己的新身份。我需要对他催眠，为他设计一些基本的记忆信息，与他的记者身份能够吻合。其次，我还需要防止他康复后，真实的记忆慢慢恢复，那可就不好办了。”

付雪晴看了一眼遍体鳞伤的高松林，质问陆恒：“难道他的失忆都是你造成的？”

“差不多吧，不过还需要一些药物辅助。就像你今天早上找我开的那些药，你可知道那是什么药？”

付雪晴忽然打个冷战。

“那就是 LOLI。当年富尔迪教授生产出了一些样品，我正好拿来用在了高松林身上。这种新型毒品在长期服用后能导致失忆症和妄想性精神分裂，正好符合我的需要，我还特意给他加大了药量，效果十分明显。他很成功地完成了我的计划。如果不是宝贝你在医院里多事，这个事情就会有一个完美的结局。”

“但我还是有一个地方不明白。”付雪晴咬牙道，“既然高松林都已经失忆了，你们也成功嫁祸了他，为什么还非要致他于死地呢？”

陆恒平淡地回答：“其实车祸给高松林造成的头部损伤没有我之前说的那么夸张，他的失忆只是暂时的，所以才需要长期服用 LOLI 来抑制他的记忆恢复，并让他产生妄想，之后，我才能利用催眠把吴凡的个人信息植入他的脑子。当然，这些步骤需要不断重复才行。好在我取得了高松林的信任，他不间断地来找我复查、开药，我就可以始终保持对他的精神控制。现在计划已经完成，一旦停止催眠和用药，他依然会慢慢恢复记忆，所以必须除掉他。”

“为了陷害一个人，简直无所不用，你真够无耻！”

“你知道吗，你生气的样子依然很可爱。”陆恒露出一抹温柔漂亮的笑容，“虽然你给我们惹了这么大的麻烦，但我还是没法生气，谁让我这么喜欢你呢。”

他又朝付雪晴伸出手，想摸她的脸，被付雪晴一把抓住手腕。

“你抓疼我了宝贝。”

“现在你要的东西我已经给你了，按照约定，我可以带高松林走了吧。”付雪晴冷冰冰地说。

“啧啧啧。”陆恒轻轻摇头。

“你想反悔？”

“你先听我说完。我知道你很生气，宝贝，你生气我利用了你。对这一点，我也感到很抱歉，我实在是迫不得已。不过，我并没有欺骗你，我的确是真心实意想要娶你的。本来，这不在我的计划当中，但你确确实实打动了我。我还从来没有这么爱一个女人，所以，我才想办法把你单独带过来。我不仅仅要U盘，我还要你，这艘船很快就会起航，离开这里后，我们就自由了。到时候你想去哪个国家，我们就去哪个国家，我的钱足够你后半生衣食无忧。这算是我对你最好的承诺。”

“那你打算把他怎么办？”付雪晴指了指高松林。

“你想他怎样就怎样。这是弱肉强食的世界，最漂亮的雌性自然选择最强的雄性。”

付雪晴笑了，笑靥如花。

陆恒也陪着一起笑，下一秒，他精致的五官就全部挪位了。

付雪晴抬起膝盖正好顶在他裤裆上。

付雪晴不再看他，转身走到高松林跟前，帮他解开绳子，大声道：“我不想他怎样，就要带他走。我们的交易结束。”

那四个手下一声不吭，同时看向正捂着裤裆大口喘气的陆恒，等他的命令。

陆恒抬起手指了指付雪晴和高松林：“杀了他们。”

四个人各拿起枪支，瞄准了二人。

付雪晴紧紧握住高松林的手，目光盈盈地望着他，什么也没说。

“嗡——嗡——吱——吱——”

就在即将开火时，房间里几个扩声器突然发出尖锐刺耳的噪声，把几个人震得直捂耳朵。

随后扩声器里传出一个女人响亮低沉的吼声：“你们这些犯罪分子已经被包围了，赶快放下武器，举手投降吧！”

陆恒几人大惊失色。

眼镜男声音都走调了：“老大，难道我们的计划被警察识破了吗，那我们怎么办？”

寸头男说："大不了就拼了，杀出一条血路。"

他话音刚落，扩声器里那个女警官更加严厉道："赶快放下武器，给你们十秒钟时间，否则格杀勿论！十……九……八……"

眼镜男骂寸头男："都包围了，还冲个屁！咱们要是投降，算自首还能判轻点！"

南亚女人和那个黑胖子也慌了，挥舞着手里的武器，叽里呱啦对飚着土语。

"行了，都住嘴！"陆恒高喊一声。

他仔细听着扩声器里那个女警的声音，眯缝一下眼睛："这声音我怎么听着耳熟呢。"

"三……二……还有一秒钟你们就彻底没机会了！"女警官发出最后的警告。

陆恒扫了一眼船舱外，忽然一声冷笑："欧阳姗姗，是你个小丫头片子捏着嗓子说话装神弄鬼吧，没想到你居然也溜进来了，怎么不过来见个面啊？"

他说完话，扩声器里忽然没动静了。

紧跟着下一秒，所有的灯同时全灭了。

偌大的房间瞬间陷入黑暗。

砰——黑暗中蹿出一道火光。

不知是谁开了一枪。

枪声过后就传来眼镜男一声惨叫："哪个浑蛋谁开的枪！"

他骂声刚落又传来一声枪响，还有乒乓几声，似乎有什么东西摔在地上，谁都不知道发生了什么。

陆恒摸着黑掏出手机往地上一照，只见南亚女人躺在地上，摔得眼神有点儿发直，手里还举着冒烟的手枪。

眼镜男捂着流血的耳朵，跳上来骑在她身上："原来是你开的枪，你想弄死我是不是！"

"闭嘴！"陆恒吼道，"那两个人跑了！还不去追！"

众人这才发现，付雪晴和高松林已经不见了。肯定是刚才趁乱打倒堵在门口的南亚女人，冲出去了。

"高松林受了伤跑不快！托尼下去堵住出口，一个活口都不要留！"陆恒吩咐寸头男。

寸头男身形一闪，动作奇快地冲了出去。

"你们两个一人一层给我搜。"陆恒吩咐眼镜男和刚爬起来的南亚女人。

他又试了一下电灯开关，没有反应，一指黑胖子，"阿基诺，你跟我来。"

黑胖子点点头。

现在整个游轮的电灯全被欧阳姗姗关了。

陆恒只能摸着黑走，他带着黑胖子走到三层的驾驶舱，打开手机上的电筒一照，看见了被捆绑在地上的船长和另外一名满头是血的船员。

他走过去，把船长拽起来，扯掉塞进他嘴里的帽子："我问你，胖子，船上的灯是你关的吗？"

胖船长吓得使劲摇头。

"难道是他吗？"陆恒指了指躺在地上的那名船员。

胖船长摇头。

"那么刚才……你有没有看见一个小女孩啊，她在哪儿？"

胖船长接着摇头。

"这就怪了。那你说这艘船的灯怎么会突然全灭了呢？"

"我……我不知道，我什么都没干。"

"你的意思是我干的喽？"

陆恒微微一笑，露出雪白的牙齿，顺手拔出手枪，看都不看地朝躺在地上的船员开了一枪。那名船员的小腿立刻血花迸起，疼得蜷缩成一团，因为堵着嘴，惨叫声全被闷在嘴里。

胖船长都吓尿了，急急忙忙说，生怕漏了一个字："真的不是我们关的电灯。可能……可能是有人去了总控室……这条船的通信、监控和照明都是总控室控制的……可是现在总控室应该没人啊，其他人还没上船呢……这条船上就我们两人，一直都在这……"

"嘘——嘘——"陆恒做了一个收声的手势，"总控室在哪儿？"

"从舱门出去一直直走，楼梯旁边就是。"

陆恒扭头用英语对黑胖子说："从左门出去，找到楼梯旁的总控室，那儿应该有个小姑娘，抓住她！"

黑胖子点点头，拎着枪走出驾驶舱。

陆恒瞅了一眼操作台，问胖船长："现在能把船开走吧？"

"这个……这个……"

陆恒瞥了一眼躺在地上不停呻吟的船员，问胖船长："你知道我为什么把他弄这么惨吗？"

胖船长欲哭无泪地瞅着陆恒。

陆恒从口袋里掏出一个魔方："因为我一开始上船客客气气地向他打听情况，他只顾着低头玩他的魔方，还对我出言不逊。但我现在还是决定给他一次改过的机会……"

陆恒说着抽出一把刀，把船员身上的绳子割断，把魔方扔给了他，"既然你这么喜欢玩魔方，那就把你的命运交给它吧。我给你一分钟时间，如果你能把它还原，我就放你一条生路，开始吧。"

那名船员忍着剧痛，挣扎着抓起魔方拼命地来回扭动。

陆恒一边看着手机，一边替他数着："一秒，两秒，三秒，四秒，五秒，六秒……六十秒。"

他抬手两枪击中船员的胸口。

船员躺在地上抽搐着，夸张地瞪大眼睛，手里还抓着那个魔方。

"你这蠢货，到死都不明白，我才是你的命运。"陆恒讥嘲道。

他转头看着船长，"现在你明白了吧？"

船长点头如捣蒜。

黑胖子走到总控室，伸手拽拽舱门，发现里面上了锁。

他朝着门锁开了一枪，一把将门拽开。

房间里居然还亮着昏暗的灯光。

在电脑控制平台前坐着一个小女孩，正戴着耳机，摆弄着一台笔记本电脑。她全神贯注，似乎连黑胖子走到她身后都没觉察。

黑胖子绕到她面前，歪着一张吓人的黑脸蛋打量着她。

小女孩抬头看见他，朝他摆摆手："你会用 AK 不？"

发现黑胖子听不懂中文，欧阳姗姗指着电脑用英语说："你懂英语吧？你会用 AK47 吗？"

黑胖子伸脖子一瞅，她在打游戏呢。

"哎呀，哎呀，不好，敌人冲上来了！快帮我消灭他们！杀了他们。我相信你，你一定行！"欧阳姗姗把电脑塞到黑胖子手里。

黑胖子看着满屏劲爆的游戏场面，还真有点儿出戏，忽然意识到了什么，一扭头，看见欧阳姗姗正往门外跑。

他气得扔下电脑，大步追出来，一把揪住女孩衣服。

"别杀我，别杀我！"欧阳姗姗手刨脚蹬，杀鸡一样惨叫。

付雪晴忽然斜刺里冲出来，挥起一根撬棍砸在黑胖子头上。

黑胖子怪叫一声，晃晃悠悠居然没摔倒。

他摸摸脑袋，看见血，彻底被激怒了，张牙舞爪朝付雪晴扑过来。

付雪晴赶紧抡起撬棍又给了他一下，没想到被黑胖子硬生生用胳膊挡住了。

这家伙就跟一只发了疯的大猩猩似的，满脸狰狞地瞧着付雪晴，突然从腰里拔出手枪，指向她。

这时候，身后一只手拍拍他肩膀："嗨，肥猩猩。"

黑胖子惊疑地转过身，看见一个比他还高的男人站在面前。

高松林脸上还带着瘀青和斑斑血迹，朝他露出病恹恹的笑容。

突然，他双拳暴击黑胖子双耳！

他顺势抓住黑胖子的两个招风耳，一头顶在那张大黑脸上，发出拍西瓜般的沉闷响声！

黑胖子"咕咚"一声摔倒在甲板上，不动弹了。

欧阳姗姗心有余悸地上来踢踢他，"他不会再爬起来吧？"

"至少是脑震荡，一时半会儿起不来。"高松林说。

"我爸怎么会交你这朋友，太吓人了。"

"这些都是你爸教我的。"高松林白了她一眼。

"你是怎么过来的？"付雪晴疑惑地问欧阳姗姗。

"哼，那个卢黑脸不让我来，我就没办法了吗，我偷偷藏进你后备厢里了。"

"原来这样啊。"

"没想到开到了这里，现在怎么办啊？"

他们正说着，就感觉脚下一晃，欧阳姗姗惊呼："这船这么开了？"

"不好，他们是想从海上逃走。"付雪晴说，"我们得想办法阻止他们。"

她从地上捡起黑胖子的手枪，对高松林说："你保护好欧阳姗姗就行，我去驾驶舱。"

高松林从地上捡起撬棍，"多一个人多份力量，走吧。"

欧阳姗姗急了："那谁管我呀，高松林，我爸就没嘱咐过你照顾我？"

"我想起来了，你爸爸确实说过。"高松林说，"我回江州除了帮他找资料，也是为了找你。可你不一直说要为你爸爸报仇吗，现在仇人都在这条船上，你大显身手的时候到了。"

欧阳姗姗只好硬着头皮跟在他们身后，嘴里还不住地嘟哝："就算报仇，也可以以智取胜吧。”

三个人跑到驾驶舱，发现只有一个穿着船员衣服模样的人在操纵船舵，地上还躺着一具尸体。

“你是什么人？”付雪晴问。

“别……别开枪……我是船长……”那个人战战兢兢地说。

“是那些匪徒让你开船的吗，快把船停下！”

付雪晴话音刚落，船舱里灯光大亮，三个人下意识地低头躲避刺眼的光线。

这时，对面舱门外闪出一个人影。

正是陆恒。

“我就猜到你们会过来。”他用枪指着三人。

付雪晴急忙也举起手枪。

陆恒摇头叹息：“想不到我们这么恩爱，也会走到今天这一步。我其实一点都不想伤害你。”

“少废话！”付雪晴怒道，“我不会让你逍遥法外的。”

“你真是不识时务啊。只可惜，你未必能做得到了。”陆恒笑容灿烂，露出几分奸邪。

那个眼镜男忽然幽灵般从三人身后冒出来。

他堵住舱门，举枪笑道：“老大这招瓮中捉鳖果然厉害，三条鱼全落网了！放下枪吧，小妞，我们老大舍不得杀你！但会不会杀你朋友不好说。”

付雪晴咬牙瞪着陆恒，只能把枪扔在地上。

“不要生气宝贝，我只不过是又向你展示了一下丛林法则。我比你聪明，比你强大，才配拥有你、保护你，为你带来优良的基因。而你身边这家伙就是一个典型的失败者，只能靠装可怜来博取你的同情。实在令人作呕。”

付雪晴咬咬牙：“如果我如你所愿，跟你走，你可不可以放了他俩？”

“这个……”

高松林这时朝欧阳姗姗使个眼色，偷偷瞄瞄身后，欧阳姗姗心领神会，大声道：“对啊，这个主意不错。小雪姐姐你总算想明白了。你这么漂亮就应该跟陆恒远走高飞，过上幸福的生活。高松林这家伙实在是配不上你，整容成一张假脸不说，连自己是谁都记不住，没事就梦个游到处乱跑，这不就是阿尔茨海默病吗。你要是跟了他，将来不用干别的，整天尽找他了。”

高松林火了：“你什么意思你，我可是你干爹，你不帮我说话就算了，还挖苦我。不用陆恒动手，我一会儿就把你扔江里喂王八。”

“切，有本事你扔呀，怎么死不是死，小姑奶奶我还怕你不成，你敢扔，我就敢喂！”欧阳姗姗毫不示弱，抬起脚就往高松林脚上使劲踩。

“你别过分啊，我可对你不客气！”高松林一边骂一边往后躲，差点儿靠在了眼镜男身上。

眼镜男怒道：“我说你俩有完没……”

还未等他把话说完，高松林奇快无比地抓住他拿枪的胳膊，用力一转身把眼镜男拽到了前面，顶着他的身体冲向陆恒。

陆恒大惊之下连开两枪，全都打在了眼镜男身上。

付雪晴趁机抓起地上的手枪朝陆恒射击。

陆恒先是被眼镜男撞了个趔趄，又仓皇地躲避付雪晴的子弹，然后转身就跑。

付雪晴还想追，可是那个南亚女人迎面跑过来截住了他们。

她手里端着一把猎枪，朝着付雪晴就开火。

高松林眼疾手快，把受伤的眼镜男推了过去，子弹射进眼镜男后背，在胸前炸开了一个碗大的血洞。

眼镜男挣扎着转回身，临死前还没忘了骂：“我做鬼也不会放过你！”

付雪晴、高松林趁机退回驾驶舱，南亚女人杀气腾腾地连连开枪。等她和陆恒追回驾驶舱，里面依然只有那个开船的船长。

枪战、搏斗、杀人，一幕幕在他眼前发生。

没人顾得上他这个最倒霉的观众。

“追！追！”陆恒歇斯底里地咆哮，带着南亚女人在甲板上飞奔，不停地开枪射击，疯狂追杀付雪晴三人。

付雪晴的火力完全被压制，不断后退，险象环生。

陆恒追到楼梯处，发现三个人不见了，他抬手示意南亚女人停下。

他观察了一下，指指地上。

那里有两片血迹，然后延伸出稀稀拉拉的血线，引上了楼梯。

陆恒冷笑一声：“希望不是付雪晴。”

他举着枪拾级而上，刚一露头就听到一声枪响，急忙缩了回去。

他朝南亚女人做了一个手势，指了指甲板栏杆。

南亚女人明白他的意思，把猎枪背在身后，走到船舷那踩着栏杆攀上了甲板之间的柱子。

陆恒大声道："宝贝，你真的忍心杀我吗？杀了我这么好的男人，你将来一定会后悔的。我从来都没有背叛过你，我对付的都是别人啊。"

上面又打来两枪。

"行啦，别耍小孩子脾气了！"陆恒不急不躁地继续说着。

砰——

砰——

两声猎枪的巨响忽然传来。

紧接着又传来两声枪响，隐隐夹杂着短促的尖叫。

陆恒跑上楼梯，看见南亚女人正举着冒烟的猎枪，对准楼梯拐角的一扇已经被轰碎的舱门。这里是洗手间，已经一片凌乱。

陆恒对里面说："宝贝，你还能听见我说话吗？"

他带着关切的声音说："如果你受伤了就出来，只要你服从我，我既往不咎，保证不再伤害你！我还会像过去那样心疼你的。"

里面依然没有动静。

陆恒嘟哝一句："不会是真死了吧。"

他正在犹豫要不要进去看看，忽然从楼梯拐角飞出来一根撬棍，砸在他脸上。

陆恒捂着脸一声惨叫，松开手，上嘴唇已经撕开了一条大口子，翻起的嘴唇下几颗牙齿都被打掉了。

欧阳姗姗望着陆恒直咧嘴："妈呀呀，这下真破相了。"

"我杀了你！"陆恒狂吼，破碎的脸犹如鬼怪般狰狞。

欧阳姗姗吓得撒腿就跑，还没忘了解释："我没想破你相，这是个误会！"

气急败坏的陆恒追赶着欧阳姗姗跑下楼。

南亚女人看着陆恒，正不知道该不该一起追，没注意到从卫生间里飞出一个花盆。

她抬手一挡，虽然把头护住了，却差点儿让花盆把手腕划伤。

付雪晴突然冲出来抬手就是一枪。

南亚女人就地打滚，避开子弹，胡乱开了一枪。

付雪晴不敢恋战，拐进楼梯通道，跑到另一侧的甲板上。

南亚女人爬起来追赶，眼看着付雪晴跑上了船顶的露台。她举枪冲上露台，看见付雪晴的人影便扣动扳机，付雪晴同时朝她开枪。

可是谁的枪都没响。

子弹都打光了。

南亚女人露出一丝狠笑，把猎枪摘掉扔在脚下，从腰间拽出一把形如蛇状的短刀，在夜空下反射着碧莹莹的冷光。

刀影映入付雪晴的眸子，她瞳孔收缩。

这是传说中锋利无比的马来刀，也是鬼男最喜欢使用的凶器。

此时，游轮已经开出港口，正全速朝着一望无际的大海中行驶。

付雪晴背靠深色的夜空，周围全是乌沉沉的海水，脚下白色的游轮也许就是她和对手最后的归宿。

她深吸一口气，想起她曾经最大的梦想就是成为一名出色的警察，与师哥并肩作战。

此刻，她梦想成真。

南亚女人发出一声怪叫，挥刀扑上来。

付雪晴眼看一道寒光刺来，机警地闪身躲避，将手枪掷向对方。

南亚女人侧头躲过，付雪晴趁机抓住她拿刀的手，腰部一顶，脚下使绊，将南亚女人侧摔在地上。

她想就势使一招擒拿，把女人胳膊扭到背后，压在地上。

没想到女人力量比她大得多，猛然把手拽出，回手就是一刀。付雪晴躲闪不及，胳膊上已然挨了一刀，鲜血马上就流了出来。

南亚女人杀性大起，舞刀如飞，将付雪晴逼得连连后退，衣服不知被划了多少口子，有些地方已经渗出血迹，最后退无可退，被逼到了船头栏杆处。

“你无路可逃了，除非从这跳下去。”女人得意扬扬地用英语说。

付雪晴无奈地叹了口气，忽然坐在了地上。

南亚女人一愣，诧异地看着她：“小妞，这就放弃了？”

付雪晴指了指自己的脖子，“你要是刀够快，就给我一个痛快吧。”说着闭上双眼，摆出一副引颈就戮的架势。

南亚女人冷笑一声：“如你所愿。”

她跨前两步举刀朝付雪晴脖子抹下来。

眼看刀子落下来，付雪晴突然睁大眼睛，双手飞快地抓住女人手腕，手往下拽，脚向上踹，一脚蹬在女人下巴上。

她又往女人脸上补了几脚。

女人被踢蒙了，变得更加疯狂。

她挥着马来刀不顾一切地冲向付雪晴。

付雪晴抓住破绽，闪身使出一招背摔把女人结结实实摔了出去。

女人的身子被船头栏杆挡了一下，摔到了下面的甲板上，半条命都摔没了。

“是你跳下去了。”付雪晴说。

她筋疲力竭地坐在了甲板上，忽然看见有人上来。

当她看清是陆恒，心口瞬间一抽，但随后又放松了。

她看见陆恒被捆着，押着他的是高松林和欧阳姗姗。

高松林挨了枪的腿上还流着血，走起路来一瘸一拐，右手拿着陆恒的手枪。

欧阳姗姗自鸣得意道：“怎么样，特工的女儿也不是白给的吧。我这招‘分散敌人，各个击破’的计策不错吧？”

她倒是毫发无损，挺胸抬头，迈着方步，手里拿着一截不知从哪里捡的PVC管，不停抽打着陆恒，跟赶牲口一样，俨然一副胜利者的姿态。

付雪晴再见陆恒，心里五味杂陈，她已经对这个男人憎恶至极，但是见他落得这步田地，心里也不是滋味。

她站起身，望着满脸怨恨的陆恒说：“你相信这个世界是弱肉强食，而我相信的是正义。”

“正义？”陆恒冷笑一声，“这是拥有权力的人最扯的借口了。”

“不，我不信仰任何权力，对我而言的正义就是保护无辜，问心无愧。哪怕有时它很弱小，我也会为之抗争到底。”

陆恒看向茫茫大海，不再说话。

高松林走到付雪晴身边，掏出那两个U盘交给她：“刚才欧阳姗姗已经报警了，我们就在这里等一会儿吧。”

欧阳姗姗倒是兴致勃勃地跑来跑去：“哇，我还是头一次看到这样的海景呢，太壮观了。你说咱们这艘船要是一直往前开，是不是就开到太平洋上去了。”

“那得先经过日本。”高松林说。

“真的？”欧阳姗姗惊喜，“日本我还没去过，干脆告诉船长加速开到日本得了，咱们趁机玩一趟再回来。”

她乐颠颠地跑下楼梯。

“还是个孩子啊。”付雪晴哭笑不得。

高松林感慨道：“我失忆了还能和她认识，或许就是欧阳成的在天之灵让我帮忙照顾他女儿吧。”

他们正说着，看见欧阳姗姗又回来了。

奇怪的是，她是沿着楼梯一步步推上来的。

随着她一起上来的是一个举着枪的男人，正是把付雪晴劫持来的那个寸头男。

高松林急忙举枪，寸头男一把将欧阳姗姗拉在身前做挡箭牌。

陆恒见救兵来了，想往对面跑，被高松林一把揪住。

陆恒气得朝寸头男怒吼："我们这边打了这么长时间，你怎么才过来？"

"我在下面被人缠住了。"寸头男说，"那家伙嘴角有道疤，身手十分厉害，我跟他缠斗了半天。"

"于强也来了？"付雪晴惊讶道。

她焦急地问寸头男："那个人现在怎么样了？"

"当然是被我解决了。"寸头男冷静的说。

付雪晴心头一沉。

"于强是谁？"高松林问她。

"欧阳成的接头人，专门为你的事来的。"

高松林没再多问，他虽然不认识于强，但他既然和敌人交手，那至少也是来救自己的。

"托尼。"陆恒问寸头男，"除了你说的那个人，还有其他人上船吗？"

"没有了。"

听到寸头男的回答，陆恒松口气。

他对高松林和付雪晴说："看情形，咱们现在又僵持上了。我有个提议，咱们一个换一个怎么样？或者，你们等警察来把我交给警察。我让托尼把这女孩一枪打死。"

寸头男把无声手枪抵在欧阳姗姗头上，欧阳姗姗这会儿是真吓哭了。

"同意交换。"高松林说。

"好，那我数一、二、三，你和托尼同时松手。"陆恒说，"一……"

他话音刚落，突然往下一蹲，寸头男看都没看抬手就是一枪。

高松林身子一抖，手枪落地。胳膊上中了一枪。

陆恒得意扬扬地走到寸头男身边，让他帮自己解开绳子，一边解释："托尼是南吕国的前运动员，曾经代表南吕国参加过奥运会射击比赛，拿过奖牌呢。"

托尼抬手又是一枪，高松林刚刚掉在地上的手枪立刻四分五裂。

"如果你们现在还想多活一会儿，就不要轻举妄动。"

陆恒走到付雪晴面前，伸出手："现在把U盘给我吧。"

付雪晴有些犹豫。

陆恒勾勾手，托尼的枪口转向高松林。

"你既然能拿着U盘来换他的命，说明他比你维护的小正义还要重要一点儿。怎么样，再选择一次？"

付雪晴咬咬牙，伸手掏出了U盘。

"你之所以背叛我，也是因为你一直都对这个男人旧情未了吧。"陆恒扯动嘴角，破相的脸露出可怖的笑容，"真是可惜呀，宝贝，对我绝情的人，我一定要让她伤心。"

他向下一劈手，向托尼做了一个斩的手势。

"不！"付雪晴惊呼一声。

与此同时枪响了，可是高松林并没有倒下。

托尼是朝着楼梯方向开的枪。

紧接着，楼梯方向也朝托尼射出了子弹。托尼一边躲闪一边还击，双方竟展开了交火。

欧阳姗姗都吓傻了，瘫坐在地上，望着刺眼的弹道在身旁交错划过。

高松林匍匐着爬过去，把她压在身下。

托尼显然是遇到了劲敌，不管他怎么躲闪，那个人的子弹都紧紧咬着他不放，让他无暇他顾。

托尼的子弹也压得对方抬不起头，几次想冲上来都没得逞。

两个人换弹夹的速度又奇快无比，结果这场枪战变成了势均力敌的鏖战，折磨着其他人的神经。

托尼打着打着，开始慢慢往另外一边楼梯退去。

就在双方又一轮子弹射光、换弹夹的片刻间，他迅速跳下楼梯，以巨快无比的身法绕到对面楼梯口，正好看见一个人躲在阴影里。

他们的子弹已同一时间上膛，毫无停顿地扣动扳机。

一连串子弹全部倾泻到对手身上，那个人连喊叫都没来得及发出。

托尼终于爆发出会心的大笑。

他走到近前，想亲眼看看这个让他如此亢奋的对手。

突然，他愣住了。

那个被打成蜂窝的家伙居然是他同伙。

他脸上还挂着那副眼镜，相比托尼那几枪，他之前胸膛上的碗大的弹孔更醒目。

就在托尼失神的刹那，从甲板的拐角射出一颗子弹，正中他眉心。

托尼仰面摔倒时，仍然睁着惊奇的眼睛。

这时，从子弹射出的方向慢慢走出一个提枪的人，他肩头还在淌血，嘴角那道扬起的伤疤依然保持着讥讽的姿态。

他对托尼说："你枪法确实胜过我，不过随机应变就差点儿。"

付雪晴三个人跟着也爬下楼梯，欧阳姗姗一看见于强那张狞恶的脸，吓得"妈呀"一声，转身往楼梯上跑，被付雪晴一把拽住："别跑了，人家是你爸的同事，安全局特工。"

她问于强是怎么找过来的。

于强神秘地一笑："陆恒和你通电话、威胁你的时候，我就多了一个心眼，通过一些特殊手段锁定了你的车，一路跟过来的。"

这时候，高松林惊呼一声："糟糕，陆恒哪儿去了？"

众人这才想起来，刚才枪战的时候，陆恒似乎就不见了。

于强说："他一定就在这艘船上，逃不了。"

他话音刚落，整座船的扩声器里同时传出了陆恒的笑声："哈哈哈，各位好，才想起抓我吗，那就猜猜我在哪儿吧？"

众人急忙四处观察，并没有发现陆恒的身影。

欧阳姗姗说："这座船里到处都是摄像头，在二层总控室里可以随时监测到全船各个角落，连声音都能听见。他一定在那里。"

众人马上往楼下总控室赶，却听陆恒说："我觉得比起抓我，你们还有更紧要的事情做，往船头看看我给你们准备的惊喜……"

众人下意识地往船头方向看了一眼，一时间全呆住了。

欧阳姗姗指着海面上一座山一样巨大的黑影，颤声问："那是什么啊？"

高松林骂道："那是货轮，该死的，咱们要撞上去了。得赶紧去驾驶舱把船停住。那个船长是怎么回事？"

等众人急急忙忙跑到驾驶舱，发现左右两个门全锁了。

于强开枪打破门锁，跑进驾驶舱一看，船长趴在操控台上，已经死了。

"怎么办呐，谁会开船啊？"欧阳姗姗大叫。

"我会一点儿。"高松林一瘸一拐地走过去，"转向是来不及了，只能拉倒车，全速后退。"

他一边说着，一把拉下倒车闸。

“怎么还没停下啊？”欧阳姗姗问。

“这是艘大船，惯性太大，需要时间。”

这时从船舱外传来陆恒的笑声。

众人冲到甲板上，发现陆恒根本不在船上。他正驾驶着一艘小艇，与游轮并行。

“不好办吧？”陆恒朝这边喊着，“一会儿船沉了，希望你们能游得远一点，只要横渡海峡就还有救。”

“你这该死的！”欧阳姗姗扯脖子骂道，“你怎么会有船？”

“这很难想吗，你以为我会傻到随随便便抢来一艘大船往国外开吗？我们早就计划好了逃走线路，一会儿还会有其他船接我。那么就永不再见了各位。也许将来，我还会想念你们呢。”

欧阳姗姗气得直蹦高，对于强说：“你不是枪法好吗，快开枪打他！”

于强没动，眼看着陆恒的小艇越走越远。

游轮已经开始减速了，但依然朝着货轮的方向逼近。

货轮巨大的身影越来越清晰，犹如一座钢铁岛屿挡住了去路，在它面前，游轮就如同一个脆弱的玩具。

欧阳姗姗捂住眼睛不敢再看。

于强始终面无表情，经历过太多的他似乎对生死早已经看透。

付雪晴和高松林紧靠在一起，十指紧握。

付雪晴说：“这虽然不是最好的结局，但也不是最糟糕的。至少，我终于把你找回来了。”

强烈的碰撞，缓慢而有力。

巨大的惯性使众人摔倒在地，他们奋力抓紧船舷栏杆，避免掉进海中。

游轮终于停下了。

当几个人重新爬起来，震惊地看见整个变形的船头完全挤压在货轮城墙般的船身上。

欧阳姗姗喜极而泣，想要抱着身边的人欢呼，发现付雪晴和高松林早已紧紧相拥在一起。她只好抱着吓人的于强将就一下。

兴奋之余，她还有些不甘心：“就是让陆恒那个大坏蛋给跑了，今后我也要当特工，跑到天涯海角也要亲手抓住他。”

“放心吧，他跑不了。”于强说，“他想到的我们也都想到了。前面的海域早就被封锁了。连同接应他的同伙，一个都跑不了。”

一年后。

付雪晴和高松林的婚礼如期举行。

化妆间里，伴娘欧阳姗姗和赵楠正在帮着付雪晴整理婚纱。

欧阳姗姗还有小小的担忧：“小雪姐姐，你说你和我爹地将来要是有了宝宝，他会不会冷落我啊。你知道年龄差距大的二孩家庭最容易出现亲子问题了。尤其是像我这种正处于叛逆期的少女最容易产生心理问题。”

“放心吧，不会的。你到时候天天陪孩子玩，小孩跟你最亲，你爹地自然也不敢疏远你。”

“这倒是个办法，不对呀，我怎么感觉我成保姆了呢？”

话音刚落，化妆间的门被一帮人挤开，最先被挤进来的还是田鹏刚。

他仰着大脸蛋尴尬地赔笑：“付队你穿婚纱真漂亮，小楠也不错。”

“还有我呢。”欧阳姗姗凑过来。

“你要能往衣服里塞两块海绵也能不错。”

付雪晴瞪了他一眼：“你要是那么喜欢看女人穿婚纱，就赶紧结婚呐。”

“我也想啊，可是还得需要点时日。”田鹏刚愁眉苦脸地说。

“不会是又被人家拒绝了吧？”赵楠说，“要不然，田哥你就放弃吧。”

田鹏刚眼睛一瞪：“谁说我被拒绝了，我最近和罗小姐的感情都突飞猛进了，她孩子都开始把我当自家人了，对我格外尊敬。”

他正说着，高松林走进化妆间，背着手上一眼下一眼地欣赏付雪晴。

付雪晴红着脸嗔怪：“有什么可看的，一会儿我就出去了。”

“一辈子才结一次婚，我可得趁机看个够。”高松林笑着说。

门外那帮人跟着起哄。

付雪晴轻嗔薄怒地瞪着高松林，眼神里全是温柔之意。

此情此景，她似乎并不陌生，就像许多年前，她还是一个羞涩矜持的少女时，望着心仪的学长的背影，曾经做过的白日梦那样……

就在这时，谁都没留意突然闯进一个三四岁的小男孩。

他长得虎头虎脑，懵懵懂懂地把房间里所有人看了个遍，忽然一眼看见了田鹏刚，高兴道：“二师兄，我妈妈叫你过去……”

番外　第三种真相

他从噩梦中突然惊醒。

车祸的逼真场景仿佛刚刚经历过一样——猛烈的撞击，翻滚的车身，疼痛，绝望，昏迷……过度的紧张让他浑身僵硬。

他努力想让自己清醒过来，眼前看到的却是完全陌生的房间，空气中弥漫着化学药水的气味，他根本想不起自己现在在什么地方。

梦中的情景继续像碎片一样不断地涌进脑子里——

恍惚中，他看见了一张中年男人憔悴的脸，他似乎受了很重的伤，却瞪着吓人的眼睛，说着奇怪的话："他们要来了……你快逃，快逃，别忘了那本羊皮书，你要找的东西就在里面……别忘了那些密码……"

他不知道中年男人在对谁说话。

他很好奇难道梦里还能出现密码不成？

紧接着就有许多古怪的图案和符号毫无征兆地闪现出来，又以极快的速度消失了。他虽然不能完全记住，但是那种感觉太真实了，他相信以他的水平根本设计不出那些密码，除非那些梦是真实的……

羊皮书。

对了，那本羊皮书！

他挣扎着坐起来，这才发现自己穿着病号服，头上和身上都缠着绷带，他想不起自己怎么会弄得这么惨。眼下的当务之急是找到那本羊皮书，如果能找到的话，就证明他的梦是真实的。

然而，正在他满床折腾时，突然有人推门走了进来，是一对年轻男女，看着好像一对情侣。

男的三十岁左右，戴着无框眼镜，长相英俊，看着颇为儒雅。

女的二十多岁，脸上充满了忧虑和关切。

她走到床前，迫不及待地问："你醒了。感觉好点了吗？"

他茫然地看着女人，感觉她很陌生，听口气又像是熟人，努力回忆了半天说道：“还行，就是脑袋里乱七八糟的。你别介意啊，我问个问题。我是不是不久前参加过你们的婚礼，有点记不太清了。”

女人露出失望的表情，看向旁边的男子。

“怎么，我说错了吗？”他不解地问。

男人问他：“你还记得自己是谁吗？”

他一下被问住了，这个问题他居然没想过。

说起来可笑，但是他真的想不起来了。

他努力在脑海中搜索一个个名字，许久冒出一句：“我叫高松林，是吗？”

男人沉默片刻，说道：“那你还记得自己是做什么的吗？”

“我是个……警察……在执行一项秘密任务的时候遭遇了袭击。醒过来之后，我就在这里了，这里是医院对吧？”

“这里是医院不假，不过你不叫高松林，你叫吴凡，你也不是警察，是一名记者。”

“吴凡！？记者！？”他震惊地望着男人，“那你又是谁？”

“我叫陆恒，是你女朋友雇来的心理医生，负责帮助你恢复记忆。”

“我还有女朋友，她谁呀？”

那个年轻女人接过话，焦虑地看着他：“就是我啊，你不会连我都不记得了吧，我是白若琳啊。”

他差点惊掉了下巴，看看女人，又看看男医生：“你们……你们在跟我开玩笑对不对？为了庆祝康复，你俩就合伙搞了这出恶作剧？”

“你能不能清醒一点，我们都是认真的！你难道就什么都想不起来吗？”女人激动道。

“我能想起来呀，就是想不起你们两个。”他也激动地喊起来，“我能记住我就是高松林，我和一个叫……叫欧阳成的人出国执行一项秘密任务……我们暴露了，被一个神秘组织追杀，他身受重伤，让我带着一本羊皮书回来，他把机密信息用密码写在了书里……”

陆恒听了毫无反应，平静地问道：“那你靠什么证明，你说的这些事情是真实的呢？”

他灵机一动，说：“对了……那本羊皮书，我是带着那本羊皮书回国，然后遭遇的车祸，那本书应该还在我身上。”他迫不及待地又开始翻找起来，衣服、被褥、床底下，能想到的地方他都不放过。

白若琳想要制止，却被陆恒拦住，他说："你别找了，你被送到医院的时候身上根本没有什么羊皮书。你也不是什么秘密警察高松林，你的身份证上写的就是吴凡。"

陆恒说着掏出一张身份证和一面小镜子，一起递给他。

他接过来看了一眼镜子里的自己，又看向身份证，正是他的照片，而名字后面赫然写着"吴凡"两个字。

他一下子就愣在那里。

陆恒说："一年前，你在外出采访的时候遭遇了一场严重车祸，脑部受损，昏迷了很长时间。苏醒之后你就出现了身份识别障碍，把自己幻想成了一个根本不存在的人。"

"如果高松林这个人不存在，那我为什么会对他的经历知道得这么清楚，还有那些密码，这不可能都是我凭空想象出来的吧？"

"关于这个问题我想到了一种解释——这些幻想很可能跟你的职业有关。我翻看过你过去的采访资料，素材相当丰富，其中不乏有关于卧底警察的新闻。这些信息在你失忆后，意外地被你的大脑重新构建出了一套虚假的记忆，取代了你消失的真实身份。"

陆恒的分析让他一阵心慌，激动道："我凭什么相信你的话，你说你是心理医生我们就得相信吗？"

白若琳急忙解释，"陆医生是我请来专门为你治疗的，他可是很有名气的心理医生呢，已经为你治疗三个月了。你一定要相信他，他用了很多办法，就是想帮助你认清自己是谁。"

他呆呆地望着白若琳真诚的眼神，心里也不禁开始动摇。

他在内心中问自己："难道我真是吴凡吗？一个普普通通的新闻记者？"

三个月后。

吴凡康复出院。尽管他还没有完全恢复记忆，但已经学着接受了自己的记者身份，生活看起来也步入了正轨。

他和白若琳住在一起，看白若琳的意思，他俩早就发展到了负距离的关系。对吴凡来讲，整天下班后跟一个陌生的女人同居，亲亲密密，还是有点别扭。

而且，他总感觉白若琳在背着他做一些事，就像今天，他下班回家，刚用钥匙打开门，就看见白若琳在跟什么人通电话，发现他回来了，匆忙把电话挂掉，装作没事人一样。

他不知道是自己太敏感了，还是白若琳装得太不像了，总之就是感觉特别假。

他实在忍受不了，借口单位加班，吃了点东西便离开了家。他实在无处可去，来到附近一家二十四小时营业的肯德基餐厅。

他点了一杯饮料，呆呆地坐在一张临窗的空桌边，望着窗外的夜色失神。

脑子里那些乱七八糟的念头又开始涌动，但已经变得很模糊了。陆恒的确是个出色的心理医生，他成功地把吴凡脑子里那些干扰他的幻想清除掉了，只有一些细碎的残念在他做梦的时候，或是某个失神的刹那，难以捕捉的从眼前一闪即逝。

但他并没有注意到，餐厅外的路边有一个人正在向这边张望，似乎已经发现了他，但没有走过来，只是偷偷地观察他。

这个人正是白若琳。她一路跟踪吴凡来到这里。

她拿出手机，给陆恒打了一个电话，把吴凡的情况告诉他，问他要不要紧。

陆恒思索了一阵，说："车祸给他造成的最大伤害是破坏了前额叶的海马体，这是脑部不可逆的损伤，导致了他记忆混乱，无法区分幻想和记忆。想要完全根治几乎不可能。我对他的治疗方案是通过催眠和药物共同的作用，有选择地抑制记忆中的幻想成分，重构符合他身份的记忆。"

"那为什么他的病情会出现反复呢，最近这几天经常莫名其妙地发呆，看我的眼神也像看陌生人一样，我真担心他会这样一直恶化下去……"

"吴凡的情况本来就是一个很棘手的问题。我也是第一次遇到，为了保证效果，我特意征求过师兄丁潜的意见，在催眠领域，他是首屈一指的专家。他给我的建议是加大药量，用化学方法可以一劳永逸地解决问题。"

"这个方法很好啊，那就快点开始吧。"白若琳迫不及待。

"但有一个问题我要提前告诉你，这个治疗方法存在风险。"

"什么风险？"

"这些抑制神经的药物如果过量使用，一旦控制不好就会产生反作用，有可能导致精神分裂。"

"会比现在的情况更严重吗？"

"我也不能确定，但我听说，曾有类似情况的患者非但没有消除记忆混乱，反而由幻觉记忆催生出了另外一重人格。就像吴凡有段时间一直幻想他是一个秘密警察，这种幻想一旦被重新激发出来，形成独立人格，最坏的一种可能就是……”

“是什么？”

“他会把自己彻底封闭在自己的幻想中，与真实世界完全剥离。所以，你要慎重考虑……”

餐厅里的吴凡对于自己的处境毫无觉察，他只是为脑子里那些蠢蠢欲动的念头感到困惑。

“一组二组注意，目标要出现了。”一个女人的声音忽然打乱了吴凡的宁静。

他好奇地扭头看向身后，只见后面一个靠窗的座位上，坐着一个梳马尾辫的年轻女人，正在用对讲机一类的东西跟什么人通话。

她长得相当好看，特别是那对皂白分明的眼珠，灵动锐利，极有魅力。

吴凡暗自猜测女人的身份——她是警察吗，还是特工？

女人发现他在偷看自己，瞪他一眼，声音压得更低，似乎戴着微型对讲机，这更加深了吴凡的怀疑。

他正在胡思乱想的时候，坐在后面的女人突然发出一声指令：“开始行动。”

她也迅速往外走，经过吴凡的桌子，不小心把饮料碰翻，洒了吴凡一身。

女人皱了皱眉，不等吴凡反应过来，她用手指沾着饮料在桌上的空白处写下一串数字，“15002281990。这是我的手机号，你记住，我叫付雪晴。给我打电话，我赔你衣服。”说完就风风火火地跑出餐厅。

吴凡痴痴地望着她的背影，就仿佛某根心弦被悄然拨动了一下，毫无意识地念出两个名字：“高松林……付雪晴……高松林……付雪晴……”